U0468938

兰州大学人文社会科学类高水平著作出版经费资助

比较文学视域中的
神话叙事研究

张同胜 著

中国社会科学出版社

图书在版编目（CIP）数据

比较文学视域中的神话叙事研究 / 张同胜著. —
北京：中国社会科学出版社，2024.12. — ISBN 978-7
-5227-4253-3

Ⅰ. I106.7

中国国家版本馆 CIP 数据核字第 20247WW808 号

出 版 人	赵剑英
责任编辑	刘志兵
责任校对	梅　林
责任印制	李寡寡

出　　版	中国社会科学出版社
社　　址	北京鼓楼西大街甲 158 号
邮　　编	100720
网　　址	http://www.csspw.cn
发 行 部	010-84083685
门 市 部	010-84029450
经　　销	新华书店及其他书店
印　　刷	北京明恒达印务有限公司
装　　订	廊坊市广阳区广增装订厂
版　　次	2024 年 12 月第 1 版
印　　次	2024 年 12 月第 1 次印刷
开　　本	710×1000　1/16
印　　张	17.75
插　　页	2
字　　数	258 千字
定　　价	89.00 元

凡购买中国社会科学出版社图书，如有质量问题请与本社营销中心联系调换
电话：010-84083683
版权所有　侵权必究

目　　录

引　言 ……………………………………………………………（1）

第一章　平行研究 ……………………………………………（1）
　第一节　汉语言神话"缺类"问题 ……………………………（1）
　第二节　中国的洪水故事 ……………………………………（11）
　第三节　后羿射日新诠 ………………………………………（18）
　第四节　《山海经》的性质问题 ………………………………（26）

第二章　跨学科研究 …………………………………………（43）
　第一节　龙睛还是凤目：伏羲的眼睛 ………………………（43）
　第二节　伏羲女娲兄妹婚问题 ………………………………（62）
　第三节　孟姜女滴血认取夫骨的伦理问题 …………………（76）
　第四节　白居易父母的婚姻伦理与祆教 ……………………（87）
　第五节　从印绶鸟看王世充的政治伦理 ……………………（106）
　第六节　秦明的姓名、绰号与武器 …………………………（119）

第三章　影响研究 ……………………………………………（129）
　第一节　数字"十四"神话意蕴的渊源学考察 ………………（129）
　第二节　"红光满室"叙事的渊源学考察 ……………………（141）
　第三节　《封神演义》的神话叙事 ……………………………（162）

— 1 —

第四节　《西游记》中动物的伦理情感偏向问题……………（194）
第五节　唐僧西天取经与波斯神话…………………………（208）
第六节　孙悟空与密特拉……………………………………（223）
第七节　猪八戒与瓦拉哈……………………………………（234）
第八节　沙僧的印度文化渊源试探…………………………（246）
第九节　西游故事数理演变文化论略………………………（256）

结　语……………………………………………………………（270）
主要参考书目……………………………………………………（273）
后　记……………………………………………………………（275）

引　言

　　比较文学是一门以研究"关系"为主要内容的会通的学问。这里的"关系"包括影响研究中的同源关系、平行研究中的类同关系或跨学科关系；也可以表述为事实材料间性关系、审美价值间性关系、学科交叉间性关系。比较文学不是方法论意义上的不同文学之间的比较，而是涉及国际文学关系史研究、文学类同性关系研究、文学跨学科研究、比较诗学研究、比较文学变异学研究、文学伦理学批评研究、跨文明跨文化研究等。在比较文学的研究视域中，透视、剖析和解决中国神话学领域中的学术问题，是本书的研究目的。

　　比较文学的影响研究，涉及渊源学、媒介学和流传学等领域。渊源学与中国古代的源流考镜颇为相似，指的是从接受者到放送者的探源研究。流传学在传播方向上与渊源学正好相反，指的是从放送者到接受者的关系研究。媒介学则是对放送者与接受者之间的传播媒介的研究。无论是渊源学、流传学，还是媒介学，都注重其间证据链或由证据构成的影响链之考察，也就是说，影响关系是通过对证据链构成的影响路径的考察来呈现和论证的。

　　比较文学的平行研究，是对类似性或类同性关系之研究。两个或多个事物或现象之间，没有同源关系，但是彼此之间相似或类同，对其关系的研究便是平行研究。族群文化具有独特性，世界上诸多族群的文化呈现出缤纷多彩的景观，多元的族群文化都有其存在的历史性和合理性。对不同文化之间的"缺项"，或者说某一族群文化中不存在其他文化所存在的现象进行研究既是缺类研究，也属于平行研究，这是一种他者与自我潜在关系的研究，疏明的则是族群文化的个性和特性。

跨学科关系研究，属于比较文学的平行研究，它指的是文学与文学之外的诸如历史、哲学、艺术、社会、自然科学等学科关系之研究。跨学科研究在关系的网络上往往启迪对文学问题的解决，尤其是在文学完成文化转向之后，跨学科研究作为一种研究方法，更是时下盛行的一种热点研究。

祆教与琐罗亚斯德教存在差异，它是中亚化的琐罗亚斯德教。古代中国又将其称为拜火教、火祆教等。由于信奉它的中亚人，包括粟特人、突厥人、波斯人等不主动向其聚落之外的汉人传教——这有点类同于犹太教，即你首先是犹太人，才劝你入犹太教——所以，前贤时俊一般认为祆教对古代中国影响很小甚至于无。这一认知是错误的。且不说赛祆、驱傩、祈雨等习俗中充斥着祆教的文化因素及其影响，即使就文学文化而言，唐人传奇、宋代说话、元杂剧、明清小说中都留有祆教的叙述。如果祆教的知识和文化没有进入我们的视野，我们就无法获得相关神话叙述的真正理解。本书在一般的平行研究之后，单设一章突出与跨学科相关的内容，以祆教作为透视的维度，探讨并尝试解决跨学科视域中的文学史、阅读史、文化史上的诸多疑难问题。这一系列问题的解决，可能反过来证明了祆教在历史上对中国文化的深远影响，破除了之前误以为祆教对古代中国几无影响的成见。

无论是研究方法、研究范式，还是学术理论，其根本目的都是真正地解决学术问题。如果不能够解决问题，无论理论或方法多么高妙，空谈或炫耀又有什么意义呢？当前，教育部提倡新文科的多学科交叉学科跨学科发展，比较文学的学科性质与之完全契合。作为一门学科，比较文学自19世纪末以来就一直不断促进人文学或精神学的发展和繁荣；作为一种研究范式，比较文学自诞生之日起历经了影响研究、平行研究、阐发研究、跨文明跨文化研究等研究模式，解决了文学史内外诸多学术问题。中国神话学在当下是学术前沿的一大热点，从比较文学的视域出发，对中国神话进行以问题为导向的科学研究，是学术研究响应国家关于学科体系、话语体系和学术体系创新的号召，实现陈寅恪先生所说的"预流"，致力于社会主义公共文化建设的题中应有之义。

第一章 平行研究

第一节 汉语言神话"缺类"问题

古代中国有神话吗？这个问题本身问得就有问题。为什么呢？因为中国目前有56个民族，即使汉民族没有神话或者汉民族的神话不发达，可是中国还有其他55个少数民族，有的少数民族是有神话的，有的族群不仅有神话而且其神话较为丰富。提问者真正想表达的可能是：为什么汉民族或汉语言世界中神话那么少，严格地说，为什么没有"神话"呢？

关于中国神话"缺类"的问题，钟敬文认为："中国的过去，因为种种的关系，在比较古老的一些文献上，仅保存了若干断片的、简略的神话和传说。一些欧洲的和东方的学者，由此便形成了一个共同的见解，认为中国文化史上没有产生过像古代希腊、罗马或北欧等那种比较有体系的或情节完整的神话和传说。这种见解的正确性，我觉得是颇可怀疑的。中国比较古老的文献上所保存的神话和传说，有着过于缺略或破碎之嫌，这是不容否认的事实。但因此断定中华民族的文化史上，必不会产生比较有体系的或情节完整的神话和传说，那光就理论上讲，也不是很通顺的吧。"[①] 笔者读过钟敬文的《与W.爱伯哈特博士谈中国神话》之后，认为神话研究存在的最大问题，可能

---

① 钟敬文：《钟敬文民间文学论集》（下），上海文艺出版社1985年版，第494页。

就是核心概念界定不清晰，易将神话、传说、民间故事等概念混为一谈。

一 何谓"神话"

解决中国汉民族有没有神话这个争议的途径，首先是将核心概念"神话"界定清楚，否则，就无异于鸡同鸭讲，各说各的，难以交流。那么，何谓神话？神话是关于神祇的故事吗？是的，当然可以这样理解。话者，故事也。但是，这种理解过于简单、肤廓。那么，神话究竟应该如何界定呢？

20 世纪以前，汉语言词汇世界里没有"神话"这个词语。"神话"这个汉语言词语是从日本语"Shinwa"转译而来的。"神话"是西方世界里的一个概念，因此，我们回到"神话"产生的本源地进行考察。"神话"（myth）一词源于古希腊的"mythos"，本意为"语词""言说""故事"等。"Mythos 原来在意大利文里的定义是'实物，真事，或真话的语言'。"①

当代神话学研究著名学者阿兰·邓迪斯认为："神话是关于世界和人怎样产生并成为今天这个样子的神圣的叙事性解释。"② 从中可知，神话首先是叙事，不是叙事的不能称之为神话；其次，这种叙事是神圣的叙事，不是世俗的叙事。③ 这两点是神话的最基本界定，其中的神圣性源自神话与宗教的同根关系。神话本来是宗教神圣的话语，只有在现代语言的用法里，"神话"这个词语的所指才具有"荒诞"这一否定性含义。

古今中外，对神话的定义可以说不可胜计，笔者认为劳里·杭柯关于神话的一种描述性界定比较全面、到位。他说："神话是关于神

---

① ［意］维柯：《新科学》（上），朱光潜译，商务印书馆 1989 年版，第 198 页。
② ［美］邓迪斯编：《西方神话学读本》，朝戈金等译，广西师范大学出版社 2006 年版，第 1 页。
③ ［美］邓迪斯编：《西方神话学读本》，朝戈金等译，广西师范大学出版社 2006 年版，"导言"第 1—4 页。

祇们的故事，是一种宗教性的叙述，它涉及宇宙起源、创世、重大的事件，以及神祇典型的行为，行为的结果则是那些至今仍在的宇宙、自然、文化以及一切由此而来的东西，它们被创造出来并被赋予了秩序。神话传达并认定社会的宗教价值规范，它提供应遵循的行为模式，确认宗教仪式及其实际结果的功效，树立神圣物的崇拜。神话的真正环境是在宗教仪式和礼仪之中。神话之外的仪式行为包含对世界秩序的保护；靠着效法神圣榜样防止世界陷入混乱之中。创造性事件的再现，如某一神祇在世界初始的疗救行为，是神话和仪式的共同目的。……对于一个宗教人士来说，神话中所讲述的事件仍具有其真实性和正确性。"① 从杭柯所界定的这个概念可知，神话的本质属性总是与宗教紧密结合在一起的。

与神话的定义紧密相关的，是神话的真实性问题。神话可以构成真实性的最高形式，虽然是在隐喻之中。维柯认为："神话故事在起源时都是真实而严肃的叙述，因此，神话的定义就是'真实的叙述'。"② 威廉·巴斯科姆也说，神话被认为是"发生于久远过去的真实可信的事情"。③ 贝塔佐尼认为："神话必然是真实的，它们不可能是虚构的。它们的真实性不是一种逻辑的真实，而是一种历史的真实。它们首先是宗教的，尤其是巫术的。神话对于崇拜目的的效力，对于保存世界和生命的效力，存在于语言的魔力之中，存在于它所具有的感召力之中。就神话（mythos）最古老的意义的力量来说，fabula（故事）不是作为'虚构'的传说而有力量，而是某种神秘的和有效的力量，正如其词源所显示的，它具有近似于 fatum（命运）的能力。"④ 卡西尔在《人论》中说："在神话想象中，总是暗含有一

---

① ［芬兰］劳里·杭柯：《神话界定问题》，载［美］邓迪斯编《西方神话学读本》，朝戈金等译，广西师范大学出版社2006年版，第61—62页。
② ［意］维柯：《新科学》（下），朱光潜译，商务印书馆1989年版，第454页。
③ ［美］邓迪斯编：《西方神话学读本》，朝戈金等译，广西师范大学出版社2006年版，第10页。
④ ［意］拉斐尔·贝塔佐尼：《神话的真实性》，载［美］邓迪斯编《西方神话学读本》，朝戈金等译，广西师范大学出版社2006年版，第126页。

种相信的活动。没有对它的对象的实在性的相信,神话就会失去它的根基。"① 神话是"真实的叙述",这种真实是一种信仰真实、宗教真实,因此,神话往往与宗教如影随形,紧密联系在一起。神话一开始就是巫术的和宗教的。② 神话与巫术、宗教关系密切。凡是宗教发达的民族,其神话一般来说也是发达的。反之,凡是神话发达的民族,其宗教相对来说也是发达的。而实践理性发达的民族,如汉民族,神话却不发达。

简言之,从时间来看,神话是"上古时代"的产物。从语境来看,神话生成于宗教仪式之中。从性质上来看,神话的实质是相信真实,是一种信仰真实和宗教真实。因此,它与宗教密切联系在一起,神话与宗教如影随形。

二 汉语言词汇中的"神话"

20世纪以前,汉语言世界中尚无"神话"这个词语。1903年,留日学生蒋观云在《新民丛报》(梁启超1902年创办于日本)上发表的《神话历史养成之人物》第一次在汉语世界之中从日本语引入"神话"概念。1904年,日本学者高木敏雄出版了《比较神话学》一书,其中论述了中国神话。1923年,鲁迅著《中国小说史略》,其中第二篇题为"神话与小说"。1929年,沈雁冰以"玄珠"为笔名著述了《中国神话研究ABC》,由世界书局出版,这是第一部中国神话研究专著。

当然,也有人认为汉民族曾经存在神话。还有人认为汉民族不仅有神话,而且神话还很多。袁珂所理解的神话,既有狭义的又有广义的。他将《山海经》看作神话的渊薮,将《淮南子》中的一些叙述或故事也看作是神话,甚至将《西游记》《封神演义》等明代章回小说都看作是次生神话。

"神话"这个概念自从日本引入中国后,就遭到泛化。例如,章

---

① [德]恩斯特·卡西尔:《人论》,甘阳译,上海译文出版社2003年版,第96页。
② [意]拉斐尔·贝塔佐尼:《神话的真实性》,载[美]邓迪斯编《西方神话学读本》,朝戈金等译,广西师范大学出版社2006年版,第131页。

回小说《封神演义》《西游记》等都被视作神话。袁珂认为广义的神话，"一是经历的时间长，从原始社会贯串到整个阶级社会，直到不久以前，还有新的神话产生。二是涉及的方面广，从天文、地理、历史、医药、民俗、宗教、动物学、植物学、地质学、海洋学、气象学、文学、艺术……里，都可见到有神话的踪影"。① 龚鹏程对"神话"的界定也是广义的。他说："一切非现实的描写都可称为神话。"② 在广义神话的透视之下，后羿射日、嫦娥奔月、鲧化黄熊等仙话都成为神话；大唐玄奘法师西游故事、姜太公封神、孙猴子跳上了天等民间故事也都成了神话。

三　神话"缺类"的缘由

汉民族何以神话意识及其叙事相对而言匮乏？"汉人"之称谓，较为晚出，到后汉时才出现。之前的中国王朝，周人崇尚人文，孔子所谓"郁郁乎文哉，吾从周"，这里的"文"指的就是人文，也就是周王朝的礼仪系统；它不是鬼文，也不是神文。商人虽然佞鬼，然而甲骨文中却少见鬼神叙事，或许与书写媒介有关。商民族佞鬼淫祀，敬鬼神，是一个宗教民族。夏王朝由于缺乏文献和考古，神话是否发达不得而知，即"文献不足征"也。周商文化的更替，据王国维的考证，是历史上的一大变局。王国维说："中国政治与文化之变革，莫剧于商、周之际。"③ 正因为周王朝人文精神的发达，导致宗教神话的衰竭。

有学者认为，人类历史上的神话一开始就是巫术的和宗教的。或云，汉民族不是一个宗教民族，因此，没有成体系的神话谱系。这种说法是有其道理的。试看，古印度民族是一个宗教民族，号称"宗教

---

① 袁珂：《再论广义神话》，载马昌仪编《中国神话学文论选萃》下编，中国广播电视出版社1994年版，第319页。
② 龚鹏程：《古代的宗教与神话》，载马昌仪编《中国神话学文论选萃》下编，中国广播电视出版社1994年版，第266页。
③ 王国维：《殷周制度论》，载周锡山编校《王国维集》第4册，中国社会科学出版社2008年版，第124页。

博物馆",因而,古印度的神话非常发达,神祇众多,达三亿多,比当时的印度人还要多。印度的历史,是神话化的历史。古希腊也是一个宗教民族,他们即使在战争中,都是杀死羊,用其内脏占卜,以此决定进退。古希腊的神话也是体系庞大而井然有序。然而,汉民族是一个实践理性早熟的民族,有人这样说。也有人认为,汉民族是一个神文不甚发达的民族,从西周开始就已经进入了人文时代。生存环境艰难,人们为了生存必须现实、务实,这或许是汉民族人文理性早熟的缘由吧。既然神话与宗教密不可分,那么宗教性较弱的民族,其神话不发达也就在情理之中。汉民族既然自西周以来就不再是一个宗教民族,因而,它的汉语言世界中就不可能有古希腊或古印度那样的神话谱系。

三国时期吴国徐整编纂的《三五历记》云:"天地混沌如鸡子,盘古生其中。万八千岁,天地开辟,阳清为天,阴浊为地。盘古在其中,一日九变,神于天,圣于地。天日高一丈,地日厚一丈,盘古日长一丈。如此万八千岁,天数极高,地数极深,盘古极长。后乃有三皇。数起于一,立于三,成于五,盛于七,处于九,故天去地九万里。"①

《五运历年记》关于盘古的叙述为:"元气濛鸿,萌芽兹始,遂分天地,肇立乾坤,启阴感阳,分布元气,乃孕中和,是为人也。首生盘古,垂死化身:气成风云,声为雷霆,左眼为日,右眼为月,四肢五体为四极五岳,血液为江河,筋脉为地里,肌肉为田土,发髭为星辰,皮毛为草木,齿骨为金石,精髓为珠玉,汗流为雨泽,身之诸虫,因风所感,化为黎甿。"②

《述异记》云:"盘古氏,天地万物之祖也。然则生物始于盘古。昔盘古氏之死也,头为四岳,目为日月,脂膏为江海,毛发为草木。秦、汉间俗说,盘古氏头为东岳,腹为中岳,左臂为南岳,右臂为北岳,足为西岳。先儒说泣为江河,气为风,声为雷,目瞳为电。古说

―――――――――
① (清)马骕撰,王利器整理:《绎史》,中华书局2002年版,第1册,第3页。
② (清)马骕撰,王利器整理:《绎史》,中华书局2002年版,第1册,第2页。

喜为晴，怒为阴。吴、楚间说盘古氏夫妻阴阳之始也。今南海有盘古氏墓，亘三百余里。俗云后人追葬盘古之魂也。"①

历史学家吕思勉认为："《五运历年记》、《三五历记》之说，盖皆象教东来之后，杂彼外道之说而成。"象教即像教，指的是大乘佛教。根据吕思勉的考证，印度文献中多有原人化生诸如此类的记载，如《厄泰梨雅优婆尼沙昙》云："太古有阿德摩，先造世界。世界既成，后造人。此人有口，始有言；有言，乃有火。此人有鼻，始有气息；有气息，乃有风。此人有目，始有视；有视，乃有日。此人有耳，始有听；有听，乃有空。此人有肤，始有毛发；有毛发，乃有植物。此人有心，始有念；有念，乃有月。此人有脐，始有出气；有出气，乃有死。此人有阴阳，始有精；有精，乃有水。"《外道小乘涅槃论》云："本无日月星辰，虚空及地，惟有大水。时大安荼生。形如鸡子，周匝金色。时熟破为二段：一段在上作天，一段在下作地。"《摩登伽经》云："自在天者，造于世界，头以为天，足以为地，目为日月，腹为虚空，发为草木，流泪为河，众骨为山，大小便利，尽成为海。"②

古代中国盘古开天辟地的故事，可能来自古印度的金卵创世，并不是土生土长的神话。盘古开天辟地的说法非常晚出。从它最早出现的时间和地域来看，盘古的故事出现于三国时期的《三五历记》，是从印度传入的；这个故事最早出现于三国之吴国地域。古代印度《摩奴法论》云："那种子变成一枚金卵，像太阳那样光辉灿烂；他自己作为一切世界之祖梵天出生在那金卵中。（第9节）……在那枚金卵中住满一年之后，那世尊通过自身的禅思，亲自把金卵分成两半。（第12节）他用那两半金卵造成天和地，以及其间的空界、八方和水的永恒所在地。（第13节）"③ 中国盘古开天辟地的故事与《摩奴法论》关于金卵创世的叙述何其相似！

---

① （清）马骕撰，王利器整理：《绎史》，中华书局2002年版，第1册，第2—3页。
② 吕思勉：《盘古考》，载马昌仪编《中国神话学文论选萃》上编，中国广播电视出版社1994年版，第480页。
③ 蒋忠新译：《摩奴法论》，中国社会科学出版社2007年版，第4页。

由以上可知，关于盘古开天辟地故事的最早文献是三国时期吴国徐整编纂的《三五历记》。南北朝梁任昉《述异记》、清马骕《绎史》都对它进行了转引叙述。神话既然是远古时代的产物，而盘古开天辟地的故事却如此晚出至三国时期，由此可知它不是现代严格意义上的"神话"。

中国的盘古开天辟地故事，具有古印度的渊源，它的原型是古印度的金卵创世神话故事。那么，古印度的金卵创世是如何传入中国的呢？比较文学的影响研究中，影响路径的考察是必需的。饶宗颐认为："'自在天'神话入华可断自东汉末年。梁任昉《述异记》引证盘古诸说，已将大自在天道类被佛徒议为婆罗门的妄说，纳入盘古事迹之中，三国徐整的《三五历记》和另一《五运历年记》（马骕《绎史》引）都说及盘古故事，似乎都受到印度外道之说所影响。"① 此诚为的论。

时空结构或时空共同体是理解事件意义的一个重要维度。从时间来看，盘古开天辟地的故事为何最早出现在三国时期？这个故事又为何最早出现在吴国？三国时期吴国所在的江淮一带，是佛教进入中国后最早获得大规模传播和流行的地区。汤用彤《汉魏两晋南北朝佛教史》云："永平十三年，英以罪度徙丹阳泾县，赐汤沐邑五百，从英南徙者数千人。佛教或因之益流布江南。故汉末丹阳人笮融在徐州、广陵间大起浮屠寺。"② 由此可知，最先记述盘古开天辟地事迹的徐整是吴国人，吴国是佛教在中国广为流布的地区；官方文献记载，东汉永平十年（67）佛教传入中原，而楚王南下，随从人士竟然多达数千人，其间不乏佛教徒，因此，盘古开天辟地故事出于吴人徐整之手也就是情理之中的事了。

1932年，郑德坤发表了《〈山海经〉及其神话》，认为"《山海经》是地理式、片断式的记载，不像荷马的《史诗》或印度的《黎俱吠陀》（Rig Veda）、《加撒司》（Gathas）或希伯来人的《旧约》之美

---

① 饶宗颐：《饶宗颐东方学论集》，汕头大学出版社1999年版，第162页。
② 汤用彤：《汉魏两晋南北朝佛教史》，商务印书馆2015年版，第67页。

丽生动。在文艺上诚天渊之差,但在内质上,读者如能运用自己的想象力,追溯原人的想象,便可以得到《山海经》神话艺术上的真美处"。① 此说认为《山海经》的内质为神话,只要人们运用想象力就能追溯原人的想象,获得神话的表征。

鲁迅在《中国小说史略》中认为:"中国神话之所以仅存零星者,说者谓有二故:一者华土之民,先居黄河流域,颇乏天惠,其生也勤,故重实际而黜玄想,不更能集古传以成大文。二者孔子出,以修身齐家治国平天下等实用为教,不欲言鬼神,太古荒唐之说,俱为儒者所不道,故其后不特无所光大,而又有散亡。然详案之,其故殆尤在神鬼之不别。天神地祇人鬼,古者虽若有辨,而人鬼亦得为神祇。人神淆杂,则原始信仰无由蜕尽;原始信仰存则类于传说之言日出而不已,而旧有者于是僵死,新出者亦更无光焰也。"②

茅盾在《中国神话研究 ABC》中认为:"中国古代(北方)民族之曾有丰富的神话,大概是无疑的;问题是这些神话何以到战国时就好像歇灭了。"他不同意鲁迅关于中国人缺乏天惠,民生勤劳,故不善想象,以及孔子实用为教,导致神话销歇的见解。茅盾针对中国神话的不发达,提出两点解释,即:"一为神话的历史化,二为当时社会上没有激动全民族心灵的大事件以诱引'神代诗人'的产生。"③

关于汉语言系统中神话的缺类问题,媒介环境也是应予以考虑的因素。凡是神话、宗教、史诗繁荣的民族,其说唱传统由来已久且极为发达。古希腊有游吟诗人,还在广场举行说唱比赛。古印度有专业的说唱艺人,宫廷里、战场上、市场里、草莽民间无处不见其身影。据《摩诃婆罗多》可知,战场上都有说唱艺人随着大军行动,宫廷里有苏多在说唱表演以娱乐皇室人员。藏族史诗《格萨尔王》版本达二

---

① 郑德坤:《〈山海经〉及其神话》,载马昌仪编《中国神话学文论选萃》上编,中国广播电视出版社 1994 年版,第 153—184 页。
② 鲁迅:《鲁迅全集》第 9 卷,人民文学出版社 2005 年版,第 23—24 页。
③ 茅盾:《中国神话研究 ABC》,《茅盾全集》第 28 卷,人民文学出版社 1993 年版,第 182—183 页。

百多部,这与专门的说唱艺人也有密切的关系。民族神话一般保留在史诗中,由于书写工具和媒介生态的原因,凡是口述传统不发达的民族,即使本来就有神话,也可能难以流传下来。汉民族很早就发明了文字,刻在石头上、龟甲上、兽骨上、铜器上、竹简木片上,书写不便利,行文简约洁净,其间几乎不见神话的记载。

或云,汉民族在世生存得艰难,后果是本来就没有任何神话生成。后世牵强附会所谓的那些神话,大多也是后人如战国时期政治造神的结果。笔者认为,此说是有其道理的。汉民族终日忙碌农耕种植,日复一日,月复一月,年复一年,几乎没有闲暇去玄想遐思,于是把主要的时间和精力用来关注现实生存问题,尤其是人与人之间的伦理关系,故中国的伦理政治极其发达。而古印度民族,将一年分为六季。在热季、雨季的时候,酷热难耐,或大雨倾盆,人们大多数时间只能待在森林里或者在洞穴里静坐,空闲无事,玄想冥思,他们的想象力很发达,创造了三亿多神祇及其不可计数的神话故事。印度人侧重于思考人与神的关系,故其神话、宗教蔚为大观。古代欧洲人余暇亦多,他们关注大自然、科学技术,主要考虑的是人与自然之间的关系,故其科学技术先进。从而可知,一方面,汉民族没有空闲去思考和生产神话;另一方面,现实实践理性又使得他们不可能相信神话,如果有的话。

小　结

杭柯认为,神话的界定建立在四个基础之上,即形式、内容、功能和语境。形式指的是叙事,内容指的是创世和起源,功能指的是行为的操演模式,语境指的是宗教仪式。[①] 按照这种界定,神话与宗教就是孪生亲姊妹,神话产生于宗教仪式的环境之中,在宗教仪式中展演创世和起源的神圣叙事。古代汉民族自西周以来就不是一个宗教民

---

① [芬兰]劳里·杭柯:《神话界定问题》,载邓迪斯编《西方神话学读本》,朝戈金等译,广西师范大学出版社2006年版,第62—64页。

族，实践理性是这个民族的性格特征，因此，在汉语言文化生态中不存在发达而成体系的神话。与汉民族形成鲜明对照的是古印度民族，它是一个宗教民族，被称为"宗教博物馆"，世界上的宗教大都可以在印度看到它们的身影，古印度神话极其丰盛，蔚为大观。古印度没有历史，只有神话，它的神话史其实就是它的古代史，或者说它的古代史就是它的神话史。

第二节　中国的洪水故事

一　大禹治水

《国语·周语》记载，太子晋谏（周灵王）曰：

晋闻古之长民者，不堕山，不崇薮，不防川，不窦泽。夫山，土之聚也；薮，物之归也；川，气之导也；泽，水之钟也。夫天地成而聚于高，归物于下。疏为川谷，以导其气；陂塘汙庳，以钟其美。是故聚不阤崩，而物有所归；气不沉滞，而亦不散越。是以民生有财用，而死有所葬。然则无夭、昏、札、瘥之忧，而无饥、寒、乏、匮之患，故上下能相固，以待不虞，古之圣王唯此之慎。昔共工弃此道也，虞于湛乐，淫失其身，欲壅防百川，堕高堙庳，以害天下。皇天弗福，庶民弗助，祸乱并兴，共工用灭。其在有虞，有崇伯鲧，播其淫心，称遂共工之过，尧用殛之于羽山。其后伯禹念前之非度，釐改制量，象物天地，比类百则，仪之于民，而度之于群生，共之从孙四岳佐之，高高下下，疏川导滞，钟水丰物，封崇九山，决汨九川，陂鄣九泽，丰殖九薮，汨越九原，宅居九隩，合通四海。故天无伏阴，地无散阳，水无沉气，火无灾燀，神无间行，民无淫心，时无逆数，物无害生。帅象禹之功，度之于轨仪，莫非嘉绩，克厌帝心。皇天嘉之，祚以天下，赐姓曰"姒"、氏曰"有夏"，谓其能以嘉祉殷富生物也。祚四岳国，命以侯伯，赐姓曰"姜"、氏曰"有吕"，谓其能为禹股肱心膂，以养物丰民人也。①

　　由上引《周语》可知，周太子晋所说的其实就是夏国、吕国的史略，其中清晰地叙述了共工、四岳、吕国的一脉相承。共工本乃共工国或共工氏，国人擅长筑城、长围、堤防以治水。共工也是治水的官职，世代承袭。每当发大洪水的时候，他们采取筑堤拥堵的方式治理水灾，结果不奏效。于是，现任共工被杀，也有了诸多共工与颛顼、高阳、高辛、舜、大禹等相争失败而被流放的叙述。吕思勉认为，"古人传说，每误合数事为一"。② 其实，此说一方面有其道理；另一方面，也不很确切。因为共工与历时的诸王相争故事中的共工，并非同一个人，而是治水族共工氏祖父子孙的共名。这就如同道教故事中的彭祖活了八百岁一样，其中的彭祖不是一个人，而是彭祖氏，也就是说，不是彭祖这个人长生久视，活了八百年不死，而是彭祖这个氏这个国历经有虞、有夏直至殷代被武丁灭掉，在历史上存在了数百年之久。道教或得之于耳食，或有意识地误读，将此事件中数百年的大族说成是一个人，以此满足人们追求长寿的欲望，以售其术。《淮南子·原道训》云："昔共工之力，触不周之山，使地东南倾。"高诱曾经作过注释，说："共工，以水行霸于伏牺、神农间者也，非尧时共工也。"③ 这个注释，表明高诱也意识到了共工是治水职业的称谓，它可以旁证共工实乃氏族之共名。

　　大禹是鲧的儿子，鲧治理洪水也是采用和共工一样的方式，即以土"湮洪水"。舜时发洪水，四岳即共工的孙子推荐大禹治理洪水，也表明鲧、大禹、共工、四岳等可能都是同一个氏族部落。有历史学家做过考证，发现尧、舜、禹都是同一个祖先，从而所谓禅让，其实也是本氏族部落中民主选择的一种形式。这样说来，共工与颛顼、高辛、

---

① 《国语》，陈桐生译注，中华书局2013年版，第110—112页。
② 吕思勉：《女娲与共工》，载马昌仪编《中国神话学文论选萃》上编，中国广播电视出版社1994年版，第470页。
③ 刘文典撰，冯逸、乔华点校：《淮南鸿烈集解》（上），中华书局1989年版，第22页。

舜、大禹等的斗争实际上都是自己人内部的斗争。或曰，如果他们是同一氏族的人，那为什么《山海经》说"有禹攻共工国山"、《荀子》言"大禹伐共工"呢？部族之内讧、内斗在上古社会似乎是寻常事。例如，《摩诃婆罗多》中的般度族与俱卢族都是婆罗多族的后裔，为了争夺王权而相互残杀；传说中的炎帝、黄帝之战不也是兄弟间的争斗吗？

徐旭生关于共水与洪水之间关系的发覆，很有启发性。他说，河南省辉县境内有一条河，由于辉县旧名"共"，因此这条河叫作共水。当它流入黄河的时候，黄河开始暴溢为患，当时的人们就用"共"表示水患。后来，共字加上水旁为"洪"，成为一个专名，专指共水。后世将"洪"赋义为"大"。① 从这个角度来看，共工与共水肯定存在密切的关系，他或许就是上古时期治理共水的一位水工。高诱认为，共工为官名，即水官名。这也有可能，氏名有的是从官名而来。

《山海经》记载："洪水滔天，鲧窃息壤以堙洪水。"②《孟子》记载："当尧之时，水逆行，泛滥于中国。"③ 大禹治水，体现了古代中国人务实以解决问题的宝贵精神。无论是共工、鲧的土湮，还是大禹的疏导，都是很现实的应对洪水的办法。这两种治水方法，其实在实践中是结合使用的，即该疏导的就疏导，该堵的就堵。此其一。其二，洪水滔天的时候，恐怕无论是谁也无法对它进行疏导；只有水势平缓之后，才可能对它进行疏导。

二 女娲补天中的洪水故事

女娲补天的故事里也有关于大洪水的叙事。《淮南子·览冥训》曰："往古之时，四极废，九州裂，天不兼覆，地不周载，火爁炎而不灭，水浩洋而不息，猛兽食颛民，鸷鸟攫老弱。于是女娲炼五色石以补苍天，断鳌足以立四极，杀黑龙以济冀州，积芦灰以止淫水。苍

---

① 徐旭生：《洪水解》，载马昌仪编《中国神话学文论选萃》上编，中国广播电视出版社1994年版，第616页。
② 冯国超译注：《山海经》（普及版），商务印书馆2016年版，第568页。
③ （清）焦循撰，沈文倬点校：《孟子正义》（上），中华书局2015年第2版，第481页。

天补，四极正，淫水涸，冀州平，狡虫死，颛民生。"①

久雨为淫。《左传》曰：天作淫雨，害于粢盛。《史记》亦云：淫雨不霁，水不可治。神话学专家袁珂指出："女娲补天，其目的无非治水。'积芦灰'已明言'止淫水'。其余之事：'断鳌足'、'杀黑龙'，乃诛除水灾时兴波逐浪之水怪；而'炼石补天'所用之'石'，亦堙洪水必需之物。"② 女娲补天，是为了止雨。而在民间，不只是在秦陇大地，其他地方也有扬芦灰以止雨的习俗，这或许与女娲补天故事相关："'积芦灰止淫水'，则是至今仍保留在鲁南民间的扬灰止雨民俗。"③ 民俗与故事、神话相渗透，言说着上古时代的生存经验记忆。

女娲补天之前，所炼五色石，或云是石头，或云是天上的云霞，或云是"生命本源体"④，笔者认为，结合《淮南子》叙述的文本来看应该是石头。女娲为什么炼五色石补天？因为古人以为天是石头。天是石头的意识和说法，最早出自何处？《淮南子》之前的文献，似乎尚未书写之。然而，在琐罗亚斯德教神话中，太阳神密特拉生于"asman"（天空），而"asman"一词后来的引申义为"石头"，于是太阳神的诞生故事的叙事就成为密特拉生于石头。此说以讹传讹，流传甚广，以至于人们提到波斯神话的密特拉，就会想到它生于石头。罗马的密特拉教，更是将其铭刻在石上。不仅如此，此说影响深远，以至于影响中土的神话故事，如孙悟空是花果山山巅上的石卵，或许也受到了密特拉生于石头说的影响。

1856年，英国宗教学著名学者马克斯·缪勒在《比较神话学》中认为，"神话是语言疾病"。⑤ 1861年，缪勒在《言语学讲义》中指

---

① 刘文典撰，冯逸、乔华点校：《淮南鸿烈集解》（上），中华书局1989年版，第206—207页。
② 袁珂：《中国神话传说词典》，上海辞书出版社1985年版，"女娲条"，第44页。
③ 牛家义：《女娲本事的演变》，《春秋》1997年第3期。
④ 王金寿：《关于女娲补天神话文化的思考》，《甘肃教育学院学报》（社会科学版）2000年第2期。
⑤ F. Max Muller, "Comparative Mythology" (1856), *Chips from A German Workshop: Essays on Mythology, Traditions, and Customs*, London: Longmans, Green, and Co., 1867, p.143.

出，在古代世界中神话是一祸端，而实际上是语言的疾病（"Mythology, which was the bane of the ancient world, is in truth a disease of language"①）。缪勒的这个思想很有解释力，它能阐释很多神话背后的深层叙事结构。在波斯神话中，如前所述，一说密特拉生于石头，这个说法就是语言疾病的产物。但是，令人没有想到的是，中国的女娲补天，竟然与波斯的密特拉神话有千丝万缕的联系。在张骞凿空西域之前，汉语言文本中不存在女娲补天的故事，也没有用石头补天的文字记载，因此，可以推知女娲补天，尤其是女娲炼五色石补天可能受到密特拉生于石头神话的影响。

历史记载，金代泰和年间，陇城曾降特大暴雨。由此可以推知，之前陇城县极有可能降过特大暴雨，因为在中国古代，气候与当下的不完全一样。唐代，天水一带由于气候炎热，雨水丰沛而竹林茂密。杜甫《石龛》诗云："伐竹者谁子？悲歌上云梯。为官采美箭，五岁供梁齐。"由此进而可以推知，湿热多雨的生态环境中老百姓为了收成而祈盼晴天，不是祈雨，于是就有了女娲补天或扫云娘娘的故事。扫云娘娘与女娲，据当地村民的说法，是同一个人或同一位神。对富有实践理性的中华民族而言，扫云娘娘的故事似乎更令人可信。

笔者在进行田野调查时，听陇城县当地人讲了一个扫云娘娘的故事。故事说，女娲就是扫云娘娘。天上乌云密布，一场大雨即将降下。此时，正是农忙季节，田地里的庄稼已经成熟。收割季节，如果下一次大雨，庄稼就收割不成，老百姓就没有饭吃。于是，当地百姓祈求女娲止雨救灾。女娲飞上天空，用大扫帚将天上的乌云用力地扫去。乌云被扫没了，天放晴了，人们欢呼雀跃，感谢女娲，亲切地称她为扫云娘娘。

无独有偶，在今山东枣庄峄城也有扫云娘娘的故事。牛家义说："在峄城山区农村至今保持着挂'扫云娘娘'止淫雨的风俗，每遇久

---

① F. Max Muller, *Lectures on the Science of Language*, Vol. I, 6th ed., London: Longmans, Green, and Co., 1871, p. 12.

雨不晴，百姓即扎成手拿扫帚的纸人，悬挂在屋檐下，谓之扫云娘娘，祈求她显灵以止淫雨。"他进而认为，"这显然是女娲'止淫水'的远古遗存"。① 我们看，祭祀女娲，在中国历史上，无论是官方还是民间，从来不关乎祈雨，而是为了止雨。

北方以及在南方的客家，每年正月二十日他们都过天穿节。清代所修类书《渊鉴类函·岁时部》记载："补天穿。《拾遗记》云：'江东俗称正月二十日为天穿日，以红缕系煎饼置屋上，曰补天穿。'"② 叶春声认为："考'天穿'日即二十四节气中的'雨水'日，一般在每年阳历二月十九日，阴历正月十九至二十三日左右，是日'天一生水'，多半有雨，故谓之'天穿'。这是古代科学不发达对气象的一种解释。"③ 农历正月二十日前后，天下大雨，古代的老百姓误以为是"天穿"，于是就在这一天祭祀女娲，祈请她补天。

民间祭祀女娲，还有一种习俗性的仪式，那就是他们通过摊煎饼的形式来过天穿节。宋代李觏有诗云"一枚煎饼补天穿"④，此之谓也。陕西《安塞县志》记载，二十日，家家吃煎饼，名曰补天。二十三日夜，家家院内打火，又淋撒布水于火上，谓之"炼干"。这些民俗，体现并言说着祭祀女娲的实际内容。

由以上女娲补天的本事、扫云娘娘的民间故事、天穿节的由来及其习俗可知，由于天降大雨或久雨不晴造成了雨涝的灾害，民众祭祀女娲祈求天晴以求得庄稼的丰产，毕竟在古代，中国老百姓主要还是靠天吃饭。如此一来，陇城县女娲祭仪中的迎取圣水仪式恐怕就与"雨不霁，祭女娲"的本事、本义和初衷相冲突。在女娲神话的流传和祭祀过程中，女娲补天祭仪的主旨是久雨祈晴，天水市陇城县女娲祭仪中的迎取圣水仪式就与女娲神圣性叙事的社会功能相背离，导致内在逻辑上的意义冲突。

---

① 牛家义：《女娲本事的演变》，《春秋》1997年第3期。
② （清）张英、（清）王世禛等纂：《渊鉴类函》，中国书店1985年版，第1册，第185页。
③ 叶春声：《广州岁时节令通考》，《岭南文史》1984年第2期。
④ 赵杏根选编：《历代风俗诗选》，岳麓书社1990年版，第47页。

三 苗族洪水故事

苗族口传史中的洪水神话，恐怕不是严格意义上的神话。这个故事说，有个老妇人想吃雷公的心，老妇人的儿子设计逮住了雷公。雷公借助火才逃上了天，他勃然大怒，下暴雨报复人类。兄妹二人，见大雨不止，就在菜园里种黄瓜。他们将瓜子挖空，爬进去躲避水灾。不知过了多久，大雨终于停了，但是世界上却没有了人。妹妹要与乃兄结婚。哥哥坚决反对兄妹婚配。妹妹建议滚磨盘、各奔东西看看能否会合，以此确定天意。结果磨盘会合了，于是遵从天意他们结合了。妹妹生下了一个肉块，兄妹将其割裂后，成为吴、龙、石、麻、廖等姓的先祖。

为什么说它只能是一个故事，而不是神话呢？其中的黄瓜，最初的名字为胡瓜，是从西域传入中土的，不是远古时期中土土生土长的瓜果，晚至隋代才改称黄瓜。此其一。其二，兄反对兄妹婚媾，这种近亲血缘婚禁忌的意识在西周初年才有。然而，这个故事中却已经有了。这表明，苗族洪水故事只能发生在其后，也就是说，从时间来看，它已经不是远古时代，即不是产生神话的时代。其三，姓最早出现于西周初年，且在当时只有贵族女子有姓，苗族的这几个姓氏是受汉文化影响之后才有的，从时间来看，当更是晚出。如此等等，皆表明它是个后起而晚出的故事。

四 瑶族洪水故事

瑶族有一个类似的故事，说大洪水过后，只有伏羲、女娲兄妹俩活了下来。伏羲向女娲求婚，女娲不同意。伏羲坚持，妹妹提出了一个条件，就是伏羲能够追上她才可以。于是，他们围绕着一棵大树跑，伏羲总是追不上女娲。后来，伏羲从反方向跑正好截住了妹妹，于是他们结合了。不久，女娲生下了一个肉球。

值得注意的是，这则故事的主人公是伏羲、女娲，但是出自瑶族。难道伏羲、女娲本来是瑶族中的传说人物，后来从地方性部落族群的首领成了全国性的民族始祖？此其一。其二，在这个瑶族故事里，是伏羲先向妹妹求婚，不是女娲向伏羲求婚；而在苗族故事中，则是妹妹女娲先提出的。其三，肉球、肉块等的说法，可能都是近亲结婚所导致的后果的事实性记忆。

小 结

以上大禹治水、女娲补天以及苗族、瑶族的洪水故事，仅仅是中国古代洪水母题故事中的冰山一角，但是我们可以窥一斑而见全豹，从中可见这一类叙事绝非西方神话学意义上的"神话"。从世界史上不同族群对洪水故事的叙述方式，我们能够发现故事背后所书写的族群的性格特征、思维方式以及与大自然作斗争的精神态度。

第三节 后羿射日新诠

前贤时俊对"后羿射日"的解释，迄今为止有多种说法，但主要是从历法与历史的角度进行的理解。例如，尹荣方认为，它是上古先民测天修历的实践[1]；何新认为，后羿射日指的是历法改革，即从十干纪日到干支纪日，十月历到十二月历[2]；吴晓东认为，后羿射日与女娲补天、夸父逐日具有共同的历法来源，射日为"征日"的演化[3]；伍梦尧认为，后羿射日"隐藏了夷族与华夏族交锋的一段历史"[4]；刘世明认为，"由胤候射杀羲和演化为后羿射日之神话"[5]；王志翔认为，"后羿射日"实际就是夏史纪年内羿与商人先祖之间战争事件的神话书写[6]；

---

[1] 尹荣方：《〈尚书·胤征〉舞容与后羿传说的蕴意》，《长江大学学报》（社科版）2015年第3期。
[2] 何新：《诸神的起源》，北京工业大学出版社2007年版，第149—156页。
[3] 吴晓东：《女娲补天、后羿射日与夸父逐日：闰月补天的神话呈现》，《民族艺术》2019年第2期。
[4] 伍梦尧：《后羿射日神话的产生与演变刍议》，《长江大学学报》（社科版）2013年第7期。
[5] 刘世明：《后羿射日考辨——兼论〈尚书·胤征〉冤案》，《河北大学学报》（哲学社会科学版）2015年第1期。
[6] 王志翔：《后羿射日神话与羿商战争》，《学术交流》2019年第9期。

周清泉认为，后羿射日神话与弃婴现象具有同源关系①……

一 两个后羿

后羿射日一般被认为是神话。然而，故事中的后羿，袁珂认为有两个：一个是神话中的后羿，曾经射掉天上九个太阳，即后羿射日的神话；另一个则是历史上的后羿，有穷国国王，曾经篡夺有夏氏的王权，即传说中的后羿。袁珂将后者命名为大羿。杨伯峻则认为中国古代文献中有三个后羿，他说："一为帝喾的射师，见于《说文》；二为唐尧时人，传说当时十个太阳同时出现，后羿射落了九个，见《淮南子·本经训》；三为夏代有穷国的君主，见《左传》襄公四年。"② 羿本为射官，且世代相袭。射官家谱中的一个羿，因为驱逐有夏氏之王太康，"因夏民代夏政"，自封为王，故被称为后，即后羿，后乃君主、王之意。常金仓认为，战国时期，由于国家政治的需要，是中国神话大量生产的造神时期。③ 两个或三个后羿的说法，可能就是这两种神话生成理论的具体化。

后羿真的射掉天上的九个太阳吗？即使是上古时期，当时生活在赤县神州的原始人恐怕也没有人相信这件事。务实的富有实践理性的中国古人一般认为，太阳是不可能被射下来的。后羿射日的故事，极有可能是上古时期旱灾、酷热之时古人的心愿、解决问题的对策和想望的结果。现在南方有些少数民族亦有民族英雄射日的故事，只是数字不一样，如天上有七个太阳，或有九个太阳。

二 天文历法的解释

马克斯·缪勒认为神话是语言疾病的结果。这个理论的解释力非常强，其阐释令人信服。上古时期，原始人所使用的语言简洁、简单，而词语的内涵、外延在历史的长河中一直在演变，因此后世就难免误

---

① 周清泉：《"后羿射日"考（一）》，《成都大学学报》（社会科学版）2007年第3期。
② 杨伯峻译注：《论语译注》，中华书局1980年版，第146页。
③ 常金仓：《〈山海经〉与战国时期的造神运动》，《中国社会科学》2000年第6期。

读、误解遗留下来的古文献的记载；或者口头史上种种以讹传讹的说法，笔录于纸帛，就生成了神话。笔者认为，后羿射日这个神话完全可以用缪勒的"语言疾病说"进行阐释。

后羿射日，这里的"日"不是指太阳，而是指日族或太阳部落的酋长及其儿子们。晚至殷商时期，王的命名依然是依据天干。在中国历法中，原始十天干为"阏逢、旃蒙、柔兆、强圉、著雍、屠维、上章、重光、玄黓、昭阳"；后来天干简化为"甲、乙、丙、丁、戊、己、庚、辛、壬、癸"。天干，是远古人们命名日历的符号。华夏民族崇拜日神，当时相传天上有十日，分别命名为：甲、乙、丙、丁、戊、己、庚、辛、壬、癸，每天一日轮值，十天为一旬。夏、商时代的帝王出生于某一日，就以这一日的日历名作为其名字。为了避免重复，就在前面再加上"大（太）""中（仲）""小"等限定词。夏代帝王中有太康、仲康、少康，据陈梦家在《殷墟卜辞综述》的考证，即为大庚、中庚、少庚。而商王朝的三十一代帝王名，都以天干命名，如大乙、大丁、外丙、中壬、盘庚、小辛、武丁、帝乙、帝辛等。

《左传·昭公七年》云，天有十日。这里的"十日"是什么意思？《山海经·海外东经》云："汤谷上有扶桑，十日所浴，在黑齿北。居水中，有大木，九日居下枝，一日居上枝。"[①]《太平御览》引《汲冢周书》云："本有十日，迭次而出，运照无穷，尧时为妖，十日并出。"[②]由是观之，所谓十日，原来是天干每十天一轮回也，即天干之一旬也。

三 历史化的解释

后羿射日的故事，如果从历史的维度进行理解，目前主要有两种解释：一是后羿所射杀的"十日"，指的是夏王朝的王子或王孙；一是"十日"指的是夏王朝时期商部落的十个部落。郭静云认为："殷人有十氏部族结构，相当于十组师旅（或许类似满族八旗），并以十

[①] 冯国超译注：《山海经》（普及版），商务印书馆2016年版，第409页。
[②] （宋）李昉等：《太平御览》，中华书局1960年版，第1册，第17页。

日命名。"① 许兆昌认为，后羿射日实际上是胤征羲和的变相传说，二者是一回事，即："所谓胤征羲和，实际上就是后羿直接针对长期与己为敌的有仍氏发动的一场战争。"② 太康失国，后羿因夏民代夏政。于是，太康五子流落在洛河、汭河一带。王志翔则认为，后羿射日"实际就是夏史纪年内羿与商人先祖之间战争事件的神话书写"。③ 后羿即篡有夏氏代立的那一个后羿，在先民原始思维中"十日"指的是商族部落的十个分支。王国维称："因之率先以其所名之日祭之，祭名甲者用甲日，祭名乙者用乙日，此卜辞之通例也。"④ 就天文历法而言，商代历法一旬十天，亦以十干为名，十日为旬是殷商的传统历制。朱熹认为："按此十日，本是自甲至癸耳，而传者误以为十日并出之说。"⑤ 王晖在《古史传说时代新探》中认为："商代的历史商王均是高辛氏之后，却以十干来命名其庙号，便认为是十干部族的共主。……说明商代及先商时期存在着以十干命名的部族。"⑥ 于是，后羿射日，便是后羿消灭了商十个部族中的九个的一种说法。

《山海经·大荒南经》云："东南海之外，甘水之间，有羲和之国。有女子名曰羲和，方浴日于甘渊。羲和者，帝俊之妻，生十日。"⑦ 羲和"生十日"，如果这里的"日"指的是太阳，那么何以可能？况且，谁能给太阳洗澡？羲和"浴日"也是不可能的。既然不能给太阳洗澡，"日"的所指可能就是王族帝俊的子孙。所谓"生十日"者，指的是羲和生了十个儿子，每个儿子是以日历中这一天的"所名之日"来起名字的。《山海经·大荒西经》云："有女子方浴月。帝俊妻常羲，生月十有二，此始浴之。"⑧ 此处的"月"，同样的道理，指的

---

① 郭静云：《夏商周：从神话到史实》，上海古籍出版社2013年版，第335页。
② 许兆昌：《胤征羲和事实考》，《吉林大学社会科学学报》2004年第2期。
③ 王志翔：《后羿射日神话与羿商战争》，《学术交流》2019年第9期。
④ 王国维：《观堂集林》，台北：世界书局1964年版，第7页。
⑤ （宋）朱熹撰，蒋立甫校点：《楚辞集注》，上海古籍出版社、安徽教育出版社2001年版，第188页。
⑥ 王晖：《古史传说时代新探》，科学出版社2009年版，第148—149页。
⑦ 冯国超译注：《山海经》（普及版），商务印书馆2016年版，第501页。
⑧ 冯国超译注：《山海经》（普及版），商务印书馆2016年版，第517页。

也不是月亮，应该是月亮部族首领的女子。常羲本作姮羲，为避汉文帝刘恒的讳，将姮改为常。《山海经》行文简略，且大多缺少上下文，从而造成了后人理解上的歧义和误解。

《吕氏春秋·去私》云，尧有子十人。帝尧十日，是不是指的他有十个儿子？《左传·襄公四年》记载："昔有夏之方衰也，后羿自鉏迁于穷石，因夏民以代夏政。恃其射也，不修民事，而淫于原兽，弃武罗、伯因、熊髡、龙圉……于《虞人之箴》曰：'芒芒禹迹，画为九州，经启九道。民有寝、庙，兽有茂草；各有攸处，德用不扰。在帝夷羿，冒于原兽，忘其国恤，而思其麀牡。武不可重，用不恢于夏家。兽臣司原，敢告仆夫。'"① 《左传》《吕氏春秋》中的说法，似乎较为可信，它们至少是历史的影子，具有影影绰绰的真实性。

《淮南子·本经训》云："逮至尧之时，十日并出。焦禾稼，杀草木，而民无所食。猰貐、凿齿、九婴、大风、封豨、修蛇皆为民害。尧乃使羿诛凿齿于畴华之野，杀九婴于凶水之上，缴大风于青丘之泽，上射十日而下杀猰貐，断修蛇于洞庭，禽（擒）封豨于桑林。万民皆喜，置尧以为天子。"② 从中可知，后羿曾经除猰貐、凿齿、九婴、大风、封豨、修蛇六害，是部落的英雄。人们往往想当然地认为，这六害都是动物，如大自然里的蛇、猪、猰貐等。其实，它们都是部落名而拟动物化。或者说，它们都是六个部落的图腾符号。

封豕，人们望文生义，将其理解为两个头的大猪。《山海经·海内经》云："有嬴民，鸟足。有封豕。"③ 《左传·昭公二十八年》记载："昔有仍氏生女，黰黑，而甚美，光可以鉴，名曰玄妻。乐正后夔取（娶）之，生伯封，实有豕心，贪婪无厌，忿颣无期，谓之封

---

① 杨伯峻编著：《春秋左传注》（修订本），中华书局2009年第3版，第3册，第938—939页。
② 刘文典撰，冯逸、乔华点校：《淮南鸿烈集解》（上），中华书局1989年版，第254—255页。
③ 冯国超译注：《山海经》（普及版），商务印书馆2016年版，第559页。

豕。有穷后羿灭之，夔是以不祀。"① 从而可知，这里的"封豕"不是动物，不是人们通常想当然以为的大猪，而是"伯封"这个人。此人由于如同猪一样贪婪，故被喻为封豕（大猪）。《文献通考》云："奎，十六度，天之武库也。石氏谓之天豕，亦曰封豕，主兵。"② 这是天象中的封豕。神话与星象总是有密切的关系，诸多神话可以从星象上得到合适的解释，这是古代神话阐释的机制之一。

《史记·五帝本纪》记载，帝喾娶娵訾氏。娵訾氏，古诸侯国之一。帝喾娶娵訾氏之女为其妻。《释天》云：亥为娵訾。娵訾为喾妃，又名"常仪""常羲"，后来演化为嫦娥。《乙巳占》云：自危十六度至奎四度，于辰在亥，为娵訾。《文献通考》云：豕韦，亦名娵訾也。豕与豨互通，故此处的豕韦，就是豨韦。古代民间故事说，后羿射杀豨韦，是不是意谓他射死了娵訾氏的某一子孙后代？这是极其可能的。毕竟，娵訾氏作为古诸侯国之一，就是古代所谓的"十日"之一。

《山海经》中窫窳的所指，并不同一。《山海经·北山经》云："又北二百里，曰少咸之山，无草木，多青碧。有兽焉，其状如牛而赤身、人面、马足，名曰窫窳，其音如婴儿，是食人。"③《山海经·海内经》又云："有窫窳，龙首，是食人。"④《海内南经》亦云："窫窳龙首，居弱水中，在狌狌知人名之西，其状如龙首，食人。"⑤《海内西经》云："贰负之臣曰危，危与贰负杀窫窳。帝乃梏之疏属之山，桎其右足，反缚两手与发，系之山上木。"⑥ 又云："开明东有巫彭、巫抵、巫阳、巫履、巫凡、巫相，夹窫窳之尸，皆操不死之药以距之。窫窳者，蛇身人面，贰负臣所杀也。"⑦ 我们看，同样是出自《山海

---

① 杨伯峻编著：《春秋左传注》（修订本），中华书局2009年第3版，第4册，第1492—1493页。
② （宋）马端临：《文献通考》，中华书局2011年版，第12册，第7637页。
③ 冯国超译注：《山海经》（普及版），商务印书馆2016年版，第131页。
④ 冯国超译注：《山海经》（普及版），商务印书馆2016年版，第557页。
⑤ 冯国超译注：《山海经》（普及版），商务印书馆2016年版，第421页。
⑥ 冯国超译注：《山海经》（普及版），商务印书馆2016年版，第428页。
⑦ 冯国超译注：《山海经》（普及版），商务印书馆2016年版，第435页。

经》,关于猰貐的叙述竟然如此大相径庭,其形象或龙首或人面。《淮南子·本经篇》云:"猰貐,兽名也,状若龙首。或曰:似狸,善走而食人,在西方也。"① 《述异记》云:"猰貐,兽中最大者,龙头、马尾、虎爪,长四百尺,善走,以人为食。遇有道君隐藏,无道君即出食人。"②

陈连山认为:"窫窳本来是一位国君,后来被贰负和危杀害。黄帝严惩了贰负和危,把他们捆绑在疏属山上,脚上加了枷锁,双手反绑在后背,跟各自的头发捆在一起。同时,黄帝委派六位大巫师用不死药救活了窫窳。窫窳感激黄帝,就住在弱水河中守卫昆仑山。任何人想偷渡,就会被他吃掉。"③ 这样说来,窫窳也是一位部落酋长首领,而不是一个动物。

修蛇即长蛇。《淮南子》云:"(后羿)断修蛇于洞庭,禽封豨于桑林。"④ 修蛇是不是洞庭湖地区的一个部落名称?它以长蛇为图腾,后被后羿所灭亡。《左传·定公四年》记载:"吴为封豨、长蛇,以荐食上国。"⑤ 这里的封豨长蛇,是隐喻的用法,指的是吴国贪婪无比。西方神话理论,有一派认为,神话就是寓言,或许也有其道理。

新石器时期,非洲东部和东南部、南北美洲、大洋洲、东亚、东南亚等地都流行凿齿的习俗。据推测,凿齿习俗在中国最早产生于大汶口早期文化分布地区,后在中国东南部、黄河下游、长江中下游及珠江流域流行。越、僚、乌浒等古族中长期流行凿齿。《山海经·大荒南经》云:"有人曰凿齿,羿杀之。"⑥ 《山海经·海外南经》云:"昆仑虚在其东,虚四方。一曰在岐舌东,为虚四方。羿与凿齿战于寿华之野,羿射杀之。在昆仑虚东。羿持弓矢,凿齿持盾,一曰戈。"⑦《淮南子》

---

① 刘文典撰,冯逸、乔华点校:《淮南鸿烈集解》(上),中华书局1989年版,第254页。
② 黑兴沛、金荣权主编:《中国古代神话通检》,中州古籍出版社1992年版,第169页。
③ 陈连山:《神话中的昆仑山》,《前线》2017年第6期。
④ 刘文典撰,冯逸、乔华点校:《淮南鸿烈集解》(上),中华书局1989年版,第255页。
⑤ 杨伯峻编著:《春秋左传注》(修订本),中华书局2009年第3版,第4册,第1548页。
⑥ 冯国超译注:《山海经》(普及版),商务印书馆2016年版,第496页。
⑦ 冯国超译注:《山海经》(普及版),商务印书馆2016年版,第369—370页。

云："凡海外三十六国……自西南至东南方……（有）凿齿民。"高诱注："凿齿民，吐一齿出口下，长三尺也。"① 高诱将凿齿注释为凿齿民，这是对的，但是，关于凿齿的形象则显然是想当然，望文生义。三国时期吴国沈莹《临海水土异物志》云："夷洲女已嫁，皆缺去前上齿。"② 清人郁永河《裨海纪游》云："女择所爱者，乃与挽手，挽手者，以明私许之意也。明日女告其父，召挽手少年至，凿上腭门牙二齿授，女亦二齿付男，期某日就妇完婚，终身归以处。"③ 清人黄叔璥《台湾使槎录·番俗六考》记载："成婚，男女俱去上齿各二，彼此谨藏，以矢终身不易。"④ 从后世看，凿齿是某些特定民族的习俗。然而，回到上古时期，凿齿指的是有这个习俗的族群部落，即凿齿民。后羿当权有穷国的时候，凿齿部落被当作敌人消灭，相关的故事中仅仅留下了它被魔鬼化的影子。由此是不是可以推出，后羿射日之"十日"，并非太阳，而是太阳部落即有夏氏之首领或酋长？

四 宗教仪式的解释

从神话是对宗教仪式的解释来看，后羿射日亦有一说。《楚辞·天问》：羿焉彃日，乌焉解羽。旱灾祈雨有祈雨的仪式，后羿射日是不是祈雨仪式之一种？当举行祈雨仪式的时候，祭司让善射者或者祭司亲自出马，射杀树上的乌鸦。而乌鸦是太阳神的表征，古人以金乌代指太阳，因此，射死九只乌鸦就向信众表明射下来九个太阳。通过射乌鸦而射日的宗教仪式，以此来祈求天神降雨。乌鸦与太阳之间的关联，最早竟然见之于西域神话。

---

① 刘文典撰，冯逸、乔华点校：《淮南鸿烈集解》（上），中华书局1989年版，第147页。
② （吴）沈莹撰，张崇根辑校：《临海水土异物志辑校》（修订本），农业出版社1988年版，第2页。
③ （清）郁永河：《裨海纪游》，载《全台文》第51册，台中：文听阁图书有限公司2007年版，第39页。
④ （清）黄叔璥：《台湾使槎录》，载《近代中国史料丛刊续编》第501册，台北：文海出版社1983年版，第101页。

太阳黑子,看上去像一只乌鸦。上古时期的人们,观察到太阳的黑子,相信太阳里面有一只乌鸦,谓之三足乌。在中国古代的阴阳思想里,黑为至阳;乌,为日精。每天早晨,太阳就与三足乌一起从东方升起;到了傍晚,它们一起在西方落下。三足乌是阴阳思想的产物。《山海经·大荒东经》云:"一日方至,一日方出,皆载于乌。"郭璞注曰:"(日)中有三足乌。"[1] 杨慎在《丹铅余录》中说:"古传言羿射日落九乌,乌最难射,一日落九乌,言射之捷也。而后世不得其说者,遂以为射九日矣。"[2] 此亦一说,自成一家之言。这似乎又印证了神话即语言疾病的产物的理论。

小 结

一说,十日、洪水都是灾害,本是对敌人的隐喻说法。《竹书纪年》记载,胤甲时"天有妖孽,十日并出,其年陟"。[3]《开元占经》引《京房占》曰:"二日三日四日五日并出,此谓争明。天下兵作,亦主三四五六主立。"[4] 因此,后羿射日、大禹治水都是征服敌人的隐喻。此说也很有道理,至少可以说是一家之言。

后羿射日,迄今有种种解释,或从宗教仪式,或从神话叙述,或从历史化……对后羿射日进行阐释,维度不同,理解也不同,于是就有了种种说法。

第四节 《山海经》的性质问题

学界一般将《山海经》视作神话著作,或者是中国神话的渊薮。凡是探讨中国神话的问题,人们首先想到的文献资料往往是《山海经》。如果我们依据西方神话学对何谓"神话"的狭义界定,即"发

---

[1] 冯国超译注:《山海经》(普及版),商务印书馆2016年版,第480页。
[2] 文渊阁《四库全书》本,台湾商务印书馆1986年版,第99页。
[3] 范祥雍订补:《古本竹书纪年辑校订补》,上海古籍出版社2011年版,第12页。
[4] (唐)瞿昙悉达:《开元占经》(上),九州出版社2012年版,第65页。

生于久远过去的真实可信的事情"①，就会发现《山海经》算不上一部"神话"之书。那么它是什么呢？这就不能不探讨《山海经》的性质问题。

一 《山海经》性质的认知史略

《山海经》究竟是一部什么样的书？迄今为止，有如下多种说法：《山海经》是一部形法书、地理书、地理志兼旅行指南、古今语怪之祖、历史书、巫书、古史、九鼎图、氏族社会志、月山神话、神话地理书、神话政治地理书、神话、天文历法书、类书、名物方志、综合志书等。

班固在《汉书·艺文志》中认为《山海经》的性质为"形法家"。班固云："形法者，大举九州之势以立城郭室舍形，人及六畜骨法之数度、器物之形容，以求其声气、贵贱、吉凶。"②数术略形法家以五行思想作为内在结构，依据形貌来推断吉凶贵贱，从这个角度来说，《山海经》也是一部相书，确切地说，是一部相地之书。《宋史》"五行类"著录郭璞《山海经》十八卷；"地理类"著录郭璞《山海经赞》二卷。

东汉汉明帝安排王景治河，特地赐给他"《山海经》《河渠书》《禹贡图》"③诸书，从而可知汉明帝将《山海经》视作一部地理书。《隋书·经籍志》认为《山海经》是史部地理类书籍。《旧唐书·经籍志》《新唐书·艺文志》《崇文总目》皆将它归为地理类。今人亦有将《山海经》视作地理志的，认为它是国土资源考察的结果，因为《山海经》"主名山川"。例如，陈连山认为《山海经》是远古时代的地理志。④

---

① [美]邓迪斯编：《西方神话学读本》，朝戈金等译，广西师范大学出版社2006年版，第10页。
② （汉）班固：《汉书》，中华书局1962年版，第6册，第1775页。
③ （南朝宋）范晔：《后汉书》，中华书局1965年版，第9册，第2465页。
④ 陈连山：《〈山海经〉学术史考论》，北京大学出版社2012年版，第13页。

王充则将《山海经》归为异物志。晋代就有人批评《山海经》"闳诞迂夸,多奇怪俶傥之言"。①明人胡应麟在《少室山房笔丛》中将《山海经》定为"古今语怪之祖"。②清代《四库全书总目提要》则认为《山海经》"书中序述山水,多参以神怪。……案以耳目所及,百不一真。……核实定名,实则小说之最古者尔"。③张之洞在《书目答问》中将其归为古史类。鲁迅在《中国小说史略》中认为《山海经》是"古之巫书"。④

刘宗迪认为,《山海经·海外经》为述图文字,其所据古图为历法月令图。⑤陆思贤主张《山海经》以宇宙本体论为框架,在观象授时、制定历法、岁时祭祀的过程中产生神话。⑥还有学者将《山海经》看作上古天文历法。陈传康认为,《山海经》是一本"原始社会的巫术百科全书"。⑦

马伯乐认为,上古中国的天文地理观念受外来文化的影响,如二十八宿、岁星纪年、日晷、漏刻等皆从西方传入;《山海经》所体现的地理观是在公元前5世纪古代印度和伊朗的文化潮流刺激下产生的。⑧卫聚贤则认为,《山海经》为印度婆罗门教徒之游历记录。⑨

明代杨慎在《〈山海经〉补注序》中认为,《山海经》为夏代的九鼎图说。⑩清人阮元说:"《左传》称:'禹铸鼎象物,使民知神

---

① 袁珂校注:《山海经校注》,上海古籍出版社1980年版,第478页。
② (明)胡应麟:《少室山房笔丛》,上海书店出版社2009年版,第314页。
③ (清)纪昀总纂:《四库全书总目提要》,河北人民出版社2000年版,第3624页。
④ 鲁迅:《中国小说史略》,《鲁迅全集》第9卷,人民文学出版社2005年版,第21页。
⑤ 刘宗迪:《〈山海经·海外经〉与上古历法制度》,《民族艺术》2002年第2期。
⑥ 陆思贤:《以天文历法为主体的宇宙框架——〈山海经〉18篇新探》,《内蒙古大学学报》(人文社会科学版)1998年第5期。
⑦ 陈传康:《从解释学角度看〈山海经〉一书的性质》,《人文地理》1997年第1期。
⑧ [法]马伯乐:《古代中国:中华文明的起源》,肖菁译,北京理工大学出版社2020年版,第614—619页。
⑨ 卫聚贤:《山海经的研究》,载《古史研究》第2集(上),商务印书馆1934年版,"序"第3页。
⑩ (明)杨慎:《〈山海经〉补注序》,载王文才、张锡厚辑《升庵著述序跋》,云南人民出版社1985年版,第38页。

奸.'禹鼎不可见，今《山海经》或其遗像欤?"① 玄珠氏即茅盾说："此三时期的无名作者，大概都是依据了当时的九鼎图像及庙堂绘画而作说明，采用了当时民间流传的神话。"② 笔者认为，大禹铸鼎本是传说，不足于信。因为夏王朝似乎尚未流传下来任何铜器、铁器，考古出土的只有陶器。铸鼎既然子虚乌有，上面的图说更是空中楼阁。

袁珂说："《山海经》非特史地之权舆，乃亦神话之渊府。"③ 茅盾较早地研究中国神话，他认为神话分为开天辟地的神话、自然现象的神话、万物来源的神话、神祇或英雄武功的神话、幽冥世界的神话和人物变形的神话。依据这个分类，我们根本无法在《山海经》中找到对应的神话。郑德坤在《〈山海经〉及其神话》中将《山海经》神话分为哲学的、科学的、宗教的、社会的和历史的五类，并结合《山海经》叙事进行了分类和对应。④

二 《山海经》的成书时间

时间是人们认知和理解世界的一个重要维度，我们从中可以把握世界生成和演变的本质。《山海经》成书于何时？它所叙述的是不是远古世界的真实性？

为了探讨《山海经》的成书时间，让我们首先看看《山海经》的作者是谁。一般来说，作者问题与成书时间这两个问题往往密切相关。对这个问题的回答，五花八门，古人就有"大禹""益""夷坚"等多种说法。现代学者又提出如下诸说："邹衍说""随巢子说""秦人说""中原洛阳人说""北方人说""楚人说""蜀人说""东方早期方士说"等。其实，这些都是附会。正如余嘉锡在《古书通例》中所言："周秦古书，皆不题撰人。俗本有题者，盖后人所妄增。"⑤ 更何况，

---

① （清）阮元校刻：《十三经注疏》，中华书局1980年版，第4056页。
② 茅盾：《茅盾说神话》，上海古籍出版社1999年版，第29页。
③ 袁珂校注：《山海经校注》，上海古籍出版社1980年版，"序"第1页。
④ 郑德坤：《〈山海经〉及其神话》，载马昌仪编《中国神话学文论选萃》，中国广播电视出版社1994年版，第153—184页。
⑤ 余嘉锡：《古书通例》，上海古籍出版社1985年版，第18页。

《山海经》乃刘向、刘歆父子整理所成，晚至司马迁《史记》，尚且只有《山经》，未提及《海经》。

治水的大禹与禹步如果真的有关系，就表明大禹是夏王朝之前的巫师长。原始社会中的巫师长，不只是精神领袖，同时还是政治首领和军队首长。《尸子》云："禹之劳，十年不窥其家，手不爪，胫不生毛。偏枯之病，步不相过，人曰禹步。"① 从而可知，大禹可能就是当时的巫师长。那么，他有可能写作一部《山海经》吗？这种可能性微乎其微，因为夏王朝之前是否已经有了汉字书写形式，迄今为止"文献不足征"。况且，《山海经》里面还有秦、汉才出现的郡县名。清人崔述云："（《山海经》）盖搜辑诸子小说之言以成书者。其尤显然可见者，长沙、零陵、桂阳、诸暨等郡县名皆秦汉以后始有之，其为汉人所撰明矣。"② 这就表明，《山海经》的最后成书其实是刘向、刘歆父子编辑整理的那个版本。

或云《山海经》并非成书于一时，而是世代累积成书。或者说，《山海经》是集撰而成的。此说基本符合事实。一说，大禹撰写了《五藏山经》，夏代其他人添加了《海外四经》，到商代才出现《大荒四经》，周代人补加了《海内五经》等。此说实不可信，夏代人用什么来书写？《山海经》里出现了动物"马"，而马是在3300年前的商朝中期才从中亚传入中国的。原始汉藏语中没有"马"的词源，原因就在于草原上的野马是在距今4500年前被中亚游牧民族驯服的。《山海经》里既然已经出现了马的叙述，这就表明这部奇书最早只能出现在殷商中期之后。

铁的提炼和使用，在中国也比较晚，它是在春秋时期才开始使用的，战国中期以后则得到广泛使用。而古印度是世界上最早使用铁的族群，且其冶铁技术极为发达。《山海经》中多有铁的记载，尤其说到某某山的矿产时，往往记载"多铁"的事实。这就表明，《山海经》

---

① （唐）杨倞注《荀子·非相》引《尸子》语，参见（清）王先谦《荀子集解》，中华书局1988年版，第75页。
② （清）崔述撰著，顾颉刚编订：《崔东壁遗书》，上海古籍出版社1983年版，第110页。

的主体部分不可能产生于战国之前。假设《山海经》的主体部分成书于战国时期，而当时的《山海经》版本与刘向、刘歆父子编纂的《山海经》版本也大不相同。

司马迁在《史记·大宛列传》中说："故言九州山川，《尚书》近之矣；至《禹本纪》、《山海经》所有怪物，余不敢言之也。"① 班固《汉书·张骞传》记载："故言九州山川，《尚书》近之矣。至《禹本纪》、《山经》所有，放哉！"② 陆侃如根据《汉书》《后汉书》《论衡》等书所引《史记》这段话都作"《山经》"而不是《山海经》，认为"《史记》原文并无'海'字"。③ 从而可知，晚至汉武帝时，尚未有《海经》而只有《山经》。

历史学家蒙文通认为，《大荒经》出现在西周前期；《海内经》是西周中期以前的作品；《五藏山经》则成于公元前4世纪以前。④ 袁珂则认为，《大荒经》四篇和《海内经》一篇，成于战国初年或中期；而《五藏山经》和《海外经》四篇，则出现于战国中期以后；《海内经》四篇成于汉初。⑤ 假若《山海经》成书于战国中期，那么崔述所说的郡县名是后人增补上去的？班固《汉书·艺文志》著录为《山海经》"十三篇"。刘歆《上〈山海经〉表》云："凡三十二篇，今定为一十八篇。"⑥《大荒经》与《海外经》的部分有所重叠，这表明刘歆删减得不彻底，从而存在这种可能，即他所删去的十四篇，可能就是重复的部分。由此可知，《山海经》确实是世代累积成书，且多经增删。

一说，先有山海图，后有《山海经》。据说有陶渊明的诗歌为证。这一证据没有时间上的效力。陶渊明《读〈山海经〉十三首》云：泛览周王传，流观山海图。其实，陶渊明可能翻阅过山海图，但是在中

---

① （汉）司马迁：《史记》，中华书局1982年第2版，第10册，第3179页。
② （汉）班固：《汉书》，中华书局1962年版，第9册，第2705页。
③ 陆侃如：《〈山海经〉考证》，《中国文学季刊》1929年第1卷第1期。
④ 蒙文通：《略论〈山海经〉的写作时代及其产生地域》，《中华文史论丛》1962年第1辑。
⑤ 袁珂：《〈山海经〉写作的时地及篇目考》，《中华文史论丛》1978年第7辑。
⑥ 袁珂校注：《山海经校注》，上海古籍出版社1980年版，第540页。

国历史上整部山海图绝对不会比《山海经》先出现。因为陶渊明是晋末宋初人，造纸术是汉代蔡伦改进发明的，元兴元年（105）汉和帝下令推广其造纸法，因而，陶渊明生活的时代当然有纸，出现山海图是完全可能的。可是，在汉代发明造纸术之前，尚无纸张的情况下，试问，那些《山海经》中的图像画在什么材质上呢？图像画在丝帛上吗？偶尔一匹两匹是可能的，否则，即使是富裕人家恐怕也舍不得糟踏那么多丝帛。图像雕刻在砖石上吗？汉代少数贵族或富裕人家的坟墓中有少量的《山海经》故事图像是可能的，但是粗糙而简略；《山海经》书中记述的所有珍禽异兽、草木虫鱼等可能被绘制成砖石画吗？绝无可能。从媒介的角度来看，绝对不会先出现山海图后才有《山海经》的。遑论《山海经》是在刘歆手里才将《山经》和《海经》合并为一，且进行了增删。

或曰，《山海经》成书于秦，但其中的《大荒经》则是刘歆所补。《山海经》从南方说起，是由于南方乃趋阳之方，此乃五行思想使然。刘歆不知，他所补写的部分却从东方叙起。知识的生产总是具有时代性的，不同的历史时代生成本时代的知识体系。

《尚书·洪范》提到六行，即金、木、水、火、土、谷。然而，《周易》《诗经》《论语》《老子》等都未提及"五行"。这就表明，《尚书》似乎是后世补作。《左传》有"用其五行"语云云。中国的五行思想出现在战国时期，而《山海经》出现了五行意识，从而表明《山海经》的撰写始于秦初、补于新朝，历经秦、西汉而成。

三 序天地名山大川鬼神：秦初《山海经》的编纂意图

《汉书·郊祀志》云："自五帝以至秦，迭兴迭衰，名山大川或在诸侯，或在天子，其礼损益世殊，不可胜记。及秦并天下，令祠官所常奉天地名山大川鬼神可得而序也。"[①] 这段史述，是不是《山海经》成书的历史背景？

---

① （汉）班固：《汉书》，中华书局1962年版，第4册，第1206页。

《山海经》在绍介名山大川的位置、特征、土产之后，往往写明如何祭祀它们的神祇。例如，《山海经·南山经》写道："凡鹊山之首，自招摇之山以至箕尾之山，凡十山，二千九百五十里。其神状皆鸟身而龙首。其祠之礼：毛用一璋玉瘗，糈用稌米，一璧，稻米，白菅为席。"① 这里就写清楚了山神的形貌，以及用什么、如何对山神进行祭祀。南次二山部分、南次三山部分、西山经、西次二经等结末的祭礼书写无不如此，这些祭礼的叙述，足以证明《山海经》就是一部祭祀名山大川礼仪的辑录和指南。

　　《山海经》的最早版本是不是成书于秦代？它是国家序名山大川的意识形态产物吗？秦灭六国，天下一统，如前所引，朝廷命令祠官序列"天地名山大川鬼神"。还是说它是秦始皇帝封禅之政治需要的产物？皇帝为何封山？祭祀山神，还是向上帝祭告自己的丰功伟绩？封山而禁，使其神圣？《荒经》乃刘秀所补或所析分。《五藏山经》结末云："封于太山，禅于梁父，七十二家，得失之数，皆在此内，是谓国用。"② 《山经》各篇末记载了祭祀山神的典礼和祭物，从而表明它是为封山的政治需要而撰写的，《山海经》本为秦王朝封山祭海编纂而成。统一之前，各方国皆有祭祀官员祭祀名山大川。秦始皇帝封山不过是沿用以前的传统罢了。

　　陈连山认为封山"祭礼是国家统一规定的仪式"，《山海经》具有"国家性质"③，这一看法是有其道理的。但是，当时的国家不可能是大一统国家，而极有可能是战国七雄时期的诸侯国。历史地理学家谭其骧在《〈五藏山经〉的地域范围提要》中认为，晋南、陕中、豫西地区的山脉，《山海经·山经》记载最为详细，也最为正确，与实际距离相差不大，但是离这个地区越远，就越不正确。④ 从

---

① 冯国超译注：《山海经》（普及版），商务印书馆2016年版，第15页。
② 冯国超译注：《山海经》（普及版），商务印书馆2016年版，第355页。
③ 陈连山：《〈山海经〉学术史考论》，北京大学出版社2012年版，第16页。
④ 谭其骧：《〈五藏山经〉的地域范围提要》，载中国《山海经》学术讨论会编《山海经新探》，四川省社会科学院出版社1986年版，第13页。

山区之纵横，可推知《山经》所述不可能是中原。从山与山之间的距离之短且近，可推知《山海经》中的诸山绝非天下视域中的山脉。确切地说，古本《山海经》的编纂，依据的主要是秦国祠官的报告。

《管子·地数》云："苟山之见其荣者，君谨封而祭之。"① 山之荣指的是金、银、铜等矿产资源。《礼记·祭法》云："山林川谷丘陵能出云，为风雨，见怪物，皆曰神。有天下者祭百神，诸侯在其地则祭之，亡其地则不祭。"② 从而可知，《山海经》中的"怪物"就是当时人以为的"神"。《礼记·王制》又云："天子祭天下名山大川，五岳视三公，四渎视诸侯。诸侯祭名山大川之在其地者。"③

如前所述，司马迁在《史记·大宛列传》中首次提到了《山海经》，一说是《山经》。如果前者属实，那么《山海经》最早的版本成书于秦代。可是，《史记》仅仅是说萧何收集了秦王朝的"天下图书"，但是并未确定地说其中已有《山海经》。《隋书·经籍志》地理类序云："汉初，萧何得秦图书，故知天下要害。后又得《山海经》，相传以为夏禹所记。"④ 此乃后人的看法，未必符合事实。如果后者是真的，那么就表明秦末汉初只有《山经》，而《山海经》是西汉末年刘歆集撰而成的。

何观洲认为，《五藏山经》的创作方法是由"已知推及未知"的类推法，并由此断定《五藏山经》乃"邹衍所作，或邹派其他学者"。⑤ 元代人吾衍在《闲居录》中说："（《山海经》）中间凡有'政'字皆避去，则知秦时方士无疑。"⑥ 秦始皇帝姓嬴名政，为避讳计，方士不敢直书"政"字。谭其骧也认为，《五藏山经》成书时间不可能早于战国晚

---

① 黎翔凤撰，梁运华整理：《管子校注》（下），中华书局2004年版，第1355页。
② （清）阮元校刻：《十三经注疏》，中华书局1980年版，第1588页。
③ （清）阮元校刻：《十三经注疏》，中华书局1980年版，第1336页。
④ （唐）魏征等：《隋书》，中华书局1973年版，第2册，第666页。
⑤ 何观洲：《〈山海经〉在科学上之批判及作者之时代考》，《燕京学报》1930年第7期。
⑥ （清）张海鹏辑：《学津讨原》第12册，广陵书社2008年版，第669页。

期，极有可能是在秦始皇统一六国之后。① 叶舒宪认为，"《山海经》的构成，带有明确的政治动机，它之所以出现，和上古文化走向大一统的政治权力集中的现实需要密切相关"，因此，《山海经》"是一部官修之书"②。那么，官修《山海经》的指导思想是什么呢？

四　齐燕文化中的五行思想

傅斯年认为，齐国贡献于东周、初汉的文化主要有五：一是宗教，二是五行论，三是托于管子、晏子的政论，四是齐儒学，五是齐文辞。③ 他认为，秦皇汉武时之方士，皆齐人。"齐国宗教系统之普及于中国是永久的。中国历来相传的宗教是道教，但后来的道教造形于葛洪、寇谦之一流人，其现在所及见最早一层的根据，只是齐国的神祠和方士。八祠之祀，在南朝几乎成国教；而神仙之论，竟成最普及最绵长的民间信仰。"④ 他说："五行阴阳本是一种神道学（Theology），或曰玄学（Metaphysics），见诸行事则成迷信。五行论在中国造毒极大，一切信仰及方技都受它影响。"⑤ "五行阴阳论之来源已不可考，《甘誓》《洪范》显系战国末人书（我怀疑《洪范》出自齐，伏生所采以入廿八篇者）。"⑥

五行思想的著名倡导者是邹衍。邹衍，一作驺衍，战国时期齐国人，是稷下学宫的晚期学者。邹衍的生卒年不详，一说约生于公元前305年，卒于公元前240年；一说约公元前324年生，公元前250年卒。⑦ 钱穆认为邹衍之生当在齐宣王晚年。⑧ 由于"驺（邹）衍之所言五德终始，天地广大，尽言天事"⑨，所以，齐人亦称之为"谈天衍"。

---

① 谭其骧：《长水粹编》，河北教育出版社2000年版，第344页。
② 叶舒宪：《漫话〈山海经〉》，《中文自学指导》2000年第5期。
③ 傅斯年：《傅斯年全集》第2卷，湖南教育出版社2003年版，第271—275页。
④ 傅斯年：《傅斯年全集》第2卷，湖南教育出版社2003年版，第271页。
⑤ 傅斯年：《傅斯年全集》第2卷，湖南教育出版社2003年版，第274页。
⑥ 傅斯年：《傅斯年全集》第2卷，湖南教育出版社2003年版，第271页。
⑦ 孙开泰：《邹衍与阴阳五行》，山东文艺出版社2004年版，第3页。
⑧ 钱穆：《先秦诸子系年考辨》，上海书店1992年版，第403页。
⑨ （汉）司马迁：《史记》，中华书局1982年第2版，第7册，第2348页。

燕惠王时，他被诬入狱。"邹衍事燕惠王尽忠，左右谮之，王系之，仰天而哭，夏五月，为之下霜。"① 五月雪或六月飞雪象征冤屈这个典故出于此。邹衍出狱后，飘然而去，不知所终。

齐、燕环渤海之地，为何是神仙故事盛行之地？中国沿海地区，很早就与海外有交通。古代印度人与东南亚往来交流频繁（婆罗门教、佛教等宗教文化便是明证），朝鲜半岛的渡来人中有印度人（韩国有的姓氏来自印度），因此可以断定古印度人不会不到达辽东半岛、山东半岛。王献唐在《炎黄氏族文化考》中运用大量的文献记载和考古资料，证明包括农业、制陶、舟船、屦履、楼房、冶铁、钱币等在内的二十四事的发明创造，均出自东夷族。范文澜认为："铁字，古文作銕，当是东夷族最先发明冶铁术，为华族所采用。"② 东夷何以较早地掌握了冶铁术？是不是受到了海洋文明尤其是古印度技术文明的影响？众所周知，印度是世界上最早提炼和使用铁的民族，其炼铁技术非常高超。战国时代，古代中国思想文化之繁荣，其所受外来文明的影响是来自南亚次大陆吗？

司马迁《史记》记载："（驺衍）先序今以上至黄帝，学者所共术，大并世盛衰，因载其禨祥度制，推而远之，至天地未生，窈冥不可考而原也。先列中国名山大川，通谷禽兽，水土所殖，物类所珍，因而推之，及海外人之所不能睹。称引天地剖判以来，五德转移，治各有宜，而符应若兹。"③ 邹衍所论，实以五行"谈天""论地"，而其中的内容与《山海经》的叙述是何等惊人地类同！

许慎在《五经异义》中认为："按古《山海经》、邹子书云：驺虞兽。"④《晋书·束皙传》记载，汲冢出土的书，其中之一就是《大历》，说"《大历》二篇，邹子谈天类也。"⑤ 饶宗颐认为："其书（指

---

① （宋）李昉等：《太平御览》，中华书局1960年版，第1册，第69页。
② 范文澜：《中国通史》，人民出版社1978年版，第1册，第59页。
③ （汉）司马迁：《史记》，中华书局1982年第2版，第7册，第2344页。
④ （清）马瑞辰撰，陈金生点校：《毛诗传笺通释》，中华书局1989年版，第104—105页。
⑤ （唐）房玄龄等：《晋书》，中华书局1974年版，第5册，第1433页。

— 36 —

邹衍书——引者注）固俨然《山海经》之流亚也。"① 饶宗颐考证，"神仙不死之说，久已流行于齐土"②，他"颇疑燕齐方士当日与印度思想容有接触"，"燕齐方士取名为'宋无忌'，即以月中仙人自号，于此可窥古之齐学，庸有濡染于《吠陀》者"。③ 反过来看，《山海经》就是燕、齐方士谈天说地的产物。

五 《山海经》怪异的书写机制：五行之叙述

剖析《山海经》所述写的主要内容，不外五行即木、土、金、水、火与杂占的相关叙述。但它尚未与政治、果报、阴阳思想联系在一起，因此表明《山海经》主要是五行思想的载体。只有到了西汉武帝统治时期，董仲舒构建了一个"天人合一"的阐释结构，才将政治与五行尤其是其中的天灾人祸联系起来。这个阐释机制，对之后的古代中国政治影响深远。

五行、天事、谈天事，如此等等，皆为战国时期燕、齐方士著述的主要内容。司马迁在《史记》中提及邹衍论地理，似可推出《山海经》原本乃邹衍或这一学派中人所创撰。邹衍以五行相克思想为框架，构建了"五德终始说"。"五德"指的是木、火、土、金、水五行之德性。"终始"是指五德之相克而形成的周而复始的循环。《吕氏春秋》更为详细地叙说了"五德终始说"。④ "五德终始说"是中国古代王朝兴亡更替的理论阐释，其内核则是五行思想。

针对"五德终始"说，崔述证史寻源，指出此前并无此说，《诗经》《尚书》中均无"二帝之典，三王之誓诰"的记载，始作俑者是邹衍。邹衍的这一思想"施诸朝廷则在秦并天下之初"，《史记》中

---

① 饶宗颐：《不死（a-mrta）观念与齐学——邹衍书别考》，《梵学集》，上海古籍出版社1993年版，第53页。
② 饶宗颐：《不死（a-mrta）观念与齐学——邹衍书别考》，《梵学集》，上海古籍出版社1993年版，第56页。
③ 饶宗颐：《不死（a-mrta）观念与齐学——邹衍书别考》，《梵学集》，上海古籍出版社1993年版，第57页。
④ 许维遹撰，梁运华整理：《吕氏春秋集释》（上），中华书局2009年版，第284—285页。

《封禅书》《秦始皇本纪》《孟子荀卿列传》皆有详细记载。最终将此说系统化的则是刘歆，他将邹衍的五行相克说改造为木、火、土、金、水五行相生论，作为五帝相承的顺序，被新朝的创立者王莽利用为代汉篡立的理论根据，以示"天命所归"。

五行思想与阴阳思想是中国古代两个重要的典型的认知世界机制和阐释世界机制。五行思想最早产生于何处？"在贝拉勒斯，唯一拥有火葬柴堆的贱民家庭——多姆酋长一家。自从圣火点燃开始，已经为无数的印度人免费提供火种3505年之久，直至今日，他们仍然处在最底层，身上穿着的仍然是破旧肮脏的衣服，前四种印度人仍不愿意与他们有过多的接触。"① 在古代印度，不管你是谁，只要是死后火葬，就必须到死亡之主多姆酋长一家去取火种。取到了火种，不是马上就走，而是必须围绕圣火按顺时针方向走五圈，完成五行表征的践行。由此可知，五行思想在印度至少有3500年历史。

张光直、李济在关于安阳出土人头骨的报告中认为，河南安阳出土的一些头骨呈现出文化的多样性：既有南亚类型的，又有北亚爱斯基摩人类型的。这些科学数据表明，上古时代的人类，他们并非一直安居在一处，而是四处游走，或采摘果实，或打猎，他们活动的区域极为广袤，从而在广阔的田野上留下了他们的身影。这或许可以解释在远古时期，人类族群彼此之间的文化思想交流比我们后世所想象的更为密切而迅疾。

陈梦家认为："齐海滨多航行，故必须有天文地理之知识，而五行即此种知识之别流也。邹衍当时及其前辈，凡辩者皆兼为地理与历物之学，故五行至邹衍而大成，实地域与时代有以促成之也。"② 陈梦家关于中国五行思想形成的时空思考，说得很到位。然而，依据上文所述的五行思想在古印度的情况，笔者更倾向于认为中国的五行思想实际上是从南亚次大陆途经海路传播至燕、齐之地的。

---

① 毛世昌主编：《印度贱民领袖、宪法之父与佛教改革家——安培德卡尔》，中国社会科学出版社2013年版，第4页。
② 陈梦家：《五行之起源》，《燕京学报》1938年第24期。

陈寅恪论析道教形成缘由时，认为自邹衍谈天学说至方士神仙之论，皆出于燕、齐之域。他说："盖滨海之地应早有海上交通，受外来之影响。以其不易证明，姑置不论。"① 而傅斯年在"论春秋战国之际为什么诸家并兴"时认为古希腊文明之发达，实深受东方及埃及之影响；文化接触、交流、互渗是人类文明发展的常态。然而，傅斯年认为"东周时中国之四邻无可向之借文化者"，这一想法恐怕是天朝文化中心主义自大心态的表现。人类文明形态差异而多元，蛮夷戎狄在某些方面也未必就比中原文明落后。况且，傅斯年忽视了当时中外海道交通之事实性影响。后来在"论战国诸子之地方性"时，他有一个猜想，庶乎近于真相，即齐地"地方又近海，或以海道交通而接触些异人异地"。② 陈寅恪虽然考虑到海上交通之外来的文化影响，然而无从确指具论。其实，山东半岛尤其是胶州半岛与印度南亚次大陆之海道交通及其文化交流，由来已久，实不可忽视。韩半岛所受南亚、东南亚文化之影响的历史痕迹，也可以为之作一旁证。既然韩半岛深受它们文化的影响，山东半岛、辽东半岛不会不受到东南亚、南亚文化的影响。《山海经·海内经》记载："东海之内，北海之隅，有国名曰朝鲜、天毒，其人水居，偎人爱之。"③ 注释者一般以为，由于朝鲜与印度所处之地遥远，此处并置而谈，怀疑原文有误。其实，《山海经》此处的书写，可能是古人外交经验的记忆。由于印度人曾聚居并活跃在朝鲜半岛上，因此误导中土人认为有一"天毒"国在。此处的记载，证明了上古时期中国与外国尤其是印度之间的海路交往。

陈寅恪对于中国滨海之地尤其是燕、齐"应早有海上交通"的推测，确实是卓见。"古代中原人称山东居民为'东夷'，《越绝书》中记载：'习之于夷。夷，海也。'直至春秋、战国，这一地区仍与东南

---

① 陈寅恪：《天师道与滨海地域之关系》，《金明馆丛稿初编》，上海古籍出版社1980年版，第1页。
② 傅斯年：《傅斯年全集》第2卷，湖南教育出版社2003年版，第265、271页。
③ 冯国超译注：《山海经》（普及版），商务印书馆2016年版，第550页。

沿海一带以航海著称于世。所谓：'以舟为家，以楫为马。'"① 从而表明燕、齐之地自远古以来就有航海交通的传统，以及通过海路与世界上其他地区的文化进行交流。这或许是燕、齐方士较早具有五行思想的海外渊源的影响路径吧？

五行思想是古代人类关联思维的产物，因此中国历史上五行思想的表现描述就体现为天下万物无不在五行结构的认知之中。兹以《元史》中的"五行"叙述为例试论述《山海经》与五行叙事之间的关系。

据《元史》，五行之一，水，包括大雨、霜降、冰雹、大雪，以及女人。这一节末，记载了诸多女子一产三子或四子，以及所产儿异常、畸形的情况，如至元二十年（1283）"四月，固安州王得林妻张氏怀孕五月产一男，四手四足，圆头三耳，一耳附脑后，生而即死，具状有司上之"。元史引《唐志》解释云："物反常为妖，阴气盛则母道壮也。"②《山海经》中多见反常的身体书写，如一目国人、柔利国人、深目国人、无䏶国人、无肠国人，以及怪兽、怪鱼、怪蛇、怪木、怪鸟等。

五行之二曰火，包括火灾、芝、赤气等。芝何以为火？或许是由于其色为赤的缘故。赤气与火类似之处，在其色皆为火色，即赤也。如果用弗雷泽在《金枝》中得出的相似律来解释，当豁然开朗。古人的分类意识，有一些在今天看来殊不可解，当从五行思想中寻觅，或别有会心，或有合乎情理的历史性解释。

五行之三曰木，此节包括木冰、木虫灾。但不知何故，结末竟然还叙述了霖雨害稼，这一点似乎应该属于水。五行思想的发展，在古代中国历史上，与灾异、警示等道德政治建立了内在的逻辑联系。这是董仲舒的贡献，这种政治人事关联天灾异常的阐释框架，也具有正面的政治意义，那就是吓唬君主和官宦恪守正义和伦理法则。

---

① [美] 巫鸿著，郑岩、王睿编：《礼仪中的美术——巫鸿中国古代美术史文编》，郑岩等译，生活·读书·新知三联书店2005年版，第37页。
② （明）宋濂等：《元史》，中华书局1976年版，第4册，第1064页。

五行之四曰金。古人认为"金石同类",故此节除叙述铁矿外,还记叙了陨石。铁矿、陨石为一类故也。此外,"五行之金"还叙述了大旱之灾。理由有二:一是"庶征之恒旸,刘向以为春秋大旱也";二是"京房易传曰'欲得不用,兹谓张,厥灾荒。'荒,旱也"。① 由旱而引出"蝗虫",理由是"恒旸,则有介虫之孽"。② 如果没有这些自招的文字叙事,后人谁会认知其内在的五行逻辑,后人何以会理解蝗虫属于五行之金?除了上述现象,白雉、白鹿、白虹、白气、白晕、"天雨毛"等皆在录,缘由为金之色为白。

五行之五曰土。该节记载了饥、疫、大风、裸虫、沙尘暴、地震、嘉禾等,尤其是"至元十六年四月,益都安乐县朱五十家,牛生犊,两头四耳三尾,其色黄,既生即死。大德九年二月,大同平地县迷儿的斤家,牛生麒麟而死"。③ 所谓瑞兆嘉禾者,大多为"一茎九穗""一茎七穗""一茎五穗""一茎六穗"等。

五行"水不润下"篇记载,元至元"二十三年正月甲辰,广西贵州江中有物登岸,蛇首四足而青色,长四尺许,军民聚观而杀之"。二十七年"七月,益都临朐县有龙见于龙山,巨石重千斤,浮空而起"。④ 这些五行的叙述,或者是道听途说,或者是胡说八道,然而史官却信以为真,此为可注意也。这些记述,容或有之,不过是自然界中的罕见现象罢了。但是,它们都成了五行叙事的典范。

同理,《元史》五行"火不炎上"篇、五行"金不从革"篇、五行"稼穑不成"篇等所记载的,都是自然界或人类社会里的异常现象。然而,五行思想是当时的人们认知和理解世界的思维框架,自然现象也就成为他们言说政治、表述诉求的舆论工具。五行思想作为知识框架,老百姓对它们作了与当时的现实政治相关联的附会。

以上所引述是《元史》中五行思想意识的叙述,与《山海经》的

---

① (明)宋濂等:《元史》,中华书局1976年版,第4册,第1069页。
② (明)宋濂等:《元史》,中华书局1976年版,第4册,第1071页。
③ (明)宋濂等:《元史》,中华书局1976年版,第4册,第1081页。
④ (明)宋濂等:《元史》,中华书局1976年版,第4册,第1099页。

叙述是何其相似！上文之所以不厌其烦地全引《元史》中的五行之叙事，原因就在于展现史书中的五行叙述与《山海经》中的奇异怪诞叙事是何等相似甚至类同！事实上，古代正史自《史记》以来只要有《五行》篇，它们的叙述和记录大同小异。我们是不是可以逆推《山海经》与《五行》实质上是同一的，《山海经》是战国时期的五行思想的反映、想象和书写？

小　结

对《山海经》性质的把握，不能凭空想和想当然，而应该回到《山海经》的文本内部以及该文本生成的历史语境中去探讨。依据《山海经》文本的行文，结合它生成的时间、空间和历史事件，可知《山海经》本是祠官祭祀"天地名山大川鬼神"的仪式辑录。秦一统六国后，朝廷命令全国的祠官序列名山大川的祭礼，建构国家封禅的礼制，从而诞生了《山经》。刘邦灭项羽建立汉朝后，历经西汉一朝，学者们一直在增补、订正和整理《山经》《海经》，到刘歆集大成为一书《山海经》，上奉皇帝。

马克思曾说过，人体解剖对于猴体解剖来说是一把钥匙。此说极有道理。同样的道理，当我们从历史的后部往前看的时候，更容易把握其间的规律。从《元史》中的五行篇逆推可以得知，《山海经》中的奇特叙述极有可能就是秦汉时期人们五行思想与国家意识相结合的产物，因此《山海经》的性质就不是神话或地理志或历史书云云，而秦初祭祀"天地名山大川鬼神"仪式礼制化、汉朝廷官方的文字整理，其间的怪力乱神书写是燕、齐文化中五行思想之体现和辑录。

第二章 跨学科研究

第一节 龙睛还是凤目：伏羲的眼睛

甘肃省天水市秦州区伏羲庙中的伏羲塑像，他的眼睛为什么是圆目（如图2-1所示）？伏羲被看作中华民族的人文始祖，汉民族为蒙古人种，是黄种人，本族群眼睛的体征为细长，美其名曰"凤目"。而伏羲的大目，又大又圆，为环目，号称"龙睛"。凤目与龙睛，差别如此之大，从生理学、人种学、民族学、遗传学等角度来说，伏羲的圆目形象似乎需要做进一步的理论考察和现实反思。

伏羲为什么是大目或圆目？这一身体形象是受到了藏族文化的影响吗？它是依据龙的形象而创作的视觉化塑像吗？伏羲塑像是何时成像的，有没有效果历史的何所向投射？伏羲究竟是哪一个种族或民族的始祖？作为人文始祖的伏羲形象是如何建构的？

甘肃省甘谷县铁瓦寺"伏羲塑像其正圆之目，犹如龙睛虎目，此龙睛虎目与伏羲故都河南省淮阳县太昊陵古传伏羲塑像相同"。[1] 甘肃省天水市陇城女娲庙里的女娲，也是圆目、环眼。可见，本节对诸如伏羲、女娲等塑像圆目问题的考察，具有社会学上类型学的价值和意义。也就是说，伏羲圆目之考察虽然是一点，但是它所针对的问题则

---

[1] 杨复竣：《中华始祖太昊伏羲：中国远古文明探源》（上），上海大学出版社2008年版，第52页。

是一个类型,即:有一系列类似的社会学问题,解决这一具体问题,实际上也就解决了这个类型的根本问题。

图 2-1 甘肃省天水市秦州区伏羲庙中的伏羲塑像

一 伏羲的圆目来自龙睛

1. 纬书文字文本中的伏羲形象

伏羲究竟长什么模样呢?伏羲的形象,从史学的角度来看,是被建构而成的。伏羲之名,最早见于战国时期的《周易·系辞》,所谓"包牺氏"。中国神话的渊薮《山海经》中没有出现伏羲。《楚辞》中也没有提及伏羲。最初,他没有形象。在汉代,谶纬之学盛行。纬书的作者们将伏羲建构为"人面蛇身"之形象。例如,《列子·黄帝篇》曰:"庖牺氏蛇身,人面,牛首,虎鼻。"[1]《帝王世纪》曰:(伏羲)"蛇

---

[1] (晋)张湛注:《列子》,上海书店1986年版,第27页。

身人首"。①《帝系谱》曰:"伏牺人头蛇身,以十月四日(人)定时生"。②《玄中记》曰:"伏羲龙身。"③……从这些叙述和书写可知,伏羲是"人头蛇身"。蛇身或者是龙身,这是他们的共同之处。然而,从蛇的维度界定龙,应该是受到古代印度的影响,也就是说,龙身与蛇身相混淆,是佛教传入中原之后的事情;之前,龙另有原型。伏羲的形象并不统一,这说明了什么?它只能表明,伏羲的形象史,就是他在历史时空中被建构的历史。

《山海经·海内东经》曰:"雷泽中有雷神,龙身而人头。"④《淮南子·坠形训》曰:"雷泽有神,龙身人头,鼓其腹而熙。"⑤民间故事叙述道,伏羲为雷神之子,雷神"龙身人首",于是伏羲"人头蛇身"也就顺理成章,因为自李唐以来,受古印度的影响,龙即蛇。印度的蛇王那伽、蛇后那伽尼在中国被称为龙王、龙后。龙王就是蛇王吗?也不尽然,古代中国故事中龙王为人身龙头。《山海经》中的龙神则是人面蛇身。身体结构的差异化表现,表征的是不同族群对蛇神形象的认知差异性。

在中国古代,龙的形象史是一部演变发展、不断建构的历史。龙的原型有野猪、鲤鱼、八尺以上的马、细犬、牛、雷、鸟、熊、蜥蜴等,由于它不是本节的研究对象,此处不展开。但是,需要指出的一点是,"猪眼""鱼眼""牛眼"或者"虎目"等都属于"大目"的系列。

龙又被称为"九似",就是因为它由九种动物组成。据《尔雅翼》,龙的"角似鹿、头似驼、眼似兔、项似蛇、腹似蜃、鳞似鱼、爪似鹰、掌似虎、耳似牛"。⑥如今,在民间故事中,"九似"被演绎

---

① (晋)皇甫谧撰,(清)宋翔凤、(清)钱宝塘辑:《帝王世纪》,辽宁教育出版社1997年版,第2页。
② (宋)李昉:《太平御览》,上海:商务印书馆1935年版,第1册,第41页。
③ (晋)郭璞撰,(清)茆泮林辑:《玄中记》,载《续修四库全书》第1264册,上海古籍出版社1996年版,第283页。
④ 袁珂校注:《山海经校注》,上海古籍出版社1980年版,第329页。
⑤ (汉)刘安等:《淮南子》,岳麓书社2015年版,第38页。
⑥ (宋)罗愿撰,石云孙点校:《尔雅翼》,黄山书社1991年版,第283页。

为伏羲征服了分别以雄鹿、鳄鱼、老虎、长须鲸、巨蜥、苍鹰、红鲤、白鲨等动物为图腾的九个部落。于是，伏羲就成为九部落一统之后的大酋长。①

让我们先看看中国古代文献记载中伏羲的形象，尤其是关于"大目"的叙述。《孝经·援神契》曰："伏牺大目，山准，日角，衡而连珠。"②《春秋纬·元命苞》云："伏牺大目，山准龙颜。"③《春秋纬·合诚图》写道："伏羲龙身牛首，渠肩达腋，山准日角，龘目珠衡，骏毫鬣鬛，龙唇龟齿，长九尺有一寸。"④《拾遗记》云："庖牺，长头修目，龟齿龙唇，眉有白毫，须垂委地。"⑤……上述引文中的"大目""龘目""修目"等都突出了伏羲的眼睛是大的，但并没有强调是圆目。又可知，伏羲形象的皴染和成型，主要是中国古代纬书的贡献。

纬书是汉代儒生编撰的所谓远古时代谶纬思想的辑录，谶纬思想本质上是神学，谶是方士化儒生所造作的隐语图录，纬是相对于经学而以神学附会和解释儒家传统经典的新学说。纬书建构了祥瑞灾异、神化帝王和河图洛书、占星望气等博物学知识，其中也涉及一些今天看来好像是神话其实是民间故事的故事文本。

西晋皇甫谧等编纂的《帝王世纪》依据之前的纬书文本，对伏羲相关的神话知识作了整合，写道："太昊帝庖牺氏，風（不能简化写作"风"——引者注）姓也。母曰华胥，燧人之世，有大人之迹，出于雷泽之中。华胥履之。生庖牺成纪。蛇身人首，有圣德，为百王先。"⑥ 为

---

① 董素芝：《伟哉羲皇》，中华书局2004年版，第22页。
② [日] 安居香山、[日] 中村璋八辑：《纬书集成》（中），河北人民出版社1994年版，第964页。
③ [日] 安居香山、[日] 中村璋八辑：《纬书集成》（中），河北人民出版社1994年版，第589页。
④ [日] 安居香山、[日] 中村璋八辑：《纬书集成》（中），河北人民出版社1994年版，第762页。
⑤ （晋）王嘉撰，孟庆祥、商嫄姝译注：《拾遗记译注》，黑龙江人民出版社1989年版，第1页。
⑥ （晋）皇甫谧撰，（清）宋翔凤、（清）钱宝塘辑：《帝王世纪》，辽宁教育出版社1997年版，第2页。

什么说伏羲出生于雷泽？因为《周易·说卦传》曾云"帝出乎震"。①震者，东方也，雷也，雨神也，故伏羲"出于雷泽"，为雷神之子，"蛇身人首"，从而其目为龙睛。

2. 伏羲的图像史略

王青认为："图像乃是可以和文献并行甚至高于文献的一个神话系统，在这个系统内，运用着不同于文字的视觉语汇和形象思维方式，有着自己的主题内容、表现手段、象征方法和叙事原则。"② 此诚为卓见。之前，人们往往只是以图像证史。而据王青的观点，图像不仅可以证明历史，而且本身就是历史。我们对伏羲的图像史作一简要的透视，以把握伏羲龙睛形象的源流正变。

学界的共识是，最早的伏羲、女娲像出现在西汉卜千秋墓的壁画上，此墓位于河南省洛阳市烧沟村，其年代大致是在公元前86年至公元前49年之间。从那时起，一直到隋唐，"伏羲女娲几乎是清一色的人首蛇尾形象"。③ 而我们端详伏羲的"人首蛇尾形象"，并没有发现伏羲的眼睛为"圆目"。

张僧繇是南北朝时期萧梁朝的画家，"画龙点睛"这个成语就出自他的故事。他以"退晕法"画"凸凹花"，富有立体感，曾受域外画技之影响。他画的《伏羲·神农》中的伏羲，就是人的形象，去除了蛇身、鸟翼等动物因素。天水一朝，人文趋向顶峰。正如陈寅恪所言："华夏民族之文化，历数千载之演进，造极于赵宋之世。"④ 宋代画家马麟所绘伏羲图中，伏羲是一位中年人，面庞清秀，留有胡须，长发飘散，神采奕奕，身穿兽皮长袍。

宋代及其以后的伏羲、女娲像展现为完全的人形。在明代王圻编

---

① 冯国超译注：《周易》，华夏出版社2017年版，第421页。
② 王青：《从"图像证史"到"图像即史"——谈中国神话的图像学研究》，《江海学刊》2013年第1期。
③ 王青：《从"图像证史"到"图像即史"——谈中国神话的图像学研究》，《江海学刊》2013年第1期。
④ 陈寅恪：《陈寅恪集·金明馆丛稿二编》，生活·读书·新知三联书店2001年版，第277页。

写的《历代神仙通鉴》中，伏羲腰部围着树叶做的衣服，俨然一个普通人。其实，王圻对伏羲形象的想象是有问题的，因为在远古时代，原始人穿树皮、兽皮，不会穿树叶做成的衣服。古人其实也意识到了这一点，如《礼记·王制》所言"西方曰戎，被发衣皮"①；再如《白虎通德论》云古人"茹毛饮血而衣皮苇"②，"苇"意为经去毛加工制成的柔皮。

从关于伏羲的文献资料可知，伏羲的形象史，经历了从人面蛇身或人面龙身的组合体，到完全人形的发展过程。而伏羲庙宇里的塑像之塑造，一般来说，依据相关的文献资料，主要是依纬书而成；当然，不排除元代色目人对三皇庙建筑和伏羲塑像的隐性影响。伏羲的圆目，最早的叙述见于纬书中的"大目"。无论是龙还是蛇，它们的眼睛都是又圆又大。而元代，西域人中间不乏圆目的白种人。更何况，天水既有鲜卑人的后裔，又有粟特人的后代。当年伏羲的塑像，极有可能是受到当地文化的地方性影响的。

伏羲的圆目来自龙眼。在甘肃省天水市伏羲庙民间春祭仪式中，恭请黑爷，即青龙龙王，与伏羲的龙之神化也是相契合的。西汉末年，伏羲与太暤的杂糅及其合二为一，决定了伏羲既是人宗爷，又是龙神。黑爷，虽然是人身人面，其实是伏羲始祖的神的形式的存在。伏羲庙的迎神黑爷，其塑像的原型则来自中国古代戏曲中皇帝或王的形象。

二 伏羲的龙睛来自太暤氏

如上所述，伏羲形象的大目或圆目之想象，来自龙睛（如图 2-2 所示）。于是，伏羲与龙之间的内在关系就必须予以考察，它们二者之间的文化结构及其逻辑关系需要进行勾勒和深描。

伏羲"号曰龙师""以龙纪官"③，从逻辑上来说，伏羲与龙的关

---

① 张延成、董守志编著：《礼记》，金盾出版社2010年版，第132页。
② （汉）班固：《白虎通德论》，上海古籍出版社1990年版，第10页。
③ （唐）司马贞：《三皇本纪》，转引自（明）凌稚隆辑校，（明）李光缙增补，于亦时整理《史记评林》（1），天津古籍出版社1998年版，第3页。

图 2-2　龙，尤其是龙的圆目

联、整合与合一其实源自太皞，或者说是伏羲与太皞重合之后的产物。在中国龙文化的建构中，追根溯源，最古老的起点被规定为三皇五帝之首的伏羲。左丘明在《左传·昭公十七年》中引郯子语说："太皞氏以龙纪，故为龙师而龙名。"① 此处说的是太皞氏，不是伏羲氏；二者的杂合而一统，是西汉末年的事情。伏羲以龙纪官之说，源自中国古代星相学。依据星相学，太皞氏为东方的太阳神，而东方的星象是青龙，因此，太皞氏以青龙为师、以龙名、以龙纪。

《左传》此说，被司马贞《补三皇本纪》、刘恕《通鉴外纪》、罗泌《路史》等所继承，并发扬光大，生成一种专门的谶纬知识。《通鉴外纪·庖羲氏》云："太昊时，有龙马负图出于河之瑞，因而名官始以龙纪，号曰龙师。"② 太昊，即太皞。河，即黄河。无论是谁的塑像、雕像或画像，都应该讲究内在的逻辑，否则，信仰无从生成。就龙马而言，卦台山的龙马长着翅膀，龙马又不是在天空飞，为什么长

---

① （春秋）左丘明撰，蒋冀骋标点：《左传》，岳麓书社1988年版，第322页。
② （清）吴乘权等辑：《纲鉴易知录》（上），中华书局2009年版，第3页。

着翅膀？龙马如画上鱼鳞，应该比画上翅膀合理得多。毕竟，故事说龙马是在水里将图负给伏羲的。

刘恕列举 11 种龙官："命朱襄为飞龙氏，类书契；昊英为潜龙氏，类甲历；大庭为居龙氏，造屋庐；浑沌为降龙氏，驱民害；阴康为土龙氏，治田里；栗陆为水龙氏，繁滋草木，疏导泉流"；"春官为青龙氏；夏官为赤龙氏；秋官为白龙氏；冬官为黑龙氏；中官为黄龙氏"。[1] 这 11 种龙官的建制，其内在的结构就是五行思想。闻一多在《伏羲考》中认为伏羲、女娲氏族人首蛇身的图腾，是中国龙的雏形，龙的形象。

如上所述，伏羲与龙之间的关系，源自星相学与五行思想，而其间关联的桥梁则是太皞氏。《淮南子·天文训》云："东方木也，其帝太皞，其佐句芒，执规而治春；其神为岁星，其兽苍龙，其音角，其日甲乙。"[2] 苍龙、青龙、黑水龙王、黑爷等有内在的关联性、历史逻辑性和演变性。

苍龙星象，所辖七宿，即角、亢、氐、房、心、尾、箕，如果以房宿距星为连接点连缀七星，就呈现出龙的形象。它在东方的天宇中，故古人在五行思想的框架下，依据关联思维，将东方、太阳、春天、青色、龙等建构为一个系统。

伏羲与龙之间建立关联，在历史上得益于西汉末年的刘歆。他根据五行思想将伏羲与太皞等同并整合为一，是之谓"太昊伏羲氏"。于是伏羲就成为青帝、苍龙、春帝、太阳神，是星相学上东方苍龙的化身。龙睛，又大又圆；伏羲的眼睛，应该也是又大又圆。然而，东汉虽然是伏羲、女娲对偶神最为盛行的时期，但是在东汉，伏羲的眼睛还不是龙睛，因为当时伏羲、女娲对偶图像主要表现的是阴阳关系。

《左传·昭公十七年》载"郯子来朝"，昭子问少皞氏鸟名官，何故？郯子曰："吾祖也，我知之。昔者黄帝氏以云纪，故为云师而云名。炎帝氏以火纪，故为火师而火名。共工氏以水纪，故为水师而水

---

[1] （南朝梁）沈约：《竹书纪年集解·前编》，上海：广益书局 1936 年版，第 10 页。
[2] （汉）刘安等：《淮南子》，岳麓书社 2015 年版，第 21 页。

名。大皞氏以龙纪，故为龙师而龙名。我高祖少皞挚之立也，凤鸟适至，故纪于鸟，为鸟师而鸟名。"① 刘歆据此而推论道："言郯子据少昊受黄帝，黄帝受炎帝，炎帝受共工，共工受太昊，故先言黄帝，上及太昊。"② 以太昊氏为古帝之首，而伏羲即太皞，故伏羲为三皇之首，从此就出现了太昊伏羲氏的说法。

《周易·说卦传》曰："帝出乎震。"③ 震在八卦中为东方之卦，五行属木。按五行相生之序，首为木，且太昊为东方之帝，"东方曰夷"，故太昊配木德，为青帝。又《周易·系辞》曰："古者包牺氏之王天下也。"④ 所以，刘歆认为："炮牺继天而王，为百王先，首德始于木，故为帝太昊。"⑤ 伏羲就是太昊之说，始自刘歆。"稽之于《易》，炮牺、神农、黄帝相继之世可知。"⑥ 太昊伏羲氏继天而立，神农、黄帝皆继太昊伏羲氏而立。从刘歆所论，伏羲是中国人最早的始祖。而《左传·昭公十七年》中的"大皞氏以龙纪，故为龙师而龙名"⑦、《三皇本纪》中的伏羲"有龙瑞，以龙纪官，号曰龙师"⑧ 等又表明，伏羲氏是以龙即蛇为图腾的。

三 伏羲圆目形象与始祖伦理身份在知识科学上的逻辑冲突

无论是写实还是艺术，视觉形象的塑造，从来都不是随心所欲的，而是有依据、有逻辑、有意义的。伏羲的形象、图像以及塑像，也是如此。就伏羲圆目而言，这里有一个需要追问的问题，那就是伏羲既

---

① （春秋）左丘明撰，蒋冀骋标点：《左传》，岳麓书社1988年版，第322页。
② （汉）刘歆：《世经》，转载自（汉）班固《汉书》，中华书局1962年版，第4册，第1011—1012页。
③ 冯国超译注：《周易》，华夏出版社2017年版，第421页。
④ 冯国超译注：《周易》，华夏出版社2017年版，第389页。
⑤ （汉）刘歆：《世经》，转载自（汉）班固《汉书》，中华书局1962年版，第4册，第1011—1012页。
⑥ （汉）刘歆：《世经》，转载自（汉）班固《汉书》，中华书局1962年版，第4册，第1011—1012页。
⑦ （春秋）左丘明撰，蒋冀骋标点：《左传》，岳麓书社1988年版，第322页。
⑧ （唐）司马贞：《三皇本纪》，转引自（明）凌稚隆辑校，（明）李光缙增补，于亦时整理《史记评林》（1），天津古籍出版社1998年版，第3页。

然是黄种人华夏民族——蒙古人种——的始祖,那为什么他的眼睛却是白种人的圆目?

作为中华民族或华夏民族的始祖,伏羲的形象应该是黄种人,即蒙古人种,他的眼睛无论是在画像还是塑像中应该是凤目,不是龙睛。蒙古人种眼睛都是细长的,文学艺术中一般将其称为"凤目"。而伏羲的眼睛是大目、圆目或环目,即龙睛。

神话想象与种族学、生理科学上的冲突,主要体现在圆目为胡人,具体地说,就是雅利安白种人的特征上。从种族学的角度来看,圆目是白种人的特征之一。我们人类从人种来区分,主要包括蒙古人种、尼格罗人种、高加索人种和澳大利亚人种等。蒙古人种为黄种人,其体貌特征为:中等大小的眼睛,眼有内眦褶,面扁平、眉脊不显、颧骨突出、中颌。高加索人种为白种人,其体貌特征为:大眼睛,无内眦褶,面前凸、眉脊稍显、颧骨不突出、正颌。由此可知,圆目或环眼的体征,不应是汉人的身体特征,而是白种人尤其是高加索人种的典型性体征。

从艺术图像史的角度来看,圆目的形象总是与胡人特别是西胡联系在一起,它是胡人或胡文化的表征之一。下面是圆目为胡人体征的图像证史的简略梳理。

1. 神祇的圆目

中国域外神话中多见神祇为圆目。例如,荷马史诗《伊利亚特》中所说的"牛眼的赫拉",牛眼即大目、圆目。藏传佛教中的金刚菩萨大多为三只眼睛的力士,这三只眼睛都是圆目;唐卡上佛教的护法或明王,大多也是圆圆的三只眼。这些形象应该不是西藏土生土长的,而是受到域外的影响。

2. 傩舞面具

在民间的塑像、壁画、砖雕等视觉艺术作品中,其原型或灵感大多来自中国古代的戏曲、说书等口头音景艺术。古代中国戏曲,是大多数老百姓知识的来源。天水民间伏羲春祭的仪式中,黑爷的面孔、打扮等无不是来自戏曲。最古老的戏曲,或许就是傩舞或祭祀神祇的仪式。

傩舞中的面具，尤其是藏族的傩舞面具，其眼睛大多为圆目（如图 2-3 所示）。金国明昌年间，朝廷在卦台山最初建立伏羲庙时，伏羲的塑像，尤其是他的圆目或许就取自傩舞面具中的形象。

图 2-3 藏族的傩舞面具

3. 护法

汉武帝时，张骞凿空西域，西域的佛教传入中土。其中的护法力士、金刚手、金刚菩萨、金刚力士等，其视觉形象为雄武的胡人，其眼睛则是圆目，一般为怒目虎视。

敦煌莫高窟第 454 窟，北壁所绘"梵王经·卢舍那佛说菩萨心地品"中的听戒神王，毛发悚立，青面獠牙，环眼暴珠，面目狰狞（如图 2-4 所示）。这幅画赫然映入眼帘的，一则为神王的圆目，二则为其蓝色的眼睛，显然，其原型取自白种人。白种人如雅利安人、粟特人、鲜卑人、大月氏人等的眼睛，其特征就是又大又圆，且是"碧眼"。

4. 武士俑

考古出土的武士俑里面，有圆目的形象。例如，北魏、北齐时期的武士俑，圆目或环眼，看上去不是汉人（如图 2-5、图 2-6 所示）。实际上，他们是鲜卑人，而据陈寅恪的考证，鲜卑人的主要体征为"须黄、肤白"①,属于白种人。

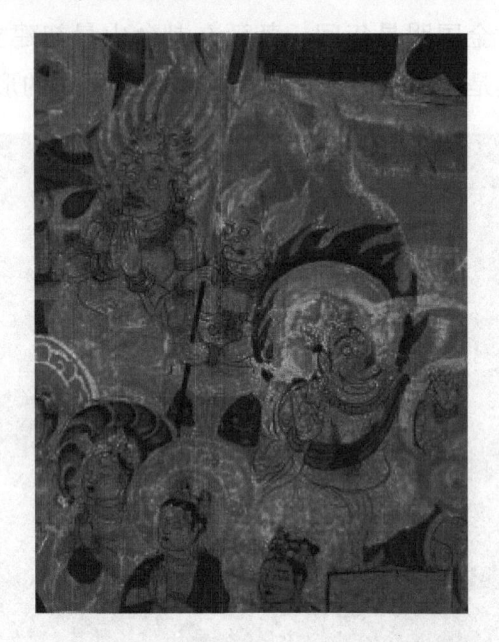

图 2-4　敦煌莫高窟第 454 窟北壁所绘听戒神王

图 2-5　北魏彩绘执盾武士陶俑

---

① 万绳楠整理:《陈寅恪魏晋南北朝史讲演录》,贵州人民出版社 2007 年版,第 86 页。

图 2-6　北齐武士俑

5. 唐卡、唐三彩

唐高宗的时候，兵锋西指，中亚一带成为羁縻之地。丝绸之路很安全，路上行走着粟特人、波斯人。唐三彩胡人俑，乃牵驼俑，大眼圆睁，颧骨突出，胡须茂密，身材高大，显然是西域胡人的形象（如图 2-7 所示）。这些白种人商胡的形象，保留在唐三彩的艺术作品里，千载而下，依然栩栩如生。

图 2-7　唐三彩胡人俑

唐卡是中国藏族文化中一种独具特色的绘画艺术形式，是藏民悬挂供奉的宗教卷轴画，其题材内容一般涉及藏传佛教和苯教，尤以喇嘛教为主。唐卡中的圆目形象，可谓是比比皆是，不胜枚举，人们习以为常。手持金刚菩萨，三眼圆睁，且每只眼睛都是又大又圆，是名副其实的环眼（如图 2-8 所示）。

图 2-8　善趣手持金刚菩萨唐卡

6. 天王

天王的称谓，最早始自西周时的周天子。佛教传入中土，天王是其中的护法神祇之一，主要功能为护持佛法，其形象则是西域人，眼睛都是圆目（如图 2-9 所示）。佛教中有四大天王，即持国天王、增长天王、广目天王、多闻天王。寺庙里一般都有其塑像，一进门便赫然映入眼帘。其实，不只是佛教故事中有天王，摩尼教、白莲教、明教等中也有"天王""太子"等称谓。少数民族出身的图王称霸者有的不称皇帝而自称天王。

图 2-9　敦煌莫高窟第 46 窟中的北方天王、南方天王

图 2-10 为中唐时期莫高窟第 154 窟南壁西侧下部所绘毗沙门天王与恭御陀天女，其中毗沙门天王，眼睛不仅是圆目，而且是蓝色，即碧眼，更是证明了其域外文化的特征。其原型当然不是取自黄种人汉族人，而是胡人，确切地说，不是北胡，而是西胡。

7. 西域帛画

在莫高窟第 285 窟（西魏壁画）、新疆吐鲁番阿斯塔那及高句丽等地方，伏羲、女娲还保留着人首蛇（龙）身形象："二氏在衣饰上具有明显的时代感和地域特色，若干件画像上的伏羲、女娲已是深目高鼻、卷发络腮、胡服对襟、眉飞色舞的'胡人'形象。"[①]

新疆出土的伏羲、女娲对偶图，上面的男女都是胡人的相貌，黄

---

① 李丹阳：《伏羲女娲形象流变考》，《故宫博物院院刊》2011 年第 2 期。

图 2-10　莫高窟第 154 窟所绘毗沙门天王与恭御陀天女

发须，圆目。推测其缘由，应该是中土伏羲、女娲对偶图在地化的结果，此图像或许出自西域胡人之手，画匠自然以自己人的相貌来绘事。从这个角度来看，伏羲庙里的伏羲塑像，他的圆目应该也与天水当地的居民有关：或许是受藏族傩舞面具的影响？或许是天水的粟特人财大气粗，而他们就是圆目大眼，因此工匠们有意识地讨好献媚？或许是黄头鲜卑形貌在历史上的影响？

8. 环眼贼张飞

《三国志》中的张飞传，叙述他"瞋目横矛""雄壮威猛"[1]。后人或许从中推演出张飞为圆目。从《三国志》可知，历史上的张飞，实

---

[1] （晋）陈寿撰，（南朝宋）裴松之注：《三国志》（上），上海古籍出版社 2011 年版，第 786—787 页。

乃一男子汉。后主刘禅的两任皇后都是张飞的女儿。试想，如果张飞真的就像平话、小说或戏曲里所刻画的"黑张飞""莽张飞"，根据遗传学，张飞的女儿们不会好看到哪里去。如此一来，刘禅是不会娶其为妻的。从反面来看，历史上的张飞应该是一位雄壮的男子汉，且面容英俊，因此其女由于遗传原因也是美女，获得刘禅的喜爱。而在民间文艺中，张飞被胡化了。唐诗曾经嘲讽"张飞胡"，而在《三国志平话》中，吕布喊张飞为"大眼汉"。① 在《三国演义》第十六回中，吕布骂张飞为"环眼贼"。② 由此可知，张飞被胡化，其胡气的体征表现之一就是"环眼"或"大眼"，即圆目。

9. 外国使臣

中国历史上的外国使臣，其中就不乏圆目、鹰钩鼻的使节。例如，唐代章怀太子墓壁画《客使图》中的"秃头"使臣，他的眼睛圆而大，胡人特征很鲜明（如图2-11所示）。

图2-11 唐代章怀太子墓壁画《客使图》（局部）

10. 清代门神

中国的门神信仰由来已久，从桃木到捉鬼的神荼、郁垒、钟馗，再到天王、力士，秦琼、尉迟恭等武将，魏征、包公等文官，一一不

---

① 《三国志平话》，上海古典文学出版社1955年版，第32页。
② （明）罗贯中：《三国演义》，上海古籍出版社2009年版，第93页。

等（如图2-12所示）。其中一部分，则是大目或圆目的形象，或许守护门户、驱鬼辟邪、保障平安，需要"睁大眼睛"也。大目包括圆目、虎目、凤目等，其中的圆目即环眼让人印象深刻。

图2-12 神荼、郁垒像（清代）

圆目是不是具有胡气，或者能不能说圆目取自西胡的体貌特征？

《春秋纬·元命苞》云："伏羲大目，山准龙颜。"① 从而可知，伏羲实在是具有白种人的体貌特征，即"大目"。元代历史上，蒙古兵三次西征，色目人来到中原的颇多，从而在话本小说、戏曲杂剧等中都有所反映，如张飞被称为"大眼汉"或"环眼贼"。这则文献也可旁证西域人的体貌特征之一就是"大眼"或"大目"。

《春秋纬·合诚图》云："伏羲龙身牛首。"② 印度人崇奉牛，这里

---

① ［日］安居香山、［日］中村璋八辑：《纬书集成》（中），河北人民出版社1994年版，第589页。
② ［日］安居香山、［日］中村璋八辑：《纬书集成》（中），河北人民出版社1994年版，第762页。

的"牛首",或许是牛首之面具。牛的眼睛颇大,故古希腊神话中以牛眼称呼赫拉。"牛眼的赫拉""白胳膊的赫拉"等描述,表明赫拉的原型当是雅利安人。希腊人的族源之一就是雅利安人。伏羲牛首,眼睛自然也是牛眼,由是推之,伏羲圆目形象的生成不排除与藏族甚至古印度相关联之可能。

王延寿《鲁灵光殿赋》云,伏羲鳞身,女娲蛇躯。王逸《楚辞·天问》注曰:女娲人头蛇身。《列子·黄帝篇》云:"庖牺氏、女娲氏、神农氏、夏后氏,蛇身人面,牛首虎鼻,此有非人之状,而有大圣之德。"① 我们知道,今见《列子》乃晋人假托列子而成,因而关于伏羲"人首蛇身"之文字描述,最早也不过出现于东汉。

钟敬文认为,马王堆汉墓帛画里站在太阳和月亮之间的大神是伏羲,其论证的依据之一就是伏羲"人首蛇身"。② 人面兽身之身体构造类型,似乎颇具中国特色。《山海经》中的神祇,尤其是动物神祇,从身体结构来说大多是人面兽身。如前所述,古印度神话中的动物神祇,其身体构建除了蛇神,基本上都是兽头人身,例如大家非常熟悉的佛教图像中的牛头马面;又如,古印度神话中的那伽、那吉尼等蛇神,比中国的伏羲女娲人首蛇身更为久远,而古埃及金字塔壁画中也有双蛇交尾的图像,似乎亦可以表明中国上古文明与大西域文明有密切关联。

四 信息讹误、信息冲突与伦理身份的图像化订正

从知识考古可知,伏羲的视觉文化形象,不是从来就有的,也不是一成不变的,而是与时俱进,从神文到人文,几经演变。当我们意识到伏羲的圆目与他作为中华民族始祖伦理身份不相符的时候,就应该及时地予以订正。

在伏羲文化的大数据库中,我们发现其中的信息讹误以及信息冲突比比皆是,在当今世界图像化的时代,民族文化和文明信息的视觉

---

① (晋)张湛注:《列子》,上海书店1986年版,第27页。
② 钟敬文:《钟敬文民间文学论集》(上),上海文艺出版社1982年版,第126页。

化、听觉化、触觉化已经成为一个无从否认的事实，因此，由文化信息讹误以及信息前后矛盾所引发的图像谬误也就成为我们必须正视的、迫切需要解决的现实问题。

小 结

由以上可知，伏羲的圆目形象是一种历史文化的地方性建构，不具有普遍性，因此，与人种学、民族学等科学知识存在的直接矛盾和冲突可能造成信息讹误和信息冲突等后果。

第二节 伏羲女娲兄妹婚问题

伏羲女娲的兄妹婚，是中国神话故事中的一个母题，迄今前贤时俊多有所探讨。刘宗迪认为，"伏羲女娲兄妹婚故事是中国上古历法中'苍龙纪时'制度的产物"，"伏羲女娲兄妹婚故事原本是用来解释婚姻制度和风俗起源的"[1]；雷文彪、唐骋帆认为，伏羲女娲兄妹婚是瑶族族源的文化记忆[2]；章立明认为，兄妹婚型洪水神话的功能在于强化血亲不婚的婚姻意识，不是人类早期血缘婚的重要证据[3]……这些研究对伏羲女娲兄妹婚问题都有所推进，但是，它们都没有回答下列问题：为什么伏羲女娲兄妹婚最早的书写竟然出现在中唐而不是神话的生成时间上古？伏羲女娲兄妹结合前为什么具有自觉而强烈的婚姻伦理禁忌意识？究竟是汉民族的伏羲女娲兄妹婚叙事影响了南方少数民族洪水神话的相关叙事，还是相反？

一 为什么是唐代？

伏羲女娲兄妹婚的最早记载见于李冗的《独异志》：

---

[1] 刘宗迪：《伏羲女娲兄妹婚故事的源流》，《民族艺术》2005年第4期。
[2] 雷文彪、唐骋帆：《"伏羲兄妹"神话：广西大瑶山瑶族起源历史记忆的文化表征》，《河池学院学报》2020年第3期。
[3] 章立明：《兄妹婚型洪水神话的误读与再解读》，《中南民族大学学报》（人文社会科学版）2004年第2期。

> 昔宇宙初开之时，只有女娲兄妹二人在昆仑山，而天下未有人民，议以为夫妇，又自羞耻。兄即与其妹上昆仑山，咒曰："天若遣我兄妹二人为妻而烟悉合；若不使，烟散。"于是烟即合。其妹即来就兄，乃结草为扇以障其面。今时人娶妇执扇，象其事也。①

据专家考证，李冗的《独异志》成书于中唐晚期。确切地说，"《独异志》成书于咸通六年（865）后"。② 这个时间上的判断，其依据是作者在咸通六年为明州刺史，而明代嘉靖抄本自序署名"前明州刺史"。即使依据《独异志》内容中的条目，载事最晚者为大中年间，从文本而论，《独异志》的成书当晚于大中年间（847—860）。从而可知，《独异志》成书于865年之后。875年，唐朝进入晚唐。因此，《独异志》成书于中唐晚期。

西方神话学家威廉·巴斯科姆认为，神话是"发生于久远过去的真实可信的事情"。③ 从时间来看，神话是"上古"时期的真实叙述。伏羲女娲兄妹婚叙事在中唐才出现，如此晚出表明它不是西方神话学意义上的"神话"。古希腊神话、古埃及神话、古代伊朗神话、古印度神话是西方意义上的神话，它们当中都有血缘婚的叙事。

中国汉语言世界中伏羲女娲兄妹婚的说法及其叙事为什么晚至中唐才出现？伏羲女娲兄妹婚的故事出现在中唐之所以成为一个问题，是因为从文化语境和生成时间来看它是不正常的，因为汉民族早在西周初年就已经实行同姓不婚的婚姻禁忌。《国语·晋语》云："同姓不婚，恶不殖也。"④《左传·僖公二十三年》云："男女同姓，其生不蕃。"⑤ 同姓不婚的实质是避免男子与其母或姊妹或女儿乱伦。公元前

---

① （唐）李冗：《独异志》，中华书局1983年版，第79页。
② 于方：《〈独异志〉考论》，硕士学位论文，山东师范大学，2018年。
③ ［美］邓迪斯编：《西方神话学读本》，朝戈金等译，广西师范大学出版社2006年版，第10页。
④ 上海师范学院古籍整理组校点：《国语》（下），上海古籍出版社1978年版，第349页。
⑤ 杨伯峻编著：《春秋左传注》（修订本），中华书局1990年第2版，第1册，第408页。

1046年，周武王灭商，建立了周王朝。到中唐晚期，中原民族践行同姓不婚的婚姻禁忌将近两千年。况且，大唐法律严令禁止同姓为婚。《唐律》规定："诸同姓为婚者，各徒二年。缌麻以上，以奸论。……并离之。"这里的"同姓为婚"，指的是"同宗共姓"。① 从而可知，晚至9世纪，《独异志》叙述了伏羲女娲兄妹婚的故事，这不能不说很突兀。

笔者认为，这种有违人伦的情理突兀叙事来自唐代，尤其是中唐的宗教现实。最晚在南北朝时期，祆教就已经传入中国。几乎是同时，摩尼教也传入中国（详见拙文《摩尼教究竟是何时传入中国的》，此处不赘）。朱熹讥讽大唐夷风肮脏，原因在于唐皇室婚姻多有与汉文化礼法规定相违背者。例如，李世民杀乃弟李元吉而娶弟媳杨氏，这是收继婚；李治娶乃父李世民妾武媚娘，这也是收继婚。收继婚是鲜卑族的婚俗，而李唐皇室是鲜卑人后裔，故魏征反对收继婚，但是李唐皇室依然我行我素。收继婚是族外婚，与兄妹婚不一样。

651年，萨珊波斯被阿拉伯帝国灭亡。琐罗亚斯德教是萨珊王朝的国教。阿拉伯征服者要求被征服者波斯人要么皈依伊斯兰教，要么缴纳高额税费。绝大部分波斯人皈依了阿拉伯人的宗教，而一部分虔诚的琐罗亚斯德教教徒南迁到印度，成为今天的帕西人；一部分沿着丝绸之路来到了大唐。

唐高宗时，苏定方带领大军打败了西突厥。大唐朝廷在中亚一带设立濛池都护府和昆陵都护府，从此羁縻这一地区近百年。粟特人沿着丝绸之路来到中土，在长安西市、太原、洛阳等地经商。粟特人信奉祆教，祆教提倡族内血缘婚，认为这是至善。在中国的粟特人不对外传教，所以，祆教几乎不为非粟特人所知。与之接触的唐人误以为粟特人的战神得悉神为印度的湿婆。此可例证，即使是唐代人对祆教的了解也极其有限。

安史之乱爆发，回纥牟羽可汗带领他们的骑兵帮助大唐朝廷戡乱。

---

① （唐）长孙无忌等撰，刘俊文点校：《唐律疏议》卷14，中华书局1983年版，第262页。

回国时，洛阳四位摩尼师跟随可汗回到了西域，从此回纥举国上下皈依摩尼教。摩尼教成为回纥的国教后，借助回纥是大唐的恩主，要求唐王朝同意摩尼教在长安、洛阳、荆州、扬州、洪州、越州等大都市建立大云光明寺以传教。从唐代宗到唐武宗法难之间，摩尼教在中国盛行一时。

当时，并非摩尼教一枝独秀，其他宗教，尤其是西域宗教，诸如祆教、景教等都颇为盛行。唐武宗会昌灭法，"凡国中所有的大秦寺、摩尼寺，一并撤毁"[1]，勒令大秦教、祆教、摩尼教徒众还俗或归国。人数达两三千人，从而可知，信奉三教的何其之多！当然，信奉祆教的主要是粟特人，也就是说，只要有粟特人在大唐经商，就有祆教在流行。

波斯国信奉琐罗亚斯德教，琐罗亚斯德教提倡血缘婚，因此，即从皇室来看，兄妹婚、母子婚在历史上皆有记录在案。沙普尔娶了他的女儿为妻。冈比西斯娶了他的姐妹。亚历山大发现波斯一位总督娶了母亲且生有两子。此类事例，不胜枚举。有学者认为，人类历史上不曾出现过血缘婚，血缘婚叙事不过是近亲结婚禁忌的强化，这一看法在琐罗亚斯德教教徒族内血缘婚的事实面前似乎站不住脚。

如此说来，中唐社会里的兄妹婚事实性存在，导致李冘关于伏羲女娲兄妹婚的笔记叙事。兄妹婚何以在大唐存在？且不说兄妹婚，大唐还存在父女婚或母子婚。据出土的苏谅墓可知，苏谅娶了他的女儿为妻。1955年，在西安出土了《苏谅妻马氏墓志》。墓志的男主角苏谅，时任左神策散兵马使，是来自波斯的萨珊王朝后代。墓志以汉文和巴列维文写成，其中汉文叙说了苏谅妻子马氏874年在长安过世，年仅26岁。背面巴列维文则说过世的马氏为苏谅之女。显而易见，苏谅娶了自己的女儿为妻。他们是粟特人，粟特人信奉琐罗亚斯德教。琐罗亚斯德教实行族内血缘婚。孤证不立。白居易是龟兹胡，即雅利安人的后裔。他的父亲娶了亲妹妹的女儿。

---

[1] ［日］圆仁：《入唐求法巡礼行记》，广西师范大学出版社2007年版，第121页。

琐罗亚斯德教的经典《阿维斯陀》训示说："最为正直而又正直的人，便是奉我马兹达教的信徒，他们一遵我教近亲结婚之规矩行事。"① 三夷教专家林悟殊说："古代琐罗亚斯德教是主张近亲结婚的，即双亲和子女结婚，兄弟姊妹自行通婚。"②《隋书》中记载，安国粟特人"妻其姊妹，及母子递相禽兽"。③ 唐代和尚慧超在《往五天竺国传》说粟特人"极恶风俗，纳母及姊妹为妻"。④ 粟特人的婚姻习俗在汉人看来为"极恶"，实际上，是它与汉文化同姓不婚习俗的冲突使然。

正因为我们通常一提及宗教就局限在释、道上，这种认知遮蔽了历史中宗教的真实情况。就唐代的宗教而言，除却释、道，祆教、摩尼教、景教等都对当时产生或大或小、或明或暗的影响。从李冗伏羲女娲兄妹婚的书写来看，正是因为祆教在社会中确实存在，才促成了它在笔记文献上的显现。这一显现在当时不以为然，然而后世却颇感突兀。

二 交合前为什么疑虑、畏惧或羞愧？

马克思指出："在原始时代，姊妹曾经是妻子，而这是合乎道德的。"⑤ 恩格斯在《家庭、私有制和国家的起源》中指出，按照摩尔根的意见，血缘家庭是家庭的第一阶段，婚姻集团是按照辈数来划分的，同胞兄弟姊妹、从（表）兄弟姊妹都互为兄弟姊妹，正因为如此，也一概互为夫妻。⑥ 也就是说，通常情况下，只有在原始社会中，血缘婚及其家庭才具有合法性。血亲婚时代是不存在乱伦禁忌的。乱伦禁忌出现在族外婚时代，大约相当于旧石器时代晚期。乱伦禁忌机制诸如

---

① *The Sacred Books of the East*, Vol. V, ed. F. Max Müller, trans. E. W. West, Delhi: Motilal Banarsidass Publishing House, 1965, p. 213.
② 林悟殊：《波斯拜火教与古代中国》，台北：新文丰出版公司1995年版，第73页。
③ （唐）魏征等：《隋书》，中华书局1973年版，第6册，第1849页。
④ （唐）慧超著，张毅笺释：《往五天竺国传笺释》，中华书局1994年版，第118页。
⑤ ［德］马克思、恩格斯：《马克思恩格斯选集》第4卷，人民出版社2012年第3版，第45页。
⑥ ［德］恩格斯：《家庭、私有制和国家的起源》，人民出版社2018年版，第37页。

图腾制度、姓氏制度、神话口述史等产生后，乱伦得到了有效制止。

然而，时至大唐，竟然极其突兀地出现了伏羲女娲兄妹婚叙事。考虑到自西周以来就形成的血亲不婚的礼法禁忌生态，这不能不令人深思何以会如此。上文已经排除了鲜卑民族的收继婚影响，那么究竟是什么原因促成了《独异志》的后婚姻伦理礼法书写？有人以为南方的洪水神话，尤其是其中的兄妹婚故事影响了李冗的《独异志》，事实果然如此吗？

仡佬族关于伏羲女娲兄妹婚的故事说：天降大雨，淹死了所有的人，除了伏羲女娲兄妹俩。他们到处找人，一个人也没有找到。一只乌龟告诉他们兄妹俩结合。妹妹听了，红着脸说："不要脸的金龟别乱讲，天下哪有兄妹做夫妻的道理，羞死了！"这个故事中特别值得我们注意的是妹妹的伦理反应，即：妹妹为什么脸红了？她为什么说"羞死了"？孟子说：无羞恶之心，非人也；羞恶之心，义之端也。这种羞耻心是兄妹婚故事中一种共同的情感反应，如在毛南族神话中，盘哥古妹兄妹成婚生子后，古妹就蒙耻出走。如果在远古时代，原始人会有这种羞耻心吗？这里的羞恶之心从何而来？民族的婚俗虽然不一，但亦有相通性：侗族的以伞遮面、高山族的以灰涂面、汉族的遮巾等据说都来自兄妹婚交媾时的羞耻感。红巾盖头的婚俗难道不是来自远古时代的抢婚？

云南弥勒地区的彝族史诗《开天辟地史》讲：

> 兄妹两人，就这样上来。一日走北边，世上没有人，一日走西边，一日走南边，一日走东边，世上没有人，伤心的日子不好过。天神沙罗坡，天上仙人下来了，对他兄妹二人说："世上没有人，只有你兄妹，兄妹二人要安家。"哥哥不敢答应，妹妹不敢答应。[1]

---

[1] 中国作家协会昆明分会民间文学工作部编：《云南民族文学资料》第18集，云南人民出版社1963年版，第230页。

兄妹婚叙事的自然情境和社会环境都是雷同的，即洪水或旱灾过后，人世间除了兄妹俩再没有其他人，因此，他们为了人类的繁衍不得不依从天意结合。然而，在彝族《开天辟地史》中，兄妹俩为何害怕呢？他们害怕什么呢？这种伦理恐惧来自何处？

几乎所有南方的其他民族的兄妹婚故事也与上述引文大同小异。亲兄妹面临婚媾问题，不是羞耻、恐惧，就是疑虑。亲兄妹能否结合？如果婚前没有一种社会性伦理的礼法规训，以及道德诛心之论，或是婚姻禁忌，近亲结婚是不会导致他们产生自我惩罚的伦理心理和行为的。

兄、妹两个或主要是妹妹拒婚，于是就有天神或乌龟什么的来劝婚。兄妹俩只好听天意，即通过两山滚磨、射箭、烧香、看烟、抛线穿针、抛刀入鞘、往天空扔石头、丢簸箕筛子、绕山转、问棕树、问乌龟、问竹、问松、问石、烟柱相绕、南山北山两股流水汇合、天神相劝、格知鸟相劝、隔山穿针、隔河洗澡、金龟劝、竹子劝、启明星劝等方式确定可否，其中滚磨占卜最为常见，滚锅、滚簸箕是其变形。这些方式，在本质上都是交媾的外形化。不可能的以天意的形式变成了可能的，因此，兄妹遵从所谓的天意就结合了。

血亲不婚的氏族外婚意识在数千年人类史的经验和教训中最终成为人类的性行为规范。乌丙安认为，在兄妹婚中妹妹拒婚是反对血缘婚的表现。妹妹拒婚，表明他们都有婚姻关系是以性伦理道德为基础的，而不是以性欲为根基的。妹妹拒婚、兄妹被迫成婚、婚后怪胎，"足以证明他们主要并不是反映了血缘家族的兄妹婚制，恰是反映了从血缘家族的兄弟姐妹婚姻到排除兄弟姐妹婚姻的氏族组织的过渡"。[①]

伦理道德意识的产生，是人类文明社会发展到一定阶段的产物。兄妹婚中的疑虑是因为对社会中存在的婚姻禁忌，禁忌按照弗洛伊德的说法即欲望，具体地说，就是同姓不婚、近亲不婚、禁止血缘婚等

[①] 马昌仪选编：《中国神话学百年文论选》（下），陕西师范大学出版社2013年版，第569页。

婚姻伦理道德规训。那么，中国古代社会是从何时开始有了婚姻禁忌呢？一般来说，应该是从西周周公制礼开始的。

从西周初年开始，贵族女子有了姓（平民女子、女奴隶只有名没有姓），同姓不婚，以此来确保优生优育和血统的纯正性，是人类生育史上的一大进步。《世本》云："伏牺制以俪皮嫁娶之礼。"①《白虎通》曰：伏羲"因夫妇，正五行，始定人道"。② 所谓人道，即伦理禁忌、族内禁婚、乱伦禁忌。"我们可以把乱伦禁忌看成是人类从愚昧、野蛮状态进入文明社会的标志。"③ 涂尔干在《乱伦禁忌及其起源》中问道：为什么乱伦在大多数社会里是被禁止的？他指出："信仰和习惯似乎最适合用来解释和证明我们对乱伦的憎恶，但实际上，它们既不能对自身作出解释，也不能说明自身是正当的。"④ 涂尔干进一步探析了乱伦禁忌的起源，认为它起源于外婚制，而外婚制源自对血的崇拜和禁忌。

乱伦既然是一种愚昧或野蛮，那么为什么神话民族都有神祇乱伦的叙事？例如，盖娅与自己的儿子乌拉诺斯婚媾，梵天、宙斯等无不与自己的女儿婚媾。阿芙罗狄蒂本来是宙斯与狄俄涅所生，可是宙斯却向她求婚。赫拉与宙斯是姐弟婚。瑞亚和克罗诺斯是姐弟婚。风神伊拉奥拉斯之子萨尔门留斯把自己的女儿泰罗嫁给了她的叔父克勒修斯。奥西里斯与伊西斯是亲兄妹婚媾，赛特与奈芙蒂斯也是亲兄妹婚媾。……神话是本能的一种表现，它表征的是斯芬克斯因子。人性的光辉，闪亮在从兽性到人性的变化过程中。精神分析认为，乱伦情结是人类的一种集体无意识。弗洛伊德说："小男孩最早选择的恋爱对象是乱伦性的，而且是被禁止选择的，此即他的母亲和姐妹。"⑤ 马克思对古希腊神话进行考察后指出："特别是一夫一妻制产生后，已经

---

① （汉）宋衷注，（清）茆泮林辑：《世本》，商务印书馆1937年版，第105页。
② （汉）班固：《白虎通》，湖北崇文书局1875年版，第11页。
③ 聂珍钊：《伦理禁忌与俄狄浦斯的悲剧》，《学习与探索》2006年第5期。
④ ［法］涂尔干：《乱伦禁忌及其起源》，汲喆等译，上海人民出版社2006年版，第3—4页。
⑤ ［奥］弗洛伊德：《图腾与禁忌》，赵立玮译，上海人民出版社2005年版，第25页。

历时久远，而过去的现实又反映在荒诞的神话形式中。"① 血缘婚属于"过去的现实"之一。

弗洛伊德在《图腾与禁忌》中认为，图腾制度源自原始人对乱伦的恐惧，约定俗成，同一图腾表明同一血缘，血缘亲不婚，从而导致非同一图腾部落之间的通婚，即异族通婚。弗洛伊德说："信仰同一图腾的氏族成员之间禁止发生性关系，并进而禁止通婚。这就是'族外婚'。"② 异族通婚，可以避免血缘婚带来的生理性缺陷，是人类婚育史上的一大进步。

在精神分析的透视之下，如何理解神话中的兄妹婚现象？精神分析理论认为，神话是人类集体童年被压抑的欲望，从而神话叙述中的兄妹婚不过是人类集体童年被压抑的血亲关系性欲的语言表现罢了。伏羲女娲兄妹婚与之不完全相同，它不是神话，此其一；其二，这个故事是诸多叙事之杂糅。

古代中国是伦理文化的典范。西周周公制礼，其中的礼即法。礼不仅仅是法，因为礼是一种社会性约束，同时是一种自我规训的自律性约束。婚姻礼法的规定，天经地义，它成为人们必须遵守的律条、内心顺从的良知，因此，当伏羲、女娲，特别是女娲一听到兄妹婚媾就坚决反对之。从反面可知，伏羲、女娲既然有清醒的伦理道德意识，就表明这种叙事只能是伦理道德社会之后的书写，而绝不可能是上古时期口述史的文字化。

三 南方还是北方？

或曰，伏羲女娲兄妹婚之所以出现在中唐，是因为它受到了北方鲜卑族文化的影响。鲜卑民族的文化影响大唐文化，这是毋庸置疑的，尤其是皇室之内、上层贵族的日常生活乃至审美观都带有鲜明的鲜卑族特征，例如《本草纲目》所载，鲜卑族以"健硕"为美。但是，鲜

---

① [德] 马克思：《摩尔根〈古代社会〉一书摘要》，人民出版社1965年版，第173页。
② [奥] 弗洛伊德：《图腾与禁忌》，赵立玮译，上海人民出版社2005年版，第9页。

卑族以及其他北方游牧民族，其婚姻制度实行的是收继婚，即父兄死后，除却生母之外的后母、嫂子或弟媳都被转房。这种婚姻形态，绝非血缘婚，从而可知，伏羲女娲兄妹婚不是受到了收继婚的影响。

中国南方少数民族，诸如苗族、瑶族、侗族、壮族、布依族、毛南族、仡佬族、黎族、白族、彝族、傈僳族、拉祜族、哈尼族、纳西族、基诺族、佤族、高山族等都有洪水兄妹婚的故事。芮逸夫说："我推测，兄妹配偶型的洪水故事或即起源于中国的西南，由此而传播到四方。"[①]

或云，汉语言文献中出现伏羲女娲兄妹婚是受到了南方少数民族婚俗的影响。试问，春秋战国时期，楚国、吴越、蜀地与中原之间的文化交流就颇为密切；秦朝设立象郡、桂林、南海；汉朝经营西南夷，于其地置八郡进行管辖；三国时期，蜀汉、孙吴都对南方进行了开发；西晋一统，长江南北一家：彼时此地，南方的兄妹婚为什么没有影响中原与北方呢？为什么偏偏是在唐代？众所周知，南方是大唐朝廷流放罪犯之地。历史的真相恐怕是，不是南方影响了中原的伏羲女娲兄妹婚叙事，而是中原或北方的伏羲女娲兄妹婚叙事影响了南方少数民族类似的叙述。

苗族、瑶族、彝族都有名字相同、情节相似的伏羲女娲兄妹婚叙事。彝族神话说，洪水中从葫芦里出来的兄妹成婚，生育了汉、苗、骆越等九个民族。[②] "汉人"的称谓，始自东汉。而"回回"的称谓，最早见于元代。这就表明，彝族的这种说法，绝非"神话"，只能是故事，且还是后起晚出的故事。此其一。其二，彝族的上述说法，只能是元代以后的事情。

瑶族的故事说：天降大雨，洪水滔天，伏羲女娲兄妹俩置身葫芦里逃生，其他人都淹死了。为了人类的繁衍，雷公劝他们结合。兄妹俩都坚决反对：亲兄妹怎么能够成为夫妻？最后听天意，他们决定滚

---

① 芮逸夫：《中国民族及其文化论稿》（上），唐山出版社1972年版，第1059页。
② 高明强编写：《创世的神话和传说》，上海三联书店1988年版，第36页。

磨石，结果磨石吻合了，于是伏羲女娲就结成夫妻。

苗族的说法是，央公、央婆是亲兄妹，在大洪水之后由于只剩下他们兄妹俩，于是只好听从天意结合了。芮逸夫曾到湘西做过田野调查，听到两个故事。一个是吴文祥讲的，洪水暴发的时候，兄妹俩躲进了黄瓜里面逃生。众所周知，其中的"黄瓜"原名胡瓜，来自西域，据说张骞凿空西域"得种"，在隋代由"胡瓜"改名而来。另一个是吴良佐讲的。他们的故事里面都没有涉及"伏羲女娲"，只是说"有兄妹两人"。吴良佐抄写的《傩公傩母歌》，其实就是民歌，其中有"伏羲两兄妹"，但没有提及"女娲"。歌词中的"玉皇大帝""太白金星""百家姓""张良""岳王""李王""颜氏"云云皆表明这首歌晚出或被后世改写。① 《傩神起源歌》歌词中有"黄帝""盘古""黄河流域""苗族五姓来源"等，都是汉化的表征。"盘古"最早见之于三国时期吴国徐整编纂的《三五历记》。

笔者认为，苗族故事中的伏羲女娲说法可能是后起的，也就是说，伏羲女娲在东汉成为对偶神后传入南方，与苗族原来的央公、央婆兄妹婚故事杂合，生成了苗族的伏羲女娲兄妹婚说法。或曰《峒溪纤志》记载"苗人腊祭曰'报草'，祭用巫，设女娲伏羲位"表明，伏羲女娲本来是苗族的神祇。其实不然，因为《峒溪纤志》由清代人陆次云编撰，成书时间在清代，无从证明苗族自古以来就有祭祀伏羲女娲的习俗，遑论伏羲女娲最早出现在汉代。克拉克田野调查报告说，苗人洪水神话中的兄妹大多没有姓名，只有两部作品即《黑苗洪水歌》提到兄名叫"Zie"或"A-Zie"；《鸦雀苗故事》中的兄名"Bu-i"，苗人用汉语讲的时候称为"Fu-hsi"（伏羲），妹妹的名叫"Ku-eh"。② 从而可知，南方少数民族洪水神话中的伏羲女娲说法是与汉民族文化接触和融合之后的结晶。

---

① 芮逸夫：《苗族的洪水故事与伏羲女娲的传说》，载马昌仪编《中国神话学文论选萃》上编，中国广播电视出版社1994年版，第371—377页。
② S. R. Clarke, *Among the Tribes in South-west China*, London: Morgan & Scott, LTD, 1911, p. 55.

汶川县有《黄水潮天》故事：

> 猴子打翻了天上的金盆，导致地上起了洪水。姐弟俩钻进一个大黄桶得以幸存，为了繁衍人类，他们通过滚磨子结成夫妻，不久生下肉坨坨，弟弟把它割成小块，挂到桃、李、杨等树上，百种树上挂满，后来每种树下都有了人家，百家人百家姓。[①]

正如王国维所言，姓始自西周初年；而据顾炎武考证，春秋时期尚且仅仅有姬、姒、子、嬴、己、任、祁、芈、曹、董、姜、偃、归、曼、熊、隗、漆、允等22个姓。战国晚期，秦庶民才拥有氏。但到汉初，官文书仍然以"族某氏"行文。西汉中期以后，"姓某氏"成为定式。《史记》混淆了姓氏之别。宋初才有《百家姓》，百家姓的说法很晚出，从而可知《黄水潮天》从狭义的神话界定来看，应是民间故事。

白族《开天辟地》说的是：

> 那时没有人种，观音留下兄妹二人，藏在金鼓里，漂在海子中，用老鼠咬开了金鼓，取出人种，要叫兄妹俩做夫妻，但他们不愿意。后来，用两块磨盘从山顶滚下来，磨盘相合了，他们才同意结婚。生下了十个儿子，这十个儿子各生了十个儿子，成了一百家，才有了百家姓。[②]

且不说"百家姓"之晚出，即从以上引文中的"观音"可知，这个故事实在也是晚出。它只能是佛教传入中国之后才出现的一种叙事。

在中国神话中，兄妹婚神话共有33例，其中洪水后兄妹婚神话多达28例，而西南地区就有20例。南方45个洪水神话"一致地反映洪水泛滥，灭绝人类，兄妹一同避水得救，结婚生子，割切变人。其中

[①] 中国社会科学院文学研究所《中国少数民族文学》编辑组编，毛星主编：《中国少数民族文学》（上），湖南人民出版社1983年版，第555—556页。

[②] 陶阳、钟秀编：《中国神话》，上海文艺出版社1990年版，第2—7页。

苗族占 20 个，瑶族 15 个，彝族 5 个，壮族侗族傈僳族各 1 个，大部分兄妹名号与伏羲或女娲发音相同……说明苗、瑶等族的洪水故事，正是伏羲女娲传说在少数民数中流传的反映"。① 从"兄妹名号与伏羲或女娲发音相同"可知，南方所谓的伏羲女娲云云，实际上是壮族的伏依兄妹、布依族的伏哥羲妹（或作细妹）等，大多不过是后世依附的产物，或者是南方少数民族洪水神话与伏羲女娲故事杂合的产物。

然而，李冗《独异志》关于伏羲女娲兄妹婚的叙述，却没有涉及洪水神话。南方洪水神话中的兄妹大多有名字，如苗族的央公央婆、高山族的拉拉干与拉兹乌兄妹、佤族的达赛和牙远兄妹婚、哈尼族的莫佐佐龙和莫佐佐梭兄妹（一说佐罗佐白兄妹）、拉祜族的扎底和娜底兄妹、珞巴族的达明和麦包、傈僳族的列喜列刹和沙喜沙刹、侗族的张良张妹、怒族的腊普和亚妞兄妹、景颇族的昌彪和昌娜兄妹、仡佬族的阿力和达勒兄妹、苗族的相两和相芒兄妹、布依族的赛胡细妹（伏哥羲妹可能是赛胡细妹的演化和变体，布依族还有瓦荣、瓦媛兄妹婚故事）等，河南周口市西华县、南阳市桐柏县和广西来宾县等地流传着盘古女娲兄妹婚的故事，这表明伏羲女娲兄妹婚的说法是后世民族接触过程中渗透和演变而成的。

常金仓在《伏羲女娲神话的历史考察》中指出："伏羲、女娲与洪水神话发生关联是大禹治水神话的派生，西南少数民族流传的伏羲女娲以兄妹身份婚配再造人类的故事是对道教'民'之说的神话表述，而非所谓血缘婚残余。"②

杨利慧指出："尽管汉代以前，女娲的身份可能同伏羲有些粘连，乃至出现了配偶关系，但有关女娲的神话与兄妹婚神话毫无干系；从目前收集到的资料看，女娲神话的主要传承者是中国广大区域的汉民

---

① 侯哲安：《中国南方古代传说人物考》，载贵州省民族研究所编《民族研究参考资料》第六集，1980 年。
② 常金仓：《伏羲女娲神话的历史考察》，《陕西师范大学学报》（哲学社会科学版）2002 年第 6 期。

族，有女娲出现的神话中，在汉族传播的占95%以上。"[1] 伏羲女娲成为对偶神是在东汉，他们当时的关系与其说是夫妻，不如说是阴阳的表征。

有一个细节需要指出，即李冗《独异志》中的伏羲女娲兄妹婚叙事，它说的是"女娲兄妹"，并没有提及伏羲；南方洪水神话中的兄妹婚故事，有的仅仅出现了伏羲而没有女娲，而大多数兄妹婚故事中伏羲女娲本来都没有被提及，如有提及还是汉化的结果。这就表明，伏羲女娲兄妹婚故事是在历史长河中不断建构而成的。

小　结

无论是伏羲还是女娲，他们都是后世话语所"生产"出来的。芮逸夫说："伏羲及女娲之名的见于古籍，最早不出战国末年，并且也不多见。"[2] 闻一多认为："伏羲与女娲的名字，都是战国时才开始出现于记载中的。"[3] 最早提及伏羲的文献是《易·系辞》，其中未涉及女娲。最早言及女娲的文献是《楚辞·天问》，有人说还有《山海经》，但是《山海经》里说的是"女娲之肠"；不管怎么样，这两部文献都没有谈及伏羲。《淮南子·览冥训》第一次将女娲与伏羲并称："伏戏、女娲，不设法度，而以至德遗于后世，何则？至虚无纯一，而不喋苟事也。"宋人罗泌《路史》罗萍注引东汉应劭《风俗通义》云："女娲，伏希之妹，祷神祇，置婚姻，合夫妇也。"这是伏羲女娲为兄妹的最早书写，但是他们尚未以兄妹伦理关系成婚。伏羲女娲的夫妇关系，一般认为其图像见之于东汉的墓葬图，文字见之于唐诗。张说《享太庙乐章·钧天舞》诗云："合位娲后，同称伏羲。"卢仝《与马异结交诗》诗云："女娲本是伏羲妇。"[4]

---

[1] 杨利慧：《女娲溯源：女娲信仰起源地的再推测》，北京师范大学出版社1999年版，第16页。

[2] 芮逸夫：《苗族的洪水故事与伏羲女娲的传说》，载马昌仪编《中国神话学文论选萃》上编，中国广播电视出版社1994年版，第405页。

[3] 闻一多：《伏羲考》，《闻一多全集》第3卷，湖北人民出版社1993年版，第58页。

[4] （汉）应劭撰，王利器校注：《风俗通义校注》（下），中华书局1981年版，第599页。

伏羲女娲兄妹婚的叙述，最早见于唐代的《独异志》。这个故事之所以出现在唐代，是中唐时期祆教在社会中的影响使然。伏羲女娲兄妹婚媾之前出现的羞耻意识，表明故事的生成时间较为晚出，是汉文化伦理教化之后的产物。它后来传入南方，与当地少数民族洪水神话的兄妹婚叙事接触后生成了新的民间故事。

第三节 孟姜女滴血认取夫骨的伦理问题

P.5039《孟姜女变文》全文中没有出现"孟姜女"三个字，叙述的对象是姜女或杞梁妻。虽然如此，从这个故事以及孟姜女故事的流传来看，其实也不妨将其视作"孟姜女变文"。变文中的孟姜女故事，在叙事逻辑上存在一个令人疑惑的问题，即姜女滴血认亲何以可能的问题。

《孟姜女变文》的叙事结构为韵散结合，其散文写道："骷髅无数，死人非一，骸骨纵横，凭何取实。咬指取血，沥长城以表单心，选其夫骨。"紧接着在韵文中唱道："一一捻取自看之，咬指取血从头试。若是儿夫血入骨，不是杞梁血相离。"后又在散文中叙述孟姜女滴血认取夫骨成功："点血即消，登时渗尽。□（筋）脉骨节，三百余分。不少一支，□□□□□。"[1]《孟姜女变文》叙述道，姜女咬指滴血，认取夫骨。孟姜女哭诉黄（皇）天逆人情，夫妻不能共生死。

对以上引文中孟姜女寻夫滴血认取夫骨的质疑早已有之，例如，洪颐煊在《论滴血认亲》中问道："孟姜之与杞良止是恋爱关系，并非血统关系，滴血何得验耶？"[2] 然而，洪文仅仅是质疑而已，并没有对它进行深入探究。顾颉刚在《孟姜女故事研究》中亦有过梳理，指出"滴血认骨是六朝时盛行的一种信仰"[3]，但没有关注孟姜女夫妇之

---

[1] 项楚：《敦煌变文选注》（增订本）上编，中华书局2019年版，第99页。
[2] 顾颉刚编著：《孟姜女故事研究集》，上海古籍出版社1984年版，第291页。
[3] 顾颉刚：《孟姜女故事研究》，载顾颉刚编著《孟姜女故事研究集》，上海古籍出版社1984年版，第28页。

间若没有血缘关系,滴血认亲何以可能的问题。本节尝试从地域文化、种族身份和婚姻形态等角度回答《孟姜女变文》中姜女何以能够滴血认取夫骨的问题。

一 姜女与杞梁近亲血缘婚可能性的推测

自魏晋南北朝以来,滴血认亲是一种人人皆信的医学知识。以血沥骨认亲的说法始于魏晋南北朝。《南史·梁豫章王综传》中说:"闻俗说以生者血沥死者骨渗,即为父子。综乃私发齐东昏墓,出其骨,沥血试之。"①《南史》又云:"闻世间论是至亲以血沥骨当悉溃浸,乃操刀沿海见枯骸则刻肉灌血,如此十余年。"② 由此可见,当时,"滴血认亲人骨"的说法,在民间颇为流行。从《同贤记》所记杞良妻认丈夫尸骨的细节,可以推知这个故事形成时间的上限不会早于南北朝。

现代科学认为,最可靠的办法是用 HLA 蛋白质证明血缘关系。滴血认亲虽然在今天看来并不科学,因为只要血型相同就会有血液融合的现象,但是,既然敦煌变文无意识地以有说有唱的方式讲述了夫妻之间滴血认亲的故事,则表明在事实上敦煌地区曾存在近亲血缘婚。否则,中国自西周以来就践行同姓不婚、反对血缘婚,而晚至中晚唐,俗讲变文故事中竟然堂而皇之地讲述族内婚,难道不会也不曾引起当时人们的惊诧或质疑?也就是说,《孟姜女变文》中的夫妻滴血认亲书写既然煞有其事,则表明孟姜女的滴血认取夫骨只有一种可能性,那就是孟姜女与杞梁本来是兄妹婚或姐弟婚甚至母子婚等近亲血缘婚;如果敦煌变文所述纯属虚构,那么它就在艺术上反映了敦煌地区在事实上曾存在血缘婚,而讲唱者和听众皆对其司空见惯。

二 在中晚唐的敦煌,近亲血缘婚何以可能?

当代的敦煌学研究所呈现的新知识完全可以重构敦煌的历史文化

---

① (唐)李延寿:《南史》,中华书局1975年版,第5册,第1316页。
② (唐)李延寿:《南史》,中华书局1975年版,第6册,第1808页。

生态。在文化环境中,人是最重要的因素。重构敦煌的地域文化,敦煌人是至关重要的。人们不了解敦煌人的种属、族属和具体的文化类型,就无从探求敦煌文化背后的深层结构。

1. 时间透视

从时间来看,《孟姜女变文》成于何时?王伟琴认为是晚唐:"唐代晚期敦煌本《孟姜女变文》的故事发生地则具有浓郁的河陇地域特征,追根溯源,主要原因在于晚唐民族融合过程中作者借杞梁妻故事委婉表达河陇地区民众对吐蕃劳役反抗以及对中原思归主题的需要。"[1] 王文对《孟姜女变文》故事发生地的考索很有价值,但是王文对它时间上的判定及其论证笔者并不认同。王文中所谓的吐蕃劳役,如果是晚唐的,就根本不可能存在,因为晚唐敦煌地区已经属于归义军统治时期,反抗吐蕃劳役从何谈起?

848年,张议潮驱逐吐蕃出河西。851年,张议潮派人到长安投诚,被封为节度使。从此之后,河西地区基本上就是独立半独立的藩镇状态。文学史上的中唐一般指的是代宗大历初至文宗大和末(766—835)。历史上的分期,中唐一般是指从穆宗时期至僖宗在位的875年;从875年唐朝进入了晚唐时期,直至907年灭亡。由此可知,如果说《孟姜女变文》讲述的是对吐蕃劳役的控诉,那只能是在中唐时期。如果像当前大多数学人所认为的是晚唐,那么它就绝对不是对吐蕃统治进行反抗的艺术化。

笔者认为,《孟姜女变文》应该成于中唐时期,而不可能是晚唐。为什么呢?孟姜女滴血认亲的故事情节转录自盛唐类书《琱玉集》中的《同贤记》。《琱玉集》第14卷卷末写道:"天平十九年岁在丁亥三月写。"日本圣武天皇天平十九年是唐玄宗天宝六年(747)。这就是说,《琱玉集》所收集的《同贤记》只能在盛唐之前成书,而不可能在其后。顾颉刚认为"《同贤记》之作必在中唐以前",而孟姜女滴血

---

[1] 王伟琴:《试论敦煌本〈孟姜女变文〉的河陇地域特征》,《中州学刊》2020年第12期。

认夫骨故事"最迟是在初唐"。① 笔者认为，这一估计过于保守，孟姜女哭倒长城、滴血认夫骨之故事应该生成于北齐、隋代，因为大唐289年间，从未修建过长城，而隋代、北齐却曾大修过长城，因此，孟姜女哭长城的现实缘由不可能形成于唐代，而只能在修筑长城时的隋代、北齐。

钟敬文认为，杞梁妻哭倒长城的故事与北齐统治者多次驱民修长城有关。② 从南北朝到唐代，在北方筑长城徭役最重，民怨最大的要数北齐和隋王朝。北齐在短短的六年里筑长城三千余里。仅天保六年（555）自幽州北夏口至恒州筑长城九百里，就发夫"一百八十万人"，占当时男丁的三分之一还多。从故事将杞梁这位春秋时期的齐人改写为燕人来看，哭长城故事发生的时代为北齐的可能性更大。

孟姜女在哭倒长城、认取夫骨之后，继以背骨还乡而终。《同贤记》是大唐天宝之前的著述，文本中杞梁改写为杞良；齐人改为燕人；杞梁妻改为孟仲姿，孟仲姿看见杞良，主动"请为其妻"，与杞良订婚，完全不符合汉族人"父母之命，媒妁之言"的婚俗，极有可能是西胡人或鲜卑人的婚俗。

《琱玉集》既收录了出自《春秋》的杞梁妻故事，又收录了《同贤记》记载的孟仲姿故事，后者所载内容显示出杞梁妻故事发生了巨大变化。黄瑞旗在《孟姜女故事研究》中指出："孟仲姿传奇除了承继西汉以来'妻子哭夫城崩倒'这个情节单元以外，其他如时代、主角身份、结局全是新出，说法与杞梁妻传说大不相同，已经可以据此建立起故事的'类型'。"③ 孟姜女故事至《同贤记》而发生质变，并且是在民间具体地说就是在敦煌地区成为当今孟姜女故事的定型。

《同贤书》中孟超女"仲姿"这一命名也令人深思，其父孟超，女儿以仲排行。何以见得是排行？因为《文选集注》对曹植《通亲亲

---

① 顾颉刚编著：《孟姜女故事研究集》，上海古籍出版社1984年版，第275—284页。
② 钟敬文：《为孟姜女冤案平反——批驳"四人帮"追随者的谬论》，《新的驿程》，中国民间文艺出版社1987年版，第192—210页。
③ 黄瑞旗：《孟姜女故事研究》，中国人民大学出版社2003年版，第53页。

表》的注解中将孟仲姿写作孟姿。官方与民间是两个系统。孟仲叔季之排行，表明孟超与孟仲姿在说唱者的意识里或许是已经解构了辈分之关系，而这种可能性只能出现在游牧民族或西胡婚姻形态中。

《文选集注》中的孟姿故事与《同贤记》中的孟仲姿故事相比，前者汉文化色彩较浓。例如：它认为父女孟仲排行是不合乎伦理的，故将孟仲姿改为孟姿；它认为没有血缘关系的夫妻之间滴血认骨是不可能的，故将后者的滴血认亲改为"泪点之变成血"。

《唐钞文选集注汇存》中曹植《通亲亲表》"崩城陨霜，臣初信之，以况徒虚语耳"句下注语有孟姿故事的记载：《列女传》云："孟姿□□未婚，居近长城，杞□□□□□□避□此。孟姿后园池□树水间藏。姿在下，游戏于水中。见人影，枝上见之。乃□请为夫妻。梁曰：'见死役为卒，避役于此，不敢望贵人相采也。'姿曰：'妇人不赤见。今君见妾□□□此，□□更□子。'……馈食，后闻其死，遂将酒食往收其骸骨。至城下问尸首，乃见城人之筑在城中。遂向所筑之城哭。城遂为之崩。城中骨乱不可识之，乃泪点之，变成血。"[①]此处的"孟姿"当为"孟姜"书写之讹误。

从伦理文化的维度来看，孟姜女故事中的滴血认亲显然不是汉文化土生土长出来的，而是来自异域文化，具体地说，就是来自西域粟特人的婚俗文化。或许有人质疑：如果哭长城之叙事最早出现于北齐，那么彼时是否存在粟特文化呢？其实，从灵太后拜胡天、金鸡放赦等现象来看，北齐胡风劲吹之胡，实乃西胡，即粟特人。

2. 地域考察

从地域来看，在唐代，孟姜女哭长城之地有官方与民间的区分。朝廷依然依据文字文献认为，杞梁妻乃齐人。《唐会要》载："（唐玄宗天宝）七载五月十五日诏：'……令郡县长官，春秋二时择日，粢盛蔬馔时果，配酒脯，洁诚致祭。其忠臣、义士、孝妇、烈女，史籍

---

① 周勋初纂辑：《唐钞文选集注汇存》，上海古籍出版社2000年版，第2册，第346—347页。

所载，德行弥高者，所在宜置祠宇，量事致祭……齐杞梁妻（济南郡）……以上烈女一十四人。'"① 由是可知，官方对孟姜女故事的认知承续的是自春秋以来杞梁妻的故事。

《孟姜女变文》故事的讲述发生于敦煌，它具有鲜明的地方意识，处于民间立场。敦煌在文书中被称为"善国神乡，福德之地"。王伟琴认为："在晚唐敦煌本《孟姜女变文》残卷中，除了'长城''塞垣''塞外''塞北'之外，更有'陇上''金河''莫贺延碛''燕支山'等河陇地名，这充分说明该变文演绎的故事发生地是在西北河陇地区。"② 笔者认为这个结论是对的，即顾颉刚所判定的孟姜女故事的大转折和基本定型就是在唐代，这个后世所熟知的基本故事内容不是确定于官方的叙述，而是来自民间，具体地说，源自敦煌地区的俗讲变文。

据现有关于孟姜女民间小唱的敦煌文献可知，这首词说的是孟姜女给丈夫送寒衣。西北地区有寒衣节，便是古代战争期间送寒衣习俗的遗留。"北风卷地白草折，胡天八月即飞雪。"西北气候酷寒，故有寒衣节。孟姜女送寒衣，是将这件事典型化了。从而得知，孟姜女故事与敦煌地区有特别的关联。

3. 人口种族

从种族来看，郑炳林认为晚唐五代敦煌地区生活着大量的胡姓居民，其中有粟特人、回鹘人、鄯善人、焉耆人等。③ 据《晚唐五代河西地区的居民结构研究》，敦煌县的胡蕃居民在归义军时期约占整个居民数量的三分之一，如加上"常住敦煌的龙家、达怛、鄯善、于阗以及西域波斯、印度移民，敦煌地区的非汉族居民整个在百分之四十或者更多"。④ 其中，粟特人为东部波斯人，是雅利安人的后裔，属于

---

① （宋）王溥：《唐会要》，上海古籍出版社2006年版，第501—502页。
② 王伟琴：《试论敦煌本〈孟姜女变文〉的河陇地域特征》，《中州学刊》2020年第12期。
③ 郑炳林：《晚唐五代敦煌地区的胡姓居民和聚落》，载郑炳林主编《敦煌归义军史专题研究三编》，甘肃文化出版社2005年版，第596—616页。
④ 郑炳林：《晚唐五代河西地区的居民结构研究》，载郑炳林主编《敦煌归义军史专题研究四编》，三秦出版社2009年版，第1—31页。

白种人。

敦煌地处丝绸之路交通要道，生活在这里的居民如上所述，一大部分是粟特人。敦煌学的这一新发现，具有极高的学术价值。因为人们一般想当然地以为，敦煌地区的居民都是汉人。人种族群不同，具有不同的生活习惯、宗教信仰、婚姻形态等。正是对敦煌地区人口的构成有了科学的认识之后，才发现孟姜女故事的不合情理之处有了合乎逻辑的解释。

4. 宗教信仰

什么人的问题，是解决学术困惑的一个很重要的维度。因为主体的宗教信仰、婚姻形态和习俗文化都与主体的伦理身份这个问题密切相关。中晚唐时期生活在敦煌地区的一大部分人口是粟特人，他们的宗教信仰就应该予以考察。

从宗教信仰来看，粟特人信奉祆教和佛教。"粟特人既信仰祆教也信仰佛教，是佛、祆二教并重的民族。"[①] 祆教是琐罗亚斯德教中亚化之后的宗教，被打上了中亚佛教的烙印。祆教流传到中土后，被汉人混同为佛教。由于祆教的一些教义，尤其是它倡导族内血缘婚，为汉文化中的伦理道德所排斥，因此，粟特人经常在公共空间以信仰佛教的面目出现，而在其内部聚落则露出真面目，信奉祆教。

祆教，又名拜火教、火祆教。这是中原人对祆教的认知。琐罗亚斯德教的教徒自称马兹达教，马兹达是智慧的意思。他们反对将其宗教称为拜火教，因为他们不仅崇拜火，还崇奉水。

祆教不主动向教外人士传教，基本上拘囿于粟特人自己聚落里面信仰。由于这个缘故，即使是唐代人，也将祆祠里面的战神得悉神混同为佛教中的摩醯首罗。摩醯首罗本来是婆罗门中三大神之一的湿婆，三头六臂，被佛教吸纳进其护法系列。得悉神也是三头六臂，手持三叉戟。正由于祆教不主动向外传教这一特点，有人误以为祆教对中国古代文化影响很小甚至于无。笔者认为这是错误的，因为祆教对中国

---

① 郑炳林、王尚达：《吐蕃统治下的敦煌粟特人》，《中国藏学》1996 年第 4 期。

民间文化尤其是民俗节日的影响极为深远。

粟特人既然信奉祆教,那么祆教所倡导的婚姻形态如何呢?了解了祆教所倡导的婚姻形态,而敦煌地区的粟特人信奉祆教,就可以把握他们的婚姻习俗和传统。

5. 婚姻形态

从婚姻形态来看,粟特人信仰祆教,祆教提倡族内血缘婚。粟特人沿着丝绸之路来到中土后,除却经商、做官或参军外,主要生活在小聚落里,依然奉行族内血缘婚。

琐罗亚斯德教的圣经《阿维斯陀》训示说:"最为正直而又正直的人,便是奉我马兹达教的信徒,他们一遵我教近亲结婚之规矩行事。"[1]《亚斯那》写道:"我向崇拜马兹达(光明神)的宗教效忠,放下武器,遵行族内婚姻,这是正当的。"[2] 林悟殊对祆教的研究很有造诣,他说:"古代琐罗亚斯德教是主张近亲结婚的,即双亲和子女结婚,兄弟姊妹自行通婚。"[3] 族内血缘婚提倡母子、父女、兄弟姐妹之间的婚姻,琐罗亚斯德教认为这是至善。

琐罗亚斯德教的教徒尊奉和践行族内婚。粟特人是东部波斯人,信奉琐罗亚斯德教,实行血亲通婚。中国史书对此也有记载,如《隋书》中记载,安国粟特人"妻其姊妹,及母子递相禽兽"。[4] 唐代和尚慧超在《往五天竺国传》中说粟特人"极恶风俗,婚姻交杂,纳母及姊妹为妻"。[5] 史书认为信奉琐罗亚斯德教、遵循族内血缘婚的粟特人由于"多以姊妹为妻妾,自余婚合,亦不择尊卑。诸夷之中,最为丑秽矣"。[6] 这些记载或书写,表明粟特人委实是践行族内血

---

[1] The Sacred Books of the East, Vol. V, ed. F. Max Müller, trans. E. W. West, Delhi: Motilal Banarsidass Publishing House, 1965, p. 213.
[2] The Sacred Books of the East, Vol. XXXI, ed. F. Max Müller, trans. L. H. Mills, Oxford: The Clarendon Press, 1887, p. 250.
[3] 林悟殊:《波斯拜火教与古代中国》,台北:新文丰出版公司1995年版,第73页。
[4] (唐)魏征等:《隋书》,中华书局1973年版,第6册,第1849页。
[5] (唐)慧超著,张毅笺释:《往五天竺国传笺释》,中华书局1994年版,第130页。
[6] (北齐)魏收:《魏书》,中华书局1974年版,第6册,第2271—2272页。

缘婚。

要言之，敦煌地区的粟特人，他们的婚姻形态是血缘婚，因此，当他们在俗讲中演说孟姜女滴血认亲的故事时，他们绝对不会感到惊诧、意外或困惑。相反，他们视之为当然，不会大惊小怪。事实恐怕是，正是因为粟特人实行血缘婚，曾经有过滴血认亲的现实经验，所以，在孟姜女俗讲过程中自然而然地叙述了滴血认亲的经验，无意之中在孟姜女故事里留痕。

粟特人不唯在金鸡放赦、血社火、元宵节放灯等节日习俗方面对中国古代文化产生影响，而且唐武宗灭法时，佛教、摩尼教、祆教、景教的教徒们被勒令还俗。为了谋生，一部分进入娱乐行业中，特别是祆教教徒本来就有酣歌醉舞、吃喝玩乐、享受人生的民习传统。

6. 民风习俗

从民风习俗来看，粟特人所信奉的祆教不提倡苦行，而是倡导享受人生。据《阿维斯陀》，琐罗亚斯德教教徒每天三分之一的时间用于吃喝玩乐。即使是在伊朗西南亚兹德和克尔曼地区琐罗亚斯德教的村落里，那里的人们生活如此艰难，但仍然不废除力所能及的一点点娱乐。

张鷟在《朝野佥载》中云："河南府立德坊，及南市西坊皆有胡祆神庙。每岁商胡祈福，烹猪羊，琵琶鼓笛，酣歌醉舞。"[①] 中国文献中所见粟特人"酣歌醉舞"，此或许为赛祆，但也反映了粟特人安享人生之追求。

安禄山本姓康，是昭武九姓康国人。史思明为史国人。他们都具有粟特人血统。历史上虽然称他们为"杂种胡"，但是实际上，就习俗文化而言，皆为粟特人文化。

《安禄山事迹》记载："潜于诸道商胡兴贩，每岁输异方珍货计百万数。每商至，则禄山胡服坐重床，烧香列珍宝，令百胡侍左右，群胡罗拜于下，邀福于天。禄山盛陈牲牢，诸巫击鼓、歌舞，至暮

---

① （唐）张鷟撰，赵守俨点校：《朝野佥载》，中华书局1979年版，第64页。

而散。"① 从中可知，胡商拜见安禄山，"诸巫击鼓、歌舞"，但他们聚会并非仅仅关乎歌舞娱乐，而是亦有其宗教信仰成分在，粟特商胡似乎将安禄山视作他们神话中的战神（Roxshan）。

当唐武宗灭法时，祆教、摩尼教等为了生存，就会混迹于说唱歌舞之地，甚至成为民间戏曲、说唱艺术的中坚力量。

宋人耐得翁《都城纪胜·瓦舍众伎》记载：

> 杂剧中末泥为长，每一场四人或五人。先做寻常熟事一段，名曰"艳段"。次做正杂剧、通名两段。末泥色主张，引戏色分付，副净色发乔，副末色打诨。或添一人，名曰"装孤"。②

从中可知，杂剧中的"末"乃末尼之简称，而末尼即摩尼。

《张于湖误宿女真观》演书生潘必正与道姑陈妙常在建康通江桥女真观内的风流情事，妙常因身怀六甲哀求住在观内生子，法诚听后十分恼怒。剧中写道：

> 卜云："你倒说的好也。我这观里与你生儿长女做三朝满月，两糖三果做筵席。"净云："我与你请和宁院里香儿来弹唱，他也是还俗的尼姑，就叫几个末尼来，做个尼姑还俗的杂剧，也带携我吃些酒，不枉了替你看门子。"③

从叫几个"末尼"来做个杂剧来看，杂剧与摩尼教、"末尼"似乎有密切的关系。已有学者做过考证，认为摩尼教被朝廷取缔后，一部分教徒被遣送回国，一部分转入了娱乐行业，这或许就是诸宫调、院本杂剧的缘起？

---

① （唐）姚汝能撰，曾贻芬点校：《安禄山事迹》，中华书局 2006 年版，第 110 页。
② （宋）吴自牧：《梦粱录》，浙江人民出版社 1980 年版，第 191 页。
③ 载古本戏曲丛刊编辑委员会编《古本戏曲丛刊四集》第三集，商务印书馆 1958 年影印本，第 25 页。

因此，水浒故事、西游故事、三国故事中都有祆教、明教之身影。回观俗讲变文，尤其是敦煌地区的俗讲变文，其间出现粟特人的文化痕迹，也就是情理之中的事了。

7. 骨葬印证了姜女、杞梁为粟特人

唐代，招魂葬很普遍，甚至出现了"万里无人收白骨，家家城下招魂葬"（张籍《征妇怨》）的状况。举国上下，上自皇室，下至草莽民间，都曾有过招魂葬。唐肃宗曾下诏举行大规模的招魂葬。《安禄山事迹》记载，史思明埋葬安禄山时，"禄山不得其尸，与妻康氏并招魂而葬"。史思明自立为燕王，"以礼招魂葬禄山"。① ……这些记载，表明粟特人有"招魂而葬"的习俗，与《孟姜女变文》中的"为报闺中哀怨人，努力招魂存祭祀。此言为记在心怀，见我耶娘方便说"完全一致。"唐时敦煌地方社会，佛寺经常举办向孤魂野鬼普施法食的超度施食仪式。"② 由此可知，招魂葬在敦煌地区颇为流行，试问：姜女为什么不举行招魂葬而哭倒长城、滴血认骨，将夫骨背去骨葬呢？

琐罗亚斯德教教徒死后实行天葬，尸体放在寂静塔顶上，肉被兀鹫、老鹰吃掉，骨头放到石瓮里。中亚的祆教教徒死后，尸体上的肉让狗吃掉，骨头放到石瓮里。中土的粟特人受汉文化影响，实行土葬，但是修建石室，里面有石床，死者的骨头放在石床上。

李白与朋友吴指南游楚，吴指南死后，李白为其行二次捡骨法葬仪式，或以为这是受到了蛮族的影响，或以为是突厥人的葬俗，其实都不是，而是祆教的葬仪。姜女对丈夫杞梁的骨葬与李白为朋友的剔骨迁葬都是祆教教徒的葬仪。

既然唐代普遍实行招魂葬，姜女在家里为其丈夫举行招魂葬即可，何必跑到长城边，哭倒长城，滴血认亲，将夫骨背回举行骨葬？《孟姜女变文》中的骨葬叙述，表明姜女实乃粟特人，因此印证了本节最初的假设，即姜女与杞梁夫妻是血缘婚，或者说孟姜女滴血认亲的叙

----

① （唐）姚汝能撰，曾贻芬点校：《安禄山事迹》，中华书局2006年版，第110页。
② 吴真：《敦煌孟姜女变文与招魂祭祀》，《北京大学学报》（哲学社会科学版）2012年第1期。

事反映了敦煌地区粟特人践行血缘婚的事实。

三　后世孟姜女故事对滴血认亲的沿用和变异

大多数故事中几乎都有孟姜女哭倒长城后，咬破手指滴血认夫骸骨的情节。湖北宏文堂刻有《送衣哭夫卷》，又题《宣讲适用送寒衣》，其中有"滴血认骨"的叙述。燕地静海《孟姜卷》中也有关于孟姜女滴血认骨的讲说。河南《孟姜女》唱本中亦有滴血认尸的故事情节。有的传说中，孟姜女抱着骨骸边走边哭，眼泪滴落到骨头上，长出新肉而得以复活。……这些都是孟姜女变文故事的流传。

后世孟姜女故事中有诸如"城中骨乱不可识之，乃泪点之，变成血"之类的叙述，此处的论述则是对孟姜女滴血认亲书写的以讹传讹。也就是说，讲述者认为滴血认夫骨是不可能的，因此，改写为泪水滴到骸骨上成为血。其实，这样的叙述也是不真实的，因为在事实上不可能，但在伦理文化禁忌的情境之中，这也是无可奈何的事情，即虽说泪血之变的叙事不合乎情理，但毕竟比乱伦悖理强。

小　结

综上所述，《孟姜女变文》中的姜女滴血认夫骨之叙事，无意识地反映了敦煌地区粟特人近亲血缘婚的事实。敦煌地区的粟特人信奉祆教，祆教坚信血缘婚为至善，故他们在聚落中践行族内婚。姜女与杞梁之夫妻伦理，实则展现了粟特人血缘婚的婚姻伦理。从这个维度对《孟姜女变文》中的夫妻血亲的伦理叙述进行透视，就获得了姜女滴血认夫骨其背后合乎因果逻辑关系的阐释。

第四节　白居易父母的婚姻伦理与祆教

白居易的父亲白季庚，娶的是他亲妹妹陈白氏的亲生女儿。罗振玉在《白氏长庆集书后》中指出：（白居易的外祖母）"陈夫人白氏少于（白）季庚三岁，乃季庚之妹。颍川县君（按：白居易的母亲）少于季庚二十六岁，则季庚所娶乃妹女。乐天称陈夫人为季庚之姑，乃讳言，而非其实矣。唐人娶甥为妇，可骇听闻，其出自乐天先人，尤可骇也。"① 陈寅恪进一步指出："在唐代崇尚礼教之士大夫家族，此种婚配则非所容许，自不待言也。"② 骞长春在《白居易评传》中认为白居易父母的婚姻即甥舅婚是一个谜语，令人无法理喻。③ 莫砺锋也认为："白居易父母的离奇的婚事，使得后代的历史学家大伤脑筋。……因为近亲结婚又乱了辈分，在当时是完全不合礼法的。"④ 陈寅恪说："疑其婚配之间，当有难言之隐，今则不易考见矣。"⑤

白居易父母的甥舅婚，在汉文化语境中是一种伦理蒙昧。聂珍钊认为，本能和原始欲望可称之为伦理蒙昧或混沌（Chaos）："在人类成为理性的人之前，本能和在本能驱使下产生的欲望得到最大尊重，并任其自由发展，这就导致乱伦的产生。"⑥ 也就是说，白居易父母的甥舅婚实质上是汉文化伦理环境中的乱伦，这就直接挑战了汉文化的道德规矩和伦理秩序。人类的乱伦产生了两大禁忌，其中之一就是"族内禁婚"。⑦ 白居易的父母为何敢冒天下之大不韪而触犯婚姻禁忌呢？本节运用文学伦理学批评的方法，结合白居易的伦理结即其家族的身世、种族、宗教信仰，透视和剖析中国文学史上白居易身世伦理尤其是其父母甥舅婚的问题，力图发覆历史的尘封，揭蔽伦理真相。

一 白居易家族的伦理身份问题

1. 种族伦理身份：白居易家族的族源为西域雅利安人

关于白居易的种族问题，陈寅恪说："推论白氏之为胡姓。鄙意

---

① 骞长春：《白居易评传》，南京大学出版社2002年版，第32页。
② 陈寅恪：《元白诗笺证稿》附论《白乐天之先祖及后嗣》，商务印书馆2017年版，第321页。
③ 骞长春：《白居易评传》，南京大学出版社2002年版，第36页。
④ 莫砺锋：《莫砺锋评说白居易》，安徽文艺出版社2010年版，第7页。
⑤ 陈寅恪：《元白诗笺证稿》，商务印书馆2017年版，第325页。
⑥ 聂珍钊：《文学伦理学批评：基本理论与术语》，《外国文学研究》2010年第1期。
⑦ 聂珍钊：《伦理禁忌与俄狄浦斯的悲剧》，《学习与探索》2006年第5期。

白氏与西域之白或帛氏有关，自不俟言，但吾国中古之时，西域胡人来居中土，其世代甚近者，殊有考论之价值。若世代甚远久，已同化至无何纤微迹象可寻者，则止就其仅余之标帜即胡姓一事，详悉考辨，恐未必有何发见，而依吾国中古史'种族之分，多系于其人所受之文化，而不在其所承之血统。'之事例言之，（见拙著《唐代政治史述论稿》及《隋唐制度渊源略论稿》。）则此类问题亦可不辨。故谓元微之出于鲜卑，白乐天出于西域，固非妄说，却为赘论也。"① 诚然，民族当以文化而不是单纯以血缘而论，此洵为卓见。一般来说，对历史族群当作如是观，可是，具体到白居易及其家族的伦理线与伦理结，其族源的出处问题由于与其身世，尤其是与其父母的婚姻伦理形态密切相关，因而就有弄清事实真相之必要。

据陈寅恪的考证："（白）乐天先世本由淄青李氏胡化藩镇之部属归向中朝。其家风自与崇尚礼法之山东士族迥异。如其父母之（舅甥）婚配，与当日现行之礼制（开元礼）及法典极相违戾，即其例也。"② 从而可知，白居易家族之白氏，乃源自龟兹白氏。

姚薇元《北朝胡姓考》云："龟兹既居白山，故中国本'胙土命氏'之旨，锡龟兹侍子以汉式姓名曰白霸。其后白霸仗汉威力，归继王位，子孙相沿，遂为白氏。今《魏书》卷一〇二、《隋书》卷八三及《新唐书》卷二二一《龟兹国传》，皆云'其王姓白氏'，盖其时龟兹执政者，正即此白氏王朝也。"③ 此乃西域白氏之由来。据姚薇元考证，西域白氏"乃亚（雅）利安族之支裔"。④ 雅利安人是白种人，由此可知，白居易家族为西域白种人的后裔。

2. 宗教伦理身份：西域雅利安人信奉琐罗亚斯德教

琐罗亚斯德教（在中国被称为火祆教、拜火教、祆教或火教），是世界上最为古老的宗教之一。公元前4世纪希腊学者认为琐罗亚

---

① 陈寅恪：《元白诗笺证稿》，商务印书馆2017年版，第317页。
② 陈寅恪：《元白诗笺证稿》，商务印书馆2017年版，第325页。
③ 姚薇元：《北朝胡姓考》（修订本），中华书局2007年第2版，第399页。
④ 姚薇元：《北朝胡姓考》（修订本），中华书局2007年第2版，第398页。

斯德教创立于公元前两千年。岑仲勉认为至晚出现在公元前十五六世纪以前。一说出现于公元前11世纪。最为流行的创教时间说法是公元前6世纪，但岑仲勉认为大谬。① 它后来成为阿契美尼德帝国、帕提亚帝国和萨珊帝国的国家宗教，对中亚、西亚、东亚、南亚等广有影响。

琐罗亚斯德教是何时传入中国的？陈垣认为："火祆之名闻中国，自北魏南梁始。"② 林悟殊却认为："五世纪中叶，波斯的火祆教徒已确确实实地到达了中国。"③ 当然，也有学者认为它传播到中国的时间还要早，约在三国初年就有其踪影了。岑仲勉认为祆教"再度传入，时在北魏"。④ 宗教的传播，往往先是在民间，后见之于官方记载。张骞凿空西域之前，据专家学者的考证，就存在玉石之路、小麦之路、陶器之路、青铜器之路等，这表明东西方文化之间很早在事实上就存在交流和互渗。张骞出使西域之后，丝绸之路上的文化交流更是频繁。因此，不排除琐罗亚斯德教随着丝绸之路上的粟特人即东部波斯人来到中土，因为粟特人是信奉琐罗亚斯德教的。在中国，祆教的官方记载最早见于《梁书》和《北史》。北魏、东魏、西魏、北齐、北周都信奉祆教，设置管理祆教的衙门，举行祆教的祭祀。

唐高宗时，苏定方率领大军打败西突厥，朝廷在今中亚一带设立都护府，于是，大西域之一部成为唐王朝的羁縻之地，时间长达近百年。7世纪，伊斯兰教崛起于阿拉伯半岛。伊斯兰教教徒圣战东征，萨珊王朝被征服。波斯亡国，征服者阿拉伯人要求当地人皈依伊斯兰教，否则就缴纳高额税。于是，众多琐罗亚斯德教贵族教民流离逃窜，其中一部分南逃至印度西海岸，成为今天的帕西族（Persia）；另一部分教徒东迁至中土，于是中原以及北部草原大地上信仰琐罗亚斯德教

---

① 岑仲勉：《隋唐史》，商务印书馆2015年版，第278页。
② 陈垣：《火祆教入中国考》，《陈垣全集》第2册，陈智超主编，安徽大学出版社2009年版，第114页。
③ 林悟殊：《火祆教始通中国的再认识》，《波斯拜火教与古代中国》，台北：新文丰出版公司1995年版，第110—111页。
④ 岑仲勉：《隋唐史》，商务印书馆2015年版，第278页。

的人就更多了。

为什么人们不曾见到白居易家族信仰祆教的文献呢？陈垣认为，祆教仅仅局限于族内人信教，它不对外传教，不翻译其宗教经典。他说："唐时火祆（教）与大秦（教）、摩尼（教）相异之点，有一显而易见者：即大秦、摩尼二教，均有传教举动，且翻译经典，流传于世；故奉其教者，有外国人，有中国人。火祆（教）则不然，其人来中国者，并不传教，亦不翻经；故其教只有胡人，无唐人。"① 由于祆教仅限于西胡内部弘法，不对外传教，因此，教外人士弄不清楚祆教教徒的具体信仰。即使在唐代，唐人也已经分不清祆教与佛教的区别了。例如，他们将琐罗亚斯德教中的战神得悉神混同为佛教的摩醯首罗；他们将祆教在太原的无言台（Silence Tower）视作"浮屠法"。② 从白居易家族的种族及其信仰，可推知他们信奉祆教。

3. 婚姻伦理身份：琐罗亚斯德教实行族内血亲婚

琐罗亚斯德教的教徒说，教主曾给予人类十大神启，其中之一就是族内血缘婚。母子、父女、兄妹之间的血亲婚姻，被琐罗亚斯德教视作可以洗消罪孽、直升天堂的伟大功德。琐罗亚斯德教的圣经是《阿维斯陀》，它提倡善思、善言、善行"三善"；反对恶思、恶言、恶行"三恶"。其中族内血缘婚被认为是"最美好的善行"。祭司们自己遵行族内婚制度，教徒们也跟随其后。

《阿维斯陀》训示说："最为正直而又正直的人，便是奉我马兹达教的信徒，他们一遵我教近亲结婚之规矩行事。"③ 《亚斯那》写道："我向崇拜马兹达（光明神）的宗教效忠，放下武器，遵行族内婚姻，这是正当的。"④ 《阿维斯陀》规定，女孩的结婚年龄通常在15岁。因

---

① 陈垣：《火祆教入中国考》，《陈垣全集》第 2 册，陈智超主编，安徽大学出版社 2009 年版，第 129 页。

② 岑仲勉：《隋唐史》，商务印书馆 2015 年版，第 280 页。

③ *The Sacred Books of the East*, Vol. V, ed. F. Max Müller, trans. E. W. West, Delhi: Motilal Banarsidass Publishing House, 1965, p. 213.

④ *The Sacred Books of the East*, Vol. XXXI, ed. F. Max Müller, trans. L. H. Mills, Oxford: The Clarendon Press, 1887, p. 250.

为在古代波斯，15岁就被视为成年人。林悟殊对祆教的研究表明："古代琐罗亚斯德教是主张近亲结婚的，即双亲和子女结婚，兄弟姊妹自行通婚。"①

波斯帝国皇室为了维护种姓的纯洁，实行族内血亲婚制度，君主娶其生母、姐妹或女儿为妻。例如，弗拉阿特斯五世娶自己的生母为妻。冈比西斯娶自己的姐妹为妻。萨珊王朝的阿希达尔一世、白赫兰二世、沙普尔一世，都娶姐妹或女儿为王后，以保证其王族血缘的纯正。君主们也鼓励祭司和武士广泛实行族内婚，并出台法律保障族内婚的财产继承权。于是举国上行下效，波斯人广泛接受和践行族内婚这一婚姻制度。

琐罗亚斯德教教徒实行族内血缘婚，与汉民族的婚姻伦理文化格格不入。那么，它传入中国后就面临一个伦理意识的冲突问题。它是否在地化了呢？这里有一个已经"示其本相"的例证。1955年，《苏谅妻马氏墓志》在西安出土。墓志正反两面分别以汉文和巴列维文写成，汉文写道苏谅妻子马氏874年在长安病逝，年仅26岁；背面巴列维文则说马氏为苏谅之女。② 这就表明苏谅娶了自己的亲生女儿为妻。苏谅、马氏他们来自波斯，波斯人信仰琐罗亚斯德教。这则墓志铭真实地记载了祆教教徒在中国也实行族内血缘婚。

白居易家族与苏谅家族类似，都是从西域迁来的雅利安人后裔，都实行族内婚。陈白氏与她的舅舅白季庚结婚的时候，年仅15岁（白季庚则41岁）。白居易父母的婚姻为甥舅婚，在婚姻伦理上属于血亲婚。

二 白居易家族的伦理选择问题

1. 民族伦理选择：汉化的同时杂糅胡风

北魏时期，南迁洛阳的鲜卑贵族，攀附秦汉汉人名家世族，改姓时多有所远认和追附。据《魏书》可知，从种族来说，鲜卑人虽然身

---

① 林悟殊：《波斯拜火教与古代中国》，台北：新文丰出版公司1995年版，第73页。
② 陕西省文物管理委员会：《西安发现晚唐祆教徒的汉、婆罗钵文合璧墓志——唐苏谅妻马氏墓志》，《考古》1964年第9期。

为白种人，但是认同黄种人的始祖黄帝为其始祖。到了隋唐时期，民族之间的彼此融合更为强烈。除了鲜卑族，其他游牧民族也大多认同华夏始祖黄帝。

马长寿说："事状、墓志、宰相表有一共同之点，即白氏先居关中，于北魏初徙居太原，至北朝末年又返居关中，此点颇足为我们注意。白氏既是西域龟兹胡，其入居之地自在关中，而不在楚，此点似无疑义。太原白氏重回关中，原因甚多，未可一概而论，然关中渭河以北自魏晋以来白氏多散居其间，此或与白氏之重返居渭河以北有关。"[1] 如前所述，白居易的祖先实乃西域雅利安人，属于白种人，但是，白居易家族却以战国时期的白胜为其姓祖。西域东迁中土的色目人，逐渐地认同中华文化，几代之后，起汉名，以来源国或部族聚落为姓氏。由于他们大多或商或宦，因而接受了较高水平的汉文化教育，拥有良好的汉文化素养，能够创作较高水平的诗文辞赋。但是，民族文化尤其是其中的宗教信仰，却较难改变。由于粟特人来华后小部落群居，尊奉的祆教又不向外人传教，因此，即使是华化的粟特人，他们聚落中的祆教信仰依然是腾腾火焰。宋代开封火祆庙里的火燃烧了几百年就是例证。宗教身份的改变在所有身份塑成中似乎是最难的。除却宗教信仰，西域人其他身份的华化都较为彻底，如汉语言文化的较高造诣，家谱编撰追附汉人前哲，等等。

崇尚门第，攀附高门，白居易也不例外。他在《故巩县令白府君事状》云："白氏芈姓，楚公族也。楚熊居太子建奔郑，建之子胜居于吴、楚间，号白公，因氏焉。楚杀白公，其子奔秦，代为名将，乙丙已降是也。裔孙曰起，有大功于秦，封武安君，后非其罪，赐死杜邮，秦人怜之，立祠庙于咸阳，至今存焉。及始皇思武安之功，封其子仲于太原，子孙因家焉，故今为太原人。"[2]

然而，《新唐书·宰相世系表》却说："白氏出自姬姓。周太王五

---

[1] 马长寿：《碑铭所见前秦至隋初的关中部族》，广西师范大学出版社2006年版，第63页。
[2] （唐）白居易著，朱金城笺校：《白居易集笺校》，上海古籍出版社1988年版，第5册，第2832页。

世孙虞仲封于虞，为晋所灭。虞之公族井伯奚媵伯姬于秦，受邑于百里，因号百里奚。奚生视，字孟明，古人皆先字后名，故称为孟明视。孟明视二子：一曰西乞术，二曰白乙丙，其后以为氏。裔孙武安君起，赐死杜邮，始皇思其功，封其子仲于太原，故子孙世为太原人。二十三世孙后魏太原太守邕，邕五世孙建。"①

那么，以上这两种说法，哪一种是正确的呢？两者都是错误的。顾炎武《日知录》中"氏族相传之讹"条云："唐白居易自序《家状》曰'出于楚太子建之子白公胜。楚杀白公，其子奔秦，代为名将，乙丙已降是也。裔孙白起，有大功于秦，封武安君。'按白乙丙见于僖之三十三年，白公之死，则哀之十六年，后白乙丙一百四十八年。曾谓乐天而不考古，一至此哉！（唐《宰相世系表》以西乞术、白乙丙为孟明之子，尤误。）"② 这是顾炎武从历史角度所进行的考证，论证了前两种说法之谬误。今人多迷信出土文献，殊不知，出土文献也需要甄别判断，因为里面多谀辞或伪文。白居易的先祖，无论是芈姓还是姬姓，都完全是汉化的结果，都是后人建构的，因为白居易的族祖为西域龟兹胡。

白居易自撰《醉吟先生墓志铭》云："乐天无子，以侄孙阿新为之后。"③ 然而，《新唐书》却认为白居易的后嗣是"从子景受"。《册府元龟》记载："白景受，刑部尚书致仕居易之侄孙。"④ 那么，究竟是侄孙还是侄子？为什么会出现这个问题？其实，这是粟特文化与汉文化的伦理意识冲突。波斯人、契丹人、蒙古人等的婚姻伦理，在辈分中几乎是不讲究的。姑与侄女同嫁给一个人，姊妹分别嫁给父子等婚姻伦理形态既是事实，又在文献中常见。同样的道理，在白居易看来，以侄孙或以侄子为后嗣都是一样的。天水一朝，右文崇礼，文人

---

① （宋）欧阳修、宋祁：《新唐书》，中华书局1975年版，第11册，第3412页。
② （清）顾炎武著，陈垣校注：《日知录校注》，安徽大学出版社2007年版，第1254页。
③ （唐）白居易著，朱金城笺校：《白居易集笺校》，上海古籍出版社1988年版，第6册，第3815页。
④ （宋）王钦若等编：《册府元龟》，中华书局1960年版，第11册，第10253页。

一方面潜意识地恪守汉文化礼法，另一方面由于博学多知而出现知识记载上的差异。然而，人们不相信白居易自己的说法，而是相信1980年才出现的《乐天后裔白氏家谱》，即"取胞兄幼文之次子景受为居易嗣"。①

白敏中是白居易的从弟。《北梦琐言》所载"中书蕃人事"条云："唐自大中至咸通，白中令（按：白敏中）入拜相，次毕相諴、曹相确、罗相劭，权使相也，继升岩廊。崔相慎猷曰：'可以归矣，近日中书尽是蕃人。'盖以毕、白、曹、罗为蕃姓也。"② 此条可以证明，白居易家族之白氏是蕃姓、胡姓。

《唐摭言》中"敏捷"条云："白中令镇荆南，杜蕴常侍廉问长沙，时从事卢发致聘焉。发酒酣傲睨，公少不怿。因改著词令曰：'十姓胡中第六胡，也曾金阙掌洪炉。少年从事夸门地，莫向樽前喜气粗。'卢答曰：'十姓胡中第六胡，文章官职胜崔卢。暂来关外分忧寄，不称宾筵语气粗。'公极欢而罢。"③ 这则笔记也印证了"白"氏乃胡姓，以及白敏中自己承认他为胡族。卢发何以傲睨？他在姓氏上有资本。唐代，门阀意识严重。北朝五大姓，指的是北魏陇西李宝李氏，太原王琼王氏，荥阳郑温郑氏，范阳（涿县）卢子迁卢氏，清河（山东武城）崔宗伯、崔王孙崔氏，前燕博陵（河北安平）崔懿崔氏，晋赵郡（邯郸）李楷李氏。薛元超富贵逼人，以不能娶五姓女为恨。唐文宗感慨："民间修婚姻，不计官品而上阀阅。我家二百年天子，顾不及崔、卢耶?!"④ 由此可知，包括白居易家族在内的西域人为什么追附汉姓而认同汉族名哲为其始祖了；然而，种族身份对于他们来说其实是心知肚明的。

由以上文献可知，白居易将白胜视作始祖，这显然是被汉文化同化的表现。然而，他的堂弟却依然被看作而他自己也认同其白氏为胡

---

① 蹇长春：《白居易评传》，南京大学出版社2002年版，第41页。
② （五代）孙光宪撰，贾二强点校：《北梦琐言》，中华书局2002年版，第97页。
③ （南汉）王定保：《唐摭言》，古典文学出版社1957年版，第145—146页。
④ （宋）欧阳修、宋祁：《新唐书》，中华书局1975年版，第17册，第5205—5206页。

姓。可见，种姓身份的伦理认同，是一个极其复杂的历史问题。

2. 宗教伦理选择：祆教的、佛教的还是多教合一？

白居易的家族和亲戚，为什么死后都是二次埋葬？第二次是骨葬。骨葬、天葬、鸟葬都是让兀鹫或者狗将尸体的肉吃掉，然后再将骨头放在骨瓮、骨器或石室里。天葬是由祆教身份决定的。笔者怀疑二次骨葬可能是祆教所实行的天葬在中土的在地化。天葬不是汉民族的葬仪，而是琐罗亚斯德教的葬仪。希罗多德写道："据说波斯人的尸体是只有在被狗或是禽类撕裂之后才埋葬的。玛哥斯僧有这种风俗那是毫无疑问的，因为他们是公然实行这种风俗的。"① 林悟殊认为，玛哥斯又被翻译为麻葛、玛基、穆护，即琐罗亚斯德教的祭司。②《阿维斯塔·文迪达德》第六章第45节要求，琐罗亚斯德教教徒应该把死者放在鸟兽出没的山顶上，让鸟啄狗噬。③ 琐罗亚斯德教认为，尸体是不洁的，有尸毒，如果埋在地下就会污染土壤和水质。所以，《阿维斯塔·文迪达德》第三章第35—39节规定，如将尸体埋在地下，半年不挖出者罚抽一千鞭子；一年不挖出者，抽两千鞭子；二年不挖出者，其罪过无可补偿。④《阿维斯塔·文迪达德》第五章第13—14节规定，信徒"应该把死尸放在达克玛上，让死者的眼睛朝向太阳"。⑤ 达克玛（Dakhma）即寂静塔或安息塔，是放置尸体的塔顶。粟特人一般是让狗吃掉尸体的肉。《西藩记》记载：康国"国城外别有二百余户，专知丧事。别筑一院，院内养狗。每有人死，即往取尸，置此院内，令狗食之。肉尽收骸骨，埋殡无棺椁"。⑥《旧唐

---

① ［古希腊］希罗多德：《希罗多德历史：希腊波斯战争史》（上），王以铸译，商务印书馆1959年版，第72页。

② 林悟殊：《火祆教的葬俗及其在古代中亚的遗痕》，《西北民族研究》1990年第1期。

③ The Sacred Books of the East, Vol. IV, ed. F. Max Müller, trans. James Darmesteter, Oxford: The Clarendon Press, 1887, p. 73.

④ The Sacred Books of the East, Vol. IV, ed. F. Max Müller, trans. James Darmesteter, Oxford: The Clarendon Press, 1887, pp. 31-32.

⑤ The Sacred Books of the East, Vol. IV, ed. F. Max Müller, trans. James Darmesteter, Oxford: The Clarendon Press, 1887, pp. 52-53.

⑥ （唐）杜佑撰，王文锦等点校：《通典》，中华书局1988年版，第5册，第5256页。

书·李暠传》云："（开元年间）太原旧俗，有僧徒以习禅为业，及死不殓，但以尸送近郊以饲鸟兽。如是积年，土人号其为'黄坑'，侧有饿狗千数，食死人肉，因侵害幼弱，远近患之，前后官吏不能禁止。（李）暠到官，申明礼宪，期不再犯。发兵捕杀群狗，其风遂革。"① 这表明太原祆教教徒颇多，而白居易家族最先在太原居住过。

《旧唐书》记载，白居易"与香山僧如满结香火社，每肩舆往来，白衣鸠杖，自称香山居士"。② 这里的"白衣"，是不是祆教或摩尼教的教服呢？这里的"白衣"不排除与祆教有关系。服饰是界定身份的一个重要表征。古代中国礼仪文明进行阶级和阶层区隔的重要标志之一就是服饰。礼乐文明又被称为衣冠文明，即依据服饰来划分阶级和阶层身份。自西周以来，历朝历代都制定了什么人穿什么衣服的严格规定，因而服饰成为一种社会性身份的标识，人们从服饰上就可以断定其社会身份。人们也以服饰来指代人，如"布衣""黄袍""黄冠""红袖""红妆""红顶子""乌纱帽""青衫""绿头巾""黑白鞋""垂朱拖紫"等。琐罗亚斯德教崇拜光明，因而尚白，其教徒穿白衣服。佛教教徒常常被称为"缁衣"，即黑衣。白与黑相对，故白衣也指俗人、在家者、居士。中亚、南亚、西亚等地的人们喜穿白衣，因此佛教称除僧侣以外的人为"白衣"。《大般若涅槃经疏》中云：西域风俗尚穿白，故曰白衣。东汉以后，白衣指佛教在家修行者，它是对梵语复合词"avadāta-vasana"或"avadāta-vastra"的义借。③

《魏书》中记载："时有五城郡山胡冯宜都、贺悦回成等以妖妄惑众，假称帝号，服素衣，持白伞白幡，率诸逆众，于云台郊抗拒王师。"④《隋书》记载："（大业）六年春正月癸亥朔，旦，有盗数十人，皆素冠练衣，焚香持华，自称弥勒佛，入自建国门。监门者皆稽

---

① （后晋）刘昫等：《旧唐书》，中华书局 1975 年版，第 10 册，第 3335 页。
② （后晋）刘昫等：《旧唐书》，中华书局 1975 年版，第 13 册，第 4356 页。
③ 吴娟：《也说"白衣"》，《语言研究》2008 年第 1 期。
④ （北齐）魏收：《魏书》，中华书局 1974 年版，第 5 册，第 1531 页。

首。既而夺卫士仗,将为乱。齐王暕遇而斩之。"① 素衣、素冠练衣,即白衣白帽。白衣、白伞、白幡、香、花等其实都言说着一种宗教的意味,是弥勒佛教还是摩尼教? 唐长孺认为,白衣之佛是依托元魏以来流行中国之弥勒佛,而明教又依托白佛,取无量光明之意,则为阿弥陀。若取白衣之故,则为观世音菩萨。② 元魏时,秦、陇等地多有白衣之谶,太原又有白旗或白衣天子之谣,弥勒降生的说法在当时颇为流行。温大雅《大唐创业起居注》云:"康鞘利将至,军司以兵起甲子之日,又符谶尚白,请建武王所执白旗。……开皇初,太原童谣云:'法律存,道德在,白旗天子出东海',常亦云'白衣天子'。故隋主恒服白衣,每向江都,拟于东海。"③ 弥勒教尚白。白衣既然是一种宗教服饰,便言说其宗教的意义。

白居易《戏题新栽蔷薇》诗云:"移根易地莫憔悴,野外庭前一种春。少府无妻春寂寞,花开将尔当夫人。"④ 唐代,少府即县尉。白居易写这首诗的时候是36岁,还没有结婚。白居易在诗中为什么以花作夫人? 琐罗亚斯德教的三大胜之一为花冠、花环⑤;花在琐罗亚斯德教看来是生命的表征。宋人陈振孙在《白文公年谱》中引述唐末高彦休《唐阙史》云:"乐天长于情,无一春无咏花之什"⑥;白居易的母亲看花坠井,白居易37岁结婚而三年后乃母投井而死。联系上述情况,这个问题的因果逻辑链就凸显出来了。聂珍钊认为,文学伦理学批评就是"用伦理学的方法去解读文学"⑦,此论极是。文学总是伦理和道德的产物,当人们孤立地解读诗篇的时候,茫然不知所措,或者仅仅获得低层次的审美感受;但是,当我们将文学作品放在伦

---

① (唐)魏征等:《隋书》,中华书局1973年版,第1册,第74页。
② 唐长孺:《"白衣天子"试释》,《燕京学报》1948年第35期。
③ (唐)温大雅撰,李季平、李锡厚点校:《大唐创业起居注》,上海古籍出版社1983年版,第11页。
④ (唐)白居易著,朱金城笺校:《白居易集笺校》,上海古籍出版社1988年版,第2册,第743页。
⑤ 林悟殊:《波斯拜火教与古代中国》,台北:新文丰出版公司1995年版,第79页。
⑥ 陈寅恪:《元白诗笺证稿》,商务印书馆2015年版,第326页。
⑦ 聂珍钊:《关于文学伦理学批评》,《外国文学研究》2005年第1期。

理语境中从伦理学的维度进行透视，就会庶几把握文学之为文学的真谛。

三 白居易家族的婚姻伦理问题

白居易父母的甥舅婚，与汉民族、游牧民族的婚姻伦理形态进行比较，可以获得历史的、民族的和宗教的理解。

1. 白居易父母的甥舅婚不属于汉民族的婚姻形态

白居易父母的甥舅婚违反了自西周以来的婚礼禁忌。聂珍钊认为："在人类文明之初，维护伦理秩序的核心因素是禁忌。禁忌是古代人类伦理秩序形成的基础，也是伦理秩序的保障。在古代社会，人类通过禁忌对有违公认道德规范的行为加以约束，因此禁忌也是道德的起源。禁忌最初只是借助习惯存在、流传和发挥作用。自从文字产生以后，文字就被用来记录与禁忌相关的人类活动，从而导致禁忌的文本化。这些文字记录，就是历史上最初的文学。自从禁忌文本化以后，以习惯和风俗为媒介的不成文禁忌就变为成文禁忌。在人类文明发展过程中，禁忌转化为道德或是道德的表现形式之一。因此，人类社会的伦理秩序的形成与变化从制度上说都是以禁忌为前提的。"那么，禁忌是如何生成的呢？"在古代文学中，禁忌往往是作品价值的核心构成。禁忌是人类力图控制自由本能即原始欲望而形成的伦理规范，禁忌的形成是人类努力摆脱蒙昧的结果。"[①] 文学并非仅仅是具有审美之功能，它最主要的艺术功能还是在于伦理教诲。这也是文学的最主要价值之所在，古代中国文学尤其如此。尊经征圣传道，这是文学的历史使命。而文以载道、文以明道云云，皆可得出道是根本。西域人来到中土，在华化的过程中汉文化的伦理道德起了极其重要的作用。白居易父母在事实上的乱伦，无论是从生理学的科学性来看，还是从社会禁忌的伦理性来看，都是逆历史潮流的。从历史和宗教来看，甥舅婚固然是家族世代的婚姻传统使然，然而，伦理选择的何去何从，

---

① 聂珍钊：《文学伦理学批评：基本理论与术语》，《外国文学研究》2010年第1期。

也使他们面临巨大的社会舆论压力。陈寅恪认为白居易既然汉化了，就没有必要深究其种族身份。从后人对白居易父母甥舅婚的评论来看，一个人的种族身份虽然历经几百年依然具有不可忽视的影响力，因此，如果不从其种族身份着眼去分析就无法获得如其所是的认知。唐人对白居易的批评，以及今人对白居易父母甥舅婚的惊诧，都源自将白居易家族误以为是汉民族。

　　汉民族自西周初年以来就实行血缘婚禁忌制度。王国维《殷周制度论》云："上古女无称姓者。……而周则大姜、大任、大姒、邑姜，皆以姓著。自是讫于春秋之末，无不称姓之女子。"① 女子称姓，自西周始。顾炎武根据《春秋》整理出22个姓。② "商人六世以后，或可通婚。而同姓不婚之制，实自周始。女子称姓，亦自周人始矣。"③ 西周初年，只有贵族女子有姓，平民女子与女奴隶没有姓，只有名。同姓不婚的禁忌制度，也是始自西周。为了保持血统的纯正性，自西周以来中国的贵族就恪守婚姻伦理禁忌，禁止同姓结婚，反对、禁止近亲结婚。西周礼制规定同姓不婚、贵贱不婚。《左传·僖公二十三年》云："男女同姓，其生不蕃。"《魏书·高祖本纪》道："夏殷不嫌一族之婚，周世始绝同姓之娶。"④《礼记·曲礼》云："取妻不取同姓，故买妾不知其姓则卜之。"⑤ 郑樵《通志二十略》说："姓所以别婚姻，故有同姓、异姓、庶姓之别。氏同姓不同者，婚姻可通。姓同氏不同者，婚姻不可通。……秦灭六国，诸侯子孙皆为民庶，或以国为氏，或以姓为氏，或以氏为氏，姓氏之失自此始。故楚之子孙，可以称楚，亦可称芈。周之子孙可称周子南君，亦可称姬嘉。又如姚恢改姓为

---

① 王国维：《殷周制度论》，载彭华选编《王国维儒学论集》，四川大学出版社2010年版，第248页。
② （清）顾炎武著，陈垣校注：《日知录校注》，安徽大学出版社2007年版，第1245—1246页。
③ 王国维：《殷周制度论》，载彭华选编《王国维儒学论集》，四川大学出版社2010年版，第248页。
④ （北齐）魏收：《魏书》，中华书局1974年版，第1册，第153页。
⑤ 胡平生、张萌译注：《礼记》，中华书局2017年版，上册，第28页。

妠，妠皓改姓为姚，兹姓与氏浑而为一者也。……三代之后，姓氏合而为一，皆所以别婚姻，而以地望明贵贱。"① 顾炎武《日知录·氏族》云："姓氏之称，自太史公始混而为一。"② 战国时期，姓与氏虽然混淆，但婚姻禁忌却承续下来。甥舅婚属于近亲结婚，即乱伦，因而，汉文化礼法坚决而直接反对之。时至中唐，白居易的父母为何还实行甥舅婚？从汉民族的婚姻礼仪文化的角度来看，此事令人殊不可解。

况且，近亲结婚也不符合大唐的婚姻法规定。陈寅恪曾做过详细考论，认为"吾国法意，重在内外区分，尊卑等级"③，因而魏征上议"舅服缌麻，请与从母同小功。制可"④。《唐律》规定："诸同姓为婚者，各徒二年。缌麻以上，以奸论。……并离之。"这里的"同姓为婚"，指的是"同宗共姓"，即存在血缘关系的同姓，不包括赐姓、改姓等所造成的同姓。⑤着眼点在于是否有伦理禁忌之血缘关系。从《唐律》可知，唐代法律不仅规定同姓不得结婚，而且如果近亲结婚也要以犯奸科罪。据《唐律疏议》，正如陈寅恪所论，白居易父母之"舅甥为婚，律所必禁"。⑥

由以上可知，无论是婚礼还是法律，汉民族都禁止近亲结婚。具体到白居易的父母，时在大唐，他们的甥舅婚是汉民族文化所严令禁止的。然而，甥舅婚却是事实，这是何故？或曰，他们可能是北方游牧民族的后裔。果真如此吗？

2. 白居易父母的婚姻形态也不属于游牧民族的收继婚

或云晚至大唐王朝之所以出现甥舅婚，这是由于李唐王朝的贵族、勋贵大多为鲜卑族的缘故；鲜卑族是游牧民族，其婚姻伦理形态为收继婚。何谓收继婚？收继婚，又称接续婚，俗称转房婚，是指丧夫的

---

① （宋）郑樵撰，王树民点校：《通志二十略》，中华书局1995年版，上册，第1—2页。
② （清）顾炎武著，陈垣校注：《日知录校注》，安徽大学出版社2007年版，第1249页。
③ 陈寅恪：《元白诗笺证稿》，商务印书馆2015年版，第322页。
④ 陈寅恪：《元白诗笺证稿》，商务印书馆2015年版，第323页。
⑤ （唐）长孙无忌等撰，刘俊文点校：《唐律疏议》卷14，中华书局1983年版，第262页。
⑥ 陈寅恪：《元白诗笺证稿》，商务印书馆2015年版，第323页。

妇女改嫁给原夫亲属的一种特殊的婚姻。收继婚是人类社会婚姻发展的一个必经阶段，是夫兄弟婚的残余。这种婚俗出现在母系氏族社会后期，进入阶级社会后，仍然保留。

收继婚的明文记载较早见于匈奴的婚俗。司马迁《史记》记载："匈奴之俗……父、子、兄、弟死，娶其妻妻之，恶种姓之失也。"①《后汉书》记载：乌桓"其俗，妻后母，报寡嫂"。②《隋书》云：突厥"父兄死，子弟妻其群母及嫂"。③ 刘迎胜认为："父兄死，妻其诸母与嫂是部分古代北亚游牧民族的一种传统习俗，即所谓 levirate marriage，民间习称为转房，元代文献称为收继。收继按收继人与死去男性之间的亲属关系，可分为平辈收继与异辈收继。"④ 蒙古族《大撒扎》规定："父亲死后，儿子除了不能处置自己生母之外，对父亲的其他妻子或可以与之结婚，或可以将她嫁与别人。"⑤《出使蒙古记·鲁不鲁乞东游记》亦记载："有的时候一个儿子把他父亲所有的妻子都拿来当妻子，只有他自己的生母除外。因为父母的斡耳朵（家产）总是归最小的儿子继承，因此他必须供养他父亲所有的妻子，这些妻子都带着他父亲的财产来到他这里。这时，如果他愿意，他可以把她们当作妻子来使用。"⑥

3. 白居易家族的婚姻伦理形态

甥舅婚与上述收继婚不同，它为族内血缘婚，而收继婚则为族外婚，因此，从北亚游牧民族的婚姻民习这个角度仍然无法解释白居易的父母何以实行甥舅婚。联系白居易家族的种族身份、宗教身份可知，白居易父母的甥舅婚只有一种可能的结果，那就是他们践行的是袄教

---

① （汉）司马迁：《史记》，中华书局2014年版，第9册，第3505页。
② （南朝宋）范晔：《后汉书》，中华书局1965年版，第10册，第2979页。
③ （唐）魏征等：《隋书》，中华书局1973年版，第6册，第1864页。
④ 刘迎胜：《元太宗收继元太祖后妃考——以乞里吉忽帖尼皇后与阔里桀担皇后为中心》，《民族研究》2019年第1期。
⑤ ［美］梁赞诺夫斯基：《蒙古惯习法の研究》，日译本，日本东亚经济调查局1935年版，第5页。
⑥ ［英］道森编：《出使蒙古记》，吕浦译，周良霄注，中国社会科学出版社1983年版，第122页。

的婚姻形态。仅仅是白居易的父母践行族内婚吗？不是的，白居易、白敏中等家族内的婚姻伦理行为也证明了白居易家族都践行祆教的族内婚。

大唐时期，青年男女婚媾的年龄有两次法律规定。第一次，贞观元年（627）唐太宗李世民颁布诏令曰："昔周公治定制礼，垂裕后昆，命媒氏之职，以会男女。……宜令有司，所在劝勉，其庶人男女无室家者，并仰州县官人，以礼聘娶，皆任其同类相求，不得抑取。男年二十、女年十五已上，及妻丧达制之后，孀居服纪已除，并须申以婚媾，令其好合。若贫窭之徒，将迎匮乏，仰于亲近乡里，富有之家，裒多益寡，使得资送。……刺史、县令以下官人，若能婚姻及时，鳏寡数少，量准户口增多以进考第，如导劝乖方，失于配偶，准户减少附殿。"① 第二次，《新唐书》记载："（开元）二十二年，诏男十五、女十三以上得嫁娶。"② 唐玄宗开元二十二年（734）之后，男子明明在 15 岁以上就可以结婚，可是白居易 37 岁时才与杨虞卿从妹杨氏结婚，他为什么如此晚才结婚？或云，他为了功名刻苦读书，因此晚婚。可是，白居易 29 岁时就已经进士及第，那为什么八年之后才结婚？

白居易 38 岁时有一女，名叫金銮子，可是不幸在三岁的时候夭折了。白居易 58 岁时有一子阿崔，白居易视若珍宝，可是爱子三岁时又不幸夭折了。……白居易夫妻共有四女一子，但是只有一女阿萝长大成人。从遗传学和优生优育科学来看，白居易的孩子多夭折又表明了什么？一般来说，不能排除这种可能性，那就是他们家族曾世世代代是近亲结婚，并非优生优育，因而所生之子女多夭折，难以养育成人。

白敏中先后将自己的长女、次女嫁给皇甫炜，这在李唐时期也是不寻常的。《皇甫炜夫人白氏墓铭》云："开成五年生夫人。……大中二年，以长女归于炜。……十年二月廿五日，又以夫人归于炜。"③ 姊

---

① （宋）王溥：《唐会要》（下），中华书局 1955 年版，第 1527 页。
② （宋）欧阳修、宋祁：《新唐书》，中华书局 1975 年版，第 3 册，第 1345 页。
③ 吴钢主编：《全唐文补遗》第 7 辑，三秦出版社 2000 年版，第 134 页。

妹同嫁一人，春秋时中原地区固然有之，但是晚至唐代，汉民族早已不再实行这一婚姻制度，白敏中竟然还将自己两个女儿嫁给同一个人，白居易大家族的婚姻伦理由此可见一斑。

联系到中国传统婚姻文化的伦理生态，包括汉民族自西周以来的婚姻礼法、游牧民族的收继婚和世界史视域中的大唐时期琐罗亚斯德教在中土的聚落生根和族内兴盛，可以推知白居易家族本来的婚姻形态就是祆教的族内血亲婚；否则，无从解释白居易的父母实行甥舅婚。

陈振孙《白文公年谱》"元和十年下"云："公（按：白居易）母有心疾，因悍妒得之。"这里的心疾，指的是"精神病"，因为她"叫呼往往达于邻里"，一度"忧愤发狂，以苇刀自刭"。① 最终，白居易的母亲投井而死。莫砺锋认为，白居易母亲的精神不好可能与其婚姻有关。② 这一推测不无道理。"对文学的理解必须让文学回归属于它的伦理环境和伦理语境，这是理解文学的一个前提。"③ 试想，一方面是家族传统的世代族内血缘婚，另一方面又是汉文化的乱伦悖逆之诛心式谴责、内疚，这两种伦理意识的内在冲突肯定会使她精神受刺激。在精神恍惚、焦虑之际，白居易的母亲坠井而亡，似乎也是情理之中的事。"社会的伦理规则是伦理秩序的保障，一个人只要生活在这个社会里，就必然要受到伦理规则的制约，否则就会受到惩罚。"④ 惩罚分为外在形式的笞、杖、徒、流、死等处罚与内在心理的精神折磨。人是高度社会化的理性动物，从白居易家族的受教育程度来看，他们的汉化程度是很高的。因此，白居易的母亲面对或者遵从世世代代的家族婚姻传统或者违背婚姻禁忌而乱伦的心理惩罚之伦理选择，伦理选择的实质是斯芬克斯因子内在的伦理意识冲突；又由于她身处的家庭伦理小环境与文化大生态之间的张力十

---

① 陈寅恪：《元白诗笺证稿》，商务印书馆 2015 年版，第 326 页。
② 莫砺锋：《莫砺锋评说白居易》，安徽文艺出版社 2010 年版，第 7 页。
③ 聂珍钊：《文学伦理学批评：基本理论与术语》，《外国文学研究》2010 年第 1 期。
④ 聂珍钊：《文学伦理学批评：基本理论与术语》，《外国文学研究》2010 年第 1 期。

分巨大，内心的煎熬、焦虑、抑郁和痛苦就导致生不如死甚至自杀的悲剧。①

"文学伦理学批评的核心理论就是'伦理选择'（Ethical selection）。"②而伦理身份是伦理选择的逻辑起点。宗教是人类的至高精神形式，一个人的宗教伦理身份在其伦理身份中是至关重要的。因为信仰的精神与斯芬克斯因子纠缠在一起，然而并非纯然地趋向人性因子，兽性因子可能依然保留在神话信仰之中，这确实是比想当然认为的复杂得多。白居易家族从龟兹迁到关中，后迁到太原，又迁回关中。虽然来到中土的西胡主要以聚落的形式生活，然而无论如何，由于部族文化彼此之间的接触和互渗，在地化总是难免的，因而生成一种杂合的形态。汉文化的伦理教化和道德教诲与西胡祆教的族内婚之间的伦理选择，就成了白居易母亲所面临的文化接触、冲突、互渗和融合过程中的惶恐。

韦贯之、王涯指责白居易在母丧之后写作《赏花》《新井》，学界一般认为是政治上的栽赃诬陷、恶意中伤。其实，作为大臣高官，如果没有真凭实据，他们一般不会赤口白舌的；假如真的只是造谣说谎而没有证据，他们岂能说服皇帝与其他同僚？白居易先被贬为江州刺史，王涯认为他的所作所为有伤名教，是名教罪人，不堪复理郡，故朝廷将白居易贬为江州司马。此乃文官制度的正常运作，岂能依据一二人的谣言就能成为事实？由是观之，白居易没有为亲讳是无法否认的事实，这难道是白居易有意识的伦理选择吗？从伦理道德来说，绝对不是。那又何以如此？可能性只有一种，就是白居易虽然汉文化程度很高，可是仍然无意识地触犯汉文化的礼仪禁忌。有人会问，白居易的诗集中为什么没有这两首诗歌？试问，白居易在受到社会舆论的强烈指责之后，他还会将其收录到诗集里面吗？如果白居易真的没有写这两首诗，他为什么不上书进行辩解？他因这两首诗被贬到江州，又为何没有控诉？由此可见，白居易的诗文创作与其家族的婚姻伦理

---

① 聂珍钊：《文学伦理学批评：伦理选择与斯芬克斯因子》，《外国文学研究》2011年第6期。
② 聂珍钊等：《"外国文学理论与批评前沿问题"三人谈》，《山东外语教学》2018年第3期。

生态密切相关。

小　结

综上所述，在自西周以来就已奉行"同姓不婚"原则的汉文化看来，族内血缘通婚违反了伦理禁忌，即这一制度有违人伦天理。因而，史书认为信奉琐罗亚斯德教、遵循族内血缘婚的粟特人由于"多以姊妹为妻妾，自余婚合，亦不择尊卑。诸夷之中，最为丑秽矣"。[①] 然而，为何晚至中唐时期，白居易的父母还实行甥舅婚呢？实行族内血亲婚的，从文化和法律来看，绝非汉民族，也非游牧民族。结合世界史的伦理文化语境以及白居易的家族史可知，白居易的家族乃东迁中土的龟兹胡，即西域雅利安人之后裔；他们信奉琐罗亚斯德教，而琐罗亚斯德教实行族内婚。因此，伦理身份，尤其是其中的宗教伦理身份充分解释了白居易父母的甥舅婚问题。

总的来说，白居易是已经汉化的龟兹人后裔，汉化是其身份转化，也是其身份选择。如果依据陈寅恪的观点，一个人的伦理身份当从文化来论，他当属于汉文化人无疑。但是，种族、宗教、家族习俗的传统力量之于一个人乃至一个家族的伦理身份和伦理选择来说，潜在地仍然具有超乎寻常的影响力。因此，白居易虽然已经汉化、儒化，然而他的家庭、婚姻等依然保留西域人的传统。对白居易家族伦理身份和伦理选择进行整体观照，可以发现白居易父母的婚姻形态实乃祆教的族内婚，我们对白居易这位大诗人的人生经历和诗文创作因此就有了全新的认知和理解。

第五节　从印绶鸟看王世充的政治伦理

《旧唐书》记载，隋末唐初，王世充僭称皇帝之前，广造舆论，采纳道士桓法嗣的"王继羊（杨）后"之图谶，"罗取杂鸟，书帛系

---

① （北齐）魏收：《魏书》，中华书局1974年版，第6册，第2271—2272页。

其颈，自言符命而散放之。有弹射得鸟来而献者，亦拜官爵"。① 或以为王世充此举是好德放生，或以为是广而告之，或以为荒诞不经。其实，这是琐罗亚斯德教印绶鸟信仰在中原的本土化表现。前贤时俊对此尚未予以关注，本节试发覆之，进而论及王世充的宗教伦理，解释历史书写内在的因果逻辑。

一 印绶鸟的宗教内蕴

琐罗亚斯德教是西域古老的宗教，而印绶鸟（又名衔绶鸟、系带鸟、含绶鸟、戴绶鸟等）是琐罗亚斯德教中的吉祥鸟。据波斯式吉祥鸟图像，吉祥鸟的特征是"有头光、戴胜"。有头光，是因为琐罗亚斯德教崇尚光明，因此，宗教叙事中重要的神祇或帝王大多拥有头光。这里的戴胜，是姜伯勤在其《中国祆教艺术史研究》中的命名。其实，戴胜是两条印绶带子。姜伯勤将颈后飘着两条带子的鸟命名为吉祥鸟。印绶鸟颈系波斯式绶带，"表达的是伊朗'好运'概念 Hvarenah"。②

吉祥鸟的伴随物式样颇多，或者是颈绕印绶，或者是戴环，或者是衔铃或衔环。在安息艺术中，戴环鸟（ring-bearing bird）表达一种繁盛或好运的概念。环或者圆圈，在琐罗亚斯德教中表征承诺，如琐罗亚斯德教典型的标志法拉瓦哈（Faravahar），其中的人首鹰翅灵魂老爷爷手中拿着一个圆环；再如太阳神密特拉给大流士一世授环的塑像等。

早在帕提亚时代，就出现了衔环鸟的艺术形象。一件公元前2世纪的帕提亚石刻雕塑在伊朗西南的阿拉美德（Elymaide 的 Khung-i Nauruzi）出土，上面画有一只鸟，它口衔着圆环，飞向右侧的人像。飞鸟象征着"神的荣光"。康马泰说："在帕提亚波斯时期，人们就用含绶鸟来表现神赐福于英雄，那么不难想象在此后的萨珊波斯时期，会用含绶鸟来表现森木鹿。"③ 阿扎佩认为："6至8世纪，布哈拉的瓦

---

① （后晋）刘昫等：《旧唐书》，中华书局1975年版，第7册，第2231页。
② 杨瑾：《唐武惠妃墓石椁纹饰中的外来元素初探》，《四川文物》2013年第3期。
③ ［意］康马泰：《对北朝粟特石屏中所见的一种神异飞兽的解读》，毛民译，载张庆捷、李书吉、李钢主编《4—6世纪的北中国与欧亚大陆》，科学出版社2006年版，第174页。

尔赫萨以及片治肯特的粟特壁画中，也常见口衔圆环的飞鸟盘旋于武士装扮的国王头顶，或参与到宗教祭祀的场景中。"① 衔环鸟应该是表达吉祥的一种隐喻。

衔铃鸟是印绶鸟的一种表现形式，还是说它们具有相同的表征意义，即都是吉祥、好运的符号展现？在粟特人及其后裔的墓葬中，我们所见多是脖子上系着两根带子的印绶鸟。这两根带子是不是源自琐罗亚斯德教有翼日盘中的两根带子？安息艺术的研究者又将印绶鸟称为瑞鸟，这与姜伯勤所命名的吉祥鸟是一个意思。印绶鸟、戴环鸟、衔铃鸟似乎都是琐罗亚斯德教的瑞鸟或吉祥鸟的不同表现形式。

夏名采曾将青州北齐傅家画像石中的印绶鸟编号列出。在九块画像石中，共有五块出现印绶鸟，分别是商旅驼运图上空两只颈后有二绶带的瑞鸟，商谈图中上空一只颈后有二绶带的瑞鸟，车御图上空一只颈后有二绶带的瑞鸟，出行图之一上空一只瑞鸟，出行图之二上空一只颈后有二绶带的瑞鸟。② 夏鼐在《新疆新发现的古代丝织品——绮、锦和刺绣》中说："我们这次在阿斯塔那的发掘中……在332号墓（公元665年）也出土有颈绕绶带的立鸟文锦。……颈有绶带的立鸟纹，也和我国旧有的鸾鸟或朱鸟纹不同。它的颈后有二绶带向后飘飞。"③ 在太原隋代虞弘墓椁壁浮雕上，天空中飞的就有印绶鸟，两条印绶飘在颈后。（可参见姜伯勤《中国祆教艺术史研究》第46页、第68页图。）

印绶鸟应该是"senmurv"（音译作森木鹿或森穆夫）母题的艺术表现形式之一。"senmurv"具有典型的琐罗亚斯德教意味，是一种有翅膀的鸟、兽或者几种动物的组合，表征着"hvarenah"即"照耀人的神之光辉"。④ 在法尔西语中，"senmurv"被翻译为"simurgh"

---

① Guitty Azarpay, "Some Iranian Iconographic Formulae in Sogdian Painting", *Iranica Antiqua*, XI, 1975.
② 夏名采：《益都北齐石室墓线刻画像》，《文物》1985年第10期。
③ 夏鼐：《新疆新发现的古代丝织品——绮、锦和刺绣》，《考古学论文集（外一种）》（下），河北教育出版社2000年版，第502—504页。
④ Guitty Azarpay, "The Pictorial Epic in Oriental Art", in A. M. Belenitskii, B. I. Marshak and Mark J. Dresden (eds.), *Sogdian Painting*, California: University of California Press, 1981, p. 112.

(又写作 simorgh, simurg, simoorg or simourv, Angha）。魏庆征认为，它是"古伊朗神话中预言未来之鸟"。① 杨瑾考察的结论是："在现代波斯语中，森穆夫特指一种法力无边、能预测未来、乐善好施的神秘飞鸟类生灵，其图像见于伊朗各个历史时期的艺术和文学作品中，以及中世纪阿塞拜疆、拜占庭帝国和受波斯文化影响地区的历史遗存中。"②

贝利（H. W. Bailey）是著名的语言学家，他认为，"hvarenah"（音译为赫瓦雷纳）意谓"生命中的吉祥"，转义为幸运，使好运实现的幸运事业，与光明的性质相联系的好运，最后是关于"王家无上荣光"的思想。③ 他指出，"hvarenah"又写作"xvarenah"，此字相当于中古波斯语中的"farrah"，意思是"福运、财富"，蕴含"福运"的灵体。④ "farnah"本义为"神圣本质、永恒光明、灵光"，引申为"神赐灵光"，多为王家或祭司阶层所拥有。张小贵认为，琐罗亚斯德教"以有翼的飞鸟形象来表示'神赐灵光'"。⑤ 然而，沙赫巴兹著作［An Achaemenid Symbol II. Farnah "(God Given) Fortune" Symbolised］中的"Fortune"被翻译为"（神赐）灵光"似乎不确切，因为"fortune"是财富、好运之义。赫瓦雷纳，即福运之鸟。

赫瓦雷纳的表现形式丰富多彩，如印绶鸟、衔铃鸟、衔环鸟、隼、鹰等都是其表征，其中一种是人头鹰身（一说人头鸡身，鸡公与鹰隼在琐罗亚斯德教都是善禽）。姜伯勤认为，这种"人头鹰身赫瓦雷纳（Xvarenah）鸟即是圣鸟 Senmurv 之一种"。⑥ "xvarenah/hvarenah"的意思是"光耀"，即光神，又称之为灵光神，是"王者灵光"。所谓"王者灵光"，王小甫认为是"古代波斯浮雕上那种带翅膀的和鸟尾的光盘（Faravahar/Farohar/Farrah），上部为一个男性显贵的

---

① 魏庆征编：《古代伊朗神话》，北岳文艺出版社、山西人民出版社1999年版，第458页。
② 杨瑾：《唐武惠妃墓石椁纹饰中的外来元素初探》，《四川文物》2013年第3期。
③ 姜伯勤：《中国祆教艺术史研究》，生活·读书·新知三联书店2004年版，第69页。
④ ［美］克雷默等：《世界古代神话》，魏庆征译，华夏出版社1989年版，第334页。
⑤ 张小贵：《中古祆教半人半鸟形象考源》，《世界历史》2016年第1期。
⑥ 姜伯勤：《中国祆教艺术史研究》，生活·读书·新知三联书店2004年版，第104页。

形象"。① 人面鸟身的现象，时见于《山海经》。葛洪《抱朴子·对俗篇》云："千秋之鸟，万岁之禽，皆人面而鸟身，寿亦如其名。"② 中国古代的千秋、万岁鸟亦为人面鸟身，表达了人们追求长生久视的理想。佛教中的迦陵频伽也是人面鸟身的形象。张小贵认为，虞弘墓室椁浮雕上的人身鹰首图像，或受佛教迦陵频伽的影响。③ 但是，黎北岚认为，袄教的人首鸟身祭司形象与紧那罗、迦陵频伽不一样，可能受朱雀观念的影响。④ 中国古代，五行方位文化中，朱雀表征南方，也是一种祥瑞之鸟。沈括《梦溪笔谈》卷七载："四方取象苍龙、白虎、朱雀、龟蛇，唯朱雀莫知何物，但谓鸟而朱者，羽族赤而翔上，集必附木，此火之象也。……或云，鸟即凤也。"⑤ 墓室魂门或神门之上都有朱雀图像。孙机认为，森穆夫与中国的飞廉有关联。⑥ 其实，有翼神兽与朱雀、飞廉皆无内在关系，它是西域特别是中亚神话东传的结果。

　　阿扎佩在《粟特绘画中的若干伊朗图像程式》中指出："在波斯的语境中，与动物形式相联系的 hvarenah，意味着一种盛大的好运随之而来。"阿扎佩发现，"hvarenah"表达好运的时候，总是与兽身鸟、光线、头光、光焰等表现形式联系在一起。他又说："在安息艺术中，衔铃鸟表达伊朗的'赫瓦雷纳（Hvarenah）'的概念，表达运气、好运的概念。"⑦

　　由上可知，印绶鸟即琐罗亚斯德教中 hvarenah 之一种鸟形象的显现，是预言未来的吉祥鸟。王世充作为一名西胡的后裔，猎捕野鸟，

---

　　① 王小甫：《拜火教与突厥兴衰——以古代突厥斗战神研究为中心》，《历史研究》2007年第1期。
　　② 王明校释：《抱朴子内篇校释》，中华书局1980年版，第41页。
　　③ 张小贵：《中古华化袄教考述》，文物出版社2010年版，第121—135页。
　　④ [法]黎北岚：《6世纪中国中亚墓葬中的鸟祭司及其丧葬意义》，祁晓庆译，《亚洲研究所学刊》新刊第21卷，2012年，第1—23页。
　　⑤ （宋）沈括：《梦溪笔谈》，岳麓书社2002年版，第57页。
　　⑥ 孙机：《七鸵纹银盘与飞廉纹银盘》，《中国圣火：中国古文物与东西文化交流中的若干问题》，辽宁教育出版社1996年版，第166—169页。
　　⑦ Guitty Azarpay, "Some Iranian Iconographic Formulae in Sogdian Painting", *Iranica Antiqua*, XI, 1975.

颈绕帛带，自言符命，将其放到空中，虽然是一种就地取材的本地版吉祥鸟，但依然可以以之宣扬"王家无上荣光"。他要登基称帝，希望祥瑞的鸟儿给他带来好运，希望皇图永固。而印绶鸟的这一宗教符号意识，汉文化中不曾有，因此表明他所信奉的是琐罗亚斯德教或本土化的祆教。

鸟在琐罗亚斯德教中拥有特殊的地位，言说着特别的宗教意义，表征着该教的宗教特色。例如，鹰是祆教战神巴赫拉姆的化身之一。[1]而琐罗亚斯德教的象征符号法拉瓦哈（Faravahar）也表现为带着老鹰翅膀的人。古埃及神话中有人身鹰首的神祇。西亚、中亚神话中也多见鹰神的叙述。《阿维斯塔》是琐罗亚斯德教的经典，其中表达"好运"的符号就是鸟。《阿维斯塔·亚什特》第19篇第7章第34—35节云："当他（按：指的是第一位人依玛Yima，即印度的阎摩。波斯人、印度白种人都是雅利安人的后裔。）开始以虚假的谎言为乐时，灵光神就现形为一只鸟飞离了他……伊玛惶恐不知所措，羞愧得无地自容。……灵光神离开了伊玛，化身为一只Varaghan/Vareghan鸟。辽阔牧场的主公密特拉（Mithra）神捉住了灵光。"[2]密特拉同时还是法律公正之神、太阳神。"Vareghan鸟"之于密特拉是不是犹如中国太阳神话叙述中的三足鸟？

在《阿维斯塔》中，"Vareghan鸟"并非只是灵光神的象征，它同时也是胜利之神"Verethraghan/Bhaarm"的化身。《阿维斯塔·亚什特》第14篇是对胜利之神的颂歌，胜利之神有十种化身：一阵猛烈的狂风，一头长有金角的公牛，一匹长有金耳和金蹄的白马，一匹发情的骆驼，一头公野猪，一个15岁的青春少年，一只"Vareghan鸟"，一只弯角的公绵羊，一只尖角的野山羊和一个武装的战士。[3] "Vere-

---

[1] ［伊朗］贾利尔·杜斯特哈赫选编：《阿维斯塔——琐罗亚斯德教圣书》，元文琪译，商务印书馆2005年版，第249页。
[2] Mary Boyce, *Textual Sources for the Studies of Zoroastrianism*, ed. and trans. Mary Boyce, Chicago: The University of Chicago Press, 1990, p. 30.
[3] 元文琪：《二元神论——古波斯宗教神话研究》，商务印书馆2018年版，第212页。

thraghan"的化身之一即"Vareghan 鸟",中文有多个翻译版本:隼、鹰、鹞等。

《伊朗学百科全书》"Bahram"(音译为巴赫拉姆,意思是斗战神)条把"Vareghna 鸟"解释为隼或猛禽(falcon or bird of prey)。斗战神颂歌第7章第19—21节略云:"(19)第7次阿胡拉创造的斗战神(向他的求助者)赶来,化成一只 Vareghan 鸟急速前进,下面抓,上面撕,这最敏捷的鸟,这最快的飞行物。(20)它是唯一能赶上飞箭的生物,无论那箭射得多好。天刚破晓,它舒展羽毛飞翔,为避离黑暗追寻日光,为徒手者寻求武装。(21)它在山岭峡谷上空滑翔,它掠过一座座山峰,它掠过一条条河流,它掠过林梢,聆听着鸟儿们的喧哗。斗战神就这样来了,带着马兹达创造的善惠灵光,那马兹达创造的光华。"[1]

奥马尔·凯扬编写的《新年书》赞颂隼道:"古人云:隼(falcon)是肉食鸟类之王,犹如马是草食四蹄动物之王。它天生具有其他鸟类所没有的威权(majesty);鹰(eagle)虽然体大,却无它的威严。"[2] "saena"在《吠陀》中指的是自然界中的老鹰。在《阿维斯塔》中,它最初指的是美索不达米亚的龙,潜入水中成为占卜鸟。在《耶斯特》中,它是一种神秘的鸟。它是不是"senmurv"的一种?"senmurv"栖息在湖中岛上的圣树上,随云化雨,减轻人们的痛苦。[3]

琐罗亚斯德教对鸟特别崇拜,因此,在其神话叙述中不仅多有自然界存在的鸟,而且有想象中的神鸟。例如"Pesho-Parena"就是一只了不起的神鸟。《亚什特》第14篇第14章就对这只超凡的神鸟进行了衷心的赞颂。

在琐罗亚斯德教中,公鸡是善禽、圣禽。琐罗亚斯德教崇尚火,

---

[1] Mary Boyce, *Textual Sources for the Studies of Zoroastrianism*, ed. and trans. Mary Boyce, Chicago: The University of Chicago Press, 1990, p. 31.

[2] H. A'Lam, "Bāz", *Encyclopaedia Iranica*, Vol. IV, ed. Ehsan Yarshater, London and New York: Routledge & Kegan Paul, 1990, p. 17.

[3] R. A. Jairazbhoy, "Oriental Influences in Western Art", New York: Asia Publishing House, 1965, p. 205.

认为太阳是天上的火,因此崇尚太阳。公鸡被视作太阳鸟;又,"雄鸡一唱天下白",夜晚是恶魔的时间,晨曦时恶魔就潜遁到地下,因而鸡鸣是恶魔的丧钟之声,它在琐罗亚斯德教中地位崇高。裁判桥(The Chinwad Bridge)桥头的灵魂审判者之一斯劳莎(Sraosha),其化身之一就是公鸡。

据《阿维斯塔》,公鸡可驱除恶魔,阿胡拉·马兹达指定其来协助天使长斯劳莎神共同引导死者灵魂升天。[①] 杨巨平指出:"雄鸡和鹰都是祆教崇拜的对象,是阿胡拉·马兹达为与群魔和术士对立斗争而造的。据说,有两种名为'阿绍祖什特'(即'佐巴拉—瓦赫曼')和'索克'的鸟,被赋予了《阿维斯塔》的语言,它们一旦讲述,'群魔就胆战心惊,无可逞其伎'。"[②] 《阿尔达·维拉兹入地狱记》记载:"人们称呼公鸡为正直的斯罗什之鸟,当他鸣叫时,会驱走不幸,使之远离奥尔马兹达的造物。"[③] 斯罗什(Srōš)是斯劳莎的另一音译。有文献记载,公鸡乃是被创造出来对抗恶魔的,与狗合作;在世上的造物中,与斯罗什合作共同抵御邪恶者,正是狗和鸡。在帕拉维文《阿达希尔事迹》中,胜利之火阿杜尔·法恩巴格,就曾幻化成红色公鸡,打翻阿达希尔手中含有毒药的酒杯而救了他。

王小甫认为:"金鸡应即斗战神和灵光神共有的化身 Vareghna 鸟。"[④] 自北齐以来,朝廷建金鸡大赦,其中的金鸡口衔红幡条,飘坠而下。拙文《琐罗亚斯德教视域中的唐代雄鸡文化》认为:"鸡'衔绛幡',其原型或许就是河南安阳北齐石棺床、西安北周安伽墓石棺床、西安北周史君墓石椁、太原隋代虞弘墓石棺等石刻葬具图像中的'衔绶鸟'。"[⑤] 金鸡大赦中的绛幡,是不是印绶鸟之印绶的一种变异?

[①] G. Kreyenbroek, *Sraoša in the Zoroastrian Tradition*, Leiden: E. J. Brill, 1985, p. 118.
[②] 杨巨平:《虞弘墓祆教文化内涵试探》,《世界宗教研究》2006年第3期。
[③] G. Kreyenbroek, *Sraoša in the Zoroastrian Tradition*, Leiden: E. J. Brill, 1985, p. 118.
[④] 王小甫:《拜火教与突厥兴衰——以古代突厥斗战神研究为中心》,《历史研究》2007年第1期。
[⑤] 张同胜:《琐罗亚斯德教视域中的唐代雄鸡文化》,《西部学刊》2021年第7期。

二　王世充的宗教伦理

据《旧唐书》，王世充，"字行满，本姓支，西域胡人也"。① 西胡，一般指的是东部波斯人，即粟特人。《隋书》记载，王世充"卷发豺声"。② 其身体特征之卷发，可以印证他的确具有西胡血统。而王世充本姓"支"，从其姓可确知，他的祖先是大月氏人，即后来的贵霜人。不论是粟特人还是贵霜人，作为西胡他们都信奉琐罗亚斯德教。

大唐武德元年（618），王世充拥立洛阳留守越王杨侗为皇帝。二年（619），彗星行天。王世充利用彗星出现则除旧布新的说法，在洛阳逼迫杨侗禅位于他。杨侗不同意，王世充直接借口国乱时期需长者，以救时为理由受禅。以星象说法，一方面是"天人合一"政治理念的机制；另一方面，琐罗亚斯德教里面充斥着长篇累牍的天文星象的神话故事。王世充的宗教信仰，从他僭号亦可以补证。《旧唐书》记载，王世充僭即皇帝位，"建元曰开明，国号郑"。③ 琐罗亚斯德教的教义，崇尚光明。而王世充的郑国建元为"开明"，这表明王世充确实信奉拜火教。

程知节曾对秦叔宝说："（王）世充器度浅狭，而多妄语，好为咒誓，乃巫师老妪耳，岂是拨乱主乎！"④ 王世充好"咒誓"，这恰恰证明，王世充具有浓厚的宗教意识，因为宗教相信语言的力量。许多民族的神话中都有语言创世的叙述，《圣经》就是上帝通过言语创世的。上帝创世的时候，说有光，于是就有了光。大唐贞元十七年（801），杜佑《通典》卷四〇《职官》记载："祆者，西域国天神，佛经所谓摩醯首罗也。武德四年，置祆祠及官，常有群胡奉事，取火咒诅。"⑤ P.2569《儿郎伟驱傩文》"赛祆"咒文云："今夜驱傩队仗，部领安城

---

① （后晋）刘昫等：《旧唐书》，中华书局1975年版，第7册，第2227页。
② （唐）魏征等：《隋书》，中华书局1973年版，第6册，第1894页。
③ （后晋）刘昫等：《旧唐书》，中华书局1975年版，第7册，第2231—2232页。
④ （后晋）刘昫等：《旧唐书》，中华书局1975年版，第8册，第2503页。
⑤ （唐）杜佑撰，王文锦等点校：《通典》，中华书局2016年版，第1095页。

大袄，以次三危圣者，搜罗内外戈铤，趁却旧年精魅，迎取蓬莱七贤，屏及南山四皓，今秋五色红莲。从此敦煌无事，城隍千年万年。"① 几乎可以这样说，所有的驱傩祈祷都是"咒诅"。从而可知，袄教举行祭祀仪式的时候，经常"咒诅"。

中国人的宗教信仰是现实的，王世充的祖先虽然是西胡，但是他已经中土化。王世充，字行满，从其名与字以及其间内在的逻辑关系可知，他的名字不是随随便便起的，而是不仅符合汉文化的规范，而且反映了其家族的汉化程度极高。《旧唐书》记载："（王）世充欲乘其弊而击之，恐人心不一，乃假托鬼神，言梦见周公。乃立祠于洛水，遣巫宣言周公欲令仆射急讨李密，当有大功，不则兵皆疫死。世充兵多楚人，俗信妖言，众皆请战。"② 周公制礼，在儒家思想中他是圣人谱系之首。王世充竟然撒谎说他梦见了周公。然而，他是将敬鬼神而远之的周文与巫觋鬼神道杂糅来诓骗楚兵。在洛水旁立祠，安排巫觋代己宣言，宣布军事命令和发出瘟疫恐吓。楚人佞鬼，王世充此举表明他亦深谙楚文化。

宗教的真谛是信仰。然而，宗教之于王世充，却是政治利用，而不是虔诚信奉。据《资治通鉴》，王世充率领淮南兵大败刘元进、朱燮。"（王）世充召先降者于通玄寺瑞像前焚香为誓，约降者不杀。散者始欲入海为盗，闻之，旬月之间，归首略尽，世充悉坑之于黄亭涧，死者三万余人。"③ 王世充如此言而无信、"沉猜诡诈"，翻手为云、覆手为雨，"杀降不吉"，而王世充先盟誓后杀降，哪有一点宗教教徒的信仰慈悲之心？从他经常咒诅、盟誓而不恪守可知，无论是巫术、儒教、道教还是袄教，对王世充而言都是一种利用，因此表明他的宗教伦理实质上是政治伦理。

王世充"明习法律"，却为了勾结盗贼罪犯，知法犯法，"皆枉法

---

① 邵明杰、赵玉平：《莫高窟第23窟"雨中耕作图"新探——兼论唐宋之际袄教文化形态的蜕变》，《西域研究》2010年第2期。
② （后晋）刘昫等：《旧唐书》，中华书局1975年版，第7册，第2230页。
③ （宋）司马光编纂：《资治通鉴》，岳麓书社1990年版，第3册，第371页。

出之，以树私恩"。① 此乃王世充之政治行径，也体现了他的伦理身份。从字面来看，他是文法小吏，舞文弄墨，徇私枉法。实际上，王世充在法律上的天赋，渊源有自。粟特人是商业民族，法律意识非常强。他们的神话中都有专门的契约之神密特拉。梅涅特认为，古代的契约被视为一种宗教行为，具有"盟约、圣约"的宗教意味。"信守盟约"且不说是信徒的约定，即对普通人来说，也是应该遵守的美德。

太原虞弘墓图像中的印绶鸟，颈绕两条绶带。有一种说法，印绶表征的是皇权、王家。撒马尔罕大使厅壁画上国王端坐，其中一匹马的马腿扎着印绶。学者一般将其解释为这是国王的马，用来祭祀密特拉。以此来解读虞弘墓图像石椁壁浮雕之三、之七、之九，似乎都可以说得通，即可表明其中人物的身份为王者。可是，虞弘墓图像石椁壁浮雕之五（《中国祆教艺术史研究》图8）②，姜伯勤将其命名为"天宫祭祆图像"，并将墓室主人对饮旁边的四位解读为六永生圣者中的四位，右边为阿梅雷达特女神与胡尔伐达特女神，左边为赫沙斯拉·伐利亚与司本特·艾买提。令人不解的是，这四位永生者难道是死者的侍从或奴仆？"其下有琵琶、箜篌、笛、腰鼓、贝蠡、铙钹及舞人等天宫伎乐供养"③，这些艺人大多有头光，脖子上也都缠着印绶。难道天国里也等级森严？竟然也有奴婢和乐伎？那么，印绶的符号意义是什么呢？印绶是王者的表征，在这些图像中显然是解释不通的。

三 现象描述性证据的类型学意义

如果迷信白纸黑字的明文证据，并利用搜索工具查找、确认这些证据，以此作为理性判断的依据，其结论往往不符合历史的实际。物的借代，可否作为有效的证据？物可能有多种变相，其中一种如果与

---

① （唐）魏征等：《隋书》，中华书局1973年版，第6册，第1894—1895页。
② 姜伯勤：《中国祆教艺术史研究》，生活·读书·新知三联书店2004年版，第141—144页。
③ 姜伯勤：《中国祆教艺术史研究》，生活·读书·新知三联书店2004年版，第143页。

公知中的标准不一致,是不是物的表象之一?从王世充的作为来看,笔者断定其信奉祆教的证据具有方法论的价值和意义,即明文证据之外的现象描述性书写也是一种重要证据。

人们一谈中国文化尤其是宗教文化,张口闭口总是儒、释、道。固然,儒、释、道是中国文化的砥柱,是西方学者罗伯特·雷德菲尔德(Robert Redfield)所说的大传统。然而,它仅仅是中国文化的一部分。另一部分,小传统即民间文化尤其是其中的民间宗教,由于相关的文字文献相对来说匮乏,因此总被人们所忽视,甚至无视。可是,如果不正视民间宗教的在世性、丰富性和隐藏性,很多现象和问题就得不到如其所是的理解和解释。

即以王世充的宗教伦理来看,他信奉什么?有儒家思想、法家思想、道教、巫术,这些都是而显而易见的。王世充似乎完全中土化了,他什么都信,什么都不坚信。他好像是一位实用主义者。然而,他骨子里信奉的却是祆教,现实版印绶鸟即其证据。但是,由于没有明文的书写记载,这一点则从未有人发覆,也就从未进入研究者的视域。即使是历史学家,读到王世充往空中放野鸟,仅仅认为是荒唐行径,甚至不予以关注。于是,王世充心底里的真正的宗教信仰就不会浮出水面,不为人所知。

以此而论,中国历史文献包括正史,其中关于事实的现象性描述,其背后书写着后人理解历史真实的证据。它们虽然不是白纸黑字的明文言说,却在言说着历史的政治伦理、宗教伦理和文化记忆。从这个角度来说,如果我们仅仅通过关键词的搜索,就不能真实地获取历史的图景。诸如某某社会现象何时最早出现,仅仅依据文字文献中的明文书写是远远不够的,还需要对文字文献行文背后的冰山水下的八分之七景观进行观照和透视。

文字文献行文中的龃龉、怪异、不正常之处,其实背后都有其内在的合理的因果逻辑关系。也就是说,任何不正常的叙述,其背后都是正常的因果关系。本节对《隋书》《旧唐书》等史书中王世充的诡异行径作了宗教学的意义解读,具有社会学类型学的方法论意义。例如，窦建德建国号"五凤"是由于"有五大鸟降于乐寿，群鸟数万从之"①，大夏政权对鸟的崇奉，其背后也有祆教的宗教意味。再如，北周皇帝登基或改年号的祥瑞多为赤雀、赤乌、三足乌等，其内在的因果也是祆教的吉祥鸟文化为底蕴。如此种种，皆说明看上去不正常的叙述背后都有合乎情理的因果逻辑；现象表征性证据亦言说着历史的事情真相；间在系统性思维可以发覆尘封的事物间性关系。

小 结

陈垣认为，拜火教即中国化的琐罗亚斯德教传入中国是在北魏时期。他根据《魏书》所记载的灵太后"废诸淫祀，而胡天神不在其列"认为，"中国之祀胡天神，自北魏始"。② 其实，由于民间文献的无征和宗教一般总是在民间先行传播，可以推测琐罗亚斯德教传入中土的时间当在更早。

北魏是鲜卑人建立的王朝。孝文帝南迁洛阳，进行汉化改革。从《洛阳伽蓝记》可知，当时的北魏号称"佛国"，实际上也名副其实。佛教在当时是举国上下的宗教信仰。但是，拜火教在民间和贵族的深宅大院里依然还会存在。隋唐史传中的隐性文献可以为证。况且，祆教、摩尼教、景教三夷教的佛教化、道教化，也是一个确凿的事实。

至天水赵宋一朝，有文献记载都城开封曾有火祆二百年薪火相传。张邦基《墨庄漫录》云："东京城北有祆庙。祆神本出西域，盖胡神也。与大秦穆护同入中国，俗以火神祠之。京师人畏其威灵，甚重之。"③ 孟元老《东京梦华录》卷三记载："大内西去右掖门、祆庙，直南浚仪桥街，西尚书省东门，至省前横街南，即御史台，西即郊社。"④ 董逌《广川画跋》云："元祐八年七月，常君彦辅就开宝寺之

---

① （后晋）刘昫等：《旧唐书》，中华书局 1975 年版，第 7 册，第 2237 页。
② 陈垣：《陈垣学术论文集》第 1 集，中华书局 1980 年版，第 307 页。
③ （宋）张邦基撰，孙凡礼点校：《墨庄漫录》，中华书局 2002 年版，第 110 页。
④ （宋）孟元老等：《东京梦华录（外四种）》，古典文学出版社 1956 年版，第 18 页。

文殊院，遇寒热疾，大惧不良。及夜祷于祆神祠，明日良愈。"① 这就表明，中原文化绝非仅仅由儒、释、道所构成，其他诸如拜火教、摩尼教、景教、犹太教亦是中原宗教文化生态中的重要组成部分。

从印绶鸟与王世充宗教伦理关系来看，历史学视域中的琐罗亚斯德教、摩尼教、景教、伊斯兰教等的研究，应该关注民间的维度。无实物证据、现象描述性证据或残缺文物证据的意义亦不容忽视。如果从本节所提倡的描述性现象证据来看，这些证据历来为人们所忽视，但是在文本间性与他者间性的视域中，它们其实是历史事实的另一种言说。证据的采用及其有效性的问题，也是我们应该予以反思的学术性问题。

第六节　秦明的姓名、绰号与武器

在《大宋宣和遗事》中，宋江等三十六人中就已经有"霹雳火秦明"，这表明秦明是水浒好汉中的元老级核心成员。水浒平话中写道：铁天王晁盖带领吴加亮、刘唐、秦明、阮进、阮通、阮小七、燕青等智取生辰纲。秦明是智取生辰纲的骨干之一。在水浒故事中，秦明可谓是出道甚早。龚开《宋江三十六人赞》云：秦明霹雳有火，摧山破岳。霹雳火，即雷火。元杂剧《梁山七虎闹铜台》中，秦明与雷横接受吴学究的命令，前去铜台潜伏，等大军到了城外就打开城门迎接，这是中国版的木马计。但是，这个故事不见于《水浒传》小说文本中，因此表明水浒故事的加减乘除、源流正变多有所变迁，而小说仅仅保留了其中的一部分而已。在《水浒传》中，秦明在上梁山前为青州指挥司总管本州兵马统制。

从《大宋宣和遗事》到《宋江三十六人赞》，再到元杂剧水浒戏，最后到章回小说《水浒传》，秦明这个艺术形象既有其一致性，又有其演变。水浒好汉天猛星秦明，他的姓、名、绰号与他使用的武器之

---

① 林悟殊：《波斯拜火教与古代中国》，台北：新文丰出版公司1995年版，第157页。

间存在一种内在的文化逻辑关系，且这种文化带有潜藏的西域文化特质。本节关于秦明伦理身份的论析，或许有扬州学派代表人物之一汪中所谓的"不通"之处，然而，由于前贤时俊对此较少关注，故兹试论述之。

一 秦明的姓

谈秦明的姓，先从秦越人谈起。有学者认为秦越人之秦，是其祖国大秦国之秦。此论极有启发性。从这个角度来看，秦明的姓是不是如同秦扁鹊一样也是大秦国的缘故呢？

司马迁《史记·扁鹊仓公列传》记载：

> 扁鹊者，勃海郡郑（一说为鄭）人也，姓秦氏，名越人。少时为人舍长。舍客长桑君过，扁鹊独奇之，常谨遇之。长桑君亦知扁鹊非常人也。出入十余年，乃呼扁鹊私坐，间与语曰："我有禁方，年老，欲传与公，公毋泄。"扁鹊曰："敬诺。"乃出其怀中药予扁鹊："饮是以上池之水，三十日当知物矣。"乃悉取其禁方书尽与扁鹊。忽然不见，殆非人也。扁鹊以其言饮药三十日，视见垣一方人。以此视病，尽见五藏症结，特以诊脉为名耳。为医或在齐，或在赵。在赵者名扁鹊。[①]

秦扁鹊在赵国自名"扁鹊"，扁鹊本来是赵国上古时期的神医，后来扁鹊这个称谓成为通名，凡是医术高明的医生皆可以扁鹊称之或被赞誉为扁鹊。赵国祖先、秦国祖先都与东夷同源，因而都是鸟图腾。扁鹊与啄木鸟是不是有关联？即扁鹊是相似律的结果？扁鹊是啄木鸟在人类疾病疗治空间里的隐喻？

据《史记》，秦扁鹊在虢国却自称"越人"。何以自称越人？是不是与他救活了虢国太子有关呢？在一般人看来，扁鹊诊治虢国太子而

[①] （汉）司马迁：《史记》，中华书局2014年版，第9册，第3369页。

能起死回生，真可谓是神医、超人。越人是不是超人、非凡人、非常人之义？由此推之，对秦越人而言，无论是扁鹊还是越人，似乎它们都不过是具体时空中的临时起意，以命名神医，因此这两种称谓恐怕并非这位秦姓神医的真实名字。森田传一郎在《〈史记〉扁鹊仓公列传译注》书前的《解题》中，认为扁鹊为砭石。"秦是西方的国名，越是南方的国名，而姓秦名越人这个姓名，就暗示秦越人是一个被'虚构'出来的'乌有先生'而'实无其人'。所以秦越人的传记，就是不正确和不确实的。"① 这里，森田传一郎将"越人"解释为越国人。多有学者认为，秦越人史无其人，他是一个被神化的人物。山东微山两城山出土的东汉画像石上，刻有扁鹊施针图。图上画着一个人面鸟身的形象，它就是扁鹊。也有学者认为，扁鹊的神奇故事，来自古印度耆婆大医的神话。然而，以国为氏，西周以来已成制度。春秋时期，他来自大秦国，故以"秦"为姓，这可能是真实的。他不可能来自印度，否则，以国为氏就为"竺"了，虽然古印度针灸眼疾的技术也很高超。

"'大秦'之名，常出现于佛典之中，但多半指原属希腊治下的大夏（Bactria）。如《那先比丘经》卷下云（大正32·702a）：'王言：我本生大秦国，国名阿荔散。'《佛使比丘迦旃延说法没尽偈百二十章》云（大正49·11b）：'将有三恶王，大秦在于前，拨罗在于后，安息在中央。'巴利《大史》记载，臾那（Yona）人摩诃昙无勒弃多（Mahadham-marakkhita）与三万比丘从臾那城阿拉赏达（Alasanda）来；《菩萨善戒经》卷二《菩萨地不可思议品》谓，粟特、月支、大秦、安息等之声是细声。此等所载之大秦，皆指古代安息国东北方的臾那，即大夏。"② 宋代之后，则大秦一名，又每与波斯混同。一说，大秦指的是罗马。以白鸟库吉等为代表的日本学者则主张，大秦系指昔时隶属罗马之埃及。笔者以为，大多数情况下，大秦指的就是波斯国。

---

① ［日］森田传一郎：《〈史记〉扁鹊仓公列传译注》，东京熊山阁出版，1986年，第20页。
② 《那先比丘经》卷下，《大正新修大藏经》本，台北：新文丰出版公司1983年版，第702页。

自西周以来，贵族女子有姓，平民女子、女奴隶则只有名，没有姓；贵族男子有氏，氏是依据封地而别的社会身份符号。平民男子、男奴皆没有氏，只有名。据《元和姓纂》，秦也是以国为氏："伯益裔孙非子，周孝王封之秦，陇西秦亭是也。至始皇灭六国，子婴降汉，子孙以国为氏。"① 一说秦亭在河南省范县城南三里处。《春秋》载庄公三十一年（前663），庄公筑台于秦。温如杰认为，秦即秦亭；秦邑大夫之后，以邑为姓，姓秦氏。② 这是国内秦姓的源头。

由以上可知，秦姓来源有二：一是中国本土本来的以封地秦亭为氏；二是对大秦国族源人的称呼或自称。以大秦国之秦作为在中国的姓，在中国历史上颇为多见，如《梁书·海南诸国传》中的大秦国商人秦论、《大唐新语》《旧唐书·后妃传》中记载的给唐高宗治头晕病的医生秦鸣鹤、唐末农民暴动中的义军首领之一秦宗权等。

《旧唐书》记载："上苦头重不可忍，侍医秦鸣鹤曰：'刺头微出血，可愈。'天后帷中言曰：'此可斩，欲刺血于人主首耶！'上曰：'吾苦头重，出血未必不佳。'即刺百会，上曰：'吾眼明矣。'"③ 此处的"上"，即唐高宗。太医秦鸣鹤竟然是大秦人。杜环《经行记》云："大秦善医眼及痢，或未病先见，或开脑出虫。"④ 若非考证，仅仅从姓名上看，谁会想到秦鸣鹤原来是大秦国人？大秦国医生长于治疗眼疾，仍有其他旁证。李德裕《第二状奉宣令更商量奏来者》说："蛮退后，京城传说，驱掠五万余人，音乐伎巧，无不荡尽。……蛮共掠九千人。成都郭下成都、华阳两县，只有八千人。其中一人是子女锦锦，杂剧丈夫二人，医眼大秦僧一人，余并是寻常百姓，并非工巧。"⑤ 大秦僧人边弘法边给人治疗眼疾，或假借给人看病以宣传宗教教义。

---

① （唐）林宝撰，岑仲勉校记：《元和姓纂》，中华书局1994年版，第351页。
② 温如杰：《从秦字考扁鹊里籍》，《河南中医》1991年第2期。
③ （后晋）刘昫等：《旧唐书》，中华书局1975年版，第1册，第111页。
④ （唐）杜环著，张一纯笺注：《经行记笺注》，中华书局1963年版，第23页。
⑤ （清）董诰等编：《全唐文》卷703，中华书局1983年版，第7220页。

秦明是"山后开州"人,却难以落实其籍贯:可能是四川开县。四川,从历史上来看,曾是粟特商人经商和聚居之地。也可能是河北的开州,而河北也曾是粟特人聚居、商贸的大本营。尤其是"安史之乱"后,长安、洛阳等地的粟特人都奔赴安禄山、史思明旧部统治之下的河北三镇。因此,不排除秦明是东部波斯人即粟特人的后裔。秦扁鹊、秦鸣鹤、秦宗权等是大秦人。秦明之"秦"似乎与秦扁鹊之"秦"是一样的,都是以国为姓。从而可知,水浒好汉秦明这个艺术形象的塑造有来自西域大秦国的可能。

二 秦明的字

秦明的字为"明",明者,光明也。中亚、西亚曾经崇奉琐罗亚斯德教、摩尼教,而这些宗教的教义都崇尚光明,反对黑暗。

琐罗亚斯德教崇奉火为圣物,认为日、月、星辰等都是天上的火,因而也崇尚日、月、星辰。摩尼教继承了琐罗亚斯德教的部分教义,宣扬善恶、光明黑暗等二元论。《阿维斯塔》宣传的是宇宙二元论。也就是说,善和恶分别由两个神代表。一个叫阿胡拉·马兹达(Ahura Mazda),是光明与生命的源泉,是智慧、善良、真诚与创造的代表。另一个叫阿赫里曼(Ahriman)(有一个宗派认为他是马兹达的孪生兄弟),是黑暗和死亡的渊薮,是愚昧、邪恶、虚伪和破坏的代表。在整个宇宙和全部的人生中,善和恶是同时存在的,但经过长期斗争,善最终会战胜恶。

琐罗亚斯德教在随后的发展过程中,强调利用代表光明的火作为宗教崇拜的祭坛,所以有时被认为是一个崇拜火的宗教,被称作"拜火教"。之后的发展又增加了一些神祇与礼仪,因而包括两种不同的观点:一派特别强调马兹达的身份和力量,所以又被称为马兹达宗教或马兹达主义;另一派则主张马兹达与阿赫里曼两个主神并重,持黑白、善恶同时存在的二元论。

摩尼教在创建的时候,参考、借鉴和吸收了琐罗亚斯德教、基督教、佛教等教义,因而也崇尚光明。它倡导"二宗三际"说,即光明、黑暗二宗，初际、中际、后际三际。就传入中土的摩尼教的教义而言，这一点是显而易见的。"清净、光明、大力、智慧"是摩尼教的主旨，而"光明"位列其中。摩尼教认为，宇宙分为光明世界与黑暗世界。人类是亚当和夏娃的后裔，人类身上的光明分子被肉体所禁锢。在摩尼教看来，人被杀是一种解脱，光明分子得以解放，职是之故，水浒世界多腥风血雨。两个世界的斗争，为的是光明的早日到来。粟特人先后尊奉琐罗亚斯德教、摩尼教，他们的名字都带有"明"，例如粟特人人名"w'ncyk"意为"光明的恩赐"；粟特人人名"m'xfrn"意为"月亮的光辉"。[①] 水浒好汉秦明的字为"明"便具有别一种意义。

三 秦明的绰号

霹雳，本为古星名，俗指又急又响的雷，是云与地面之间发生的强烈雷电现象；常用以比喻突然发生、神速，又比喻洪钟般的声威。霹雳火意指雷电；比喻性情暴躁。在元杂剧中，"霹雳火"还不是秦明的绰号，如《梁山七虎闹铜台》中记载梁山好汉"杀的他难分上下，不辨西东，尸山血海，马倒人横。更有金枪将教首徐宁，又有那霹雳火、猛烈旋风，怒腾腾军发喊振动天宫，恶叉叉雄赳赳兵威将猛，一会儿倒干戈，败军马，灭迹潜踪"[②]，这是城外的激战，而此时秦明与雷横尚在城里做内应，因此霹雳火、猛烈旋风云云指的不是绰号，而是对战场的描述。

《水浒传》第三十四回写道："那人原是山后开州人氏，姓秦讳个明字。因他性格急躁，声若雷霆，以此人都呼他做霹雳火秦明。"[③] 从小说文本的叙事来看，霹雳指的是秦明嗓门大，即"声若雷霆"；火则形容他的脾气暴躁。小说这段文字似乎是对先有的绰号"霹雳火"望文生义的一种解释。《水浒传》中不乏类似的想当然，如将病大虫

[①] 王媛媛：《从波斯到中国——摩尼教在中亚和中国的传播》，中华书局2012年版，第58页。
[②] 傅惜华、杜颖陶编：《水浒戏曲集》第1集，古典文学出版社1957年版，第159页。
[③] （明）施耐庵、（明）罗贯中：《水浒传》，上海古籍出版社1995年版，第486页。

薛永描述为面容黄色，宛然有病。其实，病大虫之病，实则乃"并""拼"之音转，意即薛永之勇猛，与老虎有得一拼。秦明是梁山泊马军五虎上将之一，骁勇善战。笔者认为，秦明的绰号"霹雳火"即雷电之火，希腊神的领袖宙斯所使用的武器就是雷电，印度天帝、战神因陀罗的武器也是雷电，雷电之火是神圣之火，霹雳火表明了祆教教徒对火的敬仰。小说作者以霹雳形容秦明的性格暴躁，其实是属于后世受众的一种理解，因而表明《水浒传》是作者将之前的水浒故事集撰而成，并非完全是独出机杼。

琐罗亚斯德教崇拜火，教徒们认为火清净、光辉、活力、锐敏、洁白，是阿胡拉·马兹达的儿子，是"正义之眼"，是"无限的光明"，是至善的表征。火祆祠祭司照看着圣火，使它长明不熄，圣火可以燃烧几百年甚至上千年不熄灭。霹雳火是雷电所引发的火，是天上的胜利之火。在北欧神话中，雷神托尔身材高大，红胡子、红头发，他的头就像一团火焰。如果《水浒传》将秦明描写得像托尔那样就更好了，即名实相副。在波斯神话和印度神话中，霹雳火是雷电之火，而雷电是因陀罗的武器。

四 秦明的武器

秦明使用的武器是狼牙棒。武器往往可以塑造英雄的独特身份，它们是一体的关系，如一提起青龙偃月刀就想起关羽、一提起孙悟空就想起金箍棒等。查阅中国古代兵器史，宋代之前，古代中国人很少使用狼牙棒。然而，在波斯神话、历史、传说故事中则多见关于狼牙棒的描写和叙事。

古印度婆罗门教中的因陀罗，是佛教帝释天的前身。在巴利文文献《梨俱吠陀》（Rg-veda）中，雷电已经是印度雨神因陀罗的武器。有学者认为，因陀罗"是统治中间层或大气的神；他挥舞雷电，战败了旱魃与黑暗的魔鬼，总而言之，他具有崇高的英雄气质"。[①] 同时，

---

① R. Griffith, *The Hymns of the Rig Veda*, Delhi: Motilal Banarsidass, 1973, p. 2.

因陀罗又是战神,他的武器和宙斯的一样都是雷电。在其他叙事文本中,因陀罗的武器为金刚杵。

密特拉是雅利安人的神祇,在古印度四大《吠陀》与古代波斯《阿维斯陀》中都有他的叙事。密特拉教认为:"创世纪后由萨图尔努斯(Saturnus)和朱庇特(Jupiter)统治世界,然后从岩石中生出了密特拉,他的左手拖着圆球,右手握住了剑,接着是密特拉在追逐牛,伴随着他的是一头狮子和一条蛇,经过一番搏斗后牛被他抓住了,他骑在牛背上带回到洞穴中,于是出现了神话的中心主题即杀牛的场面。"①

在波斯神话中,密特拉是武士之神。② 密特拉的武器也是狼牙棒。琐罗亚斯德教经典《亚什特》第三十一章写道:"领有辽阔原野的梅赫尔的战车,上面备有战无不胜的狼牙棒,以百节百刃的狼牙棒瞄准敌人,管叫他呜呼哀哉见阎王,用黄色金属打制的狼牙棒,是克敌制胜的无价之宝,它以思想之速度,飞向妖魔鬼怪的头颅!"③ 其中的梅赫尔就是密特拉。密特拉颂第九十六云:"他手持百节百刃的狼牙棒,此棒乃武器之王,它由镀金、坚硬的铁铸成,一旦掷出,必致对方死地。"第一〇一云:"密特拉赐予拥戴他的人鸢羽利箭,而对于反对他的国家民众,他会使用狼牙棒攻击其国的人畜,使他们惊恐不已。"第一三二云:"草原之主密特拉的战车上,备有精美轻巧、百刃百节的狼牙棒,一旦掷出便可致命。因为它是武器之王,用镀金、坚硬的铁铸成。威力无比的狼牙棒会飞向恶灵的头颅。"④ 从而可知,中亚的战神、契约之神密特拉所使用的武器是狼牙棒。

波斯神话中的俾什达迪王朝第三位国王胡山之子塔赫姆列斯是一位英雄,他使用的武器就是狼牙棒:"当塔赫姆列斯得知他们的意图,勃然大怒,决心挫败他们的图谋。他连忙收拾披挂,准备出战,一根

---

① 龚方震、晏可佳:《祆教史》,上海社会科学院出版社1998年版,第181页。
② 龚方震、晏可佳:《祆教史》,上海社会科学院出版社1998年版,第184—185页。
③ 元文琪:《波斯古经〈阿维斯塔〉》,《外国文学研究》1986年第1期。
④ Ilya Gershevitch, *The Avestan Hymn to Mithra*, UK: Cambridge University Press, 1959, pp. 121, 123, 139.

狼牙棒挂在胸前。"① 当我们浏览中亚、西亚等地的神话、史诗、民间故事的时候，经常看到其中的人物挥舞着狼牙棒。

北宋朝廷对军队兵器的知识极为重视，庆历四年（1044）官方修撰的《武经总要》问世，它是一部优秀的军事著作。宋仁宗赵祯亲自为《武经总要》写了序言。这部兵书分为前、后两集，书中收录了汉唐以来的传统冷兵器以及新发明创造的兵器，并附有详细的插图。其中就有狼牙棒。曾公亮等纂《武经总要》叙述道：所谓狼牙棒者，乃"取坚重木为之，长四五尺。异名有四：曰棒、曰榆、曰杵、曰杆。有以铁裹其上者，人谓诃藜棒。近边臣于棒首施锐刃，下作倒双钩，谓之钩棒；无刃而钩者，亦曰铁爪。植钉于上，如狼牙者，曰狼牙棒。本末均大者为杵，长细而坚重者为杆。"②

明人茅元仪《武备志》卷一〇四《狼牙棒》亦云："取坚重木为之，长四五尺，异名有四，曰棒，曰榆，曰杵，曰杆……无刃而钩者亦用铁抓植钉于上，如狼牙者，曰狼牙棒。"③ 狼牙棒宋以前未见于军旅，宋以后多有执用者，大抵如骨朵、敲棒之类的击打兵器。狼牙棒是由北方游牧民族传入中原的。

小　结

容与堂本《水浒传》对秦明的形象描述为："盔上红缨飘烈焰，锦袍血染猩猩，狮蛮宝带束金鞮。云根靴抹绿，龟背铠堆银。坐下马如同猰㺄，狼牙棒密嵌铜钉，怒时两目便圆睁。性如霹雳火，虎将是秦明。"④ 秦明性急易怒，而一旦发怒则两目"圆睁"，从而依据其身体特征特别是一双圆眼也可以推出，秦明具有雅利安人眼睛又圆又大的特征。

---

① 张鸿年：《列王纪研究》，北京大学出版社2009年版，第10页。
② （宋）曾公亮等著，龙晨心、何小山等编：《武经总要》（下），远方出版社2005年版，第41页。
③ （明）茅元仪辑：《武备志》，海南出版社2000年版，第230页。
④ （明）施耐庵、（明）罗贯中：《水浒传》，上海古籍出版社1995年版，第486页。

由以上引文可知，秦明的打扮俨然就是"红头子"。关于水浒好汉与白莲教，尤其是明教即本土化的摩尼教中的"红头子"之关系，详参拙文《〈水浒传〉与元末红巾军》①，此处不赘。秦明之所以被逼上梁山，就是因为宋江、吴用等人设计设局让人假冒他"指拨红头子杀人放火"，其家小被慕容知府处决，知府又命人放箭射秦明。秦明走投无路，也由于"上界星辰契合"，他最终上了梁山。之后，秦明南征北战，历次战争多立军功。

晁盖在曾头市被毒箭暗射而身亡，宋江于是主持梁山泊政务，此时秦明居忠义堂排名第五位。梁山泊大聚义排座次时，秦明排行第七位，上应天猛星；又被封为马军五虎将第三位。在摩尼教中，数字三、五、七都是圣数，这似乎更说明了秦明的摩尼教背景。否则，排名为何如此机缘凑巧，都是摩尼教的圣数呢？从数理文化来看，这几个数绝非作者随随便便涂鸦而成。再结合秦明在水浒故事伊始就已经出场且一直位居梁山泊领导核心地位，不能不令人联想起他的西域宗教文化特征。

如上所述，秦明的姓、字、绰号与武器等都与西域文化存在密切联系，从一个人物形象的符号系统来看，就不能不说秦明这个艺术形象的塑造，委实是处于西域摩尼教或民间化的摩尼教在中土的传播过程之中。

---

① 张同胜：《〈水浒传〉与元末红巾军》，《内江师范学院学报》2014 年第 5 期。

第三章 影响研究

第一节 数字"十四"神话意蕴的渊源学考察

比较文学间性关系会通研究的前提,在于不同民族文学文化中存在类同或相似的母题,或者彼此之间存在事实材料间性关系的源流正变。就人文学领域里的数字叙事而言,中外对数字数理文化、数字伦理文化有相同、类似或迥异的叙述,这些书写彼此之间是影响研究还是平行研究?文学世界中的数字叙事具有伦理性吗?本节以数字"十四"在中国古代文学、古印度史诗、波斯史、犹太人节日与古埃及神话中的相关叙事为个案,探讨它们在比较文学影响研究视域中的伦理关系和文化意义。

一 唐僧西天取经往返十四年

在《西游记》第一百回"径回东土,五圣成真"中:

> 太宗闻言,称赞不已。又问:"远涉西方,端的路程多少?"三藏道:"总记菩萨之言,有十万八千里之远。途中未曾记数,只知经过了一十四遍寒暑。日日山,日日岭,遇林不小,遇水宽洪。还经几座国王,俱有照验印信。"叫:"徒弟,将通关文牒取上来,对主公缴纳。"当时递上。太宗看了,乃贞观一十三年九

月望前三日给。太宗笑道:"久劳远涉,今已贞观二十七年矣。"①

在中国历史上,唐代玄奘和尚去天竺求法,来回共历时"一十七"年。可是,《西游记》小说中为何将唐僧西天取经"一十七"年改为"一十四"年?此处的数字十四之叙述难道别有用意?尤其是唐僧西天取经涉及神话叙事,难道它还有深层意蕴吗?

唐太宗贞观十九年(645)初,玄奘和尚带着650多部佛教经典书籍,经由陆路丝绸之路,回到了中国,被安居在大慈恩寺,后迁往西明寺。如果他在贞观元年(627)出国,那么往返就用了十九年;如果他在贞观三年(629)出国,那么他就用了十七年。也就是说,无论如何,他都不可能用了十四年。史料一般认为,玄奘是贞观三年出国的,也就是说,他往返用了十七年。

在西游故事中,唐僧西天取经为什么用了十四年?从九九八十一难缺少一难也必须补上的西天取经顶层设计来看,数字十四绝非一个想当然或随意的写法,而是在其背后有一个神话文化的结构和意义。那么,这个神话意义是什么呢?

贞观十四年(640),唐灭高昌。高昌国是丝绸之路上的一个交通要点,是一个城邦国,人口虽然不多,但是佛教、祆教和摩尼教等都有居民在信奉。佛教宝卷《唐王游地府》的历史背景就是唐灭高昌,唐王李世民为什么下地狱?为什么称呼他为唐王而不是唐太宗?拙文《〈唐王游地狱宝卷〉的历史解读》曾探讨过这个问题②,此处不赘。从神话意义来看,数字十四是一个关乎生死的数字。

二 罗摩自我流放十四年

古印度两大史诗之一的《罗摩衍那》中说,十车王年老体衰,打算立长子罗摩为太子以继承王位,但是他的第二王后吉迦伊在一个驼

---

① (明)吴承恩著,曹松校点:《西游记》,上海古籍出版社2009年第2版,第842—843页。
② 张同胜:《〈唐王游地狱宝卷〉的历史解读》,载庆振轩主编《河西宝卷与敦煌文学研究》,人民出版社2012年版,第22—34页。

背女仆的教唆下，利用国王曾许诺她一定满足她两个要求的誓言，提出了两个要求：一是要流放罗摩"一十四"年；二是立她自己生的儿子婆罗多为太子。为了不让父王为难，罗摩都同意了。于是，罗摩主动要求到森林里去，被流放了十四年。那么，我们不禁要问，为什么流放时间恰好是十四年呢？

《佛说过去佛分卫经》讲述了一个佛本生故事。分卫城有一个孕妇，见到佛时，发愿所生儿为佛门弟子。"佛言：'此儿却后十四劫当得作佛，九龙当沐浴，师子座华盖宝帐，佛笑光从儿顶入，皆是其应。'"[1] 我们看，佛陀预言此儿历经十四劫，方能成佛。这与上述罗摩在森林里自我流放十四年后成为国王一样，都是一种新生，在磨难之后的更始。

或曰，在印度神话中是不是所有的流放时间都是十四年？其实不然，在另一部史诗《摩诃婆罗多》中，般度五子与难敌骰子赌输赢，结果般度五子输了。按照事先的约定，般度五子被流放到森林里，一待就是十二年；并且第十三年的时候不能被发现，如果被发现了，就再流放十二年。我们看，同样是流放，般度五子的流放时间是十二年，而不是十四年。这是为什么呢？

罗摩作为十车王的太子，本来应该依法登基成为国王。罗摩为了父王对小王后的承诺，自我流放十四年，其间打败了魔王罗波那，最后回到都城做了国王。从中可以看出，数字十四是一个经历磨难后重新获得了政治生命意义的再生。而般度五子与罗摩不一样，难敌不希望他们在政治生命上有任何转机，因此规定的流放时间为十二年，且是每十二年为一循环。这是一种对政敌的惩罚。在文学世界里，数字十二往往是关乎时间的一个叙述。佛教里有十二时兽。《摩尼教残经》提到十二时神可以是十二次化明王，也可以是日宫十二化女。

---

[1] （晋）竺法护译：《佛说过去佛分卫经》，《大正新修大藏经》本，台北：新文丰出版公司1983年版，第452页。

三 波斯王后阿美司妥利斯活埋十四位贵族少年

希罗多德写道:"我听说薛西斯的妻子阿美司妥利斯到了老年的时候,曾活埋波斯名门弟子十四人。她这样做是为了向传说中的冥神表示谢意。"① 阿美司妥利斯活埋十四位贵族少年,是为了感谢冥神,因为冥神让她高寿。为了能够长生久视,她命令活埋了十四位名门弟子。之所以恰好是十四位贵族少年,这种信念应该与冥王地府中的再生故事有关。而必须是十四位少年,不多也不少,可能就是源自古埃及奥西里斯的丧葬仪式及其神话故事。

公元前529年,波斯国王冈比西斯二世征服了埃及。其后,大流士继续统治埃及。公元前487年,埃及爆发了叛乱,不久大流士病逝。大流士死后,他的儿子薛西斯入侵埃及,将埃及人的起义镇压下去,并委托他弟弟阿契美尼斯统治埃及地区。于是,波斯与埃及的文化交流成为可能。由此可知,薛西斯的妻子之所以活埋十四位青年,确实受到了埃及神话和埃及丧葬仪式的影响。

阿美司妥利斯之所以活埋十四个贵族少年,是因为她以此对冥王致谢或行贿。为什么说是致谢或行贿呢?显而易见,她希望长生久视,她不愿意死。那为什么送给冥王的礼物恰好是十四个少年呢?这是因为埃及的冥王奥西里斯死前被肢解为十四块尸体吗?数字十四,似乎与死而再生联系在一起,表述从死到生之再生的过程,或者是被惩罚而获得救赎的死而复生过程。

四 犹太人神话中的数字十四叙述

犹太人的逾越节是每年第一个月的第十四天进行庆祝(Lev. 23:5)。那么,逾越节为什么被安排在第十四天举行呢?

《圣经·出埃及记》写道,耶和华在埃及地告诉摩西和亚伦说:

---

① [古希腊]希罗多德:《希罗多德历史:希腊波斯战争史》(上),王以铸译,商务印书馆1959年版,第508页。

你们要以本月为正月，为一年之首。你们吩咐以色列全会众说，本月初十日，各人要按着父家取羊羔，一家一只。若是一家的人太少，吃不了一只羊羔，本人就要和他隔壁的邻舍共取一只。你们预备羊羔，要按着人数和饭量计算。要无残疾，一岁的公羊羔，你们或从绵羊里取，或从山羊里取，都可以。要留到本月十四日，在黄昏的时候，以色列全会众把羊羔宰了。各家要取点血，涂在吃羊羔的房屋左右的门框上和门楣上。当夜要吃羊羔的肉，用火烤了，与无酵饼和苦菜同吃。……这是耶和华的逾越节。①

从中可知，逾越节是关乎犹太人杀首子的一个节日。犹太人为什么杀首子？犹太人在埃及是奴隶，婚姻首夜权属于奴隶主，因此首子一般不是丈夫的亲生子。为了维护血统的纯正性，犹太人以神话的形式、神谕的方式和节日的遵守来为杀首子辩护。杀了首子，也就维护了犹太人血统的纯正，从而也就具有了再生的意义。由此可知，逾越节里数字十四也具有重生、再生的文化意义。

《马太福音》写道："由亚伯拉罕到大卫，共十四代；由大卫到国民被掳往巴比伦，共十四代；由国民被掳往巴比伦到基督，共十四代。"② 家谱都是截止到第十四代，然后重新开始，再到第十四代，周而复始。家谱为什么是以十四代为循环呢？犹太人曾经生活在埃及，被埃及人所奴役。犹太人曾经受埃及文化的影响，家谱中代与代之间的数量关系是不是就具有了埃及数字十四叙述的神话意蕴呢？

五　埃及奥西里斯被肢解为十四块尸体

古埃及神话说，奥西里斯、塞特、伊西斯、涅斐提斯是亲兄弟姐妹，同时，他们践行血缘婚，奥西里斯与伊西斯成为夫妻，塞特与涅斐提斯也是夫妻。塞特为乃兄奥西里斯专门做了一口棺材，金银装

---

① 《新旧约全书》，中国基督教协会 1994 年版，第 92 页。
② 《新旧约全书》，中国基督教协会 1994 年版，第 1204 页。

饰，十分精美，然后他宣称谁躺进去合身就送给谁。可是，等奥西里斯一躺进去，棺材就被钉死、投进了尼罗河。奥西里斯的妻子同时也是他的妹妹伊西斯找到了藏有奥西里斯尸体的棺材，将其带回埃及。但是，塞特打猎的时候发现了这个箱子，认出了里面是奥西里斯的尸体。于是，他就把乃兄奥西里斯的尸体撕成十四块，扔到埃及的不同地方。① 一说奥西里斯的十四块尸体被扔在了尼罗河里。

伊西斯在妹妹涅斐提斯的帮助下，到全国各地去寻觅奥西里斯的尸块，历尽千辛万苦，终于找到了除奥西里斯生殖器之外的十三块尸体，她为奥西里斯做了一个假生殖器，保护尸体并复活了奥西里斯。伊西斯怀孕之后，奥西里斯就成为冥王。后来，奥西里斯以死威胁众神扶持他的儿子小荷鲁斯为埃及国王。一说，奥西里斯是农业神，这也是有体现的，如奥西里斯画像中涂有绿色的衣饰，表征着来年农作物的春色。奥西里斯木乃伊的壁画画像就表征着他的死而复生。

数字十四为什么与生死相关联，其内在的逻辑是什么？与其说数字十四与死亡有联系，不如说它与再生或者复活相联系。奥西里斯之所以被尸解，依据弗雷泽《金枝》中的相似律，这是因为：古人认为，农作物肢解后来年又有了新的生命；与之相类似，古埃及人认为奥西里斯被肢解后，将如同农作物一样获得新生。这是牺牲、祭祀、木乃伊的神话仪式，以此祈祷来年农作物的丰收。在埃及神话中，杜阿特有十四个土丘，第十四个即最后一个土丘，被称为"凯拉哈之丘"，它是黄色的。"它让尼罗河改道，并使后者装满了大麦。"② 奥西里斯的肢解所指向的是死而复生，那么他被肢解的尸体为什么不多不少恰好是十四块呢？奥西里斯十四块尸体背后言说着什么？这些是需要进一步追问的问题。

六 古埃及月亮神话的十四天圆缺循环与再生

古埃及神话大部分关乎人的复生问题。古代埃及人认为，人是不

---

① ［英］加里·J. 肖：《埃及神话》，袁指挥译，民主与建设出版社2018年版，第56—57页。
② ［英］加里·J. 肖：《埃及神话》，袁指挥译，民主与建设出版社2018年版，第159页。

会死的。《金字塔文》咒语 1975B 说："你睡着了，你会醒来；你死了，你会活过来。"① 此处的咒语就以类比的方式，说明了人的死亡犹如睡眠一样，还会醒过来的。

在埃及神话中，月亮被视作奥西里斯儿子小荷鲁斯的眼睛，也被称为"重复其形状者""返老还童者"。② 也就是说，在古埃及人的意识里，月亮是不死的，更准确地说，月亮能够死而复生。管辖月亮盈亏圆缺的有十四位神明，一天有一位神祇。

奥西里斯的复活神话与月亮圆缺的神话故事有关，奥西里斯的十四块尸体与月亮圆缺的日子之间建立了相似律的叙述。依据弗雷泽所发现的相似律，古埃及人认为人的生死轮回与月亮圆缺是一样的。月亮历经十四天之后从缺变圆，埃及人视之为再生；月亮历经十四天之后，由圆变缺，埃及人以为是趋死。因此，奥西里斯的尸体被肢解为十四块，表述的是他被肢解之后犹如月亮那样能够复活。

在埃及神话里，明月圆缺的循环往复，为什么是十四天而不是十五天呢？或者说，为什么是十四位神明而不是十五位神祇管辖月亮的盈亏圆缺呢？因为托特不包括在其中，托特负责月亮由亏转盈的第一天，因此只有十四位神祇须完成填充月亮的任务。古埃及神话中月亮圆缺表征着死而复生，这是世界范围内数字十四神话叙事所具有的神话文化意义的根源。

古埃及历法，标记吉凶日，规定这一天什么该做什么是禁忌。潘瑞特季头一个月的第十四日，日历上写道："伊西斯和涅斐提斯哭泣着。就是在这一天，她们在布西里斯哀悼奥西里斯，纪念她们所看到的。在这一天不要唱歌，不要吟诵。"③ 这是奥西里斯被肢解为十四块尸体故事的后世流传，是奥西里斯神话在埃及历法中所留下来的痕迹。

---

① Erik Hornung, *Conceptions of God in Ancient Egypt：The One and the Many*, tans. John Baines, New York：Cornell University Press, 1996, p. 160.
② ［英］加里·J. 肖：《埃及神话》，袁指挥译，民主与建设出版社 2018 年版，第 101 页。
③ Bakir, *The Cairo Calendar* (No. 86637), Cairo, 1966, p. 31.

七　影响路径的简略勾勒

按照渊源学从接受者到放送者的影响路径进行考索，如上所述，其影响路径简略如次：中国民间神话故事→古印度史诗→波斯史→犹太人节日→古埃及神话。其具体影响，则有五行思想的流传、佛教的传播、丝绸之路的文化交流、波斯帝国形成过程中的征伐和文化接触、犹太人族群的流浪和文化吸收、战争之后的文化征服和互渗，等等。其实，族群文化之间的间性关系，并不完全是线性的、单一的、地缘的影响或接受关系，而是错综复杂的、彼此互渗的、断裂式或跳跃式的事实间性关系。

在古代中国，数字十四的神话性书写，据说最早见于《竹书纪年》，但是原简早已不传，古本至宋代佚失，因此今所见辑本的内容难以确定真伪。如果汲冢书所述为真，那么影响路径极有可能就是玉石之路或海上交通。汉武帝关于尧母怀孕十四月的传闻，是否来自张骞凿空西域后异域文化的影响？西晋皇甫谧撰《帝王世纪》，其中存有帝尧之母怀孕十四月的叙述。魏晋时期，由于民族之间的文化接触和频繁交流，游牧民族和西域族群的文化传入中原，因而形成了与秦汉有所差异的新形态文化。

佛教传入中土的最早时间，官方史书的最早记载为东汉永平十年（67）。其实，阿育王统治时期，竭力向世界传播佛教。早在那个时期，西域今新疆地区就已经存在佛教。而商代墓冢中出土过和田玉，表明中原与西域的交流并非想象中的疏阔。此其一。其二，佛经故事中的古印度两大史诗《摩诃婆罗多》和《罗摩衍那》梗概，以及傣族史诗中的古印度两大史诗影响，皆表明佛教的传播杂有非佛教的印度文化成分。

傣族"五王诗"之一的《兰嘎西贺》，便是《罗摩衍那》在中国的在地化和再创作，无论是主要内容、思想主题、人物形象还是叙述结构，二者都有一致性。《罗摩衍那》对傣族的影响之大，还体现在傣族对它的改写和接受上，除却《兰嘎西贺》各种说唱本外，还有傣文贝叶经书《楞伽十头王子经》和各种相关的民间故事传说。

《罗摩衍那》很早就被翻译为外国文字，如波斯文译本、于阗文译本、藏文译本等。藏文译本在中国有几种，而在敦煌地区就已发现两种《罗摩衍那》译本。《释迦牟尼赞》引用了罗摩王子的故事。神话学专家丁山认为："春秋时代，印度婆罗门教的经典已假道荆楚输入中国，同时，秦起西戎，也将印度须弥山王神话输入中土；于是'五岳'之外，又盛传昆仑山神话。"①

《罗摩衍那》阿逾陀篇第十二章第四节里的"舍身贸鸽"故事，被《六度集经》《大智度论》等很多汉译佛教经典转叙，从中"可以看出，作为《罗摩衍那》故事的若干片断，还是在我国发生影响"。②印度两大史诗经由《本生经》《大智度论》《经律异相》等佛经中介而为中国文人所熟知。

汉译佛教经典里的很多神话故事，其实是源自印度婆罗门教及其经典，包括印度两大史诗。黄宝生指出，佛教的"《本生经》是印度最古老的故事集之一，里面就能找到两大史诗中的插话故事，如第461《十车王本生》、第523《阿兰波本生》、第536《鸠那罗本生》、第7《捡柴女本生》等。这说明编撰佛本生故事的佛教徒是知道两大史诗的，他们不仅袭取史诗内容，而且在部分佛本生故事中也运用史诗的框架式叙事结构"。③佛教在中国的传播，同时也是印度神话在中土的流传。

印度神话博大精深，自成体系，印度的历史就是神话形态的书写。神话与宗教是姊妹，宗教发达的民族，其神话一般来说也极为发达；印度是宗教博物馆，世界上几乎所有的宗教在印度都找得到。但是，印度宗教和神话并不是孤立地存在，而是与域外文化有密切的交流和

---

① 丁山：《中国古代神话与神话考》，上海文艺出版社1988年版，第575页。
② 王尧：《敦煌古藏文"罗摩衍那"译本介绍》，《王尧藏学文集》第4卷，中国藏学出版社2012年版，第318、319页。
③ 黄宝生：《古印度故事的框架结构》，载中国社会科学院文学研究所编《外国文学研究集刊》第8辑，中国社会科学出版社1984年版，第208页。

渗透。雅利安神话与达罗毗荼人的神话接触而杂合，印度神祇达三亿三千多万。且不说泰米尔人的族源本就来自非洲，印度神话中的莲花意蕴与古埃及神话共享相同的意义指向。

古印度两大史诗成书于公元前4世纪至公元4世纪。波斯帝国存在于公元前6世纪至公元前4世纪。波斯人中的雅利安人与印度人中的雅利安人同种同源。公元前597年至前538年，新巴比伦王国国王尼布甲尼撒二世两次征服犹太王国，并且将犹太王国大批民众、工匠、祭司和王室成员掳往巴比伦。公元前538年，波斯国王居鲁士战胜巴比伦之后，被囚掳的犹太人才得以返回家园耶路撒冷。古埃及亦曾占领过犹太王国。战争、奴役、抗争、迁徙构成了人类历史的一部分，其间的文化征服与被征服、互渗和融合就形成了人类的文化史。而数字十四的神话意蕴在世界范围内的流传，不过是人类文化海洋中一朵小小的浪花。

八　数字十四叙述之类型学的价值和意义

本节一个初步的假设，就是中国文学、印度史诗、波斯历史、《圣经》中数字十四的神话意义叙述，都来自古埃及神话，具体地说，就是奥西里斯被塞特肢解为十四块的神话故事。而奥西里斯的尸体之所以被肢解为十四块，是因为古埃及人发现缺月历经十四天后就复圆，依据弗雷泽发现的相似律，他们相信尸体被肢解为十四块后也能复活。复活神话是古埃及神话群中的核心，无论是奥西里斯的木乃伊故事和农业神故事，还是小荷鲁斯与他叔叔塞特之间的王权之争，都是以复活为核心而展开的神圣性叙述。

由以上数字十四神话意义的个案可知，世界范围内的神话故事既有个体性，又有共通性，后者之所以可能，缘于古人彼此之间的文化交流。古埃及神话的全球性传播和影响，似乎对世界史大多数神话都有或多或少的影响。至少就本节所涉及的文献资料而言，古埃及奥西里斯尸解为十四块的神话影响了犹太人、希腊人、波斯人、古印度人、古代中国人等。

在中国神话中，尧的母亲庆都怀孕十四个月方才生下尧。《帝王世纪》记载："帝尧陶唐氏，伊祁姓也，母曰庆都。庆都观河，遇赤龙，晻然阴风，感而有孕，十四月而生尧于丹陵，名曰放勋。"① 再如，女狄暮汲水，吞石子有孕，十四月生大禹。《历代神仙通鉴》卷四云，玄武的母亲孕秀怀孕十四个月后方才产娃。《三教源流搜神大全》云，陈氏梦南海观音赐予优钵花，吞之，已而孕，十四个月始得天妃；祠山张大帝母吞金丹怀孕十四个月生子。北极驱邪院主乃元始化身，母亲是善胜夫人，"腹孕一十四月，则太上八十二化，产母左肋降生"。② 成汉皇帝李雄母罗氏"梦大蛇绕其身，遂有孕，十四月而生"。③ ……中国帝王或神话故事中的非寻常人的异生，为什么借助数字十四的神话意义呢？它是汉民族古来就有的还是受异域文化影响之后才有的？数字十四的神话叙述，可能是传自西域。

班固《汉书》记载：钩弋夫人"任（妊）身十四月乃生，上曰：'闻昔尧十四月而生，今钩弋亦然。'乃命其所生门曰尧母门"。④ 其中的一个"闻"字，表明尧母怀孕十四个月而生不是历史的真实，而是民间传说。而汉武帝时已经听说过此事，表明"尧十四月而生"这一说法至晚出现在西汉汉武帝之前。司马迁在《五帝本纪》中写道："黄帝二十五子，其得姓者十四人。"⑤《武王伐纣平话》云："话说殷汤王，姓予名履，字天乙；谥法：除虐去残曰汤；是契十四世孙。"⑥《殷本纪》所述，从契至汤，中间为十二世。据《周本纪》，文王昌是后稷第十四世孙。……笔者认为，中国神话和史书中关于数字十四的叙述，它所具有的神话意蕴，来自大西域文化，归根结

---

① （晋）皇甫谧撰，（清）宋翔凤、（清）钱宝塘辑：《帝王世纪》，辽宁教育出版社1997年版，第12—13页。
② 《二郎神锁齐天大圣》，载胡胜、赵毓龙校注《西游戏曲集》上卷，人民文学出版社2018年版，第30页。
③ （唐）房玄龄等：《晋书》，中华书局1974年版，第10册，第3035页。
④ （汉）班固：《汉书》，中华书局2016年版，第4册，第988页。
⑤ （汉）司马迁：《史记》，中华书局2014年版，第1册，第1页。
⑥ 《武王伐纣平话》，浙江人民美术出版社2017年版，第1页。

底是受到了古埃及奥西里斯神话的影响。

希罗多德写道：在居鲁士围攻撒尔迪斯的第十四天，居鲁士派遣骑兵分头去通报全军，说第一个登上城墙者可获得重赏。之后，居鲁士全军发动了一次进攻，但未获成功。又发动了第二次突击，在叙洛伊阿戴斯所发现的没有设置守卫的那个地方成功攻陷了撒尔迪斯。① 从中可见，居鲁士大帝也迷信数字十四的神话功能。波斯帝国是世界上第一个亚非欧大帝国，战争的接触、文化的交流、商贸的往来恐怕是居鲁士大帝相信数字十四神话性的缘由吧。

在印度，据《梨俱吠陀》可知，摩奴是人类十四个人祖中的第一祖，也就是说，印度人认为人类有十四个人祖。在希腊，赫西俄德在《工作与时日》中说："每月中旬的第四天是一个最为神圣的日子。"② 中旬的第四天即第十四天。古代希腊人认为第十四天最为神圣，是不是受到了古埃及人的影响？

在琐罗亚斯德教中，蒂尔雨神是四月的庇护神。在塔吉克族、维吾尔族、哈萨克族、柯尔克孜族的口述故事中，数字四十是一个满数、吉祥的数。数字四、十四、四十都具有深远的神话意义。

当然，古埃及数字十四的神话意义在其世界范围内的流传过程中，并非对所有的民族神话都有所影响。例如，在《吉尔伽美什》中，有十四位产育女神。玛米女王口念咒语，取了十四块黏土，创造了七男七女。这部史诗不是直接叙述数字十四，而是采用了"七个又七个"的表述方式。吉尔伽美什斥责大女神伊什妲尔说："你爱过那浑身是劲的狮子，却七个又七个地挖了陷阱使它们遭殃。"③ 再如："我在山顶将神酒浇奠。我在那里放上七只，又七只酒盏。"④ 为什么不直接说是十四只酒盏呢？我们不能勉强地说此处的数字十四受到了古埃及人

---

① [古希腊]希罗多德：《希罗多德历史：希腊波斯战争史》（上），王以铸译，商务印书馆1959年版，第42页。
② [古希腊]赫西俄德：《工作与时日 神谱》，张竹明、蒋平译，商务印书馆1991年版，第25页。
③ 《吉尔伽美什：巴比伦史诗与神话》，赵乐甡译，译林出版社1999年版，第44页。
④ 《吉尔伽美什：巴比伦史诗与神话》，赵乐甡译，译林出版社1999年版，第81页。

神话的影响，古巴比伦神话崇尚圣数七，因而极有可能主要是关乎数字七的神圣叙述。

在人文精神世界里，其他数字也都可以参照本节的方法对它们进行比较文化视域中的渊源学考察，以发现它们神话叙述背后的深层文化结构及其世界性事实材料的间性关系。

小　结

在人文学领域里，数字及其叙事是否具有伦理学的意义？可否对数字或数字叙事进行文学伦理学批评？由以上可知，中国文学作品中数字十四的神话叙述，依据比较文学渊源学的考察，中经古印度文学、波斯文化、犹太人节日，可能关联到古埃及神话中冥王奥西里斯的尸解以及月亮再生神话。

上述数字十四神话叙事的个案表明，精神文化领域里的数字，具有人类伦理学的价值和意义，因而完全可以对其进行文学伦理学批评。而文学伦理学批评作为一种理论视域，可以发现数字文本叙事背后的深层文化结构，揭示被历史所尘封的文化意义。

第二节　"红光满室"叙事的渊源学考察

物质文化的政治意义研究，在当下是一个学术热点。物在文明交流互鉴或社会交往过程中往往被赋予文化意义。人们在社会中以物表达意义，古往今来莫不如此。例如，春秋时天子执鬯为赘以通天神地祇，卿用羔取其好仁死义、群而不党[①]；订婚或外交过程中执雁，表示像雁那样恪守信用；赠玉环，以谐音表达"汝还"；范增向项羽示以玉玦，即"汝绝"之义……在文学文化中，以物示意的描述和叙事较为普遍，然而今人拘于抽象符号的阐释范式往往习焉不察，导致物象叙述背后的意义难以昭显。

[①]（清）苏舆撰，钟哲点校：《春秋繁露义证》，中华书局1992年版，第413—414页。

本节仅以帝王贤圣异生叙事中的"光"之书写试作窥一斑见全豹的论析。在异生叙事模式中，主人公"降生时红光满室"，甚至还有"异香扑鼻""紫气""肉球""手文"等相关的叙述，并非仅仅表征祥瑞，还有物所表征的文化尤其是宗教意义在。本节就这一叙述模式中的"红光满室"及其文化意义进行文本解读和渊源学的考察。

中国古代文化中物的叙述，带有潜在的包括民间宗教在内的民族文化影响，而这种民间宗教亦掺杂着异域文化的因素，但由于它的静水深流或如同变色龙的在地化而不彰显或泯灭无闻。前贤时俊，很少关注文化文本中这些物在的细节描述，因而物的深层文化结构往往被尘封，而物之书写作为古代中国阐释机制在中国文学中具有典型性，故兹试论述之。

一 "红光满室"的程式化书写

作为天命之符的赤光（神光）满（照或绕）室之描述，见之于章回小说如《残唐五代史演义传》《杨家府世代忠勇通俗演义》《水浒传》《英烈传》《飞龙全传》等，见之于文人笔记如《日涉编》《天中记》《香乘》等，见之于史书如《佛祖统纪》《东都事略》《宋史纪事本末》《资治通鉴后编》《续资治通鉴》等，亦见之于民间传说，如十世班禅出生时据说五色霞光笼罩村庄，从而可知，无论是小说、笔记、传说还是正史，都有圣人异生叙事之光的物语模式。文史之区分，实质上意义并不大，但是，为了叙述得清晰起见，笔者还是将其区分为小说文本、文人笔记与史书文本。

1. 小说叙事文本中的"红光满室"

明清章回小说，一般认为源自唐代俗讲、说话，从而带有市民、民间文化的意味。史书、笔记出自文人士大夫之手，故是精英文化或属于大文化传统。然而，具体到"红光满室"的叙事，大文化传统、小文化传统竟然存在惊人的一致性。不需一一罗列，略举几例，这一点就洞然可知。

《残唐五代史演义传》第二十七回，刘知远凯旋，数日战倦，伏几酣睡，值岳玉英与使女赏月，"忽然望见营内红光一道，闪烁耀目。二人疑为火发，近前视之，乃一将士熟睡于此，果然红光罩体，鼾声如雷"[1]，于是告知乃父。岳彦真认为此乃吉兆，次日将其女嫁给了刘知远。

《水浒传》叙述赵匡胤的身世，说："这朝圣人出世，红光满天，异香经宿不散，乃是上天霹雳大仙下降。"[2] 为什么是霹雳大仙？霹雳大仙是火德真君。按照五行思想，南方为火，色为赤；而天水一朝，尤其是南宋，偏安江南一隅，在地域上为南方；又赵宋据五行推论为火德：宋太祖赵匡胤为霹雳大仙具有五行思想的叙述框架。但是，其中的"红光""异香"却不只是五行思想的表征，还有更深层的宗教意义在。

《飞龙全传》第一回写道："那玉帝感他（后唐明宗）立念真诚，为君仁爱，即命赤须火龙下降人间，统系治世，生于洛阳夹马营中，赤光满室，营中异香，经宿不散，因此父母称他为香孩儿。"[3] 这是宋太祖赵匡胤降诞的书写。

《英烈传》第一回云："皇天厌乱，于洛阳夹马营中，生出宋朝太祖来，姓赵名匡胤。那时赤光满室，异香袭人，人叫他做'香孩儿'。"还是这一回中，也叙述了忽必烈的异生："他的母亲梦见火光照腹而生。"[4] 第四回叙述朱元璋的降生云："时光荏苒，不觉又是戊辰中秋之夕。忽报山门下十分大火，长老急急出望，四下寂然，并无火焰。长老道：'甚是古怪！'便独自从回廊下过伽蓝殿，到山门前来。只见伽蓝说道：'真命天子来也，师父当救之。'"[5]《英烈传》中无论是"赤光满室""火光"还是"大火"，都是"真命天子"的征兆。

---

[1] （明）罗贯中：《残唐五代史演义传》，宝文堂书店1983年版，第108页。
[2] （明）施耐庵、（明）罗贯中：《水浒传》，上海古籍出版社1995年版，第1页。
[3] （清）吴璿：《飞龙全传》，江西美术出版社2018年版，第1页。
[4] 《英烈传》，尚成校点，上海古籍出版社2011年版，第1页。
[5] 《英烈传》，尚成校点，上海古籍出版社2011年版，第12—13页。

《杨家府世代忠勇通俗演义》第一回写道："母杜氏，安喜人，生（赵）匡胤于洛阳夹马营中。赤光满室，异香经宿不散，人号为'香孩儿'。"① 这里的叙事与《水浒传》《飞龙全传》《英烈传》等小说一样都是程式化、模式化、大同小异的物书写，从而表明物叙事是文化语境中的理解框架。

《封神演义》第十二回哪吒的降诞叙事中，也充满了红光、异香、肉球等神异："李靖听说，急忙来至香房，手执宝剑，只见房里一团红气，满屋异香，有一肉球滴溜溜圆转如轮。李靖大惊，望肉球上一剑砍去，划然有声。分开肉球，跳出一个小孩儿来，满地红光，面如傅粉，右手套一金镯，肚腹上围着一块红绫，金光射目。"② 哪吒本神是灵珠子，笔者怀疑他是祆教或摩尼教文化的产物，祆教崇尚火，火的颜色是赤，宝珠、如意珠是摩尼教的教物，因此哪吒出世的叙述就带有西域宗教色彩。

2. 文人笔记中的"光"叙事

唐人姚汝能在《安禄山事迹》中写道："安禄山，营州杂种胡也，小名轧荦山。母阿史德氏，为突厥巫，无子，祷轧荦山，神应而生焉。是夜赤光傍照，群兽四鸣，望气者见妖星芒炽落其穹庐。"③ 安禄山是安史之乱的贼首，何以其降生的时候也是"赤光傍照"？因为无论如何他毕竟做过大燕的皇帝。他是粟特人与突厥人的混血儿，其降生之际何以是赤光而不是白光？这恐怕是书写者为汉人或已汉化的缘故。

北宋杨亿在《杨文公谈苑》中写道："太祖生洛阳夹马营。生之夕，光照一室，胞衣如菌苕，营前三日香，至今人呼应天禅院为香孩儿营。"④ 文人士大夫的笔记，在正史与小说之间，从某种意义上可以说是野史。杨亿的笔记叙事，当然不可能是他亲眼所见，因而他

---

① 《杨家府演义》，瘦吟山石校点，春风文艺出版社1998年版，第1页。
② （明）许仲琳著，王维堤校点：《封神演义》，上海古籍出版社2011年版，第80页。
③ （唐）姚汝能撰，曾贻芬校点：《安禄山事迹》，上海古籍出版社1983年版，第1页。
④ 丁传靖：《宋人轶事汇编》，中华书局1983年版，第1页。

笔下的赵匡胤异生叙事，只能是道听途说而来。这就表明，帝王的降诞，自有固定的讲述模式，而"光"是其中必有的君权神授的表征之一。

文人笔记中还有一说，即宋太祖为定光佛的后身。[①] 它的内在逻辑何在？《善慧大士录》记载："见释迦、金粟、定光三佛。来自东方，放光如日。复见金色自天而下，集大士身。从是身常出妙香……"[②] 定光佛又名锭光佛、燃灯佛、锭光如来、定光如来、普光如来。清代《破邪详辩》记载了白莲教的部分教义："天上龙华日月星，地下龙华水火风。人身龙华精气神，三才配合天地人。初会龙华是燃灯，二会龙华释迦尊。三会龙华弥勒祖，龙华三会愿相逢。"[③] 从中可推知，定光佛本是佛教之过去佛，在佛教华化的过程中，尤其是在民间宗教的发展中，它成了明教中的神祇，为龙华会说法。定光佛的拯世功能，建构在"灯""光""光明"的物系统基础之上。

3. 史书记载中的"红光满室"

（1）中国正史中的"光"叙事

"光"作为帝王异生之符号，第一次出现在东汉光武帝本纪中。《后汉书·光武帝纪》记载："建平元年十二月甲子夜，有赤光照入室中。"李贤注引《东观记》曰："光照堂中，尽明如昼。"[④] 其后附会者转多，如："高贵乡公初生，有光气照耀室屋，其后即大位"[⑤]；晋元帝司马睿"生于洛阳，有神光之异，一室尽明"[⑥]；宋武帝刘裕"始生之夜，有神光照室"[⑦]。

据《三国志》，孙坚"世仕吴，家于富春，葬于城东。冢上数有

[①] （宋）朱弁撰，孔凡礼点校：《曲洧旧闻》，中华书局2002年版，第85页。
[②] 新文丰编审部：《卍续藏经》第一辑第二编第二十五套第一册，台北：新文丰出版社1983年版，第1页。
[③] 中国社会科学院历史研究所清史研究室编：《清史资料》第3辑，中华书局1982年版，第7页。
[④] （南朝宋）范晔：《后汉书》，中华书局1965年版，第1册，第86页。
[⑤] （南朝梁）沈约：《宋书》，中华书局1974年版，第3册，第779页。
[⑥] （唐）房玄龄等：《晋书》，中华书局1974年版，第1册，第143页。
[⑦] （南朝梁）沈约：《宋书》，中华书局1974年版，第3册，第783页。

光怪，云气五色，上属于天，曼延数里。众皆往观视。父老相谓曰：'是非凡气，孙氏其兴矣！'"①孙坚没有称帝，故乃母在生他前"梦肠出绕吴昌门"；如果他做了皇帝，就肯定是梦日入怀或孙坚出生时红光满室。

《晋书·载记第二》记载："刘聪字玄明，一名载，元海第四子也。母曰张夫人。初，聪之在孕也，张氏梦日入怀，寤而以告，元海曰：'此吉征也，慎勿言。'十五月而生聪焉，夜有白光之异。"②

《晋书·载记第四》记载："石勒字世龙，初名匐，上党武乡羯人也。其先匈奴别部羌渠之胄。祖耶奕于，父周曷朱，一名乞冀加，并为部落小率。勒生时赤光满室，白气自天属于中庭，见者咸异之。"③

《晋书·载记第十三》记载："苻坚，字永固，一名文玉，雄之子也。祖洪，从石季龙徙邺，家于永贵里。其母苟氏尝游漳水，祈子于西门豹祠，其夜梦与神交，因而有孕，十二月而生坚焉。有神光自天烛其庭。背有赤文，隐起成字，曰'草付臣又土王咸阳'。臂垂过膝，目有紫光。"④

《晋书·载记第二十二》记载："吕光，字世明，略阳氐人也。其先吕文和，汉文帝初，自沛避难徙焉。世为酋豪。父婆楼，佐命苻坚，官至太尉。光生于枋头，夜有神光之异，故以光为名。"⑤

《南史·宋高祖本纪》云："帝以晋哀帝兴宁元年岁在癸亥三月壬寅夜生，神光照室尽明，是夕甘露降于墓树。"⑥

《魏书》曰："太祖道武皇帝……母曰献明贺皇后。初因迁徙，游于云泽，既而寝息，梦日出室内，寤而见光自牖属天，歘然有感。"⑦
《魏书》载世宗拓跋恪母孝文昭皇后："初，梦为日所逐，避于床下。

---

① （晋）陈寿：《三国志》，中华书局2016年版，第5册，第1093页。
② （唐）房玄龄等：《晋书》，中华书局1974年版，第10册，第2657页。
③ （唐）房玄龄等：《晋书》，中华书局1974年版，第10册，第2707页。
④ （唐）房玄龄等：《晋书》，中华书局1974年版，第10册，第2883页。
⑤ （唐）房玄龄等：《晋书》，中华书局1974年版，第10册，第3053页。
⑥ （唐）李延寿：《南史》，中华书局1975年版，第1册，第1页。
⑦ （北齐）魏收：《魏书》，中华书局2017年版，第1册，第21页。

日化为龙，绕己数币，寤而惊悸，既而有娠。太和七年闰四月，生帝于平城宫。"①

《北齐书》记载，齐神武帝高欢家"住居白道南，数有赤光紫气之异，邻人以为怪，劝徙居以避之"。②高洋"高祖第二子，世宗之母弟。后初孕，每夜有赤光照室，后私尝怪之"。③

李德林《天命论》曰：隋文帝"载诞之初，神光满室，具兴王之表，韫大圣之能。或气或云，荫映于廊庙；如天如日，临照于轩冕。内明外顺，自险获安，岂非万福扶持，百禄攸集"。④薛道衡《高祖文皇帝颂》曰："粤若高祖文皇帝，诞圣降灵则赤光照室，韬神晦迹则紫气腾天。龙颜日角之奇，玉理珠衡之异，著在图箓，彰乎仪表。"⑤

《旧五代史·梁书》云：梁太祖朱温降生，"是夕，所居庐舍之上有赤气上腾，里人望之，皆惊奔而来，曰：'朱家火发矣！'及至，则庐舍俨然"。⑥刘崇母所谓的朱三睡中化身为一赤蛇，亦无人相信。

《旧五代史·唐书》云："庄宗光圣神闵孝皇帝，讳存勖……母曰贞简皇后曹氏，以唐光启元年岁在乙巳冬十月二十二日癸亥，生帝于晋阳宫。妊时，曹后尝梦神人，黑衣拥扇，夹侍左右。载诞之辰，紫气出于窗户。"⑦紫气东来，一元复始。李克用赍恨而殁，李存勖灭掉梁国，诚可谓新气象。然而，他宠用伶人，败灭而死，因而在他诞生书写中就没有出现赤光。

后周太祖郭威出生之时，也是"赤光照室"。《旧五代史》记载："后以唐天祐元年甲子岁七月二十八日，生帝于尧山之旧宅。载诞之夕，赤光照室，有声如炉炭之裂，星火四迸。"⑧

---

① （北齐）魏收：《魏书》，中华书局2017年版，第1册，第229页。
② （唐）李百药：《北齐书》，中华书局1972年版，第1册，第1页。
③ （唐）李百药：《北齐书》，中华书局1972年版，第1册，第43页。
④ （唐）魏征等：《隋书》，中华书局1973年版，第4册，第1203—1204页。
⑤ （唐）魏征等：《隋书》，中华书局1973年版，第5册，第1409页。
⑥ （宋）薛居正等：《旧五代史》，中华书局2015年版，第1册，第2页。
⑦ （宋）薛居正等：《旧五代史》，中华书局2015年版，第2册，第419页。
⑧ （宋）薛居正等：《旧五代史》，中华书局2015年版，第5册，第1685页。

《宋史·本纪第一》记载："太祖，宣祖仲子也，母杜氏。后唐天成二年，生于洛阳夹马营，赤光绕室，异香经宿不散，体有金色，三日不变。"① 赵匡胤陈桥兵变，夺取后周皇权。为了证明其政权的合法性，就杜撰"黄袍加身""赤光绕室"等故事，以兵心、神意为其做辩护。

《宋史·太宗本纪》记载了赵匡胤弟弟赵光义的降诞也是非同寻常："初，后梦神人捧日以授，已而有娠，遂生帝于浚仪官舍。是夜，赤光上腾如火，闾巷闻有异香。"② 在"赤光""异香"等物的表征描写上，可谓是完全一致。

《宋史·真宗本纪》记载："后梦以裾承日有娠，十二月二日生于开封府第，赤光照室，左足指有文成'天'字。"③

《宋史·英宗本纪》记载：（濮安懿王）"梦两龙与日并堕，以衣承之。及帝生，赤光满室，或见黄龙游光中。"④

金灭辽，继而灭北宋。赵构偏安江南，登基做了皇帝，颠沛逃窜若干年，连这样的人当皇帝都是天命，有所谓的"红光"祥征。《建炎以来系年要录》记载："王名构……大观元年五月乙巳夜，生于东京大内之宫中，红光照室。"⑤ 赵构子不育，养赵匡胤少子秦康惠王六世孙伯琮为子。由于伯琮继承了皇位，于是史书也程式化地写道："戊寅，生子伯琮，是夕，赤光满室，如日正中。"⑥

《宋史·理宗本纪》记载："理宗……前一夕，荣王梦一紫衣金帽人来谒，比寤，夜漏未尽十刻，室中五采烂然，赤光属天，如日正中。"⑦

《宋史·度宗本纪》叙述了宋度宗的诞生："嗣荣王夫人钱氏梦日光照东室，是夕，齐国夫人黄氏亦梦神人采衣拥一龙纳怀中，已而有

---

① （元）脱脱等：《宋史》，中华书局1977年版，第1册，第2页。
② （元）脱脱等：《宋史》，中华书局1977年版，第1册，第53页。
③ （元）脱脱等：《宋史》，中华书局1977年版，第1册，第103页。
④ （元）脱脱等：《宋史》，中华书局1977年版，第2册，第253页。
⑤ （宋）李心传：《建炎以来系年要录》（一），上海古籍出版社2008年版，第1页。
⑥ （宋）李心传：《建炎以来系年要录》（一），上海古籍出版社2008年版，第242页。
⑦ （元）脱脱等：《宋史》，中华书局1977年版，第4册，第783页。

及生娠。及生，室有赤光。"①

北宋、南宋皇帝的异生故事中，如上所述，竟然有如此多的"赤光"叙事。②《宋史》与《东都事略》中关于皇帝异生的叙述大同小异，这让人反思所谓正史与野史、小说等之间的差别究竟是不是本质性的？它们都是叙事，差别在哪里呢？或曰，历史书写客观，小说叙事主观。其实不然，既然都是叙事，那么叙述对象就不是历史事件，而是对历史事件的理解，所有的叙事便带有叙事者的价值判断。

《辽史》云：辽太祖"母梦日堕怀中，有娠。及生，室有神光异香"。③ 辽太宗尧骨"唐天复二年生，神光异常，猎者获白鹿、白鹰，人以为瑞"。④ 游牧民族其首领的异生，或神光或白光，一般不是红光或赤光，因为他们尚白，以白为吉祥。

《元史》记载："阿兰寡居，夜寝帐中，梦白光自天窗中入，化为金色神人，来趋卧榻。阿兰惊觉，遂有娠，产一子，即字端义儿也。"⑤ 这就是草原民族之光孕。《蒙古秘史》也有类似的叙述，阿兰丈夫死的时候已有三个儿子。阿兰守寡期间，她又生了字端义儿。前三子业已成人，他们质询乃母何以如此？阿兰就杜撰了白光拂过她的腹部，因而怀孕的故事。

《明史》云，明太祖朱元璋"母陈氏。方娠，梦神授药一丸，置掌中有光，吞之寤，口余香气。及产，红光满室。自是夜数有光起，邻里望见，惊以为火，辄奔救，至则无有"。⑥《庚申外史》所叙彭莹玉和尚降诞时也有类似的叙事，红光烛天，村民惊以为失火了，都提着水去救火。可见，无论是官方还是民间，当时颇流行异人降生时"红光满室"的说法。

---

① （元）脱脱等：《宋史》，中华书局1977年版，第4册，第891页。
② 杨娇：《宋太祖开国故事研究》，硕士学位论文，四川外国语大学，2018年。
③ （元）脱脱等：《辽史》，中华书局1974年版，第1册，第1页。
④ （元）脱脱等：《辽史》，中华书局1974年版，第1册，第27页。
⑤ （明）宋濂等：《元史》，中华书局1976年版，第1册，第1页。
⑥ （清）张廷玉等：《明史》，中华书局1974年版，第1册，第1页。

《清史稿·世祖本纪》写道：清世祖"母孝庄文皇后方娠，红光绕身，盘旋如龙形。……翌日上生，红光烛宫中，香气经日不散"。[①] 满人前身为肃慎，女真时完颜部建立金国。《金史》中说完颜部色尚白，然而《清史稿》行文已是"红光"，表明此乃满人入关汉化之后的叙述。

由以上文献资料可知，陈寅恪主张以文化而不是种族区分诚为卓见：游牧民族人主降诞之叙事，一般是"白光""神光"相伴随；汉民族或汉化程度较深的游牧民族首领感生书写时往往有"红光""赤光"等。色彩作为文化符号之一，具有鲜明的民族性、社会性和政治性。

（2）朝鲜半岛、西域之"光"叙事

汉文字文化圈深受汉民族文化之影响，如朝鲜半岛、日本、越南北部等地都一度使用汉语言文字，因而他们的祖源神话中留有汉语言文化的影子。朝鲜族神话讲：朱蒙母河伯女被扶余王闭于室中，为日所照，既而有孕。《三国史记》有较为详细的叙述：

  及解夫娄薨，金蛙嗣位。于是时，得女子于太白山南优渤水。问之，曰："我是河伯之女，名柳花，与诸弟出游，时有一男子，自言天帝子解慕漱，诱我于熊心山下，鸭绿边室中私之，即往不返。父母责我无媒而从人，遂谪居石优渤水。"金蛙异之，幽闭于室中。为日所炤，引身避之，日影又逐而炤之。因而有孕，生一卵，大如五升许。王弃之与犬豕，皆不食。弃之路中，牛马避之。后弃之野，鸟覆翼之。王欲剖之，不能破，遂还其母。其母以物裹之，置于暖处，有一儿破壳而出，骨表英奇。[②]

《魏书》曰：

---

① 赵尔巽等：《清史稿》，中华书局1977年版，第2册，第83页。
② [高丽]金富轼著，孙文范等校勘：《三国史记》（校勘本），吉林文史出版社2003年版，第174页。

高句丽者，出于夫余，自言先祖朱蒙。朱蒙母河伯女，为夫余王闭于室中，为日所照。引身避之，日影又逐。既而有孕，生一卵，大如五升。夫余王弃之与犬，犬不食；弃之与豕，豕又不食；弃之于路，牛马避之；后弃之野，众鸟以毛茹之。夫余王割剖之，不能破，遂还其母。其母以物裹之，置于暖处，有一男破壳而出。及其长也，字之曰朱蒙。①

东亚汉语言文化圈内部的神话或传说，具有鲜明的事实材料间性关系。而朝鲜半岛、日本的神光叙述，多源自中国。那么，中土的赤光叙述来自何处？可能主要是经游牧民族而追溯到中亚、西亚。

虞集《道园学古录》中《高昌王世勋之碑》云："考诸高昌王世家，盖畏吾而（Uyɣur）之地有和林山，二水出焉：曰秃忽剌（土拉河），曰薛灵哥（色楞格河）。一夕有天光降于树，在两河之间，国人即而候之。树生瘿，若人妊身然。自是光恒见者，越九月又十日而瘿裂，得婴儿五，收养之。其最稚者曰卜古可罕。既壮，遂能有其民人土田，而为之君长。传三十余君，是为玉伦的斤，数与唐人相攻战。久之，乃议和亲，以息民而罢兵，于是唐以金莲公主妻的斤之子葛励的斤，居和林'别力跛力答'，言妇所居山也。"②

通过以上历史维度与文学叙事的考量，我们发现二者之间，尤其是具体到本节所探讨的光孕书写上根本就没有什么难以区隔的边界，因而再谈文史观照或互证意义就不大。在当前文学业已完成了文化转向之后，我们对叙事中的物符号进行文化意义的剖析，庶几示其本相。

3. 红光、白光与光明崇拜

（1）为什么是红光？

一般来说，红光作为帝王降诞的符号往往出现在汉文化中或受汉

---

① （北齐）魏收：《魏书》，中华书局1974年版，第6册，第2213页。
② 载《四部丛刊初编》第2册，商务印书馆缩印明刊本，第217—218页。

文化影响的帝王身上。中国正史中的刘秀、高洋、赵匡胤、朱元璋、福临等出生时都是红光满室（虽然高洋是鲜卑人、福临是满族人，但是关于他们降诞时的书写仍然是汉文化的意识和笔法）。民间故事中的哪吒、许逊真人、宋仁宗等亦然。无论是正史野史还是文学故事，其叙述文本虽然不同，与"红光"相关的叙事细节也不完全一样，但它们是类似或平行叙事，如"红气""赤光""金光""神光""霞光"等都是帝王异生叙事模式中不可或缺的符号。这些物符号都是光孕叙事在不同文化语境中的变异。

红光满室之颜色赤的叙事，具有汉民族文化的特色，因为汉民族自周代以来就崇奉赤色（夏尚黑，殷尚白），并认为红色吉祥喜庆。弗雷泽认为，对初民而言，"动物鬼魂或精灵存在于血肉之中"，"灵魂在血液之中"①，红色本身就象征着灵魂与生命。然而，对古代周人而言，赤这种颜色恐怕带有篝火的色彩记忆。火给人们温暖，吓走野兽，带来吉祥。

战国时期，出现了五行思想。色彩之于五行，是青、赤、白、黑、黄。邹衍提出了"五德终始说"。"五德"是指金、木、土、水、火所代表的五种德性，金克木，木克土，土克水，水克火，火克金，循环往复。王朝更替，就体现在五德相克上。于是，笔者怀疑，夏商周的尚色知识也是五行思想的产物，极有可能就是战国时期方士的知识建构。"夏后氏尚黑，大事敛用昏，戎事乘骊，牡用玄。殷人尚白，大事敛用日中，戎事乘翰，牲用白。周人尚赤，大事敛用日出，戎事乘騵，牲用骍。"② 夏尚黑，殷尚白，周尚赤。周为火德，水克火，故秦为水德。水在五行学上与之对应的颜色是黑，故秦尚黑。

张苍认为汉为水德，汉尚黑。汉武帝时，依据五行相克理论，土克水，故汉为土德，"服色尚黄"。西汉末年，刘歆新创五行相生理论，认为汉为尧后，是火德。刘秀战败王莽，利用"有火自天，流为

---

① [英]詹·乔·弗雷泽著，刘魁立编：《金枝精要——巫术与宗教之研究》，上海文艺出版社2001年版，第207、209页。

② （清）阮元校刻：《十三经注疏》，中华书局1980年版，第1276页。

赤乌""火为主"等图谶，广造舆论，鼓吹火德，故东汉尚赤。

班固《汉书》指出："汉承尧运，德祚已盛，断蛇著符，旗帜上赤，协于火德，自然之应，得天统矣。"① 汉为火德，尚赤。每逢民族冲突、矛盾激化之际，人心思汉之时，赤便作为汉的颜色符号而成为斗争的旗帜。

后周为木德，赵匡胤发动陈桥驿兵变后，依据五行相生理论，木生火，故天水一朝为火德，尚赤。赵构南渡，年号为建炎，崇火尚赤，一仍其旧。"宋朝火德尚赤，红色是宋政府的一种文化力量，在礼仪等方面做了一系列的规范，赋予红色更多的效应，将红色政治化、神圣化，甚至编造出红光，附会于多位皇帝诞生，从而使原本就强势的红色有了更多哲学、政治内涵。"②

元朝并没有按照五行理论尚黄或尚黑，蒙古族尚白、尚蓝（萨满教一度尚黑），受汉文化影响有时尚赤。元末底层暴动，其领导力量为明教、弥勒教，明教的前身摩尼教尚白，在北宋末年方腊起义时就已经本土化为尚赤；弥勒教尚赤。北宋被女真金亡国后，神州赤县盗贼横行，其中多有红袄军或红巾军的身影。元末韩林儿建国号宋，依然尚赤，因此，元末起义军的主力为红巾军。

宋之后，元、明、清三代并没有规定国家颜色符号。明本来继承韩林儿之宋，故追奉火德，尚赤，但并没有刻意宣传强调。如此一来，赤作为民族文化崇尚的色彩，似乎等同于国色，尤其是为民间所认同，赤色在某种意义上被视作汉民族的身份，因此，汉人皇帝或者深受汉文化影响的少数民族首领，为表明其君权神授，大力渲染他异生时"赤光满室"。

（2）为什么是白光？

在历史上，殷民族尚白。"东夷族尚白，实际是把白色作为吉祥的象征，并且已经产生了以白为贵的观念。"③ 殷人作为东夷民族，其

---

① （汉）班固：《汉书》，中华书局1962年版，第1册，第81—82页。
② 程民生：《宋代社会中红色的功能》，《河南大学学报》（社会科学版）2021年第5期。
③ 李炳海：《从殷人尚白到孔子的以素为本》，《齐鲁学刊》1991年第6期。

尚白可能源自对太阳的崇奉。朝鲜族被称为"白衣民族"。据《朝鲜常识问答》可知，在古代，朝鲜族相信他们是太阳的后裔；太阳的白色光芒是神圣之色；世界各地凡是崇尚太阳的民族，都把白色当作神圣的象征。①

色彩崇尚体现着民族情感倾向性。契丹族、蒙古族、朝鲜族、满族、藏族、羌族、苗族、土族、维吾尔族等都尚白。一说，阿尔泰语系民族尚白。这些民族的民间故事中，白鹿、白天鹅、白马甚至白狼都是他们的吉祥物。白马王子的情感认知源自草原民族。白色，在他们看来，象征着圣洁、吉祥、善良、神佑。

在汉文化中，自汉代以来，白色动物成为祥瑞之兆。这或许与长寿、成仙的道教意识有关，也有可能是印度尤其是佛教尚白的思想影响所致。但是，在传统习俗中，喜庆、吉祥、幸运、事业兴旺发达的色彩依然是赤色或红色，而白色往往与丧葬仪式联系在一起。

匈奴拜日，突厥敬日，契丹"东向而拜日"，蒙古族崇拜日月山河，鄂伦春人新年祭拜太阳……"萨满教认为，白色是太阳的颜色，太阳光是生命的源泉，因此白色是生命的颜色，吉祥的颜色。这是北方民族崇白习俗的精神源头。"② 满族的萨满教把白色看作太阳与月亮的本色、星光与火光的本色、天穹星群的本色，因而崇拜白色、日月星辰。

琐罗亚斯德教、摩尼教崇尚光明，尊崇火、太阳。它们传入中国，与回纥、塔吉克、柯尔克孜、哈萨克、蒙古等族人的萨满教相融合，在尚白、敬仰太阳、崇尚光明等方面具有共通性。《庄子》云，虚室生白。司马彪注：白，日光所照也。白光，即太阳光、日光，从而白光之崇拜，从某种意义上可以说，就是对日神的尊奉。"日神和月神是中亚摩尼教广为崇拜的拯救之神。"③ 从古埃及开始，人世间的君王就与天上的太阳神建立了一体的联系，因而古代埃及人认为他们的法

---

① [朝鲜] 崔南善：《朝鲜常识问答》，东明社 1946 年版，第 57—59 页。
② 邹宝明：《北方阿尔泰民族尚白习俗溯源》，《博物馆研究》2008 年第 4 期。
③ [德] 克林凯特：《古代摩尼教艺术》，林悟殊译，中山大学出版社 1989 年版，第 74 页。

老就是人间的太阳神。

白光指的是日光，白光多见于游牧民族首领的异生叙事中。汉文化崇奉赤色，帝王降生叙事中多为"红光满室""赤光满室"，但并非绝对的，如《英烈传》成书于晚明，它对朱元璋的降诞叙述即采用了恍若"大火冲天"的红色，又有"白光一条"从空中飞到朱公家里。[①]

（3）为什么是光？

光在宗教叙事中占有重要地位。在《圣经》的上帝创世叙事中，上帝说要有光，于是就有了光。但丁《神曲》的最后，主人公在天堂见到的上帝就是一道光。古希腊神话中的宙斯，他的武器是雷电。印度婆罗门教中，阿耆尼是火神，他将人世间祭祀之物送到众神那儿。因陀罗是雷电之神，也是战神。佛教有无量光佛。燃灯佛为过去佛。弥勒佛为未来佛，他后来与摩尼在民间叙事中被等同起来。摩尼被称为摩尼光佛。祆教中的密特拉是光明之神、契约之神和战神，后来密特拉演化为日神。中国古代叙事中的梦日入怀、红光满室是不是受到了密特拉的影响？

琐罗亚斯德教崇拜火，在中国它又被称为拜火教、祆教或火祆教。祆教认为，地上有三类圣火；太阳、月亮、星星是天上的火，因此，它也崇拜日月星辰。由崇尚火而崇尚光、光明、日月星辰。元文琪指出，伊朗雅利安人与印度雅利安人特别推崇火不同，"特别敬仰光明与誓约之神密斯拉"。[②] 密斯拉即密特拉。他们信奉琐罗亚斯德教，琐罗亚斯德教以"灵光"取代"火"，后发展成具有鲜明伊朗民族特色的灵光崇拜。

在《亚什特》中，灵光被尊奉为"凌驾于一切被造物"的神明。灵光被分为两类：一类是伊朗部族之灵光（Airyanem-Khvareno）；另一类是"凯扬灵光"（Kavaenem-Khvareno），即王者之灵光。王者之灵光，

[①] 《英烈传》，尚成点校，上海古籍出版社2011年版，第14页。
[②] 元文琪：《二元神论——古波斯宗教神话研究》，商务印书馆2018年版，第191页。

表征的是王权神授。"对伊朗帝王和英雄来说，'得凯扬灵光者得王权'，得神赐王权者功成名就，流芳千古。"① 这种王者之灵光所内蕴的君权神授意识传播到草原民族，生成了游牧民族的光孕信仰，因而白光、光孕之叙述就有浓厚的琐罗亚斯德教的宗教底蕴。它又从草原民族传播到中土，在地化为红光满室、神光、梦日入怀等帝王异生叙事。

（4）为什么始自东汉光武帝？

谶纬是古代中国的一门政治预言学，兴起于西汉末年，鼎盛于两汉之交。东汉光武帝于建武中元元年（56）"宣布图谶于天下"。② 谶者，验也，策也。图谶是谶与纬的合称。

天人合一、天人感应的思想是不是原始人的一种意识？"天之与人，昭昭著明，甚可畏也。"③ 人与星象的关联，最早见之于两河流域的神话中。琐罗亚斯德教神话里充斥着此类故事。《晋书·天文志》云："凡五星盈缩失位，其精降于地为人。岁星降为贵臣；荧惑降为童儿，歌谣嬉戏；填星降为老人妇女；太白降为壮夫，处于林麓；辰星降为妇人。吉凶之应，随其象告。"④

《史记·天官书》云："（荧惑）曰南方，火，主夏，日丙丁。礼失，罚出荧惑，荧惑失行是也。"⑤《春秋文耀钩》载："赤帝熛怒之神为荧惑，位南方，礼失则罚出。"⑥ 班彪《王命论》中的符命思想是两汉之际的主流社会思想。

符命思想为何盛行于两汉之交？张衡说，图谶成于哀、平之际。此说其实是不确的。张峰屹说："谶纬是伴随并依附着经学兴起而并生（或随生）的一种政治文化思潮，是隶属于经学的一种政治文化思想。"⑦

---

① 元文琪：《二元神论——古波斯宗教神话研究》，商务印书馆2018年版，第291页。
② （南朝宋）范晔：《后汉书》，中华书局1965年版，第1册，第84页。
③ 《十三经注疏》整理委员会整理，李学勤主编：《十三经注疏·春秋公羊传注疏》，北京大学出版社1999年版，第235页。
④ （唐）房玄龄等：《晋书》，中华书局1974年版，第2册，第320页。
⑤ （汉）司马迁：《史记》，中华书局2014年版，第4册，第1572页。
⑥ 转引自（汉）司马迁《史记》，中华书局2014年版，第4册，第1572页。
⑦ 张峰屹：《谶纬的性征及其起源时代》，《中华读书报》2020年9月23日。

从经学这个角度来看谶纬,我们发现它兴起于汉武帝"罢黜百家,独尊儒术",泛滥于哀、平之际,盛行于东汉。

符命思想之所以在两汉之际盛行,另一个很现实的政治原因就是王莽鼎代。王莽建立新朝,他需要符瑞、图谶、谶记等为其政权做合法性的辩护,于是御用文人集团不竭余力地为其鼓吹,造成了甚嚣尘上的谶纬社会思潮。

王莽的社会改革,触动了豪强地主的利益,引起了社会动荡,结果群雄争霸,纷纷利用谶纬宣传自己的君权神授。刘秀的同学伪撰的《赤伏符》云:"刘秀发兵捕不道,四夷云集龙斗野,四七之际火为主。"① 这是刘秀为自己登基做皇帝的舆论宣传,以图谶证明他的君权神授。刘秀在登基祝文中又引述谶记"刘秀发兵捕不道,卯金修德为天子"② 作为自己受天命的证据。

《后汉书·光武帝纪》写道:"及始起兵还春陵,远望舍南,火光赫然属天,有顷不见。"③ 汉为火德,火光之叙事,无非是为了印证刘秀为"火德真主"。范晔感慨:"其王者受命,信有符乎?"受命符即火,降生时"有赤光",即谶记,如此等等。

琐罗亚斯德教何时传入中国的?学界一般认为,是在南北朝时期。三夷教专家林悟殊认为,当为更早。④ 笔者赞同林悟殊的观点,琐罗亚斯德教由于不对外人传教,故一般不为外人所知。但是,张骞凿空西域之后,丝绸之路上就行走着经商的粟特人,他们信奉琐罗亚斯德教,因而祆教极有可能随着粟特人而传入中国。汉景帝的王皇后梦日入怀,便是明证。

三 神话叙事模式辉光的折射

神话民族中的创世记或主神叙事中,多见有雷电的叙述,如宙

---

① (南朝宋)范晔:《后汉书》,中华书局1965年版,第1册,第21页。
② (南朝宋)范晔:《后汉书》,中华书局1965年版,第1册,第22页。
③ (南朝宋)范晔:《后汉书》,中华书局1965年版,第1册,第86页。
④ 林悟殊:《摩尼教及其东渐》,中华书局1987年版,第48页。

斯、因陀罗的武器就是雷电。华夏民族关于黄帝降诞的故事自然也不例外，大电光、北斗枢星、雷精等描述是黄帝降生叙事模式中的神祇符号。

"从时间上来看，感生神话始于汉代而终于清代，五胡十六国时期感生神话最多，宋代之后，感生神话极少，只有一则。其间有两个时期值得注意：一是汉代；二是五胡十六国时期。"[①] 时间的维度值得我们关注。汉代的感生故事，具体而言，始自张骞出使西域之后，兴盛于东汉初年。这段时间与五胡十六国时期，都是汉文化与异域文化接触、交流密切而频繁的时期。从赵宋至晚清，仅有努尔哈赤母亲吞食朱果的叙事来看，帝王感生神话似乎主要还是少数民族的文化传统和受异质文化尤其是西域文化影响而产生的一种叙事。

生人与星象之间的关系建构，最早出自两河流域。两河流域的星象学出现得最早，也最发达。琐罗亚斯德教的经典著作中，正如奥古斯丁所批评的，到处充斥着星象神话。人是天上的星星；人死前，往往有一颗星坠地。古代中国说唱艺术以及通俗文学作品中，往往写道：星坠入地，主大将阵亡；北斗灯不灭，诸葛亮不死；水浒好汉都是天上的星曜下凡，宋江是星主……这种人星叙事，深受西域星象文化的影响。

游牧民族的光孕与汉语言叙事中的梦日入怀在实质上是一样的，都是太阳神话的叙述，言说着君权神授、天人合一的天意、天命。帝王何以与太阳神关联起来了？其内在的逻辑是什么？这种思想意识产生得很早，早在古埃及就有法老是太阳神在人世间化身的说法。

《尚书·汤誓》曰："夏罪其如台？夏王率遏众力，率割夏邑。有众率怠弗协，曰：'时日曷丧？予及汝皆亡。'"[②] 虽然《尚书》有可能是伪书，但是夏民将夏王与太阳等同起来的意识却可能是真实的。

在古代中国，殷人虽然佞鬼，但是由于文献不足征而难以论述商

[①] 王倩：《感生、异相与异象："天命"神话建构王权叙事的路径》，《安徽大学学报》（哲学社会科学版）2020 年第 1 期。

[②] （清）阮元校刻：《十三经注疏》，中华书局 1980 年版，第 338 页。

王与太阳神的关系。考镜源流，是探讨学术的路径之一。何谓王？"古之造文者，三画而连其中，谓之王。三画者，天地与人也，而连其中者，通其道也。取天地与人之中心为其贯而参通之，非王者孰能当是？"①从而可知，王具有"巫"的性质，沟通天地人。《礼记·礼运》载：王，前巫而后史。从中也可以得知，王具有宗教的性质。董仲舒曰："王者必受命而后王，王者必改正朔，易服色，制礼乐，一统于天下，所以明易姓非继人，通以己受之于天也。"②

周代是人文的时代，敬鬼神而远之。太阳是帝王的象征，这种神异始见于汉武帝，其母为汉景帝王夫人，"男方在身时，王美人梦日入其怀"。③《王纂》复述了《史记》中汉景帝王美人生育事云："王夫人梦神女捧日以授己，吞之遂孕，生武帝。"④

《梦占逸旨·日月篇》曰："日月，极贵之征也。昔汉武帝之母，有神女授日之梦。而宋之太宗、真宗、仁宗、宁宗，其母之娠而育也，莫不梦日。"⑤《拾遗记》亦云，帝喾妃邹屠氏曾梦吞日，生下一子，如此八梦，共生八子。《三国志》记载，吴夫人梦日入怀生孙权。东晋李太后曾梦日、月入怀，遂生孝武帝及会稽文孝王和鄱阳长公主。《周公解梦书》曰："文王梦见日月照身，六十日为四（西）伯。"⑥

"梦日而孕""异香赤光""体被金色"等，这些都具有佛教叙事之色彩吗？其实，它们不是纯粹的佛教叙事，而是掺杂着民间宗教的话语，因为它们是宗教杂合之后的叙述，其间有佛教，也有其他宗教因素，如祆教、摩尼教、景教、五行思想等。

摩尼教是在南北朝时期传入中土的。摩尼教传入中土的经文，有《日光偈》《月光偈》《证明经》《摩尼光佛教法仪略》等，表明其崇尚光明的教理。琐罗亚斯德教崇尚火、日月星辰、光明。摩尼教的来

---

① （清）苏舆撰，钟哲点校：《春秋繁露义证》，中华书局1992年版，第328—329页。
② （清）苏舆撰，钟哲点校：《春秋繁露义证》，中华书局1992年版，第185页。
③ （汉）司马迁：《史记》，中华书局2014年版，第6册，第2396页。
④ （明）陈士元纂：《梦占逸旨》，商务印书馆1939年版，第19页。
⑤ （明）陈士元纂：《梦占逸旨》，商务印书馆1939年版，第19页。
⑥ 转引自刘文英《中国古代的梦书》，中华书局1990年版，第29页。

源有琐罗亚斯德教、基督教、佛教等，因此，它也如同琐罗亚斯德教那样崇奉日月星辰，崇奉光明。在东传的过程中，摩尼教与弥勒教杂合在一起，有时候，摩尼、摩尼佛、摩尼光佛、弥勒佛混同为一体，特别是在中国古代的民间社会中。

"有盗数十人，皆素冠练衣，焚香持花，自称弥勒佛。"[1] 有白衣长发，假托弥勒下生。武则天称帝前期沙门薛怀义、法朗进呈《大云经》，说武则天是弥勒下生，作阎活提主，即武则天乃是弥勒转世，以女身当王中土，随即武则天于载初元年（689）正式称帝，《大云经》弥勒下生、女身当王的政治运作在武则天身上得到了成功实践。

《大唐三藏取经诗话》第十六，唐三藏法师梦神人告知将有人来传授《心经》，而出现的僧人自称定光佛，"手执金环杖"。定光佛两次拒绝传授《心经》，先以《心经》之能太过强大而要求法师不传给"薄福众生"，法师说出"只为东土众生"之语后，定光佛态度有所软化，继而又说《心经》开启时"鬼哭神号，风波自息。日月不光"，法师答以"铭感"二字，于是定光佛方决定传经，并告诉法师传经的目的是助法师回朝宣扬佛法，"令天下急造寺院，广度僧尼，兴崇佛法"，之后法师七人便将《心经》密记于心。[2] 在《大唐三藏取经诗话》中，是定光佛向法师传授《心经》；而在《西游记》中，却是乌巢禅师向唐僧传授《心经》。需要指出的是，乌巢禅师能化作金光。

《旧五代史·晋书》记载：石敬瑭"即孝元之第二子也，以唐景福元年二月二十八日生于太原汾阳里，时有白气充庭，人甚异焉"。[3] 文人对皇帝异生之叙事，也是有所区别的。石敬瑭在历史上是"儿皇帝"，自然不能与开国立基者相提并论，故没有伊朗王者之灵光佑护，所以没有"赤光"或"白光"。然而，白气对于非常人来说也是吉兆，它渊源有自，并非随心所欲地信笔涂鸦。《竹书纪年》云："后十三世

---

[1] （唐）魏征等：《隋书》，中华书局1973年版，第1册，第74页。
[2] 《大唐三藏取经诗话》，中国古典文学出版社1954年版，第34页。
[3] （宋）薛居正等：《旧五代史》，中华书局2015年版，第4册，第1140页。

生主癸，主癸之妃曰扶都，见白气贯月意感，以乙日生汤，号天乙，丰下锐上，皙而有须。句身而扬声，长九尺，臂有四肘，是为成汤……梼杌之神，见于邳山。有神牵白狼衔钩而入，商朝金德将盛，银自山溢。汤将奉天命放桀，梦及天而舐之，遂有天下。商人后改天下之号曰殷。"① 汤母见白气贯月"意感"而生汤。

《旧五代史·唐书》记载，李克用降生之际，"虹光烛室，白气充庭，井水暴溢"。② 李克用没有称帝，他被追封为武皇帝，因此他降诞之际，不是"赤光"或"白光"，而是"虹光"。他是沙陀族，崇尚白色，因此说他降生时有"白气"。不过，虹光、白气也都是吉祥之兆。"伏羲是虹之精。"③《竹书纪年》云："帝挚少昊氏，母曰女节，见星如虹，下流华渚，既而梦接意感，生少昊。"④ 虹，古人认为是"蜃气所生"。《尚书》载，舜母见大虹感而生舜。"李特的妻罗氏，梦大虹绕身，生下次子，后来为巴蜀的王侯。虹实为霓龙之精，种种虹化，俱是祥瑞。"⑤

李焘《续资治通鉴长编》引《龟鉴》中对宋太祖出生异象的叙述"祥光瑞采，流为精英。异芳幽馥，郁为神气"，以证明"帝王之兴，自有珍符，信不诬也"。⑥ 众所周知，赵匡胤发动陈桥驿兵变，夺了帝位。文人书生的"珍符"叙述，不过是自欺欺人之谈。

宋仁宗的降生富有神奇色彩，宋人笔记写道：

> 仁宗皇帝名祯，母李氏。章献明肃刘皇后子之。真宗得皇子已晚，始生，昼夜啼不止。有道人言能止儿啼，召入，则曰："莫叫莫叫，何以当初一笑。"啼即止。盖谓真宗尝吁上帝祈嗣。问群仙："谁当往者？"皆不应，独赤脚大仙一笑，遂命降为真宗

---

① 王国维：《今本竹书纪年疏证》，黄永年点校，辽宁教育出版社1997年版，第62页。
② (宋)薛居正等：《旧五代史》，中华书局2015年版，第2册，第382页。
③ 《英烈传》，尚成点校，上海古籍出版社2011年版，第11页。
④ (南朝梁)沈约：《宋书》，中华书局1974年版，第3册，第761页。
⑤ 《英烈传》，尚成点校，上海古籍出版社2011年版，第59页。
⑥ (宋)李焘：《续资治通鉴长编》，中华书局2004年版，第1册，第5页。

子，在官中好赤脚，其验也。①

《水浒传》对这个描述进行了改造，将其止住啼哭的缘由改写为"文有文曲，武有武曲"，因而将宋仁宗与星象叙事联系起来。琐罗亚斯德教、摩尼教神话叙述中充斥着不计其数的星象故事。而水浒故事中的宋仁宗未必就是天水一朝的赵祯，而有可能是韩林儿建立的韩宋中的"仁宗"。因为《水浒传》中的三年三月三日云云就是《庚申外史》中的寅年寅月寅日，此处不赘，详参拙文《〈水浒传〉的宗教记忆：白莲教的叙述与想象》。通俗小说叙事话语的背后，另有一种宗教力量在。

小　结

"一道黑气""百十道金光""鸡人"、白衣、花、香、龙、蛇、凤凰、嘉禾、红光、紫气、五色云、祥云等物在古代中国叙事机制中，表征着丰富的言外之意和文化底蕴，潜藏着一种内在的深层逻辑结构。我们在西方理论的笼罩之下，缺少古代物文化的认知，就听不到这些物所言说的声音。

综上所述，小说、野史、正史中帝王降诞之际的红光满室，其实是来自游牧民族的光孕，而游牧民族的光孕源自他们的日神崇拜及其白光信仰。太阳神之光即"王者灵光"，表征着君权神授的话语传统。而其间的白、赤等色彩则言说着不同民族的情感传统倾向。无论是话语传统还是情感传统，追根溯源，则直达崇尚火、光明、日月星辰的琐罗亚斯德教。

第三节　《封神演义》的神话叙事

关于《封神演义》中的宗教叙事及其性质问题，对其认知和理解

---

① （宋）陆佃撰，（明）牛衷增辑：《增修埤雅广要》卷8，载《续四库全书》第1271册，上海古籍出版社1996年版，第325页。

迄今为止依然众说纷纭，学术界尚未达成共识。

鲁迅在《中国小说史略》中认为："助周者为阐教即道释，助殷者为截教。截教不知所谓……"①"'阐'是明的意思，'阐教'就是正教。"②正因为将阐教理解为正教，鲁迅并未从明教即本土化的摩尼教这个角度来阐释《封神演义》。

何满子结合《封神演义》形成的历史语境认为："截教的门徒都自称是'炼气士'，这恐怕和明代道士中得势的丹鼎派排斥吐纳派的教派斗争不无联系。"③陈辽认为《封神演义》中阐教与截教的斗争，是"道教内部之争"；具体地说，就是道教中的天师道与全真教之间的教内斗争。④石昌渝则认为："《封神演义》所描写的阐教与截教的冲突，是明朝前期和中期全真道与正一道的现实矛盾的曲折反映，小说对截教的描写隐含着站在全真道立场的对正一道与腐朽朝廷沆瀣一气的现实的批判。"⑤在石先生看来，阐教即全真教，截教为正一道。

张政烺认为："阐教大概就是阐明正教之意。通天教主是狐狸精，是'通天神狐'。古人常说'通天神狐醉露其尾'，而截教的截字就是割尾巴。"⑥李亦辉认为，《封神演义》实乃"混合三教，以儒为本"。⑦潘百齐、刘亮认为，阐教、截教与民间宗教有关。⑧这一认知的大方向是完全正确的，但令人遗憾的是，作者没有沿着这个方向深究。

由以上可知，上述诸观点对《封神演义》宗教思想的把握都是分别从儒、释、道维度着眼的，也有认为是儒、释、道三教合一的，但是祆教、摩尼教、景教之三夷教从未进入其研究视域，因此，本节将

---

① 鲁迅：《中国小说史略》，《鲁迅全集》第9卷，人民文学出版社1981年版，第174页。
② 鲁迅：《中国小说史略》，《鲁迅全集》第9卷，人民文学出版社1981年版，第334页。
③ 何满子：《漫谈〈封神演义〉》，《文史知识》1987年第4期。
④ 陈辽：《道教和〈封神演义〉》，《吉林大学社会科学学报》1987年第5期。
⑤ 石昌渝：《〈封神演义〉政治宗教寓意》，《东岳论丛》2004年第3期。
⑥ 张政烺：《〈封神演义〉漫谈》，《世界宗教研究》1982年第4期。
⑦ 李亦辉：《混合三教 以儒为本——论〈封神演义〉的整体文化特征》，《哈尔滨工业大学学报》（社会科学版）2011年第3期。
⑧ 潘百齐、刘亮：《论〈封神演义〉的道教文化涵蕴》，《明清小说研究》2000年第2期。

从小说文本出发，在三夷教及其本土化之后的民间宗教的透视之下，观照《封神演义》的宗教意识、宗教书写及其深层文化底蕴。

本节的基本观点是，《封神演义》叙述中的阐教所指的是明教，而截教的原型实质上是祆教，《封神演义》叙事中阐教与截教之间的斗争实乃明教与祆教之间的善恶斗争。

一 阐教乃明教的变体

1. 老子

据佛教故事，弥勒佛住在三十三天，即兜率宫（Tusita），又称兜率天、兜率陀天、兜术天、觊史多天、兜率净土等。可是，在《封神演义》中，老子也居住在三十三天。那么，道教的老子为什么居住在弥勒佛的宫里呢？他与弥勒是一种什么样的关系？

佛教传入中土不久，在东汉时期，就有老子化为浮屠之说。《后汉书·襄楷传》云："桓帝时，楷上书曰：'或言老子入夷狄，为浮屠。'"[1] 此乃儒、释、道三教论衡的产物。摩尼教传入中国时，它业已佛教化。摩尼教借助佛教自神其教；而道教也乐于老子化胡说以崇其教。《老子化胡经》虽然历经唐宋禁毁，然而元代不仅有《老子化胡经》，而且有《八十一化图》。今所见《金阙玄元太上老君八十一化图说》之第三十四化，为老子化佛之图，其弟子为末摩尼。第四十二化，为老子化末牟尼之图。《佛祖历代通载》引云："老子入摩羯国，在希有相，以化其王，立浮图教，名清净佛，号末摩尼。"[2]

敦煌残卷《老子化胡经》卷一有云："后经四百五十余年，我乘自然光明道气，从真寂境，飞入西那玉界苏邻国中，降诞王室，示为太子。舍家入道，号末摩尼。转大法轮，说经诫律定慧等法，乃至三际及二宗门，教化天人，令知本际。上至明界，下至幽涂，所有众生，皆由此度。摩尼之后，年垂五九，金气将见，我法当盛，西方圣象，

---

[1] （南朝宋）范晔：《后汉书》，中华书局2007年版，第1册，第320页。
[2] ［法］伯希和、［法］沙畹：《摩尼教流行中国考》，载冯承钧译《西域南海史地考证译丛八编》，中华书局1958年版，第103页。

衣彩自然，来入中州，是效也。"① 《摩尼光佛教法仪略》开篇伊始，就述说了摩尼、老子、释迦牟尼佛三圣无殊论："老君托孕，太阳流其晶；释迦受胎，日轮叶其象。资灵本本，三圣亦何殊？"② 宋末四明崇寿宫主持张希声告诉儒生黄震说："吾师老子之入西域也，尝化为摩尼佛。……吾所居初名道院，正以奉摩尼香火，以其本老子也。"③ 从而可知，佛教、摩尼教在中国本土化的过程中，都与老子有关联，而老子化胡之说建构了末摩尼为老子所化的说法。

摩尼教在传播过程中往往袭用当地宗教的术语或神祇，所以素有"变色龙"之称。它在中亚东传的过程中佛教化，带有鲜明的佛教色彩。马西沙认为："弥勒观念与摩尼教的融合出现的时代很早。"④ 在摩尼教中，摩尼等同于弥勒；摩尼即弥勒。据吐鲁番出土的文书可知，摩尼被视作弥勒佛。⑤ "吐鲁番出土文书中有许多将摩尼比作弥勒的例子。"⑥ 摩尼教与弥勒教有诸多相同或相似的地方：它们都崇拜光明、都崇尚白衣、都有严格的素食规定、都以弥勒为救世主等。⑦

龙华教即龙华会，也就是白莲教中的龙华三会。龙华三会指的是弥勒佛的三次下生救世。弥勒教富有造反精神，在中国历史上多次组织暴动。龙华教自称"阐教"，如《源流法脉歌》叙述三祖创教后云"三世临凡阐教兴"，再如《龙华佛祖开教源流法脉》记述龙华教传法世系，其中七祖普德对龙华教"重兴阐教"发挥过积极作用。⑧ 龙华

---

① 上海古籍出版社、法国国家图书馆编：《法藏敦煌西域文献》第1册，上海古籍出版社1995年版，第72页。
② 林悟殊：《摩尼教及其东渐》，中华书局1987年版，第230页。
③ （宋）黄震：《黄震全集》第7册，张伟、何忠礼主编，浙江大学出版社2013年版，第2312页。
④ 马西沙：《历史上的弥勒教与摩尼教的融合》，《宗教研究》2003年第1期。
⑤ 王媛媛：《从波斯到中国——摩尼教在中亚和中国的传播》，中华书局2012年版，第123—124页。
⑥ 王媛媛：《从波斯到中国——摩尼教在中亚和中国的传播》，中华书局2012年版，第123页。
⑦ 芮传明：《弥勒信仰与摩尼教关系考辨》，《传统中国研究集刊》2005年第1辑。
⑧ 林国平：《龙华教新探》，《世界宗教研究》2021年第4期。

教是弥勒教的后裔，从而可知，弥勒教即阐教，由于摩尼被等同于弥勒，所以明教即阐教。

如上所述，老子化为摩尼，摩尼为弥勒，因而弥勒住在兜率宫，老子也居住在兜率宫，就是情理之中的事。明教是中土化的摩尼教。宋代，明教被看作是老子之遗教。"（彭）耜问：'乡间多有吃菜持斋以事明教，谓之灭魔，彼之徒且曰太上老君之遗教，然耶？否耶？'"[①]老子为太上老君，明教教徒自视为太上老君之遗教，信徒们称摩尼为"太上本师教主摩尼光佛"[②]，摩尼自然也就成为太上教首，犹如太上皇，因而阐教教皇就是元始天尊。

《封神演义》中的老子是否就是摩尼呢？《老子化胡经》将摩尼教教主与道教老子联系起来，即伟大的摩尼乃老子的化身；在中亚，摩尼又等同于弥勒；在中国民间，明教被看作"太上老君之遗教"，因而《封神演义》中的阐教教首为老子、元始天尊。元始天尊称呼老子为"师长""道兄"或"大老爷"，由此可知，阐教即摩尼教的艺术化影子，而元始天尊的原型需要深究。

2. 元始天尊

阿莫（Ammō）是摩尼的弟子，元始天尊的原型为阿莫，他是摩尼教在中亚弘法的阿莫的化身。在《封神演义》中，元始天尊是阐教的掌门，老子是元始天尊的"大师兄"。这是为什么？其实，它是摩尼教在世界传播历史上的影子。教主摩尼派阿达（Addā）到波斯西部、罗马帝国去传教，摩尼教后来基督教化了；教主安排阿莫到东方中亚一带传教，摩尼教佛教化了。后来，阿莫这一支与摩尼教总教廷失去联系，独立了，自成体系，号称东方教廷，虽然教首依然是穆阇。他们以阿莫为教宗，正是这个缘故，与摩尼教阿莫相对应，元始天尊成为阐教的掌门。阿莫上有摩尼，元始天尊上有老子。

福建晋江霞浦是摩尼教的活化石。霞浦文献中的五佛之一是元始

---

① （宋）谢显道编：《海琼白真人语录》，载《道藏》第33册，文物出版社、上海书店、天津古籍出版社1984年版，第114—115页。

② 转引自杨富学《霞浦摩尼教研究》，中华书局2020年版，第325页。

天尊。霞浦文书说明了明教中的"五佛"之名:"大圣元始世尊那罗延佛、大圣神变世尊苏路支佛、大圣慈济世尊摩尼光佛、大圣大觉世尊释迦文佛、大圣活命世尊夷数和佛。愿临道场,证明功德,接引亡灵,来临法会。那罗初世人,苏路神门变。释迦托王宫,夷数神光现。摩尼大法王,最后光明使。出现于苏邻,救我有缘人。众和:救性离灾殃,速超长乐海。"① 五佛指的是那罗延毗湿奴(佛教中的那罗延是金刚力士,婆罗门教中的那罗延是毗湿奴的别名)、苏路支(琐罗亚斯德)、摩尼教的摩尼、佛教的释迦牟尼和基督教的夷数("夷数"即"耶稣"的另一个音译)。那罗延不是佛教的那个力士,而是婆罗门教的毗湿奴。他之所以被纳入进摩尼教,是因为摩尼教崇尚水神、雨神,而"nara"是水,"Nārāyana"(那罗延那,即那罗延)为水生,或水居。② 从而可以推知,《封神演义》中的阐教即摩尼教,老子即摩尼光佛。《奏教主》称摩尼为"太上教主摩尼光佛",为"太上教主"。自宋以来,摩尼教常以"太上老君之遗教"自居。中国古代有太上皇帝,此处的太上教主是否也可作如此解?因而在《封神演义》中,老子是太上教主,不管阐教的具体事务;元始天尊是阐教的掌门人,他既然是明教的五佛之一,那么阐教自然就是明教即中土化的摩尼教的文学化书写。

3. 哪吒"剔骨还父,析肉还母"

哪吒在中国文学史上绝对是一个异端形象,与中国传统的儒家文化格格不入,主要表现在他"剔骨还父,析肉还母",因为剖腹、刳肠之行为与儒家所提倡的"身体发肤,受之父母,不敢毁伤"思想完全相违背。儒家《孝经·开宗明义章》提出:"身体发肤,受之父母,不敢毁伤。"③ 可是,在《封神演义》和《西游记》中,哪吒竟然剔骨还父,析肉还母。在儒教看来,此实乃大逆不道、悖逆天伦。

唐代不空和尚译《北方毗沙门天王随军护法仪轨》云:哪吒太子手捧戟,以恶眼见四方。金刚智《吽迦陀野仪轨》云:哪吒为鬼神

---

① 《摩尼光佛》,霞浦本,第47页。
② 蒋忠新译:《摩奴法论》,中国社会科学出版社2007年版,第4页。
③ 汪受宽译注:《孝经译注》,上海古籍出版社2007年版,第1页。

王，其形象则以狠、恶为主。宋代《景德传灯录》卷十三说："三头六臂惊天地，忿怒哪吒扑帝钟。"①《景德传灯录》卷二十五云："哪吒太子，析肉还母，析骨还父，然后于莲华上为父母说法。"②《封神演义》中的哪吒则为三头八臂，从数理文化来看，八臂当更符合西域人的思维方式。哪吒骨肉归还父母，虽然最早见之于宋代文献，但是口头说法恐怕更早。

　　中国的儒家思想主张珍重身体，因为这是孝道。可是，摩尼教却倡导消灭肉体。这一点倒不是取决于世界上诸多宗教所倡导的苦行思想，而是由摩尼教的教义所决定的。暗魔创造人类肉身的目的就是禁囚光明分子。摩尼教的神话说："撒克拉与奈菠萝性交，奈菠萝相继生下了儿子亚当和女儿夏娃。"③按这一说法，人类是亚当、夏娃兄妹婚的后裔，人的肉体由黑暗分子构成，而人的灵魂则由光明分子构成。人类肉体的黑暗分子禁锢着光明分子。《摩尼教经》认为，光明分子被囚禁在人的骨、筋、脉、肉、皮五个城里，大明神则努力将其解救出来。因此，摩尼教提倡消灭人类的肉体，以此解救光明分子。

　　哪吒的灵魂即灵珠子不死，去找他的师傅太乙真人，太乙真人用莲花、莲藕构成其体。这是为什么呢？因为摩尼教认为，植物中包含更多的光明分子。摩尼教神话说："各种植物，尤其是瓜果菜蔬所含的光明分子比动物要多，因而竭力宣传素食，以增加人体的光明成分。"④本节侧重于探讨《封神演义》宗教叙事中的西域三夷教来源，然而，小说文本实乃中外文化杂糅融合的产物，因此儒、释、道成分也总是在场的，例如，《太上中道妙法莲华经》云四方众生"不由父母胎产，悉皆莲花化生"⑤，就可以很好地阐释哪吒何以莲藕转生。

---

① （宋）释道原著，妙音、文雄点校：《景德传灯录》，成都古籍书店2000年版，第246页。
② （宋）释道原著，妙音、文雄点校：《景德传灯录》，成都古籍书店2000年版，第515页。
③ 马小鹤：《光明的使者——摩尼与摩尼教》，兰州大学出版社2013年版，第49页。
④ 元文琪：《二元神论——古波斯宗教神话研究》，商务印书馆2018年版，第400页。
⑤ 载张继禹主编《中华道藏》第5册，华夏出版社2014年版，第70页。

宝物崇拜一部分原因源自植物崇拜。在《封神演义》中，葫芦、红杏、仙藤、红枣、仙豆等既是植物，又都是宝物，且法力无穷。例如，殷郊吃了一个仙豆，就长出了三头六臂。雷震子吃了一个红杏之后，就生出了两个翅膀。哪吒剔骨还父、析肉还母，太乙真人用莲藕重构其身体，就表明从此他身上含有更多的光明分子。

哪吒是灵珠子，又体现了摩尼教的宝珠崇拜；借助莲藕成人形，哪吒从此更加神通广大，所向无敌。《封神演义》对这一点作了大量正面的印证，那就是截教人士用法器、法宝能把肉身的阐教人士打下坐骑来，但是对哪吒来说丝毫不起作用，因而从叙事上证明了摩尼教的植物崇拜。

4. 宝珠崇拜

摩尼教的教主是摩尼，而"摩尼"一词的本义即珠、宝珠、如意珠，摩尼教崇奉宝珠。笔者怀疑摩尼是教主的教名，不是真名。摩尼珠是印度神话中修罗与阿修罗搅乳海时获得的七宝之一。摩尼教如果用一个符号来表征的话，这个符号就是"洗濯明珠离泥溺"。[1] 在摩尼教经典中，明珠指的就是人的灵魂，是被囚禁在尘世的光明分子。[2]

哪吒是灵珠子转世，这一点特别值得注意。哪吒是灵珠子，正可以说明阐教这一派别是中国本土化的摩尼教，即明教。科亚基认为，苏赫拉布（Sohrab）在波斯语中词义为"明亮的、有光泽的"，这与哪吒的真身"灵珠子"的含义相契合，因而科亚基认为哪吒的原型为苏赫拉布。[3] 此乃一说。哪吒的原型，其他还有印度的童子战神鸠摩罗、哪吒俱伐罗以及波斯的努扎尔等诸多说法。

在佛教中，佛经也把灵魂比作宝珠。诺斯替教也是摩尼教教义的来源之一，摩尼深受其影响。在诺斯替教中，珍珠是灵魂的隐喻。在

---

[1] 马小鹤：《摩尼教与古代西域史研究》，中国人民大学出版社2008年版，第26页。
[2] V. Arnold-Döben, *Die Bildersprache des Manichäismus*, Cologne, 1978, pp. 48 – 152.
[3] J. C. Coyajee, *Cults and Legends of Ancient Iran and China*, Mumbai: J. B. Karani's sons, 1936, pp. 116 – 121.

摩尼教中，耶稣、净风、使徒等都是采珠人，而初人、僧侣等都是珍珠。摩尼教《下部赞》云："普施众生如意宝，接引离斯深火海。"①截教恶魔以火妖、火海为主，是不是受到了摩尼教"深火海"隐喻说法的影响？

在《封神演义》的斗法叙事中，出现了许多宝珠，如镇海珠、摩尼宝珠、定海珠、定风珠、劈地珠、混元宝珠、戮目珠、开天珠、红珠、念珠等，它们既是宝物，又是法器，且法力高超。《封神演义》中的宝珠崇拜叙事，表现了摩尼教的宝珠信仰意识。摩尼教中的宝珠意识，还渗透进民间宗教之中，例如《普明如来无为了义宝卷》云："牟尼宝，放光明，普照乾坤。"②

在《封神演义》中，灵珠子是哪吒的灵魂。在摩尼教教义中，宝珠、珍珠也是人的灵魂。一份摩尼教帕提亚文书以灵魂救赎者的口吻说道："我将把你从你始终沉溺的大海波涛中和海洋深处拯救出来。……通过你……我将……痛苦。……我将带你远离……经过完美的康复……你的肢体……我将使你脱离一切疾病，脱离你一直为之悲泣的种种不幸。我希望你不再被罪恶者所掌控，因为你确实永远就是我自己。你是被埋藏的宝物，是我的财富之首，是代表一切神祇之完美的珍珠。"③拯救宝珠或珍珠就是拯救人的灵魂，灵魂在摩尼教的神话里就是光明分子。

5. 数字四十

姜子牙在山上修行四十年，那么为什么恰好是四十年呢？这是数理文化的族群性事实间性关系之留痕。此处的数理文化，不是汉民族所独有的，而是游牧民族如柯尔克孜族、哈萨克族、维吾尔族等的数理文化。数字四十是一个宗教文化数字，游牧民族中的史诗、歌谣、民间故事中经常见到这个数字。

---

① 林悟殊：《摩尼教及其东渐》，中华书局1987年版，第237页。
② （明）李宾：《普明如来无为了义宝卷》，载王见川、林万传主编《明清民间宗教经卷文献》第6册，台北：新文丰出版公司1999年版，第142页。
③ 芮传明：《东方摩尼教研究》，上海人民出版社2009年版，第64—65页。

柯尔克孜的发音为"Kirkiz",其中"Kirk"意谓"四十","kiz"为"姑娘"之义,柯尔克孜这一族名可以直译为"四十个姑娘"。在柯尔克孜族长诗《玛纳斯》中,主人公带领的是四十位英雄。维吾尔族长诗《乌古斯汗》里,乌古斯汗四十天就长大了,为满月;举行宴会时使用四十张桌子和四十条板凳……哈萨克族有四大长诗,被称为"四个四十":《克里木的四十位英雄》《拜合提亚尔的四十支系》《鹦鹉故事四十章》和《四十个大臣》……数字四十对他们来说是一个满数,表明它是一个表征即将发生质变的圣数。这种思想意识从何而来?

草原游牧民族口头叙述中数字四十的文化意义是什么?他们信奉过萨满教、琐罗亚斯德教、摩尼教、佛教、伊斯兰教等。伊斯兰教教义中说,穆哈默德在四十岁时得道。犹太教说,摩西率领犹太人逃出埃及,在荒野里游荡了四十年。《圣经》中的大洪水故事,说大雨降了整整四十天。基督教被视为犹太教的一支,被认为是犹太教的异端。基督教说,耶稣死后三天复活,四十天后升天。

在琐罗亚斯德教中,据其圣经《阿维斯塔》,数字四十是一个吉祥数,如赞美江河女神阿娜希塔"拥有千条江河、千座湖泊。每条江之长,每座湖之阔,足够矫健的骑手四十天奔波"。[①] 在摩尼教教义中,也有圣数四十的叙述,如据粟特文书M178II,有四十个天使支撑着十层天。《下部赞》第134颂云:"复启四十大力使,并七坚固庄严柱,一一天界自扶持,各各尽显降魔相。"[②] 钵罗婆文《本达希申》说,原人伽玉玛特独居三十年死去,其种子四十年后生出人类第一对伴侣:男人马什亚和女人马什亚内。[③]

从上引诸多宗教教义中关于数字四十的叙述,我们可知这个数字表征的是一个节点,在这个节点上将发生质变,因而这个数字就成为吉祥数或圣数。《封神演义》中的数字四十叙事,其背后的宗教文化

---

① [伊朗]贾利尔·杜斯特哈赫选编:《阿维斯塔——琐罗亚斯德教圣书》,元文琪译,商务印书馆2005年版,第107页。
② 林悟殊:《摩尼教及其东渐》,中华书局1987年版,第244页。
③ 林梅村:《汉唐西域与中国文明》,文物出版社1998年版,第201页。

意蕴，来自西域，不是中原文化生态里土生土长的思想意识。因而，《封神演义》的数字"四十"之叙事，就带有西域宗教的意味。

6. 复生

在《封神演义》中，死而复生的母题被重复多次叙写。例如，姜子牙多次死而复生。周武王在红砂阵中死而复生。哪吒、黄天化、雷震子、金吒、木吒、杨戬、赤精子、广成子等都曾在战场上或黄河阵里死而复生。琐罗亚斯德教的神话说，最后审判之日，所有的死者都会复生。琐罗亚斯德教有一个节日，就是复活日。摩尼教吸收了琐罗亚斯德教的这一教义。在《封神演义》中，榜上有名的死者灵魂皆不死，最后都被封神。

摩尼教神话说，在黑暗魔王侵占光明王国之际，大明尊召唤出善母佛，善母佛召唤出先意佛，先意佛召唤出五明佛，即清净气、妙风、明力、妙水、妙火，去驱逐黑暗。但是，先意佛被打败，五明佛被五类魔所吞噬。初战失利，"最初败北"作为母题的叙述，在两河流域安祖神话中就已经出现。先意佛苏醒后，他向大明尊呼救了七次，于是大明尊进行第二次召唤，先唤出乐明佛，乐明佛唤出造相佛，造相佛唤出净风佛。净风佛唤出他的五个儿子：持世明使、十天大王、降魔胜使、催光明使和地藏明使。他们一起来到黑暗王国，活灵呼唤先意佛，先意佛作了回答。在摩尼教中，救活之神就是净风（又称净风佛、净风光明使、采珠人）。

阐教与截教的两军对峙，道人之间的斗宝、斗法，与摩尼教二宗三际说之中的斗争在叙事结构上是完全契合的。以《封神演义》中的黄河阵为例，截教这边的云霄、碧霄、琼霄三仙姑摆下九曲黄河阵，菡芝仙、彩云仙子助阵，阐教那边的杨戬、金吒、木吒、赤精子等玉虚门人十二弟子都被混元金斗摔进阵中，老子所见，"众门人似醉而未醒，沉沉酣睡"。[①] 这似乎就是先意佛最初败北叙述的翻版。

---

① （明）许仲琳著，王维堤校点：《封神演义》，上海古籍出版社2011年版，第345页。本节引用《封神演义》文字，皆出自该版本。

道人的灵魂不会死去，即使他们被恶魔、暗魔吞噬，仍然能够被召唤活过来。当我们将《封神演义》里阐教、截教之间的斗法、斗宝以及其间一部分人物死去而又能复生的叙事，与摩尼教的神话联系起来对照看，就会惊叹于二者惊人地相似。类同性的背后，往往隐藏着别一种逻辑关系。《封神演义》中那些死去的将帅，似乎也没有什么悲怆感，因为他们最终都被封了神。

7. 封神

在《封神演义》的叙事中，最有意思且最值得反思的就是，无论是阐教派还是截教派，他们本来是对立的死敌，可是死后竟然不分善恶地都被姜子牙封了神。死亡在《封神演义》中似乎并不是什么大不了的事，因为死后或者能够复活，或者被封神。无论是截教派，还是阐教派，他们在面对死亡的时候，一般来说，并没有流露出一丝一毫的恐惧或厌恶的态度。相对来说，他们都表现得比较坦然，这一点就与摩尼教的死亡观十分契合，即死亡不过是光明分子的解放。

摩尼教的死亡观认为，人类的肉体来自黑暗，灵魂来自光明；肉体囚禁着灵魂，也就是黑暗分子囚禁着光明分子；只有人类的肉体被消灭了，光明世界才能到来。此其一。其二，摩尼教与弥勒教的教义颇为杂糅，而在地化的弥勒教倡导杀人。其逻辑为人生是苦的，杀其人是救其苦；杀人即度人，帮其解脱。"杀一人者为一住菩萨，杀十人者为十住菩萨。"[①]《十住经》中讲，十住菩萨即十地菩萨，十地菩萨是仅次于释迦牟尼的果位。十地菩萨，化利众生，大慈如云。南宋吃菜事魔"谓人生为苦，若杀之，是救其苦也，谓之度人。度多者，则可以成佛。故结集既众，乘乱而起，甘嗜杀人"[②]。从弥勒教、摩尼教的教义来看，它们认为杀人是功德，是救人解脱。因此，《封神演义》中的死亡叙事似乎仅仅是一个斗法的游戏。

不仅如此，《封神演义》中的封神，还有一个摩尼教的宗教背景，

---

① （北齐）魏收：《魏书》，中华书局1974年版，第2册，第445页。
② （宋）庄绰撰，萧鲁阳点校：《鸡肋编》卷上，中华书局1983年版，第12页。

那就是灵魂的末日审判。摩尼教像其他宗教一样，也认为人的灵魂不死，或者说，灵魂可以轮回再生。人的肉体死后，灵魂来到平等王夷数（耶稣）面前，接受审判，善者被少女引入光明王国；恶者被老妖婆引入地狱；善恶兼具者被送进混合之路，即又回到了人世间。①《封神演义》中的封神，实质上虽然是灵魂的审判，但在叙事上却是本土化为不分善恶，魂灵皆被姜子牙封神，因为在中国神话中，没有末世审判的宗教意识。

8. 不嫁娶

摩尼严禁教徒结婚。或曰，摩尼教既然反对婚媾、反对人的生产，那么阐教这一边为什么出现了两对夫妻，即邓婵玉与土行孙、洪锦与龙吉公主的婚姻？《封神演义》中的婚姻叙事，其实应该从其结果来看作者真实的创作意图。这两对夫妻最后都战死了，这恰恰表明了阐教对待婚姻的真实态度。

据说，摩尼被捕后，波斯大法官问他："你主张禁止婚姻，以促使世界的毁灭吗？"摩尼说："是的。我们应当断绝子孙，使世界光明。"② 摩尼也正是由于这个原因被波斯国王下令钉死、剥皮填草的。

摩尼教的"二宗三际说"，其中的二宗，即明、暗各宗。然而，对摩尼教二宗之理解，传入中土后亦有具体化者，如良渚在《斥伪志》中说："二宗者，谓男女不嫁娶，互持不语，病不服药，死则裸葬等。"③从中得知，明教教徒恪守男女不嫁娶的规约，并不是朝廷或有些人所污蔑的那样夜聚晨散，男女淫乱野合。在这一点上，水浒好汉的婚姻状态可以做旁证。梁山泊一百零八好汉，只有三对夫妻，况且，他们都没有生育。当时水浒好汉恰好是青壮年，但是他们绝大多数都不婚娶，这并非西方学者所谓的厌女症，而是因为他们本是明教信徒。

---

① [德]克林凯特：《古代摩尼教艺术》，林悟殊译，中山大学出版社1989年版，第38页。
② E. Sachau (ed.), *The Chronology of the Ancient Nations*, London: W. H. Allen & Co., 1879, p. 405.
③ （宋）志磐撰，释道法校注：《佛祖统纪校注》（下），上海古籍出版社2012年版，第932页。

9. 国师

姜子牙是《封神演义》中的第一主人公。那么，为什么是姜子牙而不是周武王成为全书的主人公呢？姜子牙是周武王的太师、国师。在历史上，摩尼曾经做过波斯国王的国师，并随同军队出征，为国王出谋划策，相当于军师。763 年，摩尼教成为回纥的国教之后，摩尼教教首就成为回纥（788 年改为回鹘）可汗的国师。《资治通鉴》云，可汗或与议国事。国师制度与回鹘国相始终，直至它被黠戛斯灭掉。《封神演义》的叙事崇奉国师，与摩尼教、祆教、佛教、婆罗门教等都有关联，而摩尼教尤甚。

《册府元龟》记载："摩尼，回鹘之佛师也。"[①] 宋人对摩尼教一知半解，因此将摩尼视作佛教回鹘的国师。摩尼教国师对回鹘政治的影响力很大，只有少数几个可汗因为反对摩尼教而驱逐摩尼教国师。它直接影响了中国古代说唱艺术及其话本叙事，像《三国演义》《水浒传》《封神演义》中的诸葛亮、吴用、姜子牙等都是小说叙事中国师或军师一类的人物。

10. 树枝

在《封神演义》中，西方教准提道人的武器是一株树枝，即七宝妙树。西方教是阐教的盟友，帮助阐教破了截教通天教主的灭仙阵。准提道人手中的武器即树或树枝在摩尼教中颇为多见，且至关重要。摩尼教神话中有生命树，扎根于东、北、西三方，即光明王国之中。为什么不扎根于南方？因为南方为黑暗王国。摩尼教《下部赞》云："敬礼称赞常荣树，众宝庄严妙无比。"教主摩尼降诞，"石榴树枝呈瑞"。[②]

神话中的树或树枝，诸如幼发拉底河河畔栽着"弗鲁普树"（可能是柳树）、北欧神话中的世界树、伊甸园里的生命树智慧树、婆罗门教的死而复生树、佛教观世音的柳树枝、琐罗亚斯德教中的万种之树、波斯神话中的生命树古卡恩树、摩尼教的三干树、景教的棕树树

[①] （宋）王钦若等编：《册府元龟》卷 976，中华书局 1960 年版，第 11468—11469 页。
[②] 林悟殊：《摩尼教及其东渐》，中华书局 1987 年版，第 234 页。

枝等，都具有神奇的宗教叙事功能。据《吉尔伽美什：巴比伦史诗与神话》的叙述，伊南娜下冥府需要过七重门，过第二重门时，"探测用的树枝和天青石色的绳索，便从她手中取走"。① 佛教中的观世音，有三十二相，其中之一就是她手执柳树枝和净瓶，是为杨柳观音。罗马角斗士是奴隶，当他拼杀赢了，国王如果送给他一根树枝，他就获得了人身自由。

在《阿维斯塔》中，有一种叫作巴尔萨姆或巴雷斯曼（Barsom/Baresman）的植物，是致祭行礼时手持的细枝（石榴树枝或柽柳树枝），教徒们手持巴尔萨姆枝，恭敬祈祷，对阿胡拉创造的有益植物表示感谢。② 巴尔萨姆枝是礼赞神祇的媒介，被视作圣枝，在《阿维斯塔》中多处出现："马兹达·亚斯纳教徒手持巴尔萨姆枝来到她身边"（第133页），琐罗亚斯德手持巴尔萨姆枝向阿娜希塔致祭行礼（第135页），"阿娜希塔像往常一样，手持巴尔萨姆枝，耳边垂戴四角形金耳环，秀美的脖颈上套着项圈"（第141页）……在琐罗亚斯德教神话中，阿梅沙·斯鹏塔指的是六位"永生的圣者"，其中的阿穆尔达德女神手持植物，象征着"不朽"。现已出土的骨瓮上，出现的手持植物的女神就是阿穆尔达德，在图像中她表达了死者家属的意愿：但愿死者再生。

植物可以使死人重生的神圣性叙述，最早似乎可以追溯到美索不达米亚神话。伊南娜下地府，阿努那众神审判了她，她被杀，尸体挂在了钩子上。恩基创造了库尔迦鲁和卡拉图鲁，给予他们能使人起死回生的植物和水。他们来到地府，往伊南娜身上洒水，让她吃下植物，"因此伊南娜复活了"。③ 琐罗亚斯德教是伊斯兰教诞生之前西亚最有影响力的宗教，两河流域伊南娜的神话影响广远，因而琐罗亚斯德教

---

① 《吉尔伽美什：巴比伦史诗与神话》，赵乐甡译，译林出版社1999年版，第126页。
② [伊朗] 贾利尔·杜斯特哈赫选编：《阿维斯塔——琐罗亚斯德教圣书》，元文琪译，商务印书馆2005年版，第109页。
③ [英] 查尔斯·彭格雷斯：《希腊神话与美索不达米亚：荷马颂歌与赫西俄德诗作中的类同和影响》，张旭等译，陕西师范大学出版总社有限公司2019年版，第14页。

经典中多见植物复生不死之崇拜。

摩尼教也继承了琐罗亚斯德教关于树枝神圣功能的叙述。在摩尼教素画中，有三干树，花果繁盛，象征着光明王国的三个方向；也有手持花或树枝的供养人等，花与树枝表征着摩尼教的荣光。摩尼常用两种树来表达二宗的概念，一曰光明活树，一曰黑暗死树。光明活树又称为生命树、善树、甘树、常荣宝树等。黑暗死树又称为五毒死树。准提道人手里的树枝却是武器，且法力无穷，将孔宣打败收伏，从而表现植物尤其是七宝妙树树枝的光明分子之力量。

11. 呼神—应神

或曰，《封神演义》的叙事缺乏艺术性，一旦阐教派失利或失败，就会有神祇自动出场，而无须求助，这不符合情理真实。有的读者觉得《封神演义》在紧要关头神祇不请自来，叙事技巧过于蹩脚，远不如《西游记》唐僧遇难，或者孙悟空斗不过妖魅鬼怪的大多数情况下，孙悟空、猪八戒或沙僧甚至白龙马也曾上天入地去求救兵合乎情理，令人信服。

其实，《封神演义》中神祇人物的自动到场之叙事，是摩尼教的呼神、应神的模仿叙事。在摩尼教中，神祇不是生育的，而是大神呼唤出来的。他们一起来到黑暗王国，活灵呼唤先意佛，先意佛作了回答。这一呼一应就产生了两个神，一为呼神，一为应神，分别成为活灵及先意佛的第六子。在摩尼教神话中，每逢需要时神祇就会自动出现。受摩尼教神话的影响，《封神演义》的叙事也是如此，每逢阐教会员遇到困难，或者姜子牙无可奈何之际，总会有神祇自动出现，不请自来，这不就是呼神—应神的模仿性叙事吗？只有在摩尼教呼神—应神的叙事框架中，才能真正理解并体会到《封神演义》此类叙事的艺术魅力。

12. 老爷、公等称谓

在《封神演义》中，老子、元始天尊、通天教主等都是教首，被其教徒称呼为"老爷"。在《封神演义》中，出家人为什么自称或被称为"老爷"？这是受了摩尼教影响的缘故，因为在摩尼教中，教首一般被称作"老爷"。例如，中国历史上的钟相、杨幺洞庭湖起义，义军首领钟相、杨幺等都被教徒们称作"老爷"。钟相自号"老爷"。杨幺也被称为"老爷""大圣天王"。① 在《西游记》中，孙悟空有时候自称"老爷"，有人也称其为"孙老爷"。《水浒传》中的水浒好汉也喜欢自称"老爷"。《封神演义》中的教首也被其徒子徒孙称为"老爷"。这一称谓表明了什么？伦理身份的一致性，表明文化生态背后深层结构的一致性。

姜子牙被称为"子牙公"，试问，为什么称"公"？摩尼教传入中土，教主摩尼被佛教化为五佛之一，即摩尼光佛。但是，他一般被称作"摩尼公"，霞浦的石刻就是明证。历史上的方腊也自称"圣公"，而不是"皇帝"或"天王"。他们为什么不称王称帝，而是称公？不做老大的身份意识，是不是与东传的摩尼教一度与总教廷隔断，最高职位为穆阇有关？

13. 花冠、金花、簪花

《封神演义》中的花冠、璎珞、妙衣之叙述，也具有鲜明的摩尼教特征。摩尼教的三大胜为：花冠、璎珞万种、妙衣串佩。"诸神打开了繁荣的天堂之门，花环、花冠和王冕已赐予了我们……"② 《下部赞》写道："若至无常之日，脱此可厌肉身。诸佛圣贤，前后围绕：宝船安置，善业自迎，直至平等王前。受三大胜，所谓'花冠、璎珞万种、妙衣串佩'。"③《摩尼光佛》记载，摩尼降诞之时，正是手里拿着花从母体出来，携花而诞，岂不表明了"愿将花蕊接迷情"的宗教情怀？

文殊广法天尊破天绝阵，为了保护自己，"顶上有庆云升起，五色毫光内有璎珞垂珠挂降下来，手托七宝金莲"（第303页）。赵公明骑黑虎，提鞭赴阵，"三花聚顶自长春"（第316页）。赤精子破姚天君的落魂阵，"将顶上把庆云一朵现出，先护其身；将八卦紫寿仙衣明现

---

① （宋）徐梦莘：《三朝北盟会编》（附索引），上海古籍出版社2008年第2版，第996页。
② Hans-Joachim Klimkeit (trans.), *Gnosis on the Silk Road: Gnostic Texts from Central Asia*, New York: Harper Collins Publishers, 1993, p.134.
③ 林悟殊：《摩尼教及其东渐》，中华书局1987年版，第263页。

其身，光华显耀，使黑砂不粘其身，自然安妥"（第327页）。姜子牙被吕岳困在瘟瘟阵，全靠阵内金花千百朵保护其身（第564页）……诸如此类的描述，反映了《封神演义》叙事的宗教背景。

甲种吐火罗文《福力太子因缘经》写道，精进具足者在深水里走了七天，踩着莲花，越过了满是毒蛇的七重壕沟，终于从龙王那儿得到了如意宝。我们看，《封神演义》中金莲、金花的保护作用，与上述莲花的保护作用，可以说是完全一致的。

《魏书》记载："（康国）其王索发，冠七宝金花。"①《旧唐书》记载，波斯国王"冠金花冠，坐狮子床"。②唐代为唐玄宗专门驯养斗鸡的贾昌，头戴金花冠。准提道人"髻上戴两枝花"。黄飞虎、洪锦"各挂红簪花"。水浒好汉蔡庆绰号为"一枝花"。为什么大老爷们儿头上插着一朵花？男子头上插花成为习俗，始自中晚唐；在宋代，已经成为一种时尚。张说诗云"绣装帕额宝花冠"。花冠乃摩尼教三大胜之一，金花、金花冠、莲花、一枝花等是不是与花冠的宗教底蕴有关联？

14. 造反

本土化的摩尼教，在中国历史上组织过多次底层暴动或起义。北朝的弥勒暴动，被看作摩尼教造反。"早在西元六世纪初，摩尼教就有大规模的造反运动。"③

关于周武王伐纣，历史上有过多次争议，或以为犯上作乱，或以为仁义之师；或以为悖逆，或以为正义；或以为是放杀，或以为是受命。

齐宣王问曰："汤放桀，武王伐纣，有诸？"孟子对曰："于传有之。"曰："臣弑其君，可乎？"曰："贼仁者谓之贼，贼义者谓之残。残贼之人谓之一夫。闻诛一夫纣矣，未闻弑君也。"④

从中可知，晚至战国时期，齐宣王依然以为周武王伐商纣王是

---

① （北齐）魏收：《魏书》，中华书局1974年版，第6册，第2281页。
② （后晋）刘昫等：《旧唐书》，中华书局1975年版，第16册，第5311页。
③ 马西沙：《历史上的弥勒教与摩尼教的融合》，《宗教研究》2003年第1期。
④ （清）焦循撰，沈文倬点校：《孟子正义》（上），中华书局2015年第2版，第158页。

"臣弑其君"。伯夷、叔齐曾叩马而质问周武王曰:"父死不葬,爰及干戈,可谓孝乎?以臣弑君,可谓仁乎?"① 贾谊《新书》亦云:"殷汤放桀,武王弑纣,此天下之所同闻也。为人臣而放其君,为人下而弑其上,天下之至逆也。"② 孟子则认为,不仁不义者为"一夫",不是君或上,从而独夫民贼人人皆可以诛戮;商纣王为"残贼之人",故可诛杀。张九成不同意孟子的"诛一夫"论,他说:"孟子直以一夫名之,不复以君臣论,其可怪也……武王虽圣人,人臣也;纣虽无道,君也。……孟子更不以君臣论其意,直曰行仁义者乃吾君,残贼仁义者乃一夫耳。虽尊临宸极,位居九五,不论也。"③

《尚书·牧誓》是记载商纣王罪恶最早的文献,它说:"今商王受,惟妇人言是用,昏弃厥肆祀,弗答;昏弃厥遗王父母弟,不迪,乃惟四方之多罪逋逃,是崇是长,是信是使,是以为大夫卿士,俾暴虐百姓,以奸宄于商邑。"④ 从中可知,商纣王并没有"樊炙忠良""刳剔孕妇"、宠爱妲己、酒池肉林、举炮烙、杀比干等。顾颉刚在《纣恶七十事的发生次第》中梳理出从先秦直到晋代商纣形象的演变史,并认为晋代之后关于商纣的恶行之所以没有新的发展,"这或者因为纣的暴虐说到这等地步,已经充类至尽,再也不能加上去"。⑤ 在《封神演义》中,周武王、姜子牙等人明目张胆地造他们国君商纣王的反,其理据是什么呢?从小说文本来看,其理据就是周武王列举的商纣王的五条罪状和姜子牙补充的五条罪状,即十大罪状。这十大罪状,今天看来,皆十分可笑,虽然已经"欲加之罪,何患无辞",然而依然不能令人信服。

摩尼教之反叛精神渊源有自,因为无论是其神话还是其教义,都明确主张人类肉体的死亡就是解放体内拘囿的光明分子。摩尼教传入

---

① (汉) 司马迁:《史记》,中华书局1959年版,第7册,第2123页。
② (汉) 贾谊:《新书》,商务印书馆1937年版,第109页。
③ (宋) 张九成著,杨新勋整理:《张九成集》,浙江古籍出版社2013年版,第728—729页。
④ 《十三经注疏》本,上海古籍出版社2007年版,第183页。
⑤ 顾颉刚:《纣恶七十事的发生次第》,载顾颉刚编著《古史辨》第2册,上海古籍出版社1982年版,第92页。

中国，本土化为明教。明教与其他民间宗教大杂烩为白莲教，白莲教在中国历史上策划、领导多次底层暴动。这与摩尼教的拯世理想及其造反精神密切相关。

15. 屠龙

在《封神演义》中，哪吒还做过一件事，也与汉民族传统文化相抵牾，那就是他屠龙，杀死东海龙王三太子，取其筋，做成绦带子。在汉民族文化中，龙是神圣的四灵之一，龙是祥瑞的符号，龙是通天的神兽，龙是威严不可侵犯的，也是无上尊贵的。它往往与皇帝相等同，皇帝为真龙天子，龙是皇帝的隐喻，是皇权的象征。黄帝以龙为图腾，黄帝将亡，则黄龙坠。夏人以龙为图腾，禹平天下，二龙降至。然而，在《封神演义》中，哪吒竟然将龙王三太子打死，还抽了他的筋，在汉文化语境中，这是令人不可思议的。

但是，当我们放眼大西域文化，就会发现伊朗和印度的雅利安人神话中，蛇（龙）是妖魔的化身，是邪恶的表征。在印度神话中，龙王即蛇王。印度神话中的蛇王弗栗多，它最大的罪恶就是对"七河之水"的束缚，后被因陀罗用雷电斩杀。伊朗的蛇形巨妖阿日达哈克，意思是"狰狞可怖的巨龙"。它有三张嘴、三个脑袋、六只眼睛，千变万化，法力强大，是丕什达德诸帝王英雄的主要对手。阿日达哈克，又名扎哈克，它是阿赫里曼为损害尘世和破坏真诚世界而制造出来的元凶，曾代表阿赫里曼与阿扎尔争夺灵光。伟大英雄伽尔沙斯布手持千斤狼牙棒，"击败和杀死了头上生角的巨龙——那遍体流脓的怪物，喷出的黄色毒液高过梭镖，吞噬的人畜无以计数"。[①] 印伊神话中颇多与龙斗争、杀龙的叙述，例如："金黄色的胡姆，拿起武器，向穷凶极恶的黄色巨龙开战！"[②] 从这个角度来看，哪吒的原型及其故事，来自西域神话。而《封神演义》中哪吒的屠龙，也是异域神话文化在中

---

① [伊朗] 贾利尔·杜斯特哈赫选编：《阿维斯塔——琐罗亚斯德教圣书》，元文琪译，商务印书馆2005年版，第87页。

② [伊朗] 贾利尔·杜斯特哈赫选编：《阿维斯塔——琐罗亚斯德教圣书》，元文琪译，商务印书馆2005年版，第92页。

华艺术中的留痕。

16. 叛逆

《封神演义》的叙述，充斥着对儒家传统伦理思想的反叛。这一伦理道德思想上的革命，并非阳明心学的主张，因为即使是传统文人所痛斥的李贽，他离经叛道，却依然没有反对三纲五常，他主要是反对礼教之虚伪。也就是说，封神榜中的叛逆思想，另有来源，笔者以为其源头就是摩尼教。

商纣王的两位太子殷郊、殷洪因为不弑父，反而遭受或犁锄而死或化为飞灰，这与传统的儒家伦理何其相悖谬。其实，《封神演义》的这一叙事，还是经过改编而成的。在《武王伐纣平话》中，殷郊写作殷交，直接将其父亲商纣王砍了头，从伦理道德来看，这在汉文化生态里更离谱。据平话，殷交出生的目的就是推翻他父亲的江山。"姜皇后有一太子，名曰景明王，号为殷交。"① 殷交名曰"景明王"，此三字可深思：景、明或景明，皆与光明崇拜相关。他弑父的原因是为母报仇。周武王带兵攻进朝歌，"言罢，一声响亮，于大白旗下，殷交一斧斩了纣王"。② 杀死亲生父亲，在三纲五常伦理文化框架中难道没有伦理上的悖逆吗？

《封神演义》第二十九回，写崇黑虎捉拿兄长崇侯虎献往周营，显然违背了儒教"悌"的伦理原则。周文王对崇黑虎的陷害兄长之行为很不以为然，心想："是你一胞兄弟，反陷家庭，亦是不义。"（第194页）然而，姜子牙却认为，崇黑虎是大义灭亲，是"奉诏讨逆，不避骨肉，真忠贤君子、慷慨丈夫"（第194页）。伦理道德从来是历史的、族群的、政治的，其间的所谓善恶区分即使是当下，依然是立场的判断。

在《封神演义》中，存在封建社会三纲五常伦理道德叙事价值判断的两套标准。正如有的学者所言，凡是站在周立场的，都是善；凡

---

① 丁锡根点校：《宋元平话集》（上），上海古籍出版社1990年版，第421页。
② 丁锡根点校：《宋元平话集》（上），上海古籍出版社1990年版，第480—481页。

是站在殷立场的，都是恶。周武王被塑造成了善的化身，商纣王则被丑化为恶的代表。子贡曰："纣之不善，不如是之甚也。是以君子恶居下流，天下之恶皆归焉。"① 后人将所有的恶皆归之于商纣王，商纣王于是经过《封神演义》的艺术化渲染成为恶的箭垛式人物。为什么说《封神演义》在道德判断上存在两套标准呢？就徐芳而言，他与侯黑虎一样都曾把乃兄出卖，然而姜子牙如前所述对崇黑虎赞不绝口，却对徐芳破口大骂："你擒兄已绝手足之情，为臣有失边疆之责，你有何颜尚敢抗礼？此乃人之禽兽也！"（第568页）道德判断从来就是一个政治立场的问题。

二 截教是祆教的变身

1. 火神

在《封神演义》中，火部正神罗宣，被封为火德星君。火德星君是天上的火星。截教阵营中的火龙岛焰中仙罗宣，其姓名是粟特语"Roshān"的记音字。有学者（Henning）认为，安禄山之"禄山"也是这个粟特语的记音字②。"Roshān"的意思是火神、光明之神、战神。琐罗亚斯德教崇尚火。在中亚的祆教中，光明之神同时又是战神、胜利之神。刘海威认为，罗宣的形象主要来自祆教神祇（Weshparkar），该神在波斯历法中指代火星，正合中国火德星君的身份。③ 该神是祆教中的风神，风神何以成为战神？笔者认为，其间的逻辑关系可以到摩尼教中寻找，因为在摩尼教的神话里，净风是风神，同时又是战神。罗宣扶持闻仲和商纣王，是截教中人物，因而表明截教与祆教之间内在的密切关系。

刘海威认为，刘环是燃料"硫黄"的谐音④，此说甚有道理。罗

---

① 杨伯峻译注：《论语译注》，中华书局1980年版，第203页。
② E. G. Pulleyblank, *The Background of the Rebellion of An Lu-shan*, London: Oxford University Press, 1955, pp. 15–16.
③ 刘海威：《也论祆神与火神之融合——以小说〈封神演义〉为例》，《世界宗教研究》2012年第3期。
④ 刘海威：《释〈封神演义〉中的"接火天君"刘环》，《文史知识》2016年第2期。

宣、刘环如果仅仅从姓名来看，他们都是汉文化的产物。然而，正如刘海威所揭示的，他们都与祆教有密切的关系，都与火相关。如果没有祆教的相关知识，就不会发现"罗宣"竟然是"Roshān"的音译，也不会注意到刘环竟然是"硫黄"的谐音。

《封神演义》中的五火七禽扇、三昧真火、火鸦、火龙、火马等都有法宝或武器的功能，在阐教和截教的斗争斗法中有极大杀伤力。例如，杨任用道德真君送给他的五火七禽扇将瘟神吕岳烧成了灰烬。这表明，火作为武器，皆被阐教、截教所使用。然而，火神、火妖、烈焰阵等却都属于截教阵营。

2. 火妖

琐罗亚斯德教崇尚火，因此《封神演义》中截教这一边有火神罗宣，以及与火相关的马善、烈焰阵阵主白礼天君等。他们都是属于截教阵营的道人。第六十三回中马善出现时，韦护说到其出处："世间有三处，有三盏灯：玄都洞八景宫有一盏灯，玉虚宫有一盏灯，灵鹫山有一盏灯，莫非就是此灯作怪。"（第439—440页）马善是燃灯道人琉璃灯的灯焰，是火妖，神通广大，被生擒之后，砍去一个头又生出一个头。姜子牙对此束手无策，无可奈何。正是陆压用斩妖飞刀才将马善砍头的。

陆压为什么能够斩杀火妖马善？因为陆压为"火内之珍，离地之精，三昧之灵"，他虽然是散人，即不属于阐教的阵营，却是热心帮助阐教的仙人。在《封神演义》中，仙人比神还高一等。陆压既然是"火精"，自然比火更高一筹；结合中土五行之"土灭火"，将其命名为"陆压"，隐寓土压火、火灭之义。

3. 动物、飞禽

在《封神演义》中，阐教一派讽刺嘲笑截教教内人员混杂，甚至有禽兽。通天教主质问道："广成子，你曾骂我的教下不论是非、不分好歹，纵羽毛禽兽亦不择而教，一体同观。"（第539页）阐教人士为何对禽兽有偏见？

通天教主的罪名之一，竟然是收徒弟不甄选，就是招收徒弟良莠不分，甚至有动物。在《封神演义》中，孔雀、猿、狗、羊、猪等都是截教这一边的。动物为什么站在截教这一边？按照小说的叙述，是因为通天教主不加区别地收徒。其实，琐罗亚斯德教的教义倡导爱护动物。例如，鞭打动物或者使它挨饿，属于犯罪之列。

在《封神演义》中，梅山七怪都是动物：白猿（袁洪）、水牛（金大升）、狗（戴礼）、野猪（朱子真）、蜈蚣（吴龙）、白蛇（常昊）和山羊（杨显）。梅山七怪这些动物精，他们拥护商纣王，站在截教这一边，与阐教作战。琐罗亚斯德教认为，狗、鸡、猪等都是善的表征，并且是阿胡拉·马兹达行善的得力助手。祆教认为，狗可通神。"它是一切邪恶者的克星，它一旦狂吠，则将向可厌者猛扑。"[①]狗帮助斯罗什神抵抗谎言，守护在裁判之桥入口，与密特拉、斯罗什一起进行灵魂审判。人死之后，仪式上须举行犬视，以祛除尸体上的尸毒。琐罗亚斯德教《创世记》载："若无牧羊犬与护家犬，家庭则无法重建。通过消除痛苦，猪保护了世上的人类和牛，它的眼睛能够消除污染。猪像犬一样，驱除痛苦，它的肉能消除人类的污染和痛苦，以达治疗之功效。"[②] 公野猪、牛、羊在祆教中都是战神的化身形象。据琐罗亚斯德教圣经《阿维斯塔·亚什特》第 14 篇，战神"Verethraghna/Bahram"有十大化身：公牛、白马、骆驼、公野猪、青春少年、"Vareghna"鸟、公绵羊、野山羊、狂风、一个武装的战士。[③] 然而，在摩尼教中，猪是一个被厌恶的对象：二宗即光明与黑暗，光明比之于国王，黑暗比之于猪猡。"光明在适合它的地方存在，犹如在王宫里；黑暗就像猪猡，在泥潭中打滚，吞吃甚至贪恋污秽，它也像爬进洞里的蛇一样。"[④] 两相对照可知，梅山七怪的宗教文化背景正是祆教，而不是摩尼教，所以他们站在截教的立场上。中国山西晋中介

[①] 魏庆征编：《古代伊朗神话》，北岳文艺出版社、山西人民出版社 1999 年版，第 163 页。
[②] Ph. Gignoux, "Dietary Laws in Pre-Islamic and Post-Sasanian Iran", *Jerusalem Studies in Arabic and Islam*, Vol. 17, 1994, pp. 20, 29, 38.
[③] 元文琪：《二元神论——古波斯宗教神话研究》，商务印书馆 2018 年版，第 212 页。
[④] 马小鹤：《光明的使者——摩尼与摩尼教》，兰州大学出版社 2013 年版，第 27 页。

休的袄神楼是北宋文彦博建造的，祭祀白猿，此处的袄神即白猿。这充分证明了截教叙事的宗教根源为袄教。在《封神演义》中，白猿、狗、猪、羊、牛等都被写成反派，因而可以证明截教是袄教在中土艺术世界里的在地化。

在琐罗亚斯德教中，鸡尤其是公鸡是善禽、圣禽，是斯劳莎的化身，享有崇高的地位。斯劳莎负责向阿胡拉·马兹达传达人类遭受的苦难，他负责守护魂灵不受恶魔的侵扰，他和密特拉、拉什努一起在冥界对魂灵进行审判。在《封神演义》中，女娲为了惩罚商纣王，灭掉商，特悬出招妖幡，招来九头雉鸡精，化身美女，祸害纣王。显然，九头雉鸡精是邪恶的表征，它与袄教中公鸡的精神相悖，这是小说对袄教的反对处。从动物伦理叙事可知，截教叙事的背后就是袄教的文化底蕴。

羽翼仙是大鹏金翅雕，在《封神演义》中是一个大反派，后被燃灯道人收伏。孔宣为一只目细冠红孔雀，也是站在截教阵营里的，神通广大，英雄无敌，后被准提道人收伏。在佛教故事中，孔雀是佛陀之母，大鹏金翅鸟是其护法。然而，在《封神演义》中，它们都是广成子所谓的"羽毛禽兽"之流。

龟灵圣母的原型为大乌龟，元王朝以前乌龟在汉文化中一直是正面的，为四灵之一。《礼记·礼运》中写道，麟、凤、龟、龙谓之四灵。乌云仙的原身乃金须鳌鱼，鱼在汉文化中也是吉祥的，如鲤鱼跳龙门、连年有鱼（余）等。虬首仙的原形为青毛狮子。金光仙乃是一只金毛狮。狮子在南亚被视作百兽之王，君临天下，因而与王权联系在一起。佛陀出身王权，在早期佛教中，狮子为佛陀的象征。狮子在佛教中是灵物，然而在西亚、中亚的图像中经常是帝王狩猎的对象。在琐罗亚斯德教中，狮子由恶灵驱遣，被称为"dadān"，即野兽，而非恶兽。灵牙仙乃一只白象。印度神话中有象头神，是印度人所喜欢的财神。然而，象、狮子、鱼、龟在《封神演义》中竟然都是反派人物，这表明小说叙事极有可能反映了中亚或西亚的传统文化立场。

根据帕拉维语《本达希申》，动物是神主霍尔莫兹德创世时用火造出来的。① 在琐罗亚斯德教中，动物与火相关，且属于火（光）崇拜系列。琐罗亚斯德教律法规定，恶魔阿里曼创造的邪恶动物，包括爬行动物、昆虫、猫科、狼和其他的食肉动物。狮子属于猫科，因此它在琐罗亚斯德教中往往以邪恶的形象出现。在西游故事、封神榜故事中它都是大反派。

动物在封神榜叙事中为什么是反派？这还可以从摩尼教对动物、植物的神话认知来解释。摩尼教虽然吸收了部分琐罗亚斯德教中的教义，但是显然它对动物有自己的看法。如前所述，摩尼教的神话认为，雄魔的精液射到地上，成为植物。雌魔流产，其排泄物掉在地上，吞吃植物，互相交配繁殖，变成种种动物。动物、植物都含有光明分子，但是"各种植物，尤其是瓜果菜蔬所含的光明分子比动物要多，因而竭力宣传素食，以增加人体的光明成分"。② 植物是大神用水创造的。水与火都是雅利安人所崇拜的，但是到了摩尼教中，水似乎比火更受崇拜。

在摩尼教看来，动物身上藏有更多的黑暗分子。并且，在黑暗王国里，"诸恶禽兽交横走，蕴集毒虫及蚖蝮"。③ 黑暗王国分为五个世界，分别住着五类魔：烟的世界里住着两足动物，火的世界里住着四足动物，风的世界里是会飞的动物，水的世界里生活着会游泳的动物，黑暗世界里是爬行动物。④ 恐怕正是摩尼教的教诲，才将动物如此贬低或丑化，将其视作敌人即祆教的阵营。

4. 女色

商纣王好色，引起了女娲的愤怒，这是殷商亡国的导火线，又是封神榜的由来，也是周与商之间战争的缘由。儒家认为，淫为万恶之源。截教站在商纣王这一边，扶持殷商朝廷，这就证明了其原型祆教

---

① ［伊朗］埃赫桑·亚尔沙泰尔：《波斯神话精选》，元文琪译，中国少年儿童出版社1991年版，第6页。
② 元文琪：《二元神论——古波斯宗教神话研究》，商务印书馆2018年版，第400页。
③ 林悟殊：《摩尼教及其东渐》，中华书局1987年版，第235页。
④ 马小鹤：《光明的使者——摩尼与摩尼教》，兰州大学出版社2013年版，第28页。

的部分教义，如琐罗亚斯德教主张，人三分之一的时间应该用于吃喝玩乐；男人应该娶妻，且应该使其怀孕。"祆教基本上是一种乐观主义、积极入世、不拒绝物质生活的宗教。"① 而摩尼教则不然，它提倡苦行、简朴、平等、互助、人类的灭亡等，教徒们年一易衣，日一受食，若得布施，不私隐用，自奉甚约，用财极公，乐于助人，陈垣认为此乃"不失为一道德宗教"。②

《封神演义》对女色的偏见和歧视可谓是比比皆是，如"昏君必荒淫酒色"（第9页）、"从来女色多亡国"（第16页）、九头雉鸡精、玉石琵琶精、妲己狐狸精、摆黄河阵的五位道姑、帮助闻仲的四位圣母等。沉湎酒色、荒淫无道乃历代亡国之由，这已成为中国古代文学一种叙述模式和阐释机制，商纣王自然也不例外。这一偏见和歧视，笔者怀疑与宗教尤其是摩尼教相关，因为摩尼教主张"男女不嫁娶，互持不语"。陆游《老学庵笔记》记载：明教教徒自己说"男女无别者为魔，男女不亲授者为明教。明教，妇人所作食则不食"。③

邓婵玉是阐教这一边的，但是小说仍然说："从来暗器最伤人，自古妇人为更毒。"（第390页）这就表明，作者此处没有站在阐教的政治立场上，而是站在阐教的宗教立场上。摩尼教、明教都对女子有一种宗教上的偏见。

《南游记》卷二《华光闹天宫烧南天宝德关》中有华生误破梭魔镜，放走二鬼，不过这二鬼一个是金睛百眼鬼，一个是吉芝陀圣母。《南游记》卷三也记述了一个"铁扇公主"，并说此女有铁扇一把，能扇人自会跌死。④ 将女神视作女鬼，显然对女性是有偏见的。何以如此？摩尼教对女性是有偏见的，所以它将女鬼归之为敌对方即截教。

5. 恶神

琐罗亚斯德教认为："最初两大本原孪生并存，思想、言论和行

---

① 龚方震、晏可佳：《祆教史》，上海社会科学院出版社1998年版，第60页。
② 陈垣：《摩尼教入中国考》，《陈垣学术论文集》第1集，中华书局1980年版，第370页。
③ （宋）陆游撰，李剑雄、刘德权点校：《老学庵笔记》，中华书局1979年版，第125页。
④ （明）吴元泰等：《四游记》，华夏出版社1994年版。

动皆有善恶之分。"① 教主琐罗亚斯德在《伽泰》第 30 节称："原初存在着善灵和恶灵，他们是孪生兄弟。"② 阿胡拉·马兹达与他的孪生兄弟安哥拉·曼纽处于不断的善恶争斗之中。这恐怕就是《封神演义》中"三教元来总一家"的由来，即鸿钧祖师"一教传三友"：老子、元始天尊、通天教主。其中，老子、元始天尊代表的是善，而通天教主代表的是恶，但他们都是"一家"，如同孪生兄弟。

固然，摩尼教曾借鉴、吸收了琐罗亚斯德教的部分教义、神祇，然而自摩尼教问世，它与琐罗亚斯德教就是对立而斗争的。摩尼教教主摩尼就是死于琐罗亚斯德教主教的谗言之下。既然二教为敌对关系，因此都说对方为恶，尽管彼此之间有相同或相通的成分在。

《封神演义》是站在阐教即摩尼教的立场上，因此它的叙事总是说截教即祆教为恶。截教以及商纣王营中的将领一般被封为恶神、邪神，如瘟神、痘神，还有七杀星、黑杀星、十恶星、天杀星、天瘟星等，从星官名上就可看出它们象征凶邪灾祸。其实，这恰恰表明，摩尼教的二宗或二祀之说，即关于善恶之斗争的说法，在《封神演义》中被艺术化、形象化了，即：摩尼教为善的代表，周为人世间的光明王国，而对方截教为恶的代表，截教为恶的大本营，商为黑暗王国，因此商和周之间的斗争就成为恶与善之间的斗争。

6. 黑暗王国

摩尼教的善恶观空间化之后，就是光明王国与黑暗王国。光明王国占据北方、东方和西方，黑暗王国占据南方。拙文《唐僧西天取经与波斯神话的间在性》曾探讨过为什么《西游记》中充斥着对南赡部洲的偏见，这与摩尼教的方位偏见有关。③ 摩尼教中的二宗光明与黑暗，表现在光明王国与黑暗王国之间的斗争。南方空间的三分之一，

---

① ［伊朗］贾利尔·杜斯特哈赫选编：《阿维斯塔——琐罗亚斯德教圣书》，元文琪译，商务印书馆 2005 年版，第 11 页。
② 龚方震、晏可佳：《祆教史》，上海社会科学院出版社 1998 年版，第 30 页。
③ 张同胜：《唐僧西天取经与波斯神话的间在性》，《连云港师范高等专科学校学报》2021年第 1 期。

也属于光明王国，因此光明王国的面积是黑暗王国的五倍。《论语·泰伯》云：周"三分天下有其二，以服事殷。周之德，其可谓至德也已矣"。①《封神演义》以光明王国比照周、以黑暗王国比作商，以阐教暗喻摩尼教、以截教隐喻祆教，从空间来看，既有其深意，也存在契合性。

  黑暗王国里面充斥着烟火、飓风、污泥、闷气、毒水，犹如地狱。黑暗王国里到处都是黑暗、邪恶、愚痴、肮脏、残暴、紊乱。黑暗王国有五重无明暗坑，分别居住着怨憎、嗔恚、淫欲、忿怒、愚痴五类魔。"他们有的是两只脚，有的是四条腿，有的是带翅膀，有的是会游水，有的是靠爬行。"②将《封神演义》中截教这一边的人员组成与摩尼教黑暗王国此处的描述相对照，二者有惊人的相似之处。《封神演义》将诸如大鹏金翅鸟、孔雀、白猿、白象等动物归为截教，看来不谓无由。

  截教阵营中的斗法、斗争等方式或手段似乎都与黑暗王国火、风、泥、气、水等物质有关。《封神演义》中罗宣为火神，火烧西岐城，"黑烟漠漠，红焰腾腾"。"罗宣将万鸦壶开了，万只火鸦飞腾入城，口内喷火，翅上生烟。又用数条火龙，把五龙轮架在当中，只见赤烟驹四蹄生烈焰，飞烟宝剑长红光，那有石墙、石壁烧不进去。又有刘环接火，顷刻齐休，画阁雕梁，实时崩倒。"（第446页）多亏了龙吉公主，应急出现——又体现了摩尼教应神的存在——以水克火，浇灭西岐火焰。

  《封神演义》中的十绝阵，从某种意义上来说，就是黑暗王国的另一幻相。"天绝阵""地烈阵""风吼阵""寒冰阵""金光阵""化血阵""烈焰阵""落魂阵""红水阵""红砂阵"十绝阵阵内，诸如"若人入此阵内，有雷鸣之处，化作灰尘；仙道若逢此处，肢体震为粉碎""上有雷鸣，下有火起。凡人、仙进此阵，再无复生之理""若人、仙进此阵，风、火交作，万刃齐攒，四肢立成齑粉"（第292—293页），

---

① 杨伯峻译注：《论语译注》，中华书局1980年版，第84页。
② 元文琪：《二元神论——古波斯宗教神话研究》，商务印书馆2018年版，第396页。

如此等等，与摩尼教黑暗王国的景观相对照，可谓有过之而无不及。

截教的法器或法宝，也带有摩尼教的宗教文化色彩。摩尼教尚白，白衣白冠；黑色往往与邪恶联系在一起。《封神演义》的叙述也体现了这一点。菡芝仙打开风袋，放出黑风。董全摆下"风吼阵"，坏了方弼。杨戬去求得定风珠，慈航道人头顶上有定风珠，当董天君摇动黑幡、黑风卷起时，此风不至，董全于是被慈航道人的清净琉璃瓶吸进瓶里了。风林把口一张，黑烟喷出，烟内有一粒珠，能把来将打下马来。请注意，截教是被否定、被贬斥、被丑化的一方，因而它的法器就是黑烟、黑气、黑风；而阐教是截教的敌对方，因而它总是关联与黑相对的白，如白鱼、白马、白莲花、白雾、白旗等。但亦非绝对如此，如骁勇善战的战士杨戬、马善、黄天祥、张桂芳、武吉、姜文焕、袁洪等的坐骑皆为白马。白与黑分别为善恶双方，渊源有自。印度婆罗门尚白，白衣；而佛教则为缁衣，在印度佛教为外道之一。在《封神演义》中，作者所拥护的阐教一方，以白色为主；而作者所反对的截教一方则以黑色为主，虽然摩尼教与祆教皆尚白。

7. 宝物

在中国文学史上，西域粟特人以善于鉴宝、识宝而闻名。在《封神演义》中，阐教与截教之间的政治斗争，从某种意义上甚至可以说，其实就是彼此之间的宝物大战。刘上生认为，《封神演义》"诸法宝各有所长，也各有所短，互相逞能，出奇制胜，构成令人眼花缭乱的情节跌宕"。[①] 林辰指出，《封神演义》在艺术上有三奇，其中之一是"发明了一批奇异的武器。……种种法宝，千变万化，各有威力。但是一物降一物，相生相克，曹氏兄弟的落宝金钱，因为取落宝之义，即使大罗金仙的定海神珠也能落下，而一条普通的铁鞭却可以打落金钱，断送了二人的性命"。[②]

《封神演义》中的商周大战，其表现形式就是各种宝物、法器之

[①] 刘上生：《中国古代小说艺术史》，湖南师范大学出版社1993年版，第230—240页。
[②] 林辰：《神怪小说史》，浙江古籍出版社1998年版，第309—310页。

间的比较和斗争。日用器物也可以成为宝物或法器，如飞刀、葫芦、绳索、宝珠、净瓶、宝镜、宝扇，等等。另一类宝物是从日用器物衍变而来，例如姜子牙的打神鞭，广成子的番天印，惧留孙的捆仙索，哪吒的乾坤圈等。斗法中的宝物具有诸如道教、佛教、祆教、明教等宗教文化之渊源，而明教与祆教之争斗主要表现在宝物中火元素、水元素的相生相克上。

《封神演义》中的商周斗争，艺术化为阐教和截教之间的善恶斗争，具体的斗争形式则有斗法或斗宝。其中，斗宝的意识，似乎与西域粟特人相关联。粟特人是商业民族，即使是父子也计利，无论多远只要有利可图就无远弗届，他们在中国古代文学中的形象，多以长于鉴宝、豪富而名。《新唐书·逆臣安禄山传》中说："至大会，禄山踞重床，燎香，陈怪珍，胡人数百侍左右，引见诸贾，陈牺牲，女巫鼓舞于前以自神。"[①] 粟特商人，以财多者为尊。安禄山兼具战神和萨宝之职，为胡人所敬重，这也是他起兵反唐的资本之一。如此一来，粟特人重宝的传统意识，是不是对《封神演义》的斗宝叙述产生了潜在的影响？

8. 女神

《封神演义》中的女神叙事，在阐教和截教对立的两边都有，但截教中的女神却格外多，如火灵圣母、金灵圣母、无当圣母、龟灵圣母、云霄仙子、琼霄仙子、碧霄仙子、彩云仙子等。这是为什么呢？

约公元9世纪便有成文的琐罗亚斯德教教徒的行为规范和准则（*Chidag Andarzi Poryotkeshan*），例如："他应该娶妻，并使她怀孕。""他应该使土地变成耕田，从事农作。"每天"三分之一是饮食、享乐和休息"（此条教义说明祆教反对苦行）。[②] 在琐罗亚斯德教中，不须处死的重罪包括"妻子在她丈夫死后一年应当再婚却没有再婚"。[③] 这与汉民族儒家文化从一而终的婚姻观何其迥异。琐罗亚斯德教提倡享

---

① （宋）欧阳修、宋祁：《新唐书》，中华书局1975年版，第20册，第6414页。
② 龚方震、晏可佳：《祆教史》，上海社会科学出版社1998年版，第16页。
③ E. B. N. Dhabhar, *Translation of Zand-i Khurtak Avistak*, Bombay: The K. R. Cama Oriental Institute, 1963, pp. 132–134.

受人生,"伟大的天神阿胡拉·马兹达创造了地,创造了天,创造了人,并为人创造了欢乐"①,因而信奉袄教的粟特人经常饮酒歌舞。摩尼教则反对婚媾、人的生产,以至于造成人们以为摩尼教教徒有厌女症的错误认知。从这个视角来看,《封神演义》中的女神站在袄教即小说文本中的截教立场上,也就顺理成章了。

三 阐教与截教的关系

如上所述,《封神演义》中的阐教是摩尼教的影子,截教是袄教的化身,从而可知阐教与截教的关系,本质上是明教与袄教之间的关系。然而,即使是摩尼教与琐罗亚斯德教之间的关系,虽说二者截然对立,其实也是藕断丝连、说不清理还乱的亲密关系。从这个角度,可以解释《封神演义》中阐教与截教之间的复杂关系。况且,明教、袄教都是民间宗教,其杂合性、变异性、复杂性使得人们对相关宗教意识的探讨一般来说以本质的把握为主。

在《封神演义》中,阐教的教首老子、元始天尊与截教的通天教主都是师兄弟,他们的师尊同为鸿钧老祖。师兄弟之间的分歧仅仅在于政治立场的差异,阐教拥护周,截教保护殷。在双方的军事、政治、宗教斗争中,往往你中有我、我中有你,阐教的申公豹支持殷,殷方的将帅投降周,斗来斗去,可以死去活来,可以弃暗投明,最后或成了仙,或被封了神。

摩尼教的要义,简言之,即"清净、光明、大力、智慧"。而琐罗亚斯德教的教义,实质上也包括上引内容。摩尼教汉文文献中的"清净",在其他语言中一般被翻译为"神性"。琐罗亚斯德教要求洁净,如接触尸体,需要进行九天大净。琐罗亚斯德教崇尚火、日月星辰,也就是说,崇尚光明。《阿维斯塔》中云:"我们赞美力大无比者。"② 琐罗

---

① [伊朗]贾利尔·杜斯特哈赫选编:《阿维斯塔——琐罗亚斯德教圣书》,元文琪译,商务印书馆2005年版,序言第9—10页。

② [伊朗]贾利尔·杜斯特哈赫选编:《阿维斯塔——琐罗亚斯德教圣书》,元文琪译,商务印书馆2005年版,第232页。

亚斯德教中的大神阿胡拉，又称马兹达，意谓"伟大而永恒的智慧天神"；其代称为斯潘德·迈纽，或斯潘纳克·梅诺科，词义为"神圣的智慧"①，从而可知琐罗亚斯德教本崇尚智慧。可见，摩尼教与琐罗亚斯德教之间存在密不可分的内在宗教性联系。而它们之间错综复杂的关系，构成了《封神演义》中阐教与截教之间的叙述性、形象性和情感偏向性艺术图像。

小　结

关于《封神演义》的宗教观，少有专家学者从明教、祆教这个角度来解读。本节认为阐教与截教之斗争书写，实际上是明教与祆教之善恶斗争的影子。如果考镜源流的话，它们之间的关系可以追根溯源至摩尼教与琐罗亚斯德教之间的关系。既然是影子，就不是客观的写实，而是艺术性创作，因而《封神演义》的宗教叙事大致说来是如此的。况且，明教、祆教都是古代中国的民间宗教，民间宗教杂糅混合，彼此杂合，难以区分清楚。

《封神演义》中的宗教叙事固然不纯粹是阐教与截教之斗争，因为《封神演义》毕竟属于中国古代文化的结晶，儒、释、道文化滋润和化育着这朵奇葩的长成。然而，《封神演义》中阐教、截教二者之间善恶之争、正邪之争、仁义与暴政之争，归根结底是明教与祆教之间关乎善与恶的政治叙述。

第四节　《西游记》中动物的伦理情感偏向问题

伦理情感指的是伦理关系中喜、怒、忧、思、悲、恐、惊等情感。伦理情感偏向指的是伦理情感畸轻畸重的好恶性。道德情感与伦理情感有所不同："从文学伦理学批评的观点看，伦理选择中的道德情感

---

① ［伊朗］贾利尔·杜斯特哈赫选编：《阿维斯塔——琐罗亚斯德教圣书》，元文琪译，商务印书馆2005年版，第414页。

在特定环境或语境中受到理性的约束，使之符合道德准则与规范。这种以理性意志形式表现出来的情感是一种道德情感。"[1] 文学世界中的动物伦理叙事具有伦理选择的文化倾向性，不同族群对动物伦理具有不同的情感偏向。这种伦理情感偏向反过来又印证了动物伦理叙事的族群性或民族性。在文学伦理学批评的透视之下，从动物伦理情感偏向这个维度解读《西游记》就有了新的发现。

《西游记》俨然一个动物王国，有狐、牛、象、鹿、虎、羊、豹、蝎子、老鼠、貂鼠、金鱼、狐狸、六耳猕猴、大鹏、蜘蛛、蟒蛇、犀牛、蜈蚣、黑熊，等等。人类不同的族群对同一种动物，由于生活环境、人与动物的伦理关系、宗教隐喻等文化的不同而产生不同甚至截然相反的伦理情感，形成伦理情感偏向。这一点直接反映在文学艺术之中。《西游记》中的动物叙述有与汉民族不完全相同的伦理情感偏向：龙、鱼、鹿、狮子、大象、牛等竟然都是唐僧师徒西天取经路上的恶魔，它们对恶的伦理选择造成了唐僧西天取经中的主要磨难；而猴子、猪则是唐僧的护法，在西天取经路上惩恶扬善，保护唐僧，具有鲜明的道德情感性。《西游记》中的动物伦理情感偏向问题迄今为止尚未引起专家的关注。

一 龙

1. 域外文化中的"dragon"

西方世界对龙的叙述与对东方龙的异域想象，体现了西方文化他者凝视的自我投射。在西方文化世界里，龙一般来说是恶的表征，或者说它对恶的伦理选择造成了其恶的伦理身份。它要么是喷火的怪兽，要么是跟英雄好汉专门作对的宝藏守护者，要么直接就是大神或英雄的敌人。

在印度神话中，天帝因陀罗杀死的蛇妖弗栗多就是龙，因为在印度，龙王即蛇王。龙王那伽、王后那伽尼都是人面蛇身的形象。根据

---

[1] 聂珍钊：《文学伦理学批评导论》，北京大学出版社2014年版，第250页。

《梨俱吠陀》，弗栗多是旱灾的制造者，"专门在由云致雨的过程中制造障碍，阻止雨水下降"①，而因陀罗是雷神、雨神，因此他们是敌人。因陀罗的另一个敌人为阿醯（Ahi），意为"蟒蛇或黑魔"②，又被意译为乌蟒。只有因陀罗打败这两个蛇妖，天空才能沛然下雨。在印度佛教典籍或印度传说中，有关龙的叙述有：兴云布雨，令诸众生热恼消灭；得一绪之水，散六虚以为洪流；得小水以降大雨。《大集经须弥藏品》中提到："善住龙王为一切象龙王，婆难陀龙王为一切蛇龙王，阿耨达龙王为一切马龙王，婆楼那龙王为一切鱼龙王，摩那苏婆帝龙王为一切虾龙王也。"③ 类似的叙述，与唐之后中国龙王的形象和功能相契合。

在琐罗亚斯德教神话中，蛇王是一种恶的形象。英雄的功绩，往往体现在屠龙上。例如，法里东"杀死了三张嘴巴、三个脑袋和六只眼睛的阿日达哈克"④，它在波斯文学中又被称作"蛇王"扎哈克。伽尔沙斯布"杀死了头上生角的巨龙——那遍体流脓的怪物，喷出的黄色毒液高过梭镖，吞噬的人畜无以计数"。⑤ 在波斯《列王纪》中，英雄帝王的非凡功绩，主要是通过屠龙展现出来的。

在中亚地区，恶魔阿支达尔哈的外貌为多头恶龙。据说，大蟒蛇活到一百年后就变成阿支达尔哈，它毁灭城市或国家，人们需要定期向它献祭少女。"在阿塞拜疆神话中，阿支达尔哈能够进入孕妇腹中偷食胎儿。"⑥ 这或许就是马可波罗对龙认知的来源之一。例如，在《马可波罗：奇迹之书》中，东方部族以婴儿喂养恶龙。

要言之，西方关于龙的认知和情感，几乎完全是负面的。这一点

---

① 巫白慧译解：《〈梨俱吠陀〉神曲选》，商务印书馆2010年版，第119页。
② 巫白慧译解：《〈梨俱吠陀〉神曲选》，商务印书馆2010年版，第118页。
③ 载《中华大藏经（汉文部分）》第10册，中华书局1985年版，第667页。
④ [伊朗]贾利尔·杜斯特哈赫选编：《阿维斯塔——琐罗亚斯德教圣书》，元文琪译，商务印书馆2005年版，第86页。
⑤ [伊朗]贾利尔·杜斯特哈赫选编：《阿维斯塔——琐罗亚斯德教圣书》，元文琪译，商务印书馆2005年版，第87页。
⑥ 阿地里·居玛吐尔地：《中亚民间文学》，宁夏人民出版社2008年版，第48页。

与中国尤其是古代中国对龙的情感,是截然相对的。从这个意义上来说,中国文化中的"龙"翻译为"dragon"其实在意义和情感偏向上都是不对应的,因为一提到"dragon"读者首先想到的是"monster"(恶魔或怪兽),或许将其翻译为"loong"或"neptune"会更好一点?

2. 汉民族文化中的龙

考古学家朱乃诚认为,中国龙文化的形成,诞生于四千年前的中原。① 从此之后,中华民族就有了龙的传人的自觉意识。龙是中华民族共同体的符号表征,是神圣的民族图腾,龙也被视为皇帝和皇权的象征。在《山海经》中,应龙杀死蚩尤。秦始皇帝,被视作"祖龙"。汉高祖宣传自己为蛟龙之子。东汉时,龙有"九似"之谓。

《说文》云:"龙,鳞虫之长。能幽能明,能细能巨,能短能长。春分而登天,秋分而潜渊。"②《管子·水地》曰:"龙生于水,被五色而游,故神。欲小则化如蚕,欲大则藏于天下,欲上则凌于云气,欲下则入于深泉。变化无日,上下无时。"③《礼记·礼运》中云:麟、凤、龟、龙,谓之四灵。宋人赵彦卫《云麓漫钞》云:"自释氏书入中土有龙王之说,而河伯无闻矣。"④ 从龙神到龙王的变化,体现了古代中国官僚文化对龙意象建构的影响。同时,文化接触和文化杂合,导致龙王形象的多元化。

从秦汉起,中国古代的皇帝与真龙天子等同起来。经过政治、神权和宗教的层层渲染,龙在汉文化语境中展现的是神圣的、神秘的和威严的符号象征,其意义为权威、尊贵、祥瑞。正因为龙被视为皇帝,因此在汉文化语境中,龙的伦理身份是至高无上的,臣民们总是对其仰视和敬畏。随着20世纪民族意识的兴起,龙又成为中华民族的图腾。

---

① 朱乃诚:《炎黄时代的图腾与龙及中华龙文化的起源与形成》,《信阳师范学院学报》(哲学社会科学版)2019年第5期。
② (汉)许慎:《说文解字》,浙江古籍出版社2016年版,第390页。
③ (春秋)管仲撰,吴文涛、张善良编著:《管子》,北京燕山出版社1995年版,第299页。
④ (宋)赵彦卫撰,傅根清点校:《云麓漫钞》卷10,傅根清点校,中华书局1996年版,第178页。

3.《西游记》中的龙

然而,在《西游记》中,龙王却没有一丝一毫的尊严、权威、神圣或灵异。在西游故事中,龙王,无论是海龙王还是河龙王、井龙王,都如同人世间的吏员,只能严格执行命令。你看,四海龙王对孙猴子毕恭毕敬、唯唯诺诺,哪有一个王的尊严?四海龙王遭受欺侮后除了到天庭告状别无他法。羊力大仙竟然能够修炼出冷龙,在他下油锅的时候冷龙来保护,后来北海龙王遭到孙悟空的训斥收走了冷龙。

第九回,泾河龙王竟然被魏征在梦中砍了头。袁守城神占卜得次日有雨。泾河龙王与其赌赛,擅自改了玉帝敕旨。龙王"改了时辰,克了点数,犯了天条"①,难免一刀。魏征为人曹官,奉旨梦斩泾河老龙。

第四十三回,黑河鼍龙是泾河龙王的第九个儿子,他二舅爷敖顺龙王让他在黑水河养性修真。不想他变作艄公,驾船将唐僧摄去。黑河鼍龙竟然将唐僧捉拿去要吃唐僧肉,他为什么要吃唐僧肉?聂珍钊先生认为:"唐僧是理性的象征,因此妖怪吃唐僧,实则是它们追求理性,渴望把自己真正变成人的一种努力。"② 然而,在成人之前,它则为兽性因子的表征。

第六十二回,万圣龙王与九头驸马偷了金光寺宝塔上的舍利子佛宝。龙女万圣宫主私入大罗天上,偷了王母娘娘的九叶灵芝草。孙悟空将老龙王的头打得稀烂,猪八戒将龙子夹脑连头一钉耙筑了九个窟窿,龙孙被孙悟空、二郎神等打成肉饼……如此一来,上述黑河鼍龙、万圣龙王等与唐僧西天取经路上其他妖魔鬼怪有何不同?从而可知,西游故事的叙事者将龙完全看作妖魔鬼怪,没有丝毫的同情心、敬畏心或好感。

其实,在整个西游故事系统中,龙的形象的塑造,表现的是与汉民族对龙敬仰、崇拜和热爱的情感相悖的一种伦理倾向。那就是,它

---

① (明)吴承恩著,曹松校点:《西游记》,上海古籍出版社2009年第2版,第69页。
② 聂珍钊:《文学伦理学批评:伦理选择与斯芬克斯因子》,《外国文学研究》2011年第6期。

对龙、龙王不怎么尊敬。不仅如此，龙还经常作为恶的一方出现在西游故事之中。例如在《西游记》杂剧中，有这么一句惊心动魄的话："常言道最恶者无过于龙。"① 作者是蒙古族人杨景贤，不是汉族人，这种伦理情感的倾向性，就很明显地体现了西游故事并非生成于汉文化伦理生态圈。

由以上可知，龙在大自然界本来并不存在，是汉文化建构出来一种"九似"，汉人对其尊奉有加。然而，在西方文化语境中，龙为恶魔、蟒蛇或是喷火的怪兽，因而畏惧、厌恶龙。这一民族的伦理情感及其民族认同来自不同族群的人与动物的关系。人与动物的情感偏向产生于现实生活世界中人与动物的伦理实践，无论是喜爱还是厌恶，都不是无缘无故的，而是伦理生态中的产物。《西游记》对龙的情感偏向，显而易见，并非属于汉文化，因而西游故事的作者们的族群性就值得我们进一步探究。

二 猪

1. 大西域文化中的猪

在粟特人神话里，战神得悉神的十大化身之一就是一头黑野猪。《耶斯特》对战神韦勒斯拉纳的野猪化身有过详细的描述："尖牙利齿、致人死命、难以近身、面目可憎、满脸斑点、身强力壮，长着铁踵、铁足、铁腿、铁尾和铁爪。"② 战神的勇猛善战，体现在野猪的凶猛无畏之上。在中亚神话中，野猪是一个正面形象。密特拉巡视大草原的时候，野猪跑在他的前面。中亚、西亚武将的服饰上，绣有野猪头，以此表明其伦理身份，从中也可以看出他们对野猪的崇奉。

古代印度文明是森林文明，森林里的野猪获得了印度人的敬奉，印度人对它的态度相当于汉人对龙的尊崇。在印度神话中，梵天、毗湿奴都曾化身为野猪拯救大地女神。毗湿奴曾经十次下凡救世，其中

---

① 胡胜、赵毓龙校注：《西游戏曲集》上卷，人民文学出版社2018年版，第68页。
② 龚方震、晏可佳：《祆教史》，上海社会科学院出版社1998年版，第43页。

一次就是化身为黑野猪瓦拉哈，将大地女神从海底拯救上来。这是因为野猪是水畜，会游泳。

在《罗摩衍那》中，罗摩被赞美为"人中的野猪"，犹如汉语言文学中的"人中龙凤"。《罗摩衍那》云："巨大的野猪住在山洞里，它们在林子里来回荡游；为了想喝水走了过来，吼声就好像那公牛；它们样子都长得很美，人中英豪！你会在池旁邂逅。"① 印度人对野猪的审美，来自森林文明的伦理环境。"伦理环境就是文学产生和存在的历史条件。"依据文学伦理学批评客观而科学的要求，对野猪的具体的伦理审美，应该"回归属于它的伦理环境和伦理语境，这是理解文学的一个前提"。②

在中亚、南亚、西亚的神话叙述中，野猪都是战神的化身或表征，受到当地人的喜爱和尊奉。它们凶猛，会水，动作迅疾，出神入化，从而与战神相关联，以至于被神化。简言之，中亚、西亚、南亚神话中的野猪，是战神的化身，是英勇的表征，当地人对它喜欢、敬畏和尊奉，这一伦理情感偏向与汉民族对猪的看法迥异。

2. 中华民族伦理生态中的猪

传统的汉文化，属于农耕文化。在汉文化伦理生态中，猪一般是家猪的形象，从而一提起猪，人们想到的就是猪圈里懒惰、肮脏、笨拙的猪的形象。有读者质疑，猪怎么成为唐僧西天取经路上的护法？其实，在唐代之前，汉族人对猪还颇有好感，很多人以"猪"起名字就是例证。

满族的祖先肃慎族是世界上较早驯养野猪的民族。肃慎族及其后裔如挹娄、勿吉、靺鞨、女真等都很喜欢这种动物，给孩子起名字都用"小野猪""野猪皮""公猪"等，所以猪八戒的形象，最早出现在女真族建立的金国时期。《大唐三藏取经诗话》中没有猪八戒，在河南出土的金国大定三年（1163）一墓葬门楣上，最早出现了唐僧师徒四人五众的艺术形象，学界将其命名为《唐僧师徒取经归程图》。

---

① ［古印度］蚁垤：《罗摩衍那（森林篇）》，季羡林译，译林出版社2002年版，第408页。
② 聂珍钊：《文学伦理学批评：基本理论与术语》，《外国文学研究》2010年第1期。

中华民族有 56 个民族，各民族对猪的情感偏向并不一致，从而形成了不同的伦理关系，以及不同的伦理情感。

3. 猪八戒

元杂剧《西游记》中猪八戒自称"摩利支天部下御车将军"，因为"盗了金铃""顿开金锁"，所以"潜藏在黑风洞里"。在佛教中，摩利支天是光神，而其坐骑就是七头或九头猪拉的车子，所以猪八戒说他是摩利支天的御车将军。

杜梅齐尔发现，在雅利安人的社会里，三大传统职业分工分别为：祭司、武士和牧民。在《西游记》小说中，猪八戒的原型为一头黑野猪。在唐僧西天取经的路上，猪八戒与孙悟空一道都是唐僧的护法，擒捉、打败妖魔鬼怪，起着战士的结构性作用。猪八戒虽然好色、贪图小便宜、懒惰，但是总的来看是一个正面形象，在唐僧取经途中挑着担子，吃苦耐劳，不怕脏。

这样一种正面的护法形象，显然不会是汉文化伦理环境中对猪的传统认知的产物。从中可知，猪八戒的艺术形象似乎受域外影响，而不是中土文化土生土长的。一般来说，民族文学中的动物叙事，体现的是这一民族对动物的伦理关系和道德情感。但是，民族文化彼此之间的交流，又促成了动物叙事的杂糅性。

三　鱼

1. 域外伦理环境中的鱼

古埃及的祭司厌恶鱼，他们不吃鱼。因为他们认为，"海里除了某种腐烂和不健康的分泌物，别无他物"。[①] 奥斯莱卡人不吃钓上来的鱼。赛伊尼人禁止吃鲷鱼。古代埃及人的象形文字中，用一条鱼来书写"憎恨"这个词。在埃及，鱼是仇恨的象征。

在印度文化中，鱼是恒河、娑罗室伐底、亚穆纳等河流女神的坐

---

① ［古希腊］普鲁塔克：《论埃及神学与哲学——伊希斯与俄赛里斯》，段映虹译，华夏出版社 2009 年版，第 22 页。

骑。在《鱼往事书》中,鱼是毗湿奴的第一个化身,在大洪水暴发时拯救了摩奴。在佛经中,摩羯为鱼王。它身上具有斯芬克斯因子,既可以为善,也可以为恶。例如,《大智度论》记载了摩羯拯救海上遇难者;《中阿含经》则记载了"彼在海中为摩羯鱼王破坏其船"。①

在摩尼教神话中,黑暗王国里有五个小王国,分别被魔鬼、狮子、鹰、鱼、龙所统治,它们就是黑暗之王。② 也就是说,黑暗王国里的统治者为魔鬼、狮子、老鹰、鱼和龙五个大魔头。在摩尼教中,黑暗王国里的五大暗魔王之一就是鱼王。鱼竟然是暗魔王之一,中国读者一般不太接受,因为在汉文化语境中,鱼有美好吉祥的寓意,它怎么能够成为暗魔呢?

2. 汉文化中的鱼

鱼在汉文化中是祥瑞之物。汉文化中的谐音文化很发达,鱼与富余之"余"、金玉之"玉"等谐音,由于谐音所内含的美好祝愿,它广受人们的喜爱,如年画中的"年年有鱼(余)""金鱼(玉)满堂""富贵有鱼(余)""喜庆有鱼(余)"等。

早在半坡文化时期,中国就已出现大量与鱼崇拜相关的器物,陶器上有大量的鱼纹。鱼作为原始图腾之一,广受中国古人喜爱和敬奉,"同时具有保护生命安全、生育安全、财产安全及镇邪除祟等诸项功能"。③《礼记》将鱼龙并提。古人认为,龙鱼为一类,故相信"鲤鱼跳龙门",鱼可化为龙。鲤鱼又被称为稚龙。龙子一为赤鲤。唐代流行"龙鱼"信仰。

随着中印文化的交流,中国鱼文化受到了古代印度文化的影响。建筑脊饰上的摩羯纹就是一例。慧琳《一切经音义》云:"摩羯者,梵语也。海中大鱼,吞啖一切。"④ 摩羯逐鱼纹,表现其吞啖之性。中

---

① 中华佛教文化研究所点校:《中阿含经》,宗教文化出版社1999年版,第596页。
② 马小鹤:《光明的使者——摩尼与摩尼教》,兰州大学出版社2013年版,第28页。
③ 张幼萍:《史前半坡文化的鱼崇拜》,《文博》2002年第5期。
④ (唐)慧琳:《一切经音义》,载《中华大藏经(汉文部分)》第57册,中华书局1985年版,第667页。

国建筑脊饰上的鸱吻，其辟邪功能就来自中印文化的融合。

3. 《西游记》中的鱼

在《西游记》中，且不说龙宫里的鱼鳖虾将，只看看观世音菩萨鱼池里的金鱼，就能体会到这部小说对鱼有与汉民族不同的伦理情感偏向。这条金鱼天天听观音菩萨说经，获得了神通。后来，它跑到通天河做了灵感大王之神，年年吃一个童男、一个童女。唐僧师徒行经通天河，金鱼怪竟然设计陷害唐僧，要吃唐僧肉。当然，不排除它是观音菩萨的特意安排，成为西天取经路上的障碍，因为观音菩萨为了凑成八十一难，还多次向太上老君借随从或坐骑。

除了金鱼精，《西游记》中还有鲶鱼怪、黑鱼精在金光寺宝塔上为万圣龙王巡逻，成为万圣龙王和九头虫作恶的帮凶。《西游记》小说对鱼的伦理情感偏向，显然与汉民族文化传统不同。这又表明了什么？

四 猴子

1. 印度文化中的猴子

世界上最早的动物医院，产生于古印度，由此可见印度人对动物的真实伦理态度。印度人相信轮回转世，认为现实生活中的动物极有可能就是他们的祖先或去世的亲人，所以尊重和奉养它们。例如，在印度，有一座寺庙，供奉着老鼠，寺庙俨然老鼠王国。印度人对猴子更是喜爱，他们卖水果的时候，猴子可以随吃随拿。

印度的猴子主要是猕猴，属恒河猴，印度人把它们敬称为"神猴"。猴子在印度被视为神灵的象征，受到所有印度人的保护。虔诚的信徒们经常去喂猴子，认为这样做可以得到神的护佑。孙悟空的原型，极有可能为印度两大史诗之一《罗摩衍那》中的哈奴曼。哈奴曼是猴子大将，大闹楞伽城，救出悉多。印度人很喜欢猴子，哈奴曼的塑像在印度到处可见。

在佛教故事中，经常见到猴子护法或猴子大将。有的日本学者认为，它们可能是孙悟空美猴王的来源。在敦煌石窟群的 17 个石窟中，有33只猴子。① 在敦煌壁画中，有一个和尚合掌礼拜，旁边有一只猴子，有人认为他们就是唐僧和孙行者。赵国华认为："佛典中的猕猴，几乎都不是等闲之辈，而是如来、弥勒、舍利弗等的转生，或转生后的变化。"②

《罗摩衍那》中的哈奴曼，印度神话故事中的猴子，佛经中的猴子大将，所呈现的无一不是印度人对猴子的喜爱和崇奉之情。这一点与《西游记》中美猴王的伦理身份及其道德情感有内在契合的联系，而孙悟空与中土的猴子故事及其情感叙事可能没有必然的逻辑关系。

2. 中国文化生态中的猴子

在汉民族文学艺术世界里，猴子往往是不受人们待见的、好色的动物，它表征着好色与淫乱。古代中国，是伦理道德的礼乐文明，因而对猴子仅仅体现其原始欲望的兽性本能，是深恶痛绝的。

在"抢婚"的母题叙述中，猴子为主角的文学作品较为多见。《补江总白猿传》《陈巡检梅岭失妻记》《百家公案》等小说中的猴精"淫邪无厌"，盗妇交接。猿猴盗妇后来成为一种叙事模式，为佛教、道教彼此斗法所利用，发展为典型的民间故事。在《西游记》杂剧中，孙悟空仍然是一只好色猴子。他抢占金鼎国的公主为妻，盗取太上老君的金丹，偷窃王母娘娘的仙桃、仙衣，举办"仙衣会"。《喻世明言》第20卷记载，齐天大圣"兴妖作法，摄偷可意佳人"，申阳洞中藏有众多被抢劫来的妇女。《初刻拍案惊奇》第24卷记载，猴精把十几个妇女摄取到洞中，供他淫乐。

在中国古代文学中，当然也有其他如报恩类猿猴叙事，但是主线一以贯之的则是它们的好色多淫。钱锺书认为，猿猴好色窃妇的原因，在于中国民间认为猿猴性淫。钱锺书指出："猿猴好人间女色，好窃妇以逃，此吾国古来流传俗说，屡见之稗史者也。"③ 也就是说，它们的所作

---

① ［日］上岛亮：《敦煌的猴子》，《敦煌研究》1997年第4期。
② 赵国华：《论孙悟空神猴形象的来历（上）——〈西游记〉与印度文学比较研究之一》，《南亚研究》1986年第1期。
③ 钱锺书：《管锥编》第2册，中华书局1979年版，第546页。

所为，主要体现的是没有理性的兽性因子，尚未完成从兽到人的伦理选择，它们的选择为自然选择，因此展现的是猴子的兽性而不是人性。

汉语言中的成语，诸如"沐猴而冠""弄鬼掉猴""土龙沐猴""猿猴取月""轩鹤冠猴""杀鸡骇猴"等，大都为贬义。当然，凡事不能一概而论，由于谐音文化的关系，像"马上封侯""辈辈封侯"等则寄寓了人们美好的愿望。总的来说，汉族人对猴子的伦理情感与印度人不可同日而语。

3.《西游记》中的孙悟空

在《西游记》中，孙悟空就是一只猴子，即美猴王。《西游记》的英文版，其中一种书名就是"猴王"（Monkey King）。小说中的猴王，大闹天宫，大闹地府，降妖除怪，惩恶扬善，深受人们的喜爱。在小说中，孙悟空这只猴子不再好色，且自夸从小不好这个营生。"孙悟空是自由意志的化身。唐僧通过帽子和咒语对他加以约束，帮助他完成了从兽到人的转变"①，也就是说，《西游记》中的孙悟空，克服了其身上的兽性因子，完成了从兽到人的伦理选择，具有了人性。"人性在特定的伦理环境中形成，在道德教诲中完善。"② 东南亚一些华裔，崇奉"齐天大圣"之信仰。

在汉语言文学中，猴子一般是好色的不受人待见的动物，除了孙悟空。"唐僧通过带金箍的帽子和咒语约束孙悟空的自由意志，带着他前往西天取经。孙悟空历经八十一难，完成了伦理选择，终成正果，被如来封为'斗战胜佛'。"③ 于是，问题就来了：石猴孙行者似乎不是汉文化土生土长的，而是来自异域，即来自喜爱猴子且猴子在其文化环境中深具神性的民族文化？

五 孔雀

凤凰、大鹏、金翅鸟都是文学艺术虚构的动物，其原型分别为鸡、

---

① 聂珍钊：《文学伦理学批评：伦理选择与斯芬克斯因子》，《外国文学研究》2011年第6期。
② 聂珍钊：《文学伦理学批评：人性概念的阐释与考辨》，《外国文学研究》2015年第6期。
③ 聂珍钊：《文学伦理学批评：伦理选择与斯芬克斯因子》，《外国文学研究》2011年第6期。

鹰、孔雀。在神话叙事中，凤凰、大鹏、孔雀、鹰往往是吉祥鸟，但是在西游故事中，它们有的却是以反派的面目出现的。

1. 印度文化中的孔雀

印度素有"孔雀之乡"的美誉，孔雀是印度的国鸟。印度神话中的战神室健陀，他的坐骑就是孔雀。耆那教教祖大雄也把孔雀选为坐骑。天神之王因陀罗还封孔雀为鸟王。

在印度婆罗门教神话中，有大鹏金翅鸟，它的原型可能为孔雀。它是龙的天敌，每天吃三百多条龙。印度人想象力丰富，神话、故事中有较多大鸟。《罗摩衍那》中，哈奴曼在途中遇到金翅鸟王的弟弟僧婆底，僧婆底告诉他亲眼看到罗波那把悉多劫往楞伽城，于是哈奴曼就前去解救。

孔雀在梵语中称为"摩由逻"，是佛教中具有神性的瑞禽。据《佛说阿弥陀经》，弥陀净土中有孔雀、白鹄、鹦鹉、迎陵频伽等吉祥鸟，孔雀是净土安乐祥和的象征之一，同时也是劝人向佛的使者。在密教本尊中，孔雀明王又被称为明王非忿怒尊、摩诃摩瑜利罗阇、佛母大孔雀明王等。密教《佛母大金耀孔雀明王经》《佛母大孔雀明王经》《大孔雀明王经》云，佛指出孔雀明王大陀罗尼可祛除鬼魅、毒害、恶疾，远离一切苦难，获得安乐。印度将孔雀视作吉祥而神圣的鸟王，与其作为佛母的崇高地位也就有密切的关联了。

2. 中国文化传统中的孔雀

孔雀常被视为瑞鸟、珍禽。古人认为，它是"九德之鸟"："一颜貌端正，二声音清彻，三行步翔序，四知时而行，五饮食知节，六常念知足，七不分散，八不淫，九知反复。以此喻比丘之行仪也。"[①] 比丘，即和尚，从而可知，中国古人从伦理道德的角度赞美孔雀，同时也以此喻指僧徒的行仪。孔雀为瑞禽，孔雀有官运亨通、加官晋爵之寓意，故它被织入明清文官补服纹样中，明文官三品为孔雀，清二三品皆为孔雀。由此可知，在古代中国，孔雀被赋予了道德与官服文化

---

① （清）陈梦雷、（清）蒋廷锡编：《古今图书集成》第518册，中华书局1934年版，第28页。

的民族性。

3.《西游记》中的孔雀

在《西游记》第七十七回中，如来道："飞禽以凤凰为之长。那凤凰又得交合之气，育生孔雀、大鹏。孔雀出世之时最恶，能吃人，四十五里路把人一口吸之。"[1] 然而，令人不解的是，在《西游记》中，孔雀何以成为一种最恶之禽？观音说："菩萨妖精，总是一念。"这一念就是伦理选择，从善去做菩萨，还是从恶去做妖精，善恶的选择决定生成菩萨或妖精的伦理身份。孔雀的"恶"表现为它荼毒生灵。

由以上可知，西游故事中对孔雀、大鹏、凤凰所表现出的伦理情感与汉民族通常所具有的并不完全契合，有时候甚至是截然对立。这一叙事现象，难道不值得我们深思吗？对动物的情感偏向是族群文化的产物，同时也体现文化的族群性。

其他如金鼻白毛老鼠精、牛魔王、狮子、大象、羊、鹿、虎、熊等在《西游记》中的叙述也存在伦理情感的偏向性问题，限于篇幅，兹不详论。

小　结

由以上可知，上述龙、猪、鱼、猴、孔雀等动物在《西游记》中的道德情感，与汉民族文化伦理环境中它们通常所具有的道德情感不一样，甚至相悖。不同族群的人们对动物有不同的伦理情感，这种伦理情感的偏向体现了民族性。从《西游记》中的动物伦理情感偏向可知，其间的动物叙述不完全是中土汉民族文化的表现，而且具有浓郁的域外，尤其是中亚、南亚、西亚等地动物伦理情感的特色。这表明西游故事极有可能不是汉族文人独自的艺术创造，而是出自大西域文化伦理生态中与之相契合的俗讲或勾栏瓦舍"说话"的音景世界。

在《西游记》的动物叙事中，读者对动物的伦理情感偏向，产生

---

[1]（明）吴承恩著，曹松校点：《西游记》，上海古籍出版社2009年第2版，第657页。

于它们的善恶品质,而其善恶品质的展现来自故事中它们的拟人化伦理道德选择。道德化动物表征的是某一类人,其伦理选择具有深刻的道德教诲价值。"教诲是文学的本质属性。"[1]《西游记》故事中动物伦理情感书写之选择超越了汉民族文化而另有来源,这一发现对《西游记》的作者研究、成书研究和意义阐释都有重要的价值和意义。

第五节 唐僧西天取经与波斯神话

或云,《西游记》讲的就是动物彼此之间的斗法。那么,动物为何在《西游记》中唱了主角?佛祖对南赡部洲方位的歧视及其善恶观是如何形成的?西游故事中的石头作为石猴、石室等之本体,究竟言说了什么?物的意义解读,可否揭蔽西游故事中尘封的真相?《大唐三藏取经诗话》与波斯人审美观之间的相似或类似表明了什么?比较文化尤其是宗教文化之间的交流、融合对文化复古主义有何反思?诸如此类的问题,表明很有必要探讨唐僧西天取经与西域神话尤其是波斯神话的间在性。

一 水帘洞与粟特人的石室

在《西游记》中,石猴发现了一个居住新天地,即水帘洞。水帘洞的独特之处,在于里面都是石头的:"乃是一座石房。房内有石锅、石灶、石碗、石盆、石床、石凳,中间一块石碣上,镌着'花果山福地,水帘洞洞天'。"[2]

北周安伽墓、康业墓、史君墓、李诞墓,宁夏固原隋唐史国墓地,太原隋虞弘墓、洛阳市南郊唐代定远将军安菩与其妻子何氏的合葬墓等皆为石室,里面有石重床、石头屏风、石堂、石门、石椁、围屏石榻、石刻彩绘画像等。石坟外面有石塔。安息塔完全是石头砌成的。

---

[1] 聂珍钊:《文学理论批评:基本理论与术语》,《外国文学研究》2010年第1期。
[2] (明)吴承恩著,曹松校点:《西游记》,上海古籍出版社2009年第2版,第3页。

安、康、史、何等属于昭武九姓。昭武九姓是东部波斯人,即粟特人。粟特人信奉琐罗亚斯德教。琐罗亚斯德教的教义要求天葬,尸体的肉被鹰隼或狗吃掉,骨头放进石瓮或骨盒里。这是因为粟特人认为,尸体肮脏,必须用石头与土地、水、火等隔绝开来,以免污染后者。职是之故,他们实行骨葬。粟特人来华后,受汉民族土葬之影响,改用石房。

粟特人的石葬具诸如石榻、石屏、石室、石刻等,尤其是其中的石室,令人联想到花果山上的水帘洞。水帘洞里的某些石质家具其实是没有任何使用价值的。试想,花果山上那一群猴子能够使用石锅、石灶煮东西吃吗?根本不可能的。普通的波斯人,他们只是实行天葬,一般是设立寂静塔,将尸体放在上面,任由兀鹫、鹰隼吃掉皮肉,然后将尸骨放进石头坑里或石瓮里。波斯国王的墓葬比较特殊,即国王死后,单独建一石室,其尸体放在石室里的石板上。来华的粟特人大都通过贸易经商发财了,故死后往往建石室。

粟特人的石坟与美猴王的水帘洞何其相似!相似总是存在内里深层的逻辑关系。当然,自远古以来赤县神州也不乏石室,如青海日月山石窟群的西王母石室、广成子崆峒山上的石室、皇祁平金华山的石室、大兴安岭深处的嘎仙洞(疑似拓跋鲜卑的发源地)、苏轼《逸人游浙东》载"龙井孤山下有石室"、隐士居住的天然石洞等。然而,这些石室或石洞,并没有石锅、石灶、石碗、石床、石榻等石头家具,也不是由石堂、石门、石椁等构成的石头墓室。在石室内设施、结构等方面,水帘洞与粟特人的石坟更为接近,且不说康国萨宝康艳典率众东来,居住古楼兰国的粟特人的聚居地称为"石城镇",塔什干史称"石国",西胡以国为氏者即石姓(昭武九姓之一)等,从来华粟特人的石坟来看,水帘洞便是其艺术世界中的影子。

况且,《大唐三藏取经诗话》中的白衣秀才猴行者,随着西游故事的演变,在《西游记》杂剧和小说中成了孙悟空。那么,他为什么不姓侯而是姓孙呢?侯也是百家姓之一。如果姓侯,与《大唐三藏取经诗话》里的猴行者岂不更是一脉相承?石猴为什么姓孙?《西游记》小说写道,菩提对美猴王说:"我与你就身上取个姓氏,意思教你姓

'猻'。猻字去了个兽旁，乃是个古月。古者老也，月者阴也。老阴不能化育，教你姓'狲'倒好。狲字去了兽旁，乃是个子系。子者儿男也，系者婴细也，正合婴儿之本论，教你姓'孙'罢。"① 猢狲之论，虽然是文字游戏，然而有没有民族文化之隐寓义呢？荣新江认为，隋唐文献中的"胡"主要指的是粟特人。② 此论很有道理。在中国历史上，狭义的"胡"指的是西域粟特人。

在《大唐三藏取经诗话》中，猴行者的身份为何是白衣秀才呢？这里的"白衣"不是平民之义，因为秀才是已经取得了初级功名身份的读书人。因此，这里的"白衣"应该是标识某种身份尤其是宗教身份的符号。例如，《药师十二神图》中即有穿白衣的猴形神将，此类形象在汉译佛典中也多曾出现。那么，诗话为什么特别强调"白衣"？《大唐三藏取经诗话》里充斥着白色的叙述：如白虎精、"火类坳头白火精"、白衣妇人、白罗衣、白罗裙、白牡丹花、白莲，等等。琐罗亚斯德教崇尚白色，祆教教徒多穿白衣，穿白袍以示纯洁。③《灵鬼志》载："太元十二年（387），有道人外国来，能吞刀吐火，吐珠玉金银；自说其所受术，即白衣，非沙门也。"④ 此处的"白衣"是与缁衣沙门相对的另一种宗教身份，极有可能是祆教或摩尼教。摩尼教也尚白。摩尼教教徒穿白衣、戴白冠，以此象征光明。宋代民间有"白衣道""白衣夜会""白衣会""白衣礼佛会"等，它们极有可能就是明教的别名。佛教中的摩利支天，即日神、光神，着白衣。《大慈恩寺三藏法师传》叙述了玄奘和尚西行求法的先兆灵异："法师初生也，母梦法师著白衣西去。"⑤ 玄奘相信自己圆寂后往生西方弥勒净土。在《西

---

① （明）吴承恩著，曹松校点：《西游记》，上海古籍出版社2009年第2版，第9页。
② 荣新江：《何谓胡人——隋唐时期胡人族属的自认与他认》，载樊英峰主编《乾陵文化研究》（4），三秦出版社2008年版，第3—9页。
③ 朱英荣：《龟兹石窟研究》，新疆艺术摄影出版社1993年版，第9页。
④ （宋）李昉编纂，任明、朱瑞平、聂鸿音校点：《太平御览》第6册，河北教育出版社1994年版，第743页。
⑤ （唐）慧立、（唐）彦悰著，孙毓棠、谢方点校：《大慈恩寺三藏法师传》，中华书局1983年版，第10页。

游记》中，泾河龙王变为一个白衣秀才，去找袁守城算卦。在《大唐三藏取经诗话》中，猴行者化身为白衣秀才，表明了西游故事生成史中祆教、摩尼教的潜在影响。唐僧西天取经之西游故事，实有粟特人的文化隐寓其中，从而石头故事及其叙事的寓意格外值得深究。

二 西游故事中的动物伦理叙事与波斯的神话和宗教

笔者《〈西游记〉与西域动物》一文，主要探讨的是西游故事中的动物叙事与古印度动物神话之间的关系。[1] 我们从中亚、西亚神话故事，尤其是琐罗亚斯德教和摩尼教故事中的动物叙事透视唐僧西天取经故事，发现它们与西游故事中的动物伦理还有进一步论析的空间。

在琐罗亚斯德教中，动物神占有极其重要的地位。马兹达有六大助神，其中之一为巴赫曼，在天国代表马兹达的智慧和善良，在尘世为动物神，是保护动物的神祇。猴行者，是依据巴赫曼、《罗摩衍那》中的神猴哈奴曼等动物神而建构的吗？众所周知，猴行者，在《大唐三藏取经诗话》中是护法神。孙行者，在《西游记》中是唐僧的护法。

"行者"二字值得深思。这两个字具有宗教身份之表征的意义。当下关于"行者"的注释，主要依据佛教。然而，白莲教、摩尼教、明教等民间宗教中也有"行者"的称谓，而其具体所指有异。如果只关注文化大传统、忽视小传统，就难以理解小传统文化中的生成物。《宋会要辑稿》记载，宣和二年（1120）十一月四日臣僚言："温州等处狂悖之人，自称明教，号为行者。"在大宋宣和年间查禁摩尼教之前，朝廷曾对温州的摩尼教组织进行了调查，发现这一带明教斋堂达四十余所，"聚集侍者、听者、姑婆、斋姊等人，建设道场，鼓扇愚民男女，夜聚晓散"[2]，其长老被称为"行者"。孙悟空，又被称为孙行者、孙长老。《西游记》中的沙僧，又为侍者。这些斋堂明显带有堂口性质。刘克庄诗"取经烦猴行者"表明，当时尚未以孙行者命

---

[1] 张同胜：《〈西游记〉与西域动物》，载高原、朱忠元主编《中国古代小说戏剧研究》第8辑，甘肃人民出版社2012年版。

[2] （清）徐松辑：《宋会要辑稿》，中华书局1957年版，第165册，第6534页。

名。孙悟空的称谓,经历了从猕猴王到猴行者,再到石猴(美猴王)、弼马温、齐天大圣、大力王菩萨、斗战胜佛等诸多称谓。

在《大唐三藏取经诗话》中,僧行六人加上猴行者,共七个人,即唐僧、猴行者以及五个小师。五个小师虽然是凑数的(除了其中一个去化斋被变成驴,其他没有任何叙事功能),但是所凑成的总数"七"在琐罗亚斯德教、摩尼教、佛教中却是一个神圣的数字。阿胡拉·马兹达有六位助神,他们七位一体。诗话中的取经者,在人数上与祆教善神完全一致。

摩尼教经典七部,其中之一就是《大力士经》。西游故事的叙事,富有"尚力"的文化色彩。在《西游记》中,孙悟空又被称为"大力王菩萨"。这其实是颇令人质疑的,因为一个猴子,焉能是大力王?小说将牛魔王称为大力王就名副其实了。在《西游记》中,牛魔王的确也是大力王,有诗句为证:"西方大力号魔王。"① 在《西游记》中,孙悟空、猪八戒、哪吒擒拿大白牛牛魔王。在琐罗亚斯德教创世神话中,最初就只有一株植物、一头白牛和一个原人。那么,为什么在粟特人神话中,太阳神、武士密特拉屠杀一头牛?其实,联系印度神话就很好理解了。在印度神话中,以及在婆罗门教(印度教)教徒的信仰中,牛是神圣无比的。而印度雅利安人与伊朗雅利安人本来是同祖先的雅利安人,后来由于冲突而分裂。历史的创伤记忆可以在他们的神话中找到痕迹。阿胡拉即阿修罗(Asura),是波斯神话中的至高神、善神,但是在印度神话中却是与修罗作对的反派;印度的天神德弗(Deva,汉语译为提婆或天,此处的天即神)在波斯神话中为恶魔。如此等等,都是上古时期部落政治斗争的神话记忆。孙悟空与密特拉有密切的关联,拙文《孙悟空与密特拉关系散论》有过探讨②,此处不赘。

在摩尼教的神话世界里,宇宙分为光明世界和黑暗王国。黑暗王

---

① (明)吴承恩著,曹松校点:《西游记》,上海古籍出版社2009年第2版,第505页。
② 张同胜:《孙悟空与密特拉关系散论》,《连云港师范高等专科学校学报》2020年第2期。

国或黑暗世界里的暗魔王是与光明世界相对立的。而魔王、狮子王、鹰王、鱼王、龙王，他们都是暗魔王的化身。从这个角度来看，狮子、鱼、龙王、大鹏金翅鸟等在西游故事中作为反派人物出现就不令人奇怪了。否则，从中国传统文化来看，这些动物在西游故事中的妖魔化叙事就令人难以理解。

狮子在欧洲文化里是勇敢的象征，并广为欧美人所喜爱。在佛教故事里，用狮子吼譬喻佛或菩萨讲法像狮子威服众兽一般，能调伏一切众生。中国大地上没有土生土长的狮子，而从西域来的舞狮子则成为中国古人的玩物。在中亚、西亚，狮子是国王狩猎的对象。我们可以见到一些国王猎豹、猎狮的图像或雕塑。古希腊神话中，英雄赫拉克利特的十二大功绩之一就是杀死了狮子，并将狮子皮披在身上。狮子皮和橄榄棒后来就成为赫拉克利特的身份表征。在粟特人的神话里，狮子是邪恶的表征。在西游故事中，文殊菩萨的坐骑是青狮，它曾两次下凡制造唐僧西天取经路上的"磨难"。狮驼洞里狮子、大象和大鹏金翅鸟结拜为兄弟，合力捉拿唐僧。乌鸡国阉割了的狮子为主人公文殊菩萨报仇。西游故事中的狮子，似乎都不是正面人物，它们至少是唐僧取经路上的对头。

在汉民族文化语境中，鱼一般是吉祥、富裕的表征，它与"余"谐音，因而年画有娃娃抱着几条鱼，谓之"年年有鱼（余）"；中国古人尤其是南方渔猎民族又认为鱼是龙的原型，如"鲤鱼跳龙门"，鲤鱼跳过龙门就成了龙。而作为九似形象的中国龙，鳞似鱼，龙须即鱼须。鱼在中国叙事文学中几乎没有负面形象，它是吉祥物。可是，在《西游记》中，有多处叙事鱼都是妖怪恶魔的身份：如第四十八回、第四十九回，劫持唐僧吃唐僧肉的竟然是观世音菩萨"莲花池里养大的金鱼"；再如第六十二回、第六十三回，光芒四射的金光寺舍利子宝塔被九头驸马和龙王下了一场血雨，将舍利子偷去；听说孙悟空西天取经，特委派鲶鱼怪、黑鱼精巡拦。这是为什么呢？在波斯，尤其是在东部波斯即粟特人的神话故事中，鱼往往是恶的表征。在摩尼教神话中，暗魔王的化身之一就是鱼王。如此说来，西游故事中的鱼叙事，其褒贬情感倾向不是与中土的吉祥意义的鱼故事相契合，而是与西域的暗魔王的鱼符号意义相一致，这难道不值得我们注意吗？

《西游记》第五十五回，毒敌山琵琶洞里有一只蝎子变成美女，捉拿住唐僧逼着交媾。这只蝎子精很厉害，连如来佛都怕她的倒马毒，后来被昴日星官收伏。"行者叫声'昴宿何在？'只见那星官立于山坡上，现出本相，原来是一只双冠子大公鸡，昂起头来，约有六七尺高，对着妖精叫一声，那怪即时就现了本相，是个琵琶来大小的蝎子精。"① 有一幅敦煌素画，画有两位女神，一位手里擎着一条小狗，另一位手里拿着一只蝎子。有学者解读说，拿着蝎子的是恶神。② 蝎子很早就出现在人类的神话里，例如，古埃及《都灵纸草》第1993号记载："冲啊，蝎子！离开拉！荷鲁斯之眼，离开神！口中的火焰——我是创造你的人，我是派遣你的人——到地上去，强有力的毒！"③ 在埃及神话中，伊西丝在逃离塞特迫害的时候，一路上由七只蝎子护卫，它们是蝎子女神塞尔凯特的化身，三只蝎子在轿子前面，两只蝎子在轿子里，还有两只蝎子在轿子后面。④ 在波斯神话中，也有蝎子的叙述，其中最为我们所熟知的就是上述敦煌白画 P.4518（24）号：两个女子坐在一起，其中一个手里拿着蝎子、蛇，身边是一匹狼；另一个女子手里擎着盘子，里面有一条小狗。这是祆教中的善恶两位女神。在祆教中，蝎子是恶动物的表征之一，怪不得在西游故事中连佛祖都害怕她。

在《大唐三藏取经诗话》中，有"林鸡似凤"的叙述，这体现了琐罗亚斯德教对鸡的崇奉。从壁画图像可知，琐罗亚斯德教圣火的祭司为人首鸡身之形象。鸡头城是弥勒的人间净土。在印度神话中，公鸡是室犍陀战神的法器。在贵霜的硬币上面，战神（Orlagno）手握长矛，头戴翼冠，手中有一只鸡。在丹丹乌里克最近发掘的一座寺庙里，

---

① （明）吴承恩著，曹松校点：《西游记》，上海古籍出版社2009年第2版，第468页。
② 姜伯勤：《中国祆教艺术史研究》，生活·读书·新知三联书店2004年版，第241页。
③ ［英］加里·J.肖：《埃及神话》，袁指挥译，民主与建设出版社2018年版，第33页。
④ ［英］加里·J.肖：《埃及神话》，袁指挥译，民主与建设出版社2018年版，第69—70页。

有幅罕见的三圣像，一位神骑在大鸟上，四手持武器和一只公鸡。他之前被认为是梵天或者风神。其实，他是骑着孔雀的印度战神室建陀，因为他手里拿着其战神身份的表征公鸡。鸡在琐罗亚斯德教中是善禽、圣禽、灵鸟，引导人的灵魂进入天国。这里的公鸡为斯劳莎。正由于这个缘故，它传入中国后，至晚自北齐时，每每朝廷大赦的时候，都要树金鸡，即金鸡放赦。如前所述，《西游记》第五十五回，昴日星官收伏蝎子精时现了本相，它是一只双冠子大公鸡。琐罗亚斯德教崇尚火、日月星辰、光明。昴宿住在东方光明宫里。《西游记》第七十三回中的百目魔君就是蜈蚣，孙悟空求助于母鸡（昴日星官的母亲）才将其收伏。百脚山上，蜈蚣成精，孙悟空建议国王在山上散养公鸡千只，除此毒虫。①

波斯雅利安神话中有一些巨兽和大鸟，如生有三张嘴巴、三个脑袋和六只眼睛的巨妖阿日达哈克，后被法里东所击败；再如加尔沙斯布力斩巨龙，这条龙遍体流脓，有上千个肚子、鼻子和脖子等。埃斯凡迪亚尔在击退土兰之军前，需要过七关，其中第五关为"杀死一只大鸟"。②《西游记》中的九头驸马："现了本相，乃是一个九头虫，观其形象十分恶，见此身模怕杀人！他生得：毛羽铺锦，团身结絮。方圆有丈二规模，长短似鼋鼍样致。两只脚尖利如钩，九个头攒环一处。展开翅极善飞扬，纵大鹏无他力气；发起声远振天涯，比仙鹤还能高唳。眼多闪灼幌金光，气傲不同凡鸟类。"③

西亚、中亚、南亚神话中的野猪与圈养的家猪，其形象和所受到的情感对待大为迥异。古印度的楼陀罗被称为"天国的野猪"。粟特人的战神、胜利之神巴赫拉姆其十大化身之一为"公野猪"。猪是水神、雨神、雷神，是琐罗亚斯德教中的战神。摩利支天也是雨神。《西游记》小说中的猪八戒为黑色猪，为"野豕"；而元杂剧中的猪八戒为金色猪，带上了佛教的色彩。《西游记》杂剧之前，西游故事中

---

① （明）吴承恩著，曹松校点：《西游记》，上海古籍出版社2009年第2版，第805页。
② 张鸿年：《列王纪研究》，北京大学出版社2009年版，第52页。
③ （明）吴承恩著，曹松校点：《西游记》，上海古籍出版社2009年第2版，第530页。

尚未出现猪八戒这个艺术形象。在杂剧中，猪八戒自我介绍"某乃摩利支天部下御车将军"云云，一般认为他来自佛教。其实，摩利支天是光神、光明之神，它是佛教神祇，同时又是琐罗亚斯德教中的神祇。琐罗亚斯德教崇奉光明。在粟特人神话里，野猪化身的战神一直与太阳神密特拉并肩作战，从而摩利支天和御车将军与密特拉和战神的关系就不能不令人深思。

唐僧在《大唐三藏取经诗话》中没有坐骑。在《唐僧取经图册》中，他的坐骑为火龙马。在《西游记》小说中，他的坐骑为白龙马。从火龙马到白龙马的改写，表明了什么？在《西游记》杂剧中，孙悟空对白龙马说："火龙，俺三人见观音佛去来。"① 或者称呼他为"龙君"。② 此处的称谓，表征了唐僧坐骑从火龙马到白龙马的过渡。琐罗亚斯德教崇尚火，因此火龙马成了西游故事的首选。琐罗亚斯德教、摩尼教都崇尚白。而佛教传入中土最早的官方记载，则是东汉永平十年（67）白马驮经进驻洛阳，次年朝廷为之建立白马寺。西游故事中的白龙马，既然是在佛教叙事的大框架中展开，自然会采用白龙马。

《大唐三藏取经诗话》云：山犬如龙。这表明了西游故事对狗的崇奉。在琐罗亚斯德教中，狗是神兽。人死之后，必须举行犬视。这里的犬必须是教徒所谓的四眼狗，即全身白色、两耳朵黄色的狗，或者是两眼底下有两撮毛的狗。雅利安人献祭之后，将祭品抛向天空，喂老鹰，或是喂狗，他们认为"狗与鬼神相通"。③ 希罗多德曾记载：琐罗亚斯德教的祭司，只有人与狗他们不敢杀戮，也表明狗这种动物在祆教中的神圣地位。在元杂剧中，猪八戒说他最怕二郎神的细犬。在《西游记》小说中，二郎神的细犬擒住了美猴王。二郎神，一说其原型为祆教中的战神韦勒斯拉纳。笔者认为，此说甚有道理。他们都是英俊少年、三目，手持三叉戟，带着细犬，英勇善战。"山犬如龙"的说法，似乎也表明西游故事最初受到了粟特人祆教之影响。

---

① 马冀编集、校注：《杨景贤作品校注》，内蒙古大学出版社2001年版，第124页。
② 马冀编集、校注：《杨景贤作品校注》，内蒙古大学出版社2001年版，第156页。
③ 龚方震、晏可佳：《祆教史》，上海社会科学院出版社1998年版，第48页。

大唐广德元年（763），牟羽可汗率领回纥骑兵帮助唐肃宗镇压史思明的叛乱。在洛阳他结识了四位摩尼教传教士，并正式皈依了摩尼教。这四位摩尼法师跟着牟羽可汗回到了回纥，摩尼教从此成为回纥汗国国教。摩尼教法师参与回纥贵族的政治，被视作国师。《西游记》写到多个国家中都有国师。《册府元龟》中云："摩尼，回鹘之佛师也。"① 古代中国文人，不谙悉西域宗教，往往将其皆视作佛教。摩尼教东传，在中亚佛教化了，因此传入中土的摩尼教最初与佛教相混淆，唐武宗毁佛后它又穿上了道教的外衣。《西游记》第七十八回、第七十九回，比丘国中的国丈是南极老人星的坐骑白鹿，而他的女儿狐狸是皇宫里的美后。鹿不仅可以做国丈，还可以做国师。第四十四回，黄毛虎、白毛角鹿、羚羊都做了车迟国的国师。唐僧西天取经之西游故事，与摩尼教之间的关联其实是静水深流，它们的间在关系远未深究。例如，在元杂剧《西游记》中，山神对唐僧说："参菩萨，拜圣贤，礼摩尼。"② 为什么不是"礼佛祖"而是"礼摩尼"？在《唐三藏西天取经》中，老回回见到唐僧，"连忙顶礼向前跪膝，忙道两个撒蓝撒蓝的摩尼"。③

动物大战隐喻的是善与恶的斗争，在斗争中，狗、鸡、马、猪、猴子等都是善的化身，而牛、虎、熊、蛇、狮子、大象、大鹏、蝎子、蜘蛛、老鼠等则是恶的暗喻。琐罗亚斯德教的圣经《阿维斯塔》认为，善、恶二神的争斗，便是世界的常态。善即光明，它创造了一切真善美，如火光、秩序、狗、雄鸡等；恶则是黑暗，它创造了一切假恶丑，如猛兽、恶禽、蛇、蝎、毒虫等。

三　神变叙事与幻术书写

《大唐三藏取经诗话》中"过狮子林及树人国第五"云：

---

① （宋）王钦若等编纂，周勋初等校订：《册府元龟》（校订本），凤凰出版社2006年版，第11册，第11300页。
② 胡胜、赵毓龙校注：《西游戏曲集》上卷，人民文学出版社2018年版，第76页。
③ 胡胜、赵毓龙校注：《西游戏曲集》上卷，人民文学出版社2018年版，第41页。

> 猴行者一去数里借问，见有一人家，鱼（渔）舟系树，门挂蓑衣。然小行者被他作法，变作一个驴儿，吊在厅前。驴儿见猴行者来，非常叫唤。猴行者便问主人："我小行者买菜，从何去也？"主人曰："今早有小行者到此，被我变作驴儿，见在此中。"猴行者当下怒发，却将主人家新妇，年方二八，美儿（貌）过人，行动轻盈，西施难比（巾箱本作"此"），被猴行者作法，化此新妇作一束青草，放在驴子口伴。主人曰："我新妇何处去也？"猴行者曰："驴子口边青草一束，便是你家新妇。"主人曰："然你也会邪法？我将为无人会使此法。今告师兄，放还我家新妇。"猴行者曰："你且放还我小行者。"主人噀水一口，驴子便成行者。猴行者噀水一口，青草化成新妇。①

此处的妖法，其实就是比较文学母题中的"幻术"。幻术之于我国文化似乎不是从来就有的，或者上古虽然就已出现，但是直到汉代张骞出使西域之后才在中土盛行。追本溯源，是知识发生学的回望路径之一。

自从张骞凿空西域，西域的幻术就沿着丝绸之路来到了中土。《汉书·张骞传》记载："而大宛诸国发使随汉使来，观汉广大，以大鸟卵及犛靬眩人献于汉，天子大说。"颜师古注曰："眩，读与幻同。即今吞刀吐火，植瓜种树，屠人截马之术皆是也。本从西域来。"② 眩人即魔术师，长于幻术。也就是说，张骞凿空西域，开通丝绸之路后，西域的幻术就传入了中土，并对中国古代文化产生了深远影响。

《后汉书》云："永宁元年，掸国王雍由调复遣使者诣阙朝贺，献乐及幻人，能变化吐火，自支解，易牛马头。又善跳丸，数乃至千。自言我海西人。海西即大秦也，掸国西南通大秦。"③ 幻人即上述之眩人，他们擅长变戏法。这些戏法，为中土人关于妖魔鬼怪、魑魅魍魉、

---

① 李时人、蔡镜浩校注：《大唐三藏取经诗话校注》，中华书局1997年版，第13—14页。
② （汉）班固：《汉书》，中华书局1962年版，第9册，第2696页。
③ （南朝宋）范晔：《后汉书》，中华书局2000年版，第10册，第1926页。

神变世界的想象提供了现实的基础。

《晋书》记载佛图澄能够役使鬼神，至流水侧，从腹旁孔中引出五脏六腑洗之，还纳腹中。《搜神记》写道："永嘉年中，有天竺胡人来渡江南，言语译道而后通。其人有数术，能断舌续断，吐火变化，所在士女聚共观视。"① 佛图澄的清洗内脏、天竺胡人的吐火断舌，这些显然是幻术。宗教弘法一般采取幻术或治病救人的方式，这些方式或者以奇迹或者以怪异炫目、不可思议的事件来呈现。

《洛阳伽蓝记》记载，景乐寺中，"飞空幻惑，世所未睹；异端奇术，总萃其中。剥驴投井，植枣种瓜，须臾之间皆得食"。② 法云寺寺主昙摩罗能够"咒人变为驴马"③，在现实生活中，这无疑是幻术或魔术；但是在神话故事中，这就成了神祇妖怪的本领：如黄袍怪将唐僧变作一只老虎，孙悟空有七十二变，可以念咒语变作蜜蜂、苍蝇什么的。这种变化，在古印度神话中是化身。印度神话中的神祇和仙人都能够化身为他物。

《旧唐书》载："大抵散乐杂戏多幻术，幻术皆出西域，天竺尤甚。汉武帝通西域，始以善幻人至中国。安帝时，天竺献伎，能自断手足，刳剔肠胃，自是历代有之。我高宗恶其惊俗，敕西域关令不令入中国。"④ 唐高宗时，苏定方率领唐军打败西突厥，攻占了中亚一带，从此，此地受都护府羁縻近百年之久。然而，唐高宗竟然"恶其惊俗"，就表明敕令发布之前西域幻术在中土颇为盛行。

摩洛哥旅行家依宾拔都（Ibn Batuteh）所撰《游记》表明，幻术在元朝有了全新的发展：

此夕有一幻术士来，其人乃大汗之奴隶也……其人持一木球，球

---

① （晋）干宝、（晋）陶潜撰，李剑国辑校：《新辑搜神记　新辑搜神后记》，中华书局2007年版，第56页。
② 尚荣译注：《洛阳伽蓝记》，中华书局2012年版，第71页。
③ 尚荣译注：《洛阳伽蓝记》，中华书局2012年版，第286页。
④ （后晋）刘昫等：《旧唐书》，中华书局1975年版，第4册，第1073页。

面有数孔,每孔皆有绳贯之。术士将球掷上空中,球渐高不见……术士手中,尚有绳,断数根而已。彼令其徒,执紧绳乘空,俄倾不见。术士呼之三次,其徒不应。术士持刀,似大怒者,自亦系身于绳而上。转瞬,彼亦不见。片时,彼由空中,掷下童子之一手于地,次又掷一脚,次又掷一手、一脚,次又掷一躯干,再次掷下一头。彼乃喘息而下,衣满溅血。跪伏总督前,唇接地,用中国语,求总督命令。总督与之谈数语。彼将童子四肢,连接成架。复用力踢之。所杀之童子,忽立起,来至吾辈之前。吾详观其毫无损伤。余乃大惊,心悸不可言状。①

《吠檀多经文》和著名古印度诗人迦梨陀娑都提到过印度神仙索幻术(Indian Rope Trick)。但他们提及的只是此一幻术的前半部分,即魔术师将绳抛向天上,绳子挂在天上垂下,一小童便沿绳爬上,并在上端做平衡表演,随后又消失,后来出现在人群中。虽然如此,似乎也可以推知,元代攀升绳子的幻术可能来自印度或波斯的神仙索幻术。而其影响之大,见之于清代蒲松龄《聊斋志异》中的《偷桃》。

《西游记》本是神魔小说,其神通变化叙事早已远超幻术。然而,在西游故事的叙述中,亦有幻术或近似幻术的描写。例如第四十六回,虎力大仙对众人道:(他们)"弟兄三个,都有些神通。会砍下头来,又能安上;剖腹剜心,还再长完;滚油锅里,又能洗澡。"② 于是孙悟空分别与虎力大仙斗接头、与鹿力大仙斗剖腹、与羊力大仙斗下油锅之法术。接头、剖腹、下油锅实质上都是幻术,或者是现实生活中幻术的影子,而这些主要来自上引文献可以作证的大西域文化。

四 方位善恶观的宗教性

《西游记》第八回,如来佛祖在盂兰会上对众人说:"我观四大部

---

① 张星烺编:《中西交通史料汇编》第2册,中华书局2003年版,第651—652页。
② (明)吴承恩著,曹松校点:《西游记》,上海古籍出版社2009年第2版,第387页。

洲，众生善恶，各方不一：东胜神洲者，敬天礼地，心爽气平；北俱芦洲者，虽好杀生，只因糊口，性拙情疏，无多作践；我西牛贺洲者，不贪不杀，养气潜灵，虽无上真，人人固寿；但那南赡部洲者，贪淫乐祸，多杀多争，正所谓口舌凶场，是非恶海。"[1] 从中可见，如来佛对四大部洲具有不同的情感偏向，他极度反感、厌恶南赡部洲。

在第九十八回，唐僧到了西天问佛祖取经时，如来佛祖又说："你那东土乃南赡部洲，只因天高地厚，物广人稠，多贪多杀，多淫多诳，多欺多诈；不遵佛教，不向善缘，不敬三光，不重五谷；不忠不孝，不义不仁，瞒心昧己，大斗小秤，害命杀牲。造下无边之孽，罪盈恶满，致有地狱之灾，所以永堕幽冥，受那许多碓捣磨舂之苦，变化畜类。有那许多披毛顶角之形，将身还债，将肉饲人。其永堕阿鼻，不得超升者，皆此之故也。"[2] 这是唐僧西天取经的缘起，同时也体现了佛祖对南赡部洲的认知偏见。

如来佛对四大部洲尤其是南赡部洲的看法极具歧视性，他打心底里认为南赡部洲是邪恶的，这成了唐僧取经的缘由。可是，这种方位地理上的善恶观，是佛教自身就有的吗？不是的。佛教对大千世界的地理方位没有歧视。佛教经典中常见僧徒到南方求法的记载。那么，《西游记》里的方位善恶观看来不是佛教的？如果不是，那它又是哪一种宗教的方位意识呢？

它是琐罗亚斯德教的方位善恶观吗？也不是。《阿维斯塔》中的《万迪达德》写道："贾姆面向南方，向着光明的方向，向着阳光的方向，用金黄色的棍把土松动，用尖头手杖在地上挖洞……"[3] 据《阿维斯塔》，人类在贾姆的统治下生息繁衍，幸福康乐，从不死亡，于是陆地上很快就人满为患。贾姆按照阿胡拉·马兹达的指示，面向南方朝太阳走去，使其陆地面积比原来扩大了三分之一。他统治了九百年，面向南方朝太阳走去三次，使得土地扩展了三次。从而可知，南

---

[1] （明）吴承恩著，曹松校点：《西游记》，上海古籍出版社2009年第2版，第57页。
[2] （明）吴承恩著，曹松校点：《西游记》，上海古籍出版社2009年第2版，第827—828页。
[3] 参见张鸿年《列王纪研究》，北京大学出版社2009年版，第73页。

方不是《西游记》所描述的淫乱邪恶之地，而是光明之地，因此《西游记》所反映的方位观也不是祆教的。

实际上，《西游记》打着佛教的幌子叙述的是摩尼教的方位观。摩尼教的教义有方位上的善恶观：明界为北方、东方、西方，暗界为南方。[①]大明尊统辖北、东、西三个方向的光明王国，代表清净、光明、善美、仁爱、秩序，是人们向往的净土和乐土。光明王国有"五重光明宝地"，内含净气、妙火、妙风、妙水、妙明，居住着五明身。[②]但是，摩尼教对南方有偏见，说那是曼纽之地，是邪恶之地，是黑暗之邦。黑暗魔王占据南方的黑暗王国，那里充满了烟雾、熄火、飓风、污泥和暗力，居住着五类魔，即怨憎、嗔恚、淫欲、忿怒、愚痴。各类魔都分为雌雄，终日沉溺于情欲和争吵之中。[③]据说南方三分之一也属于光明领地，因而光明王国的面积是黑暗王国的五倍。黑暗魔王主动在"初际"入侵光明王国。《西游记》中如来佛再三地申论南方"贪淫乐祸，多杀多争"，与摩尼教的方位善恶观是完全一致的。这种惊人的一致性可能表明，西游故事是摩尼教或/和琐罗亚斯德教在中土在地化、民间化、娱乐化演绎之后的艺术表现。

雅利安人最早生活在俄罗斯乌拉尔山脉南部草原上，后来迁徙到中亚的阿姆河和锡尔河之间的平原上。大约在公元前14世纪，他们中的一支南下进入南亚次大陆，成为印度人；另一支进入伊朗高原，成为伊朗人。印度雅利安人与伊朗雅利安人在大迁徙之前本是一家，据上述神话可知，他们后来发生过战争。如此说来，以南方为恶的善恶观似乎是伊朗雅利安人的方位偏见？这种偏见可能来自雅利安民族分裂、内讧、迁徙的远古记忆。具体到宗教叙事上，则只有摩尼教对南方带有宗教性的方位偏见。而这一点在"西游"故事中成了唐僧西天取经的缘起。

---

① 元文琪：《二元神论——古波斯宗教神话研究》，商务印书馆2018年版，第395页。
② 元文琪：《二元神论——古波斯宗教神话研究》，商务印书馆2018年版，第396页。
③ 元文琪：《二元神论——古波斯宗教神话研究》，商务印书馆2018年版，第396页。

小　结

　　以上所论，仅仅是西游故事中挂一漏万的几个例证，其实还有很多"西游"故事与宗教/神话叙事之间存在影响关系或类同关系的互文性叙事。比如唐僧为江流儿，其国内原型之研究成果颇丰，胡万川的《中国的江流儿故事》[①] 作过较详细的梳理，兹不赘引，而波斯《列王纪》中的达拉布也是一位著名的江流儿[②]；《西游记》地府里十王之一的平等王（在礼乐等级文化体系中出现"平等王"本来就不同寻常），他来自摩尼教中的夷数即基督教中的耶稣。如此等等，不一而足。本节抛砖引玉，例证西游故事与波斯神话之间存在藕断丝连的相互影响关系。由于前贤时俊对此间在叙事较少关注，故捻出以引起深入探讨的注意。

第六节　孙悟空与密特拉

　　孙悟空的神话原型，或哈奴曼，或无支祁，或混血儿，或赫拉克勒斯，前贤时俊多有精深详细的论析，兹不赘述。然而，孙悟空与密特拉及其相关神祇诸如弥勒、摩尼等的关系，却几乎未被学界深入探讨过。在比较文学平行研究的视域中，可以发现它们之间的事实材料间性关系，故不揣浅陋，试论述之。

一　孙悟空与风

　　《大唐三藏取经诗话》中的猕猴王，化身为白衣秀才保护唐僧西天取经。在《西游记》杂剧中，孙悟空乃一好色的猴子，被观音降伏后成为唐僧的护法。据小说《西游记》，孙悟空是一只天生的石猴。小说写道："那座山正当顶上，有一块仙石。其石有三丈六尺五

---

　　① 胡万川：《中国的江流儿故事》，载马昌仪编《中国神话学文论选萃》下编，中国广播电视出版社1994年版，第734—748页。
　　② 张鸿年：《列王纪研究》，北京大学出版社2009年版，第53—54页。

寸高，有二丈四尺围圆。三丈六尺五寸高，按周天三百六十五度；二丈四尺围圆，按政历二十四气。上有九窍八孔，按九宫八卦。四面更无树木遮阴，左右倒有芝兰相衬。盖自开辟以来，每受天真地秀，日精月华，感之既久，遂有灵通之意。内育仙胞。一日迸裂，产一石卵，似圆球样大。因见风，化作一个石猴。五官俱备，四肢皆全。"①

　　在神话故事中，风孕者有之，印度神话中多见；光孕者有之，草原民族神话中常见。而小说中的孙悟空"因见风"化作一只石猴，即使不是神话中的风孕，也与"风"有关。一说孙悟空的原型为古印度两大史诗之一《罗摩衍那》中的神猴哈奴曼，恐怕也不是没有依据，因为在古印度神话中神猴哈奴曼的生父就是风神伐由。风神伐由，常常跟天帝因陀罗在一起，他的部下是成千上万的马匹。② 在中亚粟特地区，考古文献表明密特拉神（又被音译为密斯拉、密多罗、米罗、密赫尔等）总是与马在一起。马是四千年前中亚人驯服的，因而中亚人被称为"马主"。而美猴王孙悟空曾在天宫里给玉皇大帝做过弼马温，管理玉帝的马群，工作很称职。二者之间似乎的确存在内在的关联。印度神话中的风神伐由，在中亚粟特神话中的对应神为维施帕卡，它既是风神、雨神，又是战神。

　　在中亚粟特人的神话里，战神、胜利之神得悉神的十大化身之一就是"灵光伴随的疾风"或"一阵狂烈的风"。③ 在西亚神话中，《埃努玛—埃利什》叙事诗所描述的"风"是一种武器，是战车，马尔都克曾经以"七风"围困并斩杀提亚玛特，从而成为众神之主。琐罗亚斯德教的维西帕喀尔既是风神、战神，亦是空气之神。摩尼教的要义是二宗三际说，其中"二宗"即明、暗各宗，"三际"即初际、中际和后际。明尊召唤出善母佛，善母佛召唤出先意佛，先意佛召唤出五明佛：清净气、妙风、明力、妙水、妙火。他们与暗魔斗争，结果被

---

① （明）吴承恩著，曹松校点：《西游记》，上海古籍出版社2009年第2版，第2页。
② 金克木：《梵语文学史》，江西教育出版社1999年版，第39页。
③ 元文琪：《二元神论——古波斯宗教神话研究》，商务印书馆2018年版，第212页。

打败，五明子被五类魔所吞噬。明尊召唤乐明佛，乐明佛唤出造相佛，造相佛唤出净风佛。净风佛唤出持世明使、十天大王、降魔胜使、催光明使和地藏明使。他们进入无明境界，救出先意佛。但是，五明子无从得救。在古印度《吠陀》中，风的地位很特别，风是原人呼吸的气息，是吞并者，风神伐由行动迅速，能够给世人带来荣誉与福利。日本神道教中的风神与雷神并肩作战，与创世神有很深的渊源。中国先秦时期，"飞廉""箕宿"为主要风神。在傣族的创世史诗中，"风"是创世神的父亲，是创世神形成的重要因素。在藏族苯教、佛教信仰中，悬挂风马旗和宝圣旗具有驱邪、祈福、求平安、带来好运的作用，以"风"为马传送经文，向神致敬。在小说《西游记》中，孙悟空是唐僧的护法武士，在西天取经的路上降妖伏怪，多次化身为一阵清风；取经成功后被如来封为斗战胜佛。

二　孙悟空与密特拉

1. 石生

当然，在孙悟空的诞生神话中，关键因素还不是风，而是石头。美猴王原是东胜神州花果山山巅上的一块仙石，感孕日月精华，从石卵感风而生。在古代神话、民间故事中，有石头化生的诸多叙事。古埃及、古印度、古希腊神话中，"都是以石头为大地之脐，这些神话也是以石头为大地神的象征"。[①] 中国神话和民间故事中也不乏石头生人的叙述，如大禹的儿子启是石生的，民间有将石头放在树杈上祈子的习俗，也有不孕妇女摸白石求子的民风。《淮南子》修务篇写道："禹生于石。"[②] 这里的"石"本来指的是"石纽"这个地方，后人望文生义，误以为大禹是石头所生。禹的儿子启，据《随巢子》可知，"石破北方而生启"。[③] 启的母亲涂山氏亲眼所见大禹化身为黄熊，心为之死，化为石女。此乃隐喻。大禹大喊"还我子"，于是石破启生。

[①] 王孝廉：《中国的神话世界》，作家出版社1991年版，第172页。
[②] （汉）刘安：《淮南子》（下），陈广忠译注，中华书局2009年版，第1135页。
[③] 马昌仪、刘锡诚：《石与石神》，学苑出版社1994年版，第37—41页。

《吕氏春秋》言："殷人社用石。"① 许慎《说文解字》云："周礼有郊宗石室。"② 白族、藏族、彝族、羌族等对于石头的崇拜至今在民间还有遗迹存在。在云南洱源县和云龙县交界处的兔罗坪山上，有五间石屋，每间石屋里都供有一块巨石，称为石头皇帝，当地人认为这些石头皇帝不仅能主宰人类，还可管辖山神和野兽。蒙古族在其祭火祝词中说："以火石为母，以火镰为父，以石头为母，以青铁为父。"③ 从中可知，火是石头之子。而在五行相生原理中，土生金，何以如此？金居石依山，津润而生，聚土成山，山必长石，故土生金。在小说《西游记》中，孙悟空的另一个称谓是"金公"，或许与此相关。

密特拉神是雅利安人神话中的神祇，出现在琐罗亚斯德教、婆罗门教、摩尼教、密特拉教等神话叙事中。《梨俱吠陀》中，米坦尼和赫梯国王的盟约里就已经出现了密特拉神，表明四千年前它就存在马主雅利安人宗教中。在中亚神话中，密特拉是日神、光明之神、生命之神、信义之神、誓约之神。④ 亚历山大大帝东征，将希腊文化传播到亚洲。受其影响，密特拉成了阿波罗那样的太阳神。

密特拉教认为，创世后"由萨图尔努斯（Saturnus）和朱庇特（Jupiter）统治世界，然后从岩石中生出了密特拉"。⑤ 密特拉纪念碑上的碑文也写道："致全能的、不可战胜的密特拉，生殖之神，从石头之中出生的密特拉。"⑥ 他为何是从石头里出生呢？缪勒所提出来的神话即"语言疾病"说极具阐释力。这一学说认为，神话是由于语言在不同历史时代的误读误解所造成的。琐罗亚斯德教认为世界第一个创造物是"asman"，波斯语的意思是"天空"；然而在琐罗亚斯德教圣经中，"asman"的含义是"石头"，也就是说，密特拉作为太阳神

---

① （宋）欧阳修、宋祁：《新唐书》，中华书局1975年版，第18册，第5674页。
② （汉）许慎：《说文解字》，中华书局1963年版，第8页。
③ 赛因吉日嘎拉、沙日乐岱：《成吉思汗祭奠》，内蒙古人民出版社1987年版，第104页。
④ 张鸿年：《列王纪研究》，北京大学出版社2009年版，第12页。
⑤ 龚方震、晏可佳：《祆教史》，上海社会科学院出版社1998年版，第181页。
⑥ Manfred Clauss, *The Roman Cult of Mithras: The God and His Mysteries*, trans. Richard Gordon, Edinburgh: Edinburgh University Press, 2000, p. 62.

本是"天"或"天空"之子。后人对"asman"的读误,将其理解为石头,误以为密特拉是从石头里出生的。以讹传讹,密特拉由石头所生竟然成为密特拉教宣传其神迹的神奇故事之一。

2. 武士

孙悟空自从花果山山巅石头化生之后,出门拜师学艺。学成之后,在花果山称王称霸,逍遥自得。后被玉皇大帝招安,在天宫里做了弼马温。美猴王大闹天宫,被如来收伏。唐僧西天取经,他为护法,开山辟路,与猪八戒、沙和尚共同降伏妖魔,可谓是唐僧的卫士或武士。中亚的密特拉是武士之神。[1] 雅利安人的神话里,社会阶级分为三个层次:祭司、战士、农夫或牧民。以中亚、西亚的雅利安人神话观之,孙悟空、密特拉都属于刹帝利,即王者兼武士。然而,在南亚次大陆古印度神话中,密特拉却没有战士的特征,从而表明孙悟空与之相关联的密特拉是中亚、西亚而不是南亚的密特拉神。这与中国佛教直接受中亚化的佛教而不是古印度的佛教影响是一致的。

3. 斗牛

据密特拉教的说法,密特拉"他的左手拖着圆球,右手握住了剑,接着是密特拉在追逐牛,伴随着他的是一头狮子和一条蛇,经过一番搏斗后牛被他抓住了,他骑在牛背上带回到洞穴中,于是出现了神话的中心主题即杀牛的场面"。[2] 在《西游记》中,孙悟空与牛魔王一开始是结拜兄弟,后来在取经途中由于牛魔王的儿子红孩儿的缘故,与牛魔王的一家子——牛魔王之弟如意真仙、牛魔王的妻子铁扇公主以及牛魔王本人都成为仇敌。唐僧师徒过火焰山时,托塔李天王、哪吒等帮助孙悟空最终降伏了牛魔王,从此牛魔王皈依了佛门。密特拉的神迹之一是屠戮一头白公牛;密特拉在蛇、蝎子、狗的帮助下杀死了大白牛。在西天取经路上,孙悟空与牛魔王几经交手,最后在李天王和哪吒的帮助下收伏了牛魔王这头大白牛,使其皈依了佛教。牛者,

---

[1] 龚方震、晏可佳:《祆教史》,上海社会科学院出版社 1998 年版,第 184—185 页。
[2] 龚方震、晏可佳:《祆教史》,上海社会科学院出版社 1998 年版,第 181 页。

皆为大白牛，而大白牛是大西域的土产。

4. 外道

在琐罗亚斯德教中，密特拉神是太阳神、契约神、战神，处于善神、恶神之间，也就是说，他既可以为善，也可以作恶。① 孙悟空一开始是妖猴，自封为齐天大圣，大闹天宫，闹得天地不宁，与如来佛打赌输了被压在五指山（五行山）下。荣新江对密斯拉（密特拉）的形象、判定标准等进行了详细考证，指出原定为如来佛降伏的外道的雕像实乃密特拉神。② 孙悟空与密特拉都是被如来佛降伏的外道。孙悟空在唐僧西天取经路上是车迟国苦力和尚们日夜盼望的"大力王菩萨"。③ 摩尼教教义，要言之，为"清净、光明、大力、智慧"，其七部经典之一为《大力士经》。孙悟空护送唐僧到西天功德圆满后被如来佛封为斗战胜佛，终于修成正果。在弃恶从善这一点上，孙悟空与密特拉非常类似，这似乎又可以解释孙悟空大闹天宫、地府、龙宫与成为唐僧护法神这样恶善两极的经历。

5. 眼睛

契约之神密特拉维护正义、守卫天则，从不入眠。"密特拉神善于辞令，拥有千只耳；形体优美，有万只眼；他身材高大，视野广阔，体态强健，永不入眠，四处走动，抓寻违约者。"④ 孙悟空是只石猴，任职弼马温时兢兢业业，勤勤恳恳。在饲养天马时，他也是"昼夜不睡，滋养马匹。日间舞弄犹可，夜间看管殷勤：但是马睡的，赶起来吃草；走的，捉将来靠槽"。⑤ 密特拉"千眼万耳"，孙悟空火眼金睛：他们都善于识别伪装的敌人。

6. 武器

密特拉神的武器是狼牙棒或铁棒。《耶什特》赞美他说："他手

---

① 黄心川主编：《世界十大宗教》，东方出版社1988年版，第39页。
② 荣新江：《中古中国与外来文明》，生活·读书·新知三联书店2001年版，第326—342页。
③ （明）吴承恩著，曹松校点：《西游记》，上海古籍出版社2009年第2版，第366页。
④ Ilya Gershevitch, *The Avesta Hymn to Mithra*, UK: Cambridge University Press, 1959, p. 77.
⑤ （明）吴承恩著，曹松校点：《西游记》，上海古籍出版社2009年第2版，第27—28页。

持百节百刃的狼牙棒,此棒乃武器之王,它由镀金、坚硬的铁铸成,一旦掷出,必致对方死地。"① "草原之主密特拉的战车上,备有千把精制的铁棒。坚硬的铁棒会飞向恶灵的头颅。"② 小说《西游记》中的孙悟空,他使用的武器是金箍棒,这是东海龙宫里的定海神针。《西游记》杂剧和平话中的孙悟空,使用的武器是生金棍或生铁棍。

7. 野猪

在《西游记》中,唐僧最主要的两位护法是孙悟空与猪八戒,他们起着武士护卫的作用。小说写道,猪八戒的原型是一头黑野猪。乌巢禅师所谓的"野猪挑担子"③,指的就是猪八戒。据《密特拉颂》可知,密特拉的战友维勒斯拉耶纳(又被音译为韦勒斯拉纳、韦雷特拉格纳、维拉士拉格纳、巴赫拉姆、维施帕卡或得悉神)总是化身为一头公野猪,他与密特拉共同作战。"在密特拉后面飞翔的是维勒斯拉耶纳,它是一头凶猛的野公猪,它牙齿锋利,可以一击毙命,它冷酷无情、让人望而却步,它满脸斑点,但身手敏捷。"④ 猪八戒与大西域野猪战神之间的关系,详参后文,此处不赘。

8. 独身

阿诺德·汤因比在《人类与大地母亲:一部叙事体世界历史》中认为:"密特拉不是一位自我献身的无辜的牺牲品,而是一个令人厌恶的屠夫。其次,密特拉厌恶女人。他没有母亲,还过着独身生活。"⑤ 孙悟空的一生其实也是打打杀杀的英雄的一生,他是一位杀手,对于妖魅鬼怪而言。在男女性事上,孙悟空自己说:"我从小儿不晓得干那般事。"⑥ 他是石卵所化、花果山天生圣人,自然无父无母。

---

① Ilya Gershevitch, *The Avesta Hymn to Mithra*, UK: Cambridge University Press, 1959, p. 121.
② Ilya Gershevitch, *The Avesta Hymn to Mithra*, UK: Cambridge University Press, 1959, p. 139.
③ (明)吴承恩著,曹松校点:《西游记》,上海古籍出版社2009年第2版,第154页。
④ Ilya Gershevitch, *The Avesta Hymn to Mithra*, UK: Cambridge University Press, 1959, p. 137.
⑤ [英]阿诺德·汤因比:《人类与大地母亲:一部叙事体世界历史》,徐波等译,上海人民出版社2001年版,第265页。
⑥ (明)吴承恩著,曹松校点:《西游记》,上海古籍出版社2009年第2版,第183页。

在小说《西游记》中，他没有结过婚。如此等等，皆表明孙悟空与密特拉何其相似。

由以上可知，孙悟空与密特拉的共同之处，约略言之，主要有：他们都是从石头里出生的；他们都是武士；他们都曾与牛进行过斗争；他们都曾作过恶，后从善为善；他们都是被如来佛收伏的外道；他们使用的武器都是铁棒；他们的助手和战友都是一头公野猪；他们都善于识别妖魅鬼怪；他们都可以从不入眠；他们都不好女色；他们都没有母亲；他们都主持正义……他们难道仅仅是不同的独立文化生态中的类同现象吗？静水深流，水下世界难道是孤立的存在吗？

三 密特拉与弥勒佛

中国古代的民间宗教文化，如大乘教、白莲教、明教等都有"为有牺牲多壮志，敢教日月换新天"的教义，其中的弥勒救世思想或许一方面是佛教未来佛的使命，另一方面则可能受到了摩尼教的影响。民间宗教的核心特征是杂糅混淆。弥勒教掺杂着摩尼教的教义，摩尼教本身则接受了琐罗亚斯德教、佛教、基督教尤其是诺斯替教等教义。摩尼教认为，人的肉体囚禁着光明分子，为了解救光明分子，应该消灭肉体，故倡导杀戮，并反对人的生产。在摩尼教中，大明尊召唤出第三使者日光佛，即日天密特拉。中国本土化的西域宗教大乘教宣传说人生是苦的，杀人是救其苦，助人解脱。弥勒教主张："杀一人者为一住菩萨，杀十人者为十住菩萨。"[①] 杀人是一种功德，杀人多了可以成为菩萨，甚至能够成佛。民间宗教宣传弥勒佛在龙华树下普度众生，都到西方净土，富有造反精神。

古代中国社会底层的暴动，往往借助民间宗教的组织和领导。弥勒教尤其是中国本土化的上上乘富有反叛精神。这与孙悟空大闹天宫、地府和龙宫在精神上是完全一致的。陈寅恪在《西游记玄奘弟子故事

---

① （北齐）魏收：《魏书》，中华书局1974年版，第2册，第445页。

之演变》中认为，孙悟空大闹天宫，本于古印度《顶生王升天因缘》，此一发现，极具卓识。其实，如前所述，古印度神话中多有苦行者大闹天宫的叙事，不止《顶生王升天因缘》一例。因此有必要探讨孙悟空与弥勒佛之间的关系。弥勒佛来自印度古老经典《梨俱吠陀》中的Mitra（音译为密特拉），而Mitra又与伊朗琐罗亚斯德教古老的经典《阿维斯陀》中的"Mithra"是同一个词，据此，中外学界不少学者都认为弥勒信仰源自伊朗的密特拉信仰。[1] 例如，有学者（Alexander Soper）认为，一是从语词上看，"Maitreya"和"Mithra"发音十分近似，印度的"Maitreya"可能来自"Mithra"；二是从思想来看，弥勒佛的救世思想迥异于早期佛教思想，弥勒佛作为佛教中的弥赛亚思想一定是来自伊朗"Mithra"。[2] 其实，"Mithra"与"Mitra"是同一神祇的不同书写，它们都是雅利安人神话中的同一神祇。丹尼提到在《薄伽梵歌》中，弥勒的名字是太阳神的108个名称之一；在贵霜帝国时期太阳神和"Mithra"是融合在一起的，所以他认为"Maitreya"之名来自"Mithra"，并融进了太阳神的观念。[3] 由此可以推知，弥勒即密特拉，孙悟空的原型为密特拉，因而弥勒也是孙悟空的原型。弥勒教的造反精神，或许就是文学艺术中齐天大圣大闹天宫的思想原型。

天宫的艺术形象，是波斯人最早在其神话中建构的。琐罗亚斯德教"首先提出灵魂不灭的说法和天堂、地狱等观念"。[4] 恩格斯在《论原始基督教史》中认为，为了成为宗教，远古的一神主义不能不向远古的多神主义做些让步，"Zend-A-vesta"便已开其端。犹太人脱离犹太教迁就异教徒的诸具体神，是一直在慢慢进行的，而在排除波斯式的天

---

[1] 普慧：《略论弥勒弥陀净土信仰之兴起》，《中国文化研究》2006年第4期。

[2] Alexander Soper, "Asepect of Light Symbolism in Gandharan Sculpture", *Artbus Asiae*, Vol. 12, 1949, pp. 265–266.

[3] Ahead Basan Dani, "Mithraism Maitreya", in Etudes Mithriaques (ed.), *Encyclopedie permanente des etudes irani-ennes*, Leiden, 1978, p. 93.

[4] 张鸿年：《列王纪研究》，北京大学出版社2009年版，第17页。

宫建制之后，把宗教弄得更加适合于人们的幻想。① 天宫叙事，最早出现在西亚神话中。在古印度神话中，也经常见到苦行者修得大法力之后大闹天宫的叙述。也就是说，是雅利安人最早发明的天宫叙事。

印度的宗教崇尚苦行，卓绝的苦行可以得大法力，有了大法力便可以上天入海，甚至将天帝因陀罗赶下界。风神伐由曾经因为因陀罗用金刚杵欺负他儿子哈奴曼而生气，大闹过天宫。季羡林在其著述中对此往往一提而过。在古印度神话中，当我们经常读到苦行者大闹天宫的叙述后就会理解季羡林何以懒得去论证它了，因为类似的驱逐天帝的叙事在印度神话中比比皆是，这既然是事实，又何必多说？中国封建社会，儒学是正统。有子曰："其为人也孝弟，而好犯上者，鲜矣。不好犯上，而好作乱者，未之有也。"② 儒学规训的民氓，其理想不过是鲁迅所谓的"做稳了奴隶的时代"。然而，天生圣人美猴王，其造反精神，尤其是敢于大闹龙宫、地府、天宫，在正统文人看来实属十恶不赦。美猴王固然读过《论语》，有他引用《论语》中的"人而无信，不知其可"③ 为证，然而，他的"皇帝轮流做，明年到我家"的宣言④，与大传统的儒家文化相悖，但是与民间文化，尤其是民间宗教文化的内在精神却是相契合。

在佛教说法中，弥勒佛住在兜率宫里。然而，在《西游记》中，是太上老君住在三十三天兜率宫里。太上老君的身上被打上了弥勒、密特拉的印记。在波斯帝国君权神授的塑像中，密特拉将象征王权的圆圈授予居鲁士、大流士等国王。在琐罗亚斯德教表征灵魂的大胡子老爷爷图像中，这位老爷爷手中也拿着一个圆圈。在《西游记》中，齐天大圣苦战七圣，太上老君偷偷抛金刚琢（又名金刚套）打中美猴王的天灵，孙悟空立不稳脚，跌了一跤，被二郎神的细犬咬住。太上老君、弥勒佛都曾帮助观世音菩萨在唐僧师徒西天取经的

---

① ［德］恩格斯：《论原始基督教史》，何封译，人民出版社1961年版，第48页。
② 杨伯峻译注：《论语译注》，中华书局1980年版，第2页。
③ （明）吴承恩著，曹松校点：《西游记》，上海古籍出版社2009年第2版，第4页。
④ （明）吴承恩著，曹松校点：《西游记》，上海古籍出版社2009年第2版，第52页。

路上故意设置障碍，刁难、磨难唐僧师徒，这是宗教教徒通过修行获得正法的必然途径。

四 弥勒与摩尼

有学者认为，弥勒教与古印度宗教关系不大，反而与波斯宗教相关。"在印度，关于弥勒的思想、信仰，甚至名号，都没有说清楚。并且那是在古代的婆罗门教与佛教里所完全看不到的东西。这个思想、信仰、名称，与伊朗的祆教有密切关系。"[1] 祆教即中亚化的琐罗亚斯德教。李瑞哲认为，佛教中关于未来佛弥勒的传说，很可能受到来自伊朗宗教特别是摩尼教的影响，具体地说，可能和古代伊朗关于救世主或摩尼教关于光明使者重返人间的观念有关。[2] 在世界宗教史上，摩尼教被称为"变色龙"，原因就在于它的在地化：它西传接受了基督教的部分教义，与基督教相混淆；东传则披上了佛教的袈裟，话语中充斥着佛教的术语。林悟殊认为："中亚的摩尼传教师之所以能将其宗教在中原传播，其重要原因之一盖在于该宗教经过中亚的改造，已变成了一个佛教色彩浓厚、易为唐代中国人所接受的宗教。"[3] 摩尼教在中土弘法，打着佛教的幌子。唐玄宗敕令批评说："摩尼法本是邪见，妄称佛教，诳惑黎元，宜严加禁断。"[4]

在民间话语中，弥勒即摩尼，摩尼即弥勒。摩尼教中的摩尼与弥勒教或大乘教中的弥勒等同为一。"在帕提亚语摩尼教文献残片 M801 中提到，摩尼被当成弥勒佛，并称是他打开了乐园的大门。M42 中记载一位明使对另一位神的训示：'由于你从佛陀处得到本领和智慧，女神妒忌你。当佛陀涅槃时，他曾命令你在这里等待弥勒佛。'这里都说明摩尼与弥勒佛是同一尊神祇。"[5] 马西沙说："弥勒观念与摩尼

---

[1] [法]列维：《佛教人文主义》，载冯承钧译《世界佛学名著译丛》第 58 册《西洋汉学家佛学论集》，华宇出版社 1988 年版，第 24 页。
[2] 李瑞哲：《龟兹弥勒说法图及其相关问题》，《敦煌研究》2006 年第 4 期。
[3] 林悟殊：《摩尼教及其东渐》，中华书局 1987 年版，第 122 页。
[4] （唐）杜佑：《通典》卷 40，中华书局 2016 年版，第 1095 页。
[5] 杨富学：《回鹘摩尼教研究》，中国社会科学出版社 2016 年版，第 34—35 页。

教的融合出现的时代很早。"① 林悟殊也认为:"弥勒的教义与摩尼的教义是有着一定的联系的,这种联系很可能是两教在中亚糅合掺杂的结果。"② 他又说:"吐鲁番出土的伊朗语系摩尼教文献残片中,已证明公元三四世纪,(摩尼教)中亚教团已引进佛的概念,尔后甚至把摩尼称为弥勒佛。"③ 职是之故,中国古代社会中以弥勒弥赛亚思想号召起义造反的,不排除有摩尼教的影响。

那么,大西域的猴子故事,诸如哈奴曼、佛教中的猴子护法等是通过什么途径传播到中土的呢?在一个 7 世纪的佛舍利盒上,绘有假面舞会:鼓手敲着鼓,号手吹着号,竖琴手弹奏着音乐,化装成武士、鹰、猴子以及各种人物、动物的舞蹈者列队而行。④ 龟兹有一种"婆罗遮"的舞蹈:"婆罗遮,并服狗头猴面,男女无昼夜歌舞。"⑤ ……从这些文献证据可以推知,美猴王的故事可能就是通过丝绸之路从大西域传入中土的。

密特拉、弥勒、摩尼等神祇也是沿着丝绸之路通过佛教、祆教、摩尼教、弥勒教等在中土的流传而渗入草莽民间和市民社会。随着《大唐三藏取经诗话》的演义和传播,西游故事就在它们杂合的过程中生成了。西游故事是民间话语的产物,其中的宗教不是大传统中的儒释道,而是小传统中的民间宗教。这种民间宗教掺杂着诸如祆教、摩尼教、景教等来自大西域的宗教。

简言之,《西游记》中孙悟空艺术形象的塑造,与大西域雅利安神话中的密特拉、弥勒以及摩尼信仰密切相关。这对于西游故事的源流正变的考察,或许具有类型学意义上的价值。

第七节 猪八戒与瓦拉哈

关于猪八戒的原型,迄今已有朱士行、牛卧、金色猪、驴等诸多

---

① 马西沙:《历史上的弥勒教与摩尼教的重合》,《宗教研究》2003 年第 1 期。
② 林悟殊:《摩尼教及其东渐》,中华书局 1987 年版,第 57—58 页。
③ 林悟殊:《摩尼教及其东渐》,中华书局 1987 年版,第 35—45 页。
④ 霍旭初:《龟兹艺术研究》,新疆人民出版社 1994 年版,第 241 页。
⑤ (唐)段成式撰,方南生点校:《酉阳杂俎》,中华书局 1981 年版,第 46 页。

说法。

杭州佛教协会编《灵隐》认为，朱八戒传说是三国时往西域求法的第一僧人朱士行。

陈寅恪认为，猪八戒的原型是《根本说一切有部毗奈耶杂事》之《佛制苾刍发不应长缘》中的牛卧苾刍：天神为了避免国王伤害牛卧，自变身为一大猪，国王随后追逐这头猪。于是牛卧乘机逃走。[①]

有学人认为佛教中的金色猪是猪八戒的原型，可是，根据《西游记》，猪八戒是"黑猪精"，不是"金色猪"，张锦池《论猪八戒的血统问题》已有具论，此处不赘。

杨光熙根据《大唐三藏取经诗话》中有一头驴的叙述，认为猪八戒的前身是"驴"。[②]

以上关于猪八戒原型的考论，不无价值和意义，但为了弄清事情真相，仍有进一步探讨的必要。

一 《西游记》中猪八戒的形象

我们探求猪八戒的原型，应该依据《西游记》文本对他的描述，抓住其本质特征。而依据小说文本可知，猪八戒乃一黑猪精。

猪八戒第一次出场时，是观音菩萨去东土寻求取经人，经过木吒与之打斗后，观音菩萨问："你是哪里成精的野豕，何方作怪的老彘，敢在此间挡我？"（《西游记》第八回）

猪八戒之形貌，另一次出自孙悟空之眼中，即黑脸短毛，长喙大耳（《西游记》第十八回），可见乃黑色猪，不是金色猪。况且，猪八戒是一头"野猪"，不是"家猪"。当唐僧问西去的前程时，乌巢禅师对唐僧说："野猪挑担子，水怪前头遇。"这里"野猪"是"骂的八戒"（《西游记》第十九回）。之前孙悟空要捉拿他的时候，回去也对唐僧说猪悟能嘴脸像一个野猪模样。由是观之，猪八戒的原型只能是

[①] 陈寅恪：《陈寅恪集·金明馆丛稿二编》，生活·读书·新知三联书店2001年版，第166—170页。

[②] 杨光熙：《〈西游记〉中猪八戒形象的前身是"驴"》，《学术月刊》2009年第4期。

"野猪",且是黑色的野猪,而不可能是金色猪或是驴。

《大唐三藏取经诗话》中尚未出现猪八戒这个形象,最早在《朴通事谚解》注引《西游记平话》中为"黑猪精朱八戒"。《西游记杂剧》中的"猪八戒"为"金色猪",显然,这是两个系统。

在《西游记》中,猪八戒初到高老庄的时候,是一黑胖汉,后来就变做一个长嘴大耳朵的呆子,脑后又有一溜鬃毛,身体粗糙吓人,头脸就像头猪的模样,张锦池认为这就是猪八戒"平素的尊容"。

《西游记》中猪八戒这个艺术形象,关键有以下几点需要把握:它是一黑色的野彘,猪首人身,水神。而这个艺术形象,与中国神话中猪的形象大相径庭。那么,在中国神话中,猪是什么样子呢?它是否与猪八戒形貌有一些相似的地方呢?

二 中国神话中猪神的形象

《山海经》的《北山经》《中山经》记载了四十多位"彘身人首"的猪神,这与猪八戒"猪头人身"的形象是截然不同的。

《大荒西经》说:"有兽,左右有首,名曰屏蓬。"与《大荒西经》为同一性质,不同版本的《海外西经》也说:"并封在巫咸东,其状如彘,前后皆有首,黑。"[①] 这里所谓的屏蓬、并封,是两个头的像猪一样的怪物。《逸周书》云:"区阳以鳖封。鳖封者,若彘,前后有首。"[②] 闻一多在《伏羲考》中说:"并封、屏蓬本字当作'并逢','并'与'逢'俱有合义,乃兽牝牡相合之象也。"[③] 这种两头兽显然也与猪八戒的形象相去甚远。

《山海经》中,颛顼之父为韩流,嘴巴像猪,脚似猪蹄。《山海经》还记有"流沙之东,黑水之西,有朝云之国,司彘之国"[④]。徐显之在《山海经探原》中指出,在《北次三经》所述的四十六座山中,

---

① 袁珂译注:《山海经全译》,北京联合出版公司2016年版,第170页。
② 周宝宏:《〈逸周书〉考释》,社会科学文献出版社2001年版,第196页。
③ 闻一多:《伏羲考》,上海古籍出版社2006年版,第21—22页。
④ 袁珂译注:《山海经全译》,北京联合出版公司2016年版,第287页。

"有二十个山的先民所崇拜的图腾是马……其余诸山居住的先民所崇拜的图腾,大都是彘,也就是豕、猪"。①《淮南子》中有"豕喙民",汉高诱注解说"豕喙民"是长着猪嘴一样的人群。《庄子·大宗师》中的狶韦氏是一个开辟大神,形象似猪。

"合窳"其"音如婴儿","状如彘而人面","是兽也,食人,亦食虫蛇,见则天下大水"。②这或许是先民之洪水经验的记录,但并没有言及此兽就是水神,猪八戒是天河里的天蓬元帅,源头恐怕不会出于此。天蓬是天神名。蓬,星名,即蓬星。天蓬,或天宇中如蓬之星也。野猪之鬃毛刚硬瘦长,与天蓬类似。封豕长蛇:长是蛇的外貌特征;封则是猪的外貌特征。封,其中的一个古义是"祭天",封豕、封蓬,祭天之猪也,天猪也。天蓬,即天猪也。猪八戒之天蓬元帅,即猪元帅也。

金董解元《西厢记诸宫调》卷三中有言:便是天蓬黑煞,见他也应伏输。《三国演义》第一〇一回云:"令关兴结束做天蓬模样,手执七星皂幡,步行於车前。"③《水浒传》第十三回:"这个是扶持社稷,毗沙门托塔李天王;那个是整顿江山,掌金阙天蓬大元帅。"④由此看来,猪八戒被称为天蓬元帅是取天蓬之黑煞模样,即黑野猪也。

杜甫诗"家家养乌鬼,顿顿食黄鱼"中的"乌鬼"即猪。唐代杜光庭在《道教灵验记》中写到"天蓬印"和"天蓬咒",它们用来祈雨。在道教中,玄武大帝又称为"天蓬将军"。在传奇、话本中,有关于"黑相公""乌将军"的叙事,它们都指的是猪精。唐人张鷟《朝野佥载》中说,唐代洪州人养猪致富,称猪为"乌金"。唐代《云仙杂记》引《承平旧纂》:黑面郎,谓猪也。唐代牛僧孺《玄怪录》中"乌将军"最具此三大特色:好色、贪食、轻信。"每岁求偶于乡人,乡人必择处女之美者而嫁焉"。他见到素不相识的人,"喜而延坐"

---

① 徐显之:《山海经探原》,武汉出版社1991年版,第14页。
② 袁珂译注:《山海经全译》,北京联合出版公司2016年版,第92页。
③ (明)罗贯中:《三国演义》,人民文学出版社1973年版,第836页。
④ (明)施耐庵:《水浒传》,人民文学出版社1997年版,第169页。

"与对食,言笑极欢"。①

野猪会不会游泳?在太平洋中部的礁石岛上栖息着不少野猪,它们嘴里的獠牙特别锋利,在缺乏传统食物的情况下,还能够在浅海中游泳,靠捕鱼充饥。看来,野猪是会游泳的。《小尔雅》云:豲,猪也。《礼记·月令》云:食黍与彘。注曰:水畜也。

猪八戒是水神,在《西游记》中有多次水中斗战,他和沙僧都是能将,孙悟空则望尘莫及。猪八戒的这一本事,应该来自毗湿奴的化身野猪到海底把陆地拯救上来。

"所谓'豕祸',便是水灾的别称。"②"初民是把'猪',尤其是江猪之类看作兆示风雨的'水兽'……被看做水神、雨神的化身。"③

由以上可知,中国古代的《山海经》关于野猪的叙述,其中"猪身人面"的有四十多位,又有两个头的猪,这些猪的形象,是中国远古神话中对猪想象的产物,但它们都不是"猪头人身"的形象。

猪八戒这个形象与西藏还有密切关系。在《西游记》这部小说中,猪八戒下凡后所生活的高老庄就在乌斯藏国,而乌斯藏是元明时期朝廷对西藏的称呼。元朝中期,整个青藏高原被划分为三个行政区域,其中之一便是卫藏阿里,设乌思藏纳里速古鲁孙等三路宣慰使司都元帅府(亦称乌思藏宣慰司),管辖乌思藏(吐蕃王朝时的"卫藏四茹")及其以西的阿里地区,即今西藏自治区所辖区域的大部。到了明代,朝廷称"西藏"为乌斯藏。

阿坝州的嘉绒藏族,家中供奉"牛首人身"的神像,称为额尔冬,神通广大。④ 猪八戒则是一个"猪首人身"的形象。藏族由于苯教的缘故而崇拜黑色。⑤ 早期苯教又被称为黑教。⑥《新唐书·吐蕃传》

---

① (唐)牛僧孺撰,汪辟疆辑录:《玄怪录》,神州国光社1946年版,第30页。
② 叶舒宪:《中国神话哲学》,中国社会科学出版社1992年版,第296页。
③ 叶舒宪等:《山海经的文化寻踪:"想象地理学"与东西文化碰触》(下),湖北人民出版社2004年版,第1969页。
④ 丹珠昂奔:《藏族文化发展史》(上),甘肃教育出版社2001年版,第391页。
⑤ 丹珠昂奔:《藏族文化发展史》(上),甘肃教育出版社2001年版,第395页。
⑥ 丹珠昂奔:《藏族文化发展史》(上),甘肃教育出版社2001年版,第396页。

记载：藏人"居父母丧，断发、黛面、黑衣，既葬而吉"。天蓬乃黑煞，此形象可能源自藏族苯教中的神话传说。

《西游记》中猪八戒的第一个浑家是卵二姐，这恐怕也与藏族文化有关。在藏族，有很多卵生世界的神话，如《创世歌》《斯巴卓浦》《朗氏家族史》等。① 噶尔梅说："把巨卵作为神和恶魔的最初的起源，这是西藏苯教的一种相当独特的想法。"② 苯教认为，世界最初是混沌，然后是卵，由卵而神、魔等，这或许就是卵二姐命名的本义吧。

藏族的神话传说故事，有的是本民族原有的，有的是受了印度神话影响而合成的，不管怎么样，在唐代的时候，有一些藏族的神话可能传到了中土。文化的交流是无孔不入的。或许唐王朝与吐蕃之间的战争，或许吐蕃占领河西走廊后，藏族的神话也随之传入了西域、中土，并与中土的神话传说融合而生成了新的神话故事。

《西游记》与汉译佛经之间的关系，是很复杂的，一方面，二者之间有渊源，另一方面，小说的作者又不很懂佛经，就如鲁迅先生所说的，小说的作者"尤未学佛，故末回至有荒唐无稽之经目"。③《西游记》的作者将《般若波罗蜜多心经》误以为是《多心经》。其实，"般若"是梵语音译，大智慧的意思；"波罗"为彼岸；"蜜多"为到达的意思。但是，这还远远不够，因为我们需要弄清楚一个问题，即印度神话传说是如何传到中土的？它应该是随着西域佛教之俗讲和藏族文化与中原文化之交流而进入的，并对中原文学产生深远影响。

正如陈寅恪所言："自佛教流传中土后，印度神话故事亦随之输入。观近年发现之敦煌卷子中，如维摩诘经文殊问疾品演义诸书，益知宋代说经，与近世弹词章回体小说等，多出于一源，而佛教经典之体裁与后来小说文学，盖有直接关系。此为昔日吾国之治文学

---

① 丹珠昂奔：《藏族文化发展史》（上），甘肃教育出版社2001年版，第442页。
② 噶尔梅：《苯教历史及教义概述》，载中央民族学院藏学研究所编《藏学研究译文集》，内部铅印本。
③ 鲁迅：《中国小说史略》，人民文学出版社1973年版，第140页。

史者，所未尝留意者也。"① 鲁迅也认为："魏晋以来，渐译释典，天竺故事亦流传世间，文人喜其颖异，于有意或无意中用之，遂蜕化为国有。"②

《西游记》中猪八戒这个艺术形象，既具有中土的文化底蕴，又具有印度文化的独特特征。这一形象的生成，其源头应该是在印度，它通过西藏、西域等地的西游故事而在中土得以丰富和发展。

三 印度神话中的野猪与金色猪

猪八戒是受印度神话毗湿努化身为野猪拯救陆地故事的影响而敷演的，但它不是通过佛教故事传到中土的。现当代的学者，对于印度本源原型的探索，一般溯源到汉译佛经就结束了，其实，那不是源，而是流。因为佛教故事吸纳了大量印度神话、婆罗门教中的神灵及其故事。另外，我们需要注意的是，佛教中的猪与婆罗门教中的猪是两个形象，而元杂剧与元明清小说中的猪也是两个形象，它们是两个系统。《西游记杂剧》中的金色猪，是佛教故事中的说法。

在杨景贤《西游记杂剧》第十三出"妖猪幻惑"中，猪八戒自报家门说："某乃摩利支天部下御车将军。"③ 而摩利支天（Maricideva），又名摩利支菩萨或摩利支提婆。摩利支是梵文"marici"的音译，意思是"光"，"deva"提婆，意思是"天"。从"光"的意义引申附会出它会隐形法，能救人于厄难。它在古印度神话中出现甚早，后来被佛教所吸收。

摩利支天在佛寺的造像是一天女形象，手执莲花，头顶宝塔，坐在金色的猪身上，周围环绕着一群猪。在印度神话中，摩利支天三个头分向三面，各有三只眼。正面善相微笑，菩萨脸；左面猪容，有獠牙，伸舌头，皱眉；右面童女相，面似莲花。乘猪车，常作立或跪于

---

① 陈寅恪：《陈寅恪集·金明馆丛稿二编》，生活·读书·新知三联书店 2001 年版，第 192—197 页。
② 鲁迅：《鲁迅全集》第 9 卷，人民文学出版社 1981 年版，第 50 页。
③ 朱一玄、刘毓忱编：《西游记资料汇编》，南开大学出版社 2002 年版，第 102 页。

车上三折腰舞蹈姿势。身边围绕着一群猪。① 本行集经三十一曰："摩梨支，隋云阳焰。"汉译佛经中译曰"阳焰"，以其形相不可见不可取，故名。又曰华鬘，以天女之形相名之。不空译摩利支天之摩利支天经曰："有天名摩利支，有大神通自在之法。常行日前，日不见彼，彼能见日。无人能见，无人能知，无人能害，无人欺诳，无人能缚，无人能债其财物，无人能罚，不畏怨家，能得其便。"天息灾译之大摩利支菩萨经一曰："摩利支菩萨陀罗尼，能令有情在道路中隐身，非道路中隐身，众身中隐身，王难时隐身，水火盗贼一切诸难皆能隐身，不令得便。"②

从以上可知，猪八戒的原型与摩利支天及其坐骑"金色的猪"并没有关系。但有一点是应该指出的，摩利支天在印度神话中出道甚早，而汉译佛经中的摩利支天不过是被佛教吸纳了而已。在印度神话中，猪并不是可恶的或是可厌的，而是勇猛可与狮子相媲美，深得古代印度人之喜爱，否则，毗湿奴何以曾化身为野猪瓦拉哈（又译作瓦洛哈③）来拯救陆地？这也许才是猪八戒故事的源头。

印度神话说，当妖魔希罗尼亚克夏把大地拖进大海，毗湿奴化身为一头野猪，潜入海底，与妖魔搏斗千年之久，最终将妖魔杀死，使大地解救。在《摩诃婆罗多》中这头黑色的野猪被称为"乔宾陀"：毗湿奴曾下凡化身为野猪，在茫茫大海中找到大地，并将大地重新驮起。因此，毗湿奴又被称为"乔宾陀"，意思是"发现大地者"。

猪八戒的原型，是印度神话中毗湿奴的一次化身，即名叫作瓦拉哈的野猪。笔者以前读到毗湿奴的八次化身的时候，以为野猪就是禽兽的野猪形象，可是等我看到毗湿奴的野猪化身即瓦拉哈的雕像的时候④，笔者明白猪八戒的原型是什么了。原来瓦拉哈是"猪头人身"

---

① 白化文：《汉化佛教参访录》，中华书局2005年版，第110页。
② 丁福保编：《佛学大辞典》，上海书店出版社1991年版，第2564页。
③ [美]戴尔·布朗编：《古印度：神秘的土地》，李旭影译，华夏出版社、广西人民出版社2002年版，第162页。
④ [英]艾恩斯：《印度神话》，孙士海、王镛译，经济日报出版社2001年版。这部著作中图49是毗湿奴的野猪化身瓦拉哈，它是12世纪乔罕风格的板岩雕刻，形象也是"猪首人身"。

的形象，这岂不就是猪八戒的形象吗？《西游记》中的猪八戒就是"猪头人身"，它与瓦拉哈一模一样，显然它的原型就是瓦拉哈。瓦拉哈力大无穷，而猪八戒不是也有很大的力气吗？例如，猪八戒变作一头大猪将七绝山稀柿衕的旧道拱开（《西游记》第六十七回）。

　　古印度对猪的认知和情感是基于森林里野猪的凶猛形象，而不是家猪懒惰不洁的形象。据说，在古代的森林里，野猪比狮子还凶猛，这或许是野猪也作为神的化身的原因之一吧。野猪曾因为勇猛而被崇拜。"猪"这个名词在日本常用作人的名字，日本人用"猪"给幼儿命名，并非为了好养活，而是欣赏猪的勇猛精神。中国古代，汉武帝幼名叫刘彘。彘，即猪。可见，人们在当时并不讨厌猪。欧洲人认为野猪虽然没有角，却是兽类中最凶悍的动物。它的獠牙尖锐而强硬，可以轻易刺伤敌人；它经常在树干上摩擦肩部下胁，使之成为坚强的盾甲。因此，欧洲的许多纹章以猪为图案，表示猛勇和强悍。例如，英格兰王查理三世的徽章是两头猪拱卫着盾牌，苏格兰亚盖公爵的徽章上，猪头像置于图案上方。家猪好吃懒做，且没有什么令人畏惧之处，如果人们单以家猪来理解猪八戒，那么会减少猪八戒形象的本来含义的——尽管猪八戒固有好吃懒做之世俗性。

　　古代的印度人似乎很喜欢"猪"这种动物。例如《罗摩衍那》中有这样的诗句："巨大的野猪住在山洞里，它们在林子里来回荡游；为了想喝水走了过来，吼声就好像那公牛；它们样子都长得很美，人中英豪！你会在池旁邂逅。"[①] 牛在印度是神的化身，而野猪被比作"公牛"，且"样子都长得很美"，予以衷心的赞美，这种情感的喜好爱憎倒是反映了西游故事的地域文化特点。

四　猪八戒是中印文化融合的结晶

　　猪八戒这个艺术形象的生成受了多方面影响，除了其原型瓦拉哈，还有毗罗陀的影子。当毗罗陀被罗摩的箭射中后，他说过一番

[①]　[古印度] 蚁垤：《罗摩衍那（森林篇）》，季羡林译，译林出版社2002年版，第408页。

话："……我曾迷恋过天女兰跋……"① 这一点与天蓬元帅被贬到人间的原因何其相似。天蓬元帅因为"迷恋过"嫦娥，酒后失性调戏嫦娥，被勒令"重责两千锤"贬出天关，"有罪错投胎"，成了"猪刚鬣"（《西游记》第十九回）。

在印度，人们相信万物有灵和轮回转世，猴子和野猪等动物都是受人们崇敬的。而在中国，除了龙，人们似乎并没有什么动物崇拜；况且，在《山海经》中猪神的形象是"人头猪身"，猪八戒却是"猪首人身"。因此，猪八戒这个形象的原型是印度神话中毗湿奴的化身野猪瓦拉哈。

印度神话中瓦拉哈是怎么传到中土的？应该说还是途经佛教的传播（既包括汉译佛经，又包括俗讲变文），虽然佛经中的金色猪与瓦拉哈并非属于同一个体系的神话。但印度人关于猪的思维范式，决定了无论是瓦拉哈还是金色猪都是"猪首人身"，这与中国神话中的猪神"猪身人头"是完全不同的。

现存大英博物馆内，由斯坦因窃去的敦煌唐人绘图像《大摩里支菩萨图》，是一张幢幡，上绘大摩里支菩萨，菩萨脚前有一只猪，猪头人身，双手架开，作奔走如飞状，造型活泼，显出法力无边的样子。曹炳建认为这就是后来传说中的野猪精——猪八戒的最早雏形。② 这幅图中的猪是"猪头人身"，毫无疑问，它也是印度神话思维范式的产物，其原型可追溯到毗湿奴的化身瓦拉哈：佛教中的一些神是将婆罗门教中的神借用了，如大梵天等，只不过地位发生变化罢了；婆罗门教即后来的印度教亦然，在印度教中佛陀成为毗湿奴的第九次化身。这幅画里的那头猪，其"猪首人身"一方面是印度神话的遗传，另一方面则是猪八戒与瓦拉哈的"中间物"，即它是瓦拉哈从印度传入中土的媒介，同时也证明西游故事生成于西域，后随着俗讲变相传入中原，在流传的过程中，这个形象又被打上了中土文化的烙印。

---

① ［古印度］蚁垤：《罗摩衍那（森林篇）》，季羡林译，译林出版社2002年版，第17页。
② 曹炳建：《〈西游记〉作者研究回眸及我见》，《辽宁师范大学学报》2002年第5期。

毋庸置疑，猪八戒这个艺术形象及其故事也有浓郁的中土成分和色彩。或许，朱士行（法号八戒）作为最早西天取经的和尚，得到了西域、中土僧俗的钦敬，于是他们将朱士行即朱八戒与瓦拉哈联系起来，从而敷演出关于猪八戒的有趣故事以及猪八戒这个世俗而可爱的形象。

猪八戒与中国第一个正式出家的和尚朱士行有何关系呢？《西游记》中猪八戒姓猪，而明代之前他是姓朱的，有元杂剧可以为证。朱士行（203—282），三国时高僧，祖居颍川（今禹州市）。朱士行法号八戒，自然是"朱八戒"了。魏齐王曹芳嘉平二年（250），印度律学沙门昙柯迦罗到洛阳译经，在白马寺设戒坛，朱八戒首先登坛受戒，成为中国历史上汉民族沙门第一人。而后，朱八戒便在白马寺钻研《小品般若经》，并且开讲佛经，成为中国僧人讲经的开创者。后来，他听说西域有善本《大品经》，便决心只身西行取经。魏元帝景元元年（260），他从雍州出发，涉流沙河而到于阗，得到《大品般若经》原本，抄写90章，约60万字，于晋武帝太康三年（282）派弟子弗如檀等送回洛阳。朱八戒未及返回故土，在于阗圆寂，享年八十岁。公元291年，陈留仓垣水南寺印度籍僧人竺叔兰等开始翻译、校订朱八戒抄写的《大品般若经》本。历时12年，译成汉文《放光般若经》，共20卷。

朱元璋建立明王朝后，朱是国姓，为了避讳国姓朱八戒改为"猪八戒"。《朴通事谚解》的有关注文记载，唐僧于花果山石缝中救了孙行者，"与沙和尚及黑猪精朱八戒偕往"西天取经。这同明代以前其他有关"西游"故事把"猪八戒"称为"朱八戒"是一致的。明初，杨景贤的《西游记杂剧》中的猪八戒已经由"朱"改为"猪"。并且，将《朴通事谚解》中的"黑猪精"改为"金色猪"。《西游记杂剧》取材于佛经故事，其中的摩利支天猪车中的猪就是金色猪。至于改姓，这显然是因明代国姓为朱，再称猪为"朱八戒"，就会冒触忤本朝国姓的危险，为了避讳，不得不改。

杨景贤《西游记杂剧》第十三出《妖猪幻惑》开头自叙道："自

离天门到下方，只身唯恨少糟糠。神通若使些儿个，三界神祇恼得忙。某乃摩利支天部下御车将军。生于亥地，长自乾宫；搭琅地盗了金铃，支楞地顿开金锁。潜藏在黑风洞里，隐现在白雾坡前。生得喙长项阔，蹄硬鬣刚。得天地之精华，秉山川之秀丽，在此积年矣，自号黑风大王，左右前后，无敢争者。"① 很明显，这里的猪八戒形象与《西游记平话》中的猪八戒形象迥然不同，我们知道，中国戏曲与小说似乎是两个自成体系的系统，如《水浒传》与水浒戏，其中的人物形象、人物性格、故事情节等都不相同。

猪八戒这个艺术形象与中土的猪龙文化也有密切的关系，例如红山文化中有玉猪龙，足见中国古人对猪龙的喜爱和崇拜。另外，《三国演义》第七十三回"玄德进位汉中王，云长攻拔襄阳郡"中，关平在为关羽解梦时说"猪有龙象"：

且说关公是日祭了"帅"字大旗，假寐于帐中。忽见一猪，其大如牛，浑身黑色，奔入帐中，径咬云长之足。云长大怒，急拔剑斩之，声如裂帛。霎然惊觉，乃是一梦。便觉左足阴阴疼痛，心中大疑。唤关平至，以梦告之。平对曰："猪亦有龙象。龙附足，乃升腾之意，不必疑忌。"云长聚多官于帐下，告以梦兆。或言吉祥者，或言不祥者，众论不一。云长曰："吾大丈夫，年近六旬，即死何憾！"正言间，蜀使至，传汉中王旨，拜云长为前将军，假节钺，都督荆襄九郡事。云长受命讫，众官拜贺曰："此足见猪龙之瑞也。"于是云长坦然不疑，遂起兵奔襄阳大路而来。②

这表明远古时代中国古人似乎对猪并不讨厌，虽然喜爱程度可能不及古印度人。猪八戒在当今社会取得了令人心仪的地位：据问卷调查，猪八戒在他们师徒四人中最为女性青睐，甚至到了偶像的地步，

---

① 陈均评注：《〈西游记杂剧〉评注本》，贵州教育出版社2018年版，第76页。
② （明）罗贯中：《三国演义》，人民文学出版社1973年版，第607页。

即"嫁人就嫁猪八戒",原因据说是猪八戒怜香惜玉,懂得温存,而好色、贪吃皆人之本性,甚至成为亲近的理由了。以今例古,猪八戒在元代、晚明商品经济市民文化大潮中颇得小市民的青睐和喜爱。

　　据专家们鉴定:广州博物馆所藏唐僧取经的瓷枕,制作的年代至迟不晚于元代,应为宋、元磁州窑的代表作品。从瓷枕上取经故事图来看,猪八戒长嘴大耳,肩扛九齿钉耙,迈步跟随,但他还没腆着大肚子——瓦拉哈从未腆着大肚子,也没担行李。

　　猪八戒这个艺术形象生成于元代,《朴通事谚解》说《西游记平话》热闹,"闷时节好看",由此可知《西游记》雏形已具,而猪八戒幽默风趣的个性或已形成。在商业经济较发达的元代、晚明,市民的情趣好尚反映在小说戏曲中,西游故事中猪八戒的个性自然也被涂上了市民的色彩。《西游记》中猪八戒好色、怠懒、自私、爱贪小便宜等性格特征,显然是市民个性在小说中的反映。

小　结

　　综上所述,《西游记》中猪八戒这个艺术形象是中印文化交融荟萃的结晶,其艺术形象的变迁史表明它是中印文化交流的结果,因而猪八戒身上既带有印度神话的基因,又带有华夏审美的风习。但是,追根溯源,猪八戒的原型是瓦拉哈。

第八节　沙僧的印度文化渊源试探

　　《西游记》中的沙僧,其原型的溯源迄今虽然多有论述,但是仍然有进一步探讨的空间。沙僧原型的探源,一般追溯到佛教,如李小荣《沙僧形象溯源》认为其原型当是出于密教中的深沙神,蔡相宗《从佛教唯识宗谈〈西游记〉中沙僧形象》认为沙僧形象是佛教唯识宗抽象理论的文学具象,夏敏《沙僧、大流沙与西域宗教的想象》认为沙僧披挂骷髅乃11—14世纪西域流行藏传佛教密宗的形象显现等。项戴骷髅虽然在藏传佛教密宗中常见,但此习俗却源自古印度的婆罗门教。由于佛教亦曾受婆罗门教、耆那教等之影响，因而佛教口传或文字上的相关叙事，尚不是其源，其源应到印度宗教中去探寻。下面笔者从沙僧的身体文化及其遭遇试论述其印度渊源。

一 "苦行"理念的具象化

佛教教义吸收了婆罗门教、耆那教等的教义、神祇及其神话，如婆罗门教中的因陀罗成为佛教的帝释天，婆罗门教教义中的轮回转世、善恶因果、苦行解脱等都被佛教所吸收。婆罗门教提倡苦行，认为苦行可得大法力，转世后能够提升种姓。印度两大史诗《摩诃婆罗多》和《罗摩衍那》都对苦行者进行了由衷的赞美。

《罗摩衍那》一开篇就说："仙人魁首那罗陀，学习吠陀行苦行。"季羡林对"苦行"解释说："梵文 tapas，原意是'发热'或'受苦'，是印度和其他国家的一种宗教迷信活动。做法是身体受苦，比如不吃饭、少吃饭、吃和灰的饭、坐在有钉的木板上、身体倒悬、胳膊高举、用烈火炙烤，等等。"①

佛教的建立者乔达摩·悉达多又被称为"释迦牟尼"，一般译为"释迦族的圣人"。其实，"牟尼"（muni）的意思很多，除了"圣人""仙人"外，还有"苦行者""僧侣""隐士"等。②释迦牟尼在求道的过程中也曾修过苦行。他出家后首先拜沙门为师，实行严厉的苦行，长达六年之久，最后胸肋骨头磊磊然，其臀部骨头就像骆驼的足骨等（这或许是锁骨观音的原型？）。"释迦牟尼的真名是'悉达多'⋯⋯意译'吉财'或'一切义成'"；其姓"乔答摩"是"最好的牛"的意思。③

沙门，"本意是修行者、苦行者，指出家人，多指佛教出家人"。④

---

① ［古印度］蚁垤：《罗摩衍那（森林篇）》，季羡林译，译林出版社2002年版，第420页。
② ［古印度］蚁垤：《罗摩衍那（森林篇）》，季羡林译，译林出版社2002年版，第420—421页。
③ 季羡林：《禅与文化》，中国言实出版社2006年版，第37页。
④ 薛克翘：《印度民间文学》，宁夏人民出版社2008年版，第3页。

沙僧便是印度沙门思想中一个形象代表，他带有印度宗教崇尚苦行的特点。据《西游记》的叙事，沙僧本是天宫中的卷帘大将，仅仅因为打碎了一个玻璃盏便被判了死刑，亏了赤脚大仙求情，免遭杀戮，但仍然被贬到流沙河，且遭受沙僧所说的"七日一次，将飞剑来穿我胸胁百余下方回"（《西游记》第八回）。罪不当罚，打碎一个玻璃盏就要被处死？其中当另有缘故。我们先看一下原文：

怪物闻言，连声喏喏，收了宝杖，让木叉揪了去，见观音纳头下拜，告道："菩萨，恕我之罪，待我诉告。我不是妖邪，我是灵霄殿下侍銮舆的卷帘大将。只因在蟠桃会上，失手打碎了玻璃盏，玉帝把我打了八百，贬下界来，变得这般模样。又教七日一次，将飞剑来穿我胸胁百余下方回，故此这般苦恼。没奈何，饥寒难忍，三二日间，出波涛寻一个行人食用。不期今日无知，冲撞了大慈菩萨。"菩萨道："你在天有罪，既贬下来，今又这等伤生，正所谓罪上加罪。我今领了佛旨，上东土寻取经人。你何不入我门来，皈依善果，跟那取经人做个徒弟，上西天拜佛求经？我教飞剑不来穿你。那时节功成免罪，复你本职，心下如何？"那怪道："我愿皈正果。"又向前道："菩萨，我在此间吃人无数，向来有几次取经人来，都被我吃了。凡吃的人头，抛落流沙，竟沉水底。这个水，鹅毛也不能浮。惟有九个取经人的骷髅，浮在水面，再不能沉。我以为异物，将索儿穿在一处，闲时拿来顽耍。这去，但恐取经人不得到此，却不是反误了我的前程也？"菩萨曰："岂有不到之理？你可将骷髅儿挂在头项下，等候取经人，自有用处。"怪物道："既然如此，愿领教诲。"菩萨方与他摩顶受戒，指沙为姓，就姓了沙，起个法名，叫做个沙悟净。当时入了沙门，送菩萨过了河，他洗心涤虑，再不伤生，专等取经人。[①]

---

① （明）吴承恩著，曹松校点：《西游记》，上海古籍出版社2009年第2版，第60页。

一点小过错，却遭受这么严酷无情的惩罚，这是为何？我想应该从印度宗教提倡"苦行"来理解。印度是"宗教博物馆"，宗教非常之多，但是几乎每一种宗教，如婆罗门教、耆那教等都提倡苦行，并认为"修炼苦行是取悦于天神甚至是超越天神威力的一种方式"。①

唐僧之不近女色，其实在本质上就是色戒之苦行的修炼。印度人认为苦行是达到达磨（dharma）的途径之一，佛教也是如此。沙僧便是一个苦行者。如何理解沙僧的惩罚？其实不应该从罪不当罚这个角度来理解，而应该从沙僧属于沙门，而沙门实行苦行修炼来理解。不用说有了过错，就是没有过错，他们也往往进行自我惩罚，如将一条腿吊起来，常年不落下，以至于肌肉萎缩；或躺在钉子做成的门上，将身体刺得遍体鳞伤；或坐在泥淖中，将自己泥封起来……

《西游记》深受印度神话、印度文化之影响，在小说的行文中也不时地显山露水。例如佛祖对孙悟空说，玉皇大帝自幼修持，苦历过一千七百五十劫，每劫十二万九千六百年，方能享受无极大道（《西游记》第七回）。这显然是印度神话、宗教和哲学中提倡苦行、苦修在西游故事中留下的痕迹，小说行文总是不自觉地露出其间关系的蛛丝马迹。

1983年，金克木先生在《印度文化论集》中介绍了古印度佛教宣传家将概念人物化的作品。这些人物不是以人物说教加以标签——如我们说的概念化人物——而是把哲学原理化为有血有肉的戏剧人物，它本身是很生动的叙事文学，再以哲学概念命名，点明其意义。金克木先生介绍的，有公元1世纪左右的戏剧残本，人物有"觉"（智慧）、"称"（名声）、"定"（坚定）等。有公元11世纪的《觉月初升》，人物有"爱"和"欲"一对夫妻，有国王"心"，他的两个妻子分别生了"大痴"和"明辨"两个儿子，"明辨"将和"奥义"结婚，引发出错综复杂的故事。印度人长于将其意识、概念、哲理等具象化、人物化和故事化。据梵学家的考证，《摩诃婆罗多》这部伟大

---

① ［英］艾恩斯：《印度神话》，孙士海、王镛译，经济日报出版社2001年版，第63页。

的史诗，其本事只占整个篇章一半的篇幅，另一半的篇幅是各种插话和其他形式的插叙。许多插话或插叙，其实都是意识理念之故事化。古代印度的佛教曾运用概念人物化的手法成功地宣传佛教教义。由此可知，沙僧也是此一思维方式的产物，即他是"苦行"意念的化身。

二　骷髅饰品

《西游记》中沙僧项戴人头骷髅的描写，其实是之前西游故事的遗留或继承，并不是吴承恩的原创，其主要受佛教的影响，特别是密宗。但如果要探析其原型，这还是远远不够的，因为密宗的骷髅饰品，其渊源来自印度。

沙僧以人头骷髅为项饰，在西游故事中出现得很早。在《大唐三藏取经诗话》中，沙僧还是作为"深沙神"（据佛典记载，"深沙"与"浮丘"本是两个恶鬼的名字[1]，到唐朝时合而为一，成为佛教密宗的护法神了）出场的时候，他脖子上就已戴着两个骷髅。那两个骷髅是三藏法师的前身，据说唐僧两度被深沙神吃掉。在元人《西游记》杂剧中，深沙神已变成沙和尚，他脖颈上挂着九个骷髅头，据说唐僧"九世为僧"，被沙和尚"吃他九遭"。

玄奘在《大唐西域记》中曾说："外道服饰，纷杂异制，或衣孔雀双尾，或饰骷髅缨络。"[2] 夏敏考察了西藏地区密宗造像的装饰，认为玄奘所说的"外道"就是当时在印度已经流行的佛教密宗。[3]

然而，康保成根据玄奘、辩机《大唐西域记》所记载迦毕式国外道"或露形，或涂灰，连络骷髅，以为冠鬘"认为，公元7世纪，印度佛教中的密宗还不是正宗。后来密宗的势力不仅很快在印度本土发

---

[1] 东晋竺昙无兰译《佛说摩尼罗亶经》云："若有国中鬼，一者名深沙，二者名浮丘。是二鬼健行，求人长短，若有头痛目眩寒热伤心，即当举是二鬼名字，便当说《摩尼罗亶经》，是诸鬼神无不破碎者。"
[2] 《大唐西域记》，董志翘译注，中华书局2012年版，第109页。
[3] 夏敏：《沙僧、大流沙与西域宗教的想象》，《明清小说研究》2005年第1期。

展起来，而且迅速传到中国，到唐玄宗开元年间，"三大士"（善无畏、金刚智、不空）先后翻译密宗经典，并在各地建曼荼罗坛场，密宗才在中国传播开来。《西游记》中沙僧形象的前身——密宗护法神深沙神信仰，就是在这样的背景下兴起的。康保成注意到挂骷髅的深沙神由印度佛典中的恶鬼演变为密宗的护法神后，在中唐时期随着密宗的流行而渐见普遍，《大正藏》《五灯会元》都有深沙神的记录。[①]

公元839年，日本和尚常晓将中土的深沙神王像带到了日本，这个深沙神像就身挂骷髅装饰品。玄奘在流沙河遇难时梦中见到的并且救他性命的毗沙门天的化身，就是沙僧的前身深沙神或深沙大将。根据日本学者中野美代子的考证，沙僧有一幅画像很早以前就传到了日本。在这幅画像中，沙僧的形象是："头发蓬松倒竖，形态狰狞恐怖。颈部挂着七个或是九个骷髅璎珞，腹部显现出一个可爱的童子头像。左手握着蛇，脖子上也缠绕着蛇。双膝上是大象头像，长长的鼻子从短衣下面伸出来。"中野美代子认为："关于（沙僧）双膝处伸出来的象鼻子，与骷髅璎珞一样，让人觉得是接受了印度或西藏邪教神形象的影响所至（致）。在西藏曼陀罗画像中，不仅有骷髅，甚至还有串起活人头颅为璎珞的图像。"[②] 从中野美代子所论述的沙僧这幅画像可知，《西游记》中沙僧其前身深沙神或深沙大将形象所具有的西域特色更为明显。

夏敏根据西域佛教史方面的材料认为，"正是11—14世纪，藏传佛教及其密宗曾给予于阗高昌地区以非常强烈的影响，从古代于阗王国、高昌回纥王国、契丹贵族耶律大石在西域建立的西辽王朝，直至忽必烈统治时期的元王朝，藏传佛教先后在西域得以传播"，因而沙僧"披挂骷髅乃11—14世纪西域流行藏传佛教密宗的形象显现"。[③]

[①] 康保成：《沙和尚的骷髅项链——从头颅崇拜到密宗仪式》，《河南大学学报》2004年第1期。
[②] ［日］中野美代子：《西游记的秘密》，王秀文等译，中华书局2002年版，第40—41页。
[③] 夏敏：《沙僧、大流沙与西域宗教的想象》，《明清小说研究》2005年第1期。

笔者认为，这是沙僧项戴骷髅习俗的源流之流，而不是源头，源头应该一直追溯到古印度。

在印度教造像中，湿婆通常是瑜伽苦行者打扮，遍身涂灰，发结椎髻，头戴一弯新月，颈绕一条长蛇，胸前一串骷髅，腰围一张虎皮，四手分持三叉戟、斧头、手鼓、棍棒或母鹿。他额上长着第三只眼睛，可以喷射神火把一切烧成灰烬。由于古代湿婆派的一些极端信徒有裸体、以骷髅为饰品、用骨灰涂身抹面等习惯，因而，汉译经典又称湿婆派为"涂灰外道"或"骷髅外道"。

公元前4世纪上中叶，即原始佛教的末期，正统佛教与婆罗门教相结合，形成了佛教密宗一派。在佛教密宗中，金刚、明王、护法神等神佛造像大都有骷髅装饰品，有的戴骷髅冠，有的戴骷髅璎珞。例如，怖畏金刚身佩五十颗鲜人头，遍体挂人骨珠串。据说佩戴人骨、骷髅一方面象征世事无常，另一方面象征战胜恶魔和死亡。

在印度佛教里，一般人的骷髅与得道高僧的骷髅价值完全不同。《大唐三藏取经诗话》和元杂剧《西游记》都说沙僧项上的骷髅是唐僧的前身。

最初，沙僧将骷髅头挂在项上并不是观音菩萨的指示，而是他炫耀战功的资本。这种用人头骨来炫耀战功的方式其实源于古代原始部落。据人类学家的研究，世界各地的原始部落，普遍存在猎首、食人并以人的头骨做装饰的习俗。以骷髅为饰，固然是许多人类原始氏族部落的习俗，但对于进化到文明世界的民族，堂而皇之保存在宗教里面，我们确切知道的只有印度。

三 蓝脸与红发

沙僧在国内文本中最早的叙述，见于《大唐三藏取经诗话》，他被称作"深沙神"。但是从《大唐三藏取经诗话》到元杂剧《西游记》，沙僧的形象都很单薄，几乎没有关于身体的描写和叙述，只有到了《西游记》中，沙僧的形象才鲜活丰富起来。《西游记》中沙僧的形象是："青不青，黑不黑，晦气色脸；长不长，短不短，赤脚筋躯。眼光闪烁，好似灶底双灯；口角丫叉，就如屠家火钵。獠牙撑剑刃，红发乱蓬松。一声叱咤如雷吼，两脚奔波似滚风。"（第八回）"一头红焰发蓬松，两只圆睛亮似灯。不黑不青蓝靛脸，如雷如鼓老龙声。身披一领鹅黄氅，腰束双攒露白藤。项下骷髅悬九个，手持宝杖甚峥嵘。"（第二十八回）从以上《西游记》中的描述可知，沙僧长着红发，是蓝靛脸色。

至于蓝靛脸色，其实是有其渊源的，《罗摩衍那》曾对罗刹的面貌有过描述，即他们的"脸色像蓝吉牟陀"，而"吉牟陀是一种植物名"①，这就是说，罗刹的脸色是蓝色的。其实，这还不是根源，根源在于更为远古的印度神话，例如毗湿奴的皮肤就是"蓝黑色"②的，其脸色自然也是"蓝黑色"的了。

婆罗门教中的神祇是如何传入中土的呢？是通过汉译佛经，因为佛教借入了大量婆罗门教中的神祇为其护法，汉译佛经中不乏青黑色的神祇。汉译佛经中不乏"蓝面红发"如此形貌的罗刹，从而流传到民间。《大唐三藏取经诗话》"过长坑大蛇岭处第六"叙说唐僧、猴行者遇到一个白衣妇人，猴行者认定是一白虎精，结果满山都是白虎，于是"猴行者将金镮杖变作一个夜叉，头点天，脚踏地，手把降魔杵，身如蓝靛青，发似硃沙，口吐百丈火光"。③这里的"夜叉"，就是一个"蓝面红发"的形象。

四川《邛崃县志》中说：蜀中古庙多蓝面神像，头上额中有纵目。值得我们注意的是，除了"三目"（杨二郎是三只眼，马王爷是三只眼，而印度史诗中湿婆是三只眼）文化之存留，还有一点也很重要，那就是神像是"蓝面"的。众所周知，中国本土的神像几乎没有"蓝面"的，而四川却有蓝面神像，这里的蓝面神像来自汉译佛经，源自印度。印度神话中有众多的蓝面神祇，如大家熟知的湿婆就是蓝面的。印度人甚至以蓝色为美，《罗摩衍那》中就将悉多的漂亮的眼

---

① [古印度] 蚁垤：《罗摩衍那（森林篇）》，季羡林译，译林出版社2002年版，第125页。
② 杨怡爽：《印度神话》，陕西人民出版社2010年版，第39页。
③ 《大唐三藏取经诗话》，黎烈文标点，商务印书馆1925年版，第20页。

睛比作"蓝色的荷花"。而中国神话体系中这方面也深受西域的影响，像鬼判，其形象便是红发蓝面、皂帽绿袍。

燕京崇仁寺沙门希麟集《续一切经音义》卷五云："摩诃迦罗：梵语也。摩诃此云大，迦罗此云黑，经云'摩诃迦罗大黑天神'，唐梵双举也。此神青黑云色，寿无量岁，八臂各执异仗，贯穿骷髅以为璎珞，作大忿怒形，足下有地神女天，以两手承足者也。"这里的"摩诃迦罗"其实就是印度婆罗门教中的大黑天神，他的形貌具有典型的印度特色，如"八臂"、"骷髅"装饰、青黑云色等。"不同的颜色在印度传统中具有不同含义……蓝色象征着海洋、天空、河流这种大自然中最饱满的颜色，从而体现了毗湿奴的无处不在。但印度传统中也认为蓝色象征着刚毅和男子气概，有蓝色皮肤的人因而就是具有杀魔素质的人。"①

印度的神话传说，糅杂着达罗毗荼人、雅利安人等民族的原始记忆，因此，毗湿奴、罗刹、大黑天天神等或许就是达罗毗荼人这些印度原始土著的神灵之一吧。而毗湿奴作为印度三大神之一，其神灵和威力当然受到信徒的崇拜，或多或少地影响到了西域其他游牧民族，进而在西游故事中的沙僧这个艺术形象上也留下了烙印。

除此之外，沙僧之青面与西北少数民族的乌古斯人之青面可能也不无关系。"古代乌古斯人的著名史诗《乌古斯传》在叙述英雄主人公乌古斯的形象时说：乌古斯'……脸是青的，嘴是火红的，眼睛是鲜红的，头发和眉毛是黑的'。"② 这是因为乌古斯人崇拜青色，在他们看来，青色为神圣之色，此词译自"柯克"，而"柯克"指的是"一切蓝色、青色、深绿色，也指蓝色的天空"。③ 由是观之，沙僧之"蓝靛脸"，是以西域乌古斯人的文化为依据的，并不是想当然地胡乱编造，从而表明西游故事本生成于西域，后来传到了东土。

至于红发，从《阿拉伯波斯突厥人东方文献辑注》可知，印度有

---

① 见《大正新修大藏经》第 54 册，日本大藏经刊行社 1924—1934 年版，第 953、47 页。
② 那木吉拉主编：《阿尔泰神话研究回眸》，民族出版社 2011 年版，第 136 页。
③ 那木吉拉主编：《阿尔泰神话研究回眸》，民族出版社 2011 年版，第 135 页。

一些部落就是"红发"的。例如，罗姆尼岛上生活在沼泽地里的裸体人："他们讲一种听不懂的语言，与兽相似；他们身高四拃，两性器官极小，头发很细，呈红棕色。"①

《神异经·西北荒经》云："西北荒有人焉，人面朱发，蛇身人手足，而食五谷禽兽，贪恶愚顽，名曰共工。"② 这里需要特别指出的是，共工生活在西北荒，其形象之一却是"朱发"，即红头发。神话本是人类现实生活的反映与解释，由此可知，西域或许以前曾生活过红发的民族。

众所周知，生活在西域的乌孙这个民族其头发就是红色的，沙僧之红发是不是与西域的少数民族有关系？唐代颜师古对《汉书·西域传》作的一个注中提到"乌孙于西域诸戎，其形最异，今之胡人青眼赤须状类猕猴者，本其种也"。③ 按此说法，乌孙人应为赤发碧眼、浅色素之欧洲人种。而沙僧之"红发"，要么是西北少数民族与西游故事发生关系的历史痕迹的遗留，要么是中土说书艺人的任意杜撰？后者的可能性比较小，原因就在于《西游记》中师徒四人形象的定型是在元代，即来自西亚、中亚的色目人在神州赤县非常多的时候，也就是说，元代的说唱艺人或许就地取材而将色目人之形貌纳入西游故事之中。这一点绝对不是空穴来风，而是有根据的。元末杨景贤在《西游记杂剧》第三卷第十一出有一个对话："［沙和尚］我姓沙。［行者云］我认得你，你是回回人河里沙。"④

道教中的仙人颇不乏"蓝色"相貌的，如马、赵、温、关四大元帅中的温元帅，"通身蓝的"（《金瓶梅》崇祯本第一回）。道教中魁星的形象是"赤发蓝面"，身上仅仅裹着虎皮裙及镯环飘带，一手捧斗，一手执笔，立于鳌头之上。从魁星的面貌可知，魁星不是中土汉

---

① ［法］费琅：《阿拉伯波斯突厥人东方文献辑注》，中华书局1989年版，第169页。
② （汉）东方朔：《神异经》，见上海古籍出版社编，王根林等校点《汉魏六朝笔记小说大观》，上海古籍出版社1999年版，第56页。
③ （汉）班固：《汉书》，中华书局1962年版，第12册，第3901页。
④ 陈均评注：《〈西游记杂剧〉评注本》，贵州教育出版社2018年版，第66页。

人在文学艺术中的反映。这是为何？外来的和尚会念经，外来的神祇容易骗人。道教神祇之"赤发蓝面"显然是从佛教借来的，而佛教也是借之于印度神话。

综上所述，从沙僧的身体文化及其遭际内蕴、意念化身等可推知，《西游记》中的沙僧具有鲜明的印度文化渊源。

第九节　西游故事数理演变文化论略

　　人文学世界里的数字，不纯粹是数学科学里的计数，而且蕴含着丰富的文化意义，因此，我们需要从数理文化的角度对文学作品中的数字及其数理作进一步解读。2002年，杜贵晨先生在《中国古代文学的重数传统与数理美——兼及中国古代文学数理批评》中提出了"文学数理批评"，当下成了一种文学批评理论。杜贵晨先生指出，所谓"文学数理批评"，"是指从'数理'角度对文学文本的研究。所谓'数理'是指文学文本中数字作为应用于计算之'数'同时又作为哲学的符号所包含的意义。这种意义当然因时代、民族、地域与作家的不同而异，但是都因其作用于文学形象体系的建构而形成文本建构的数理逻辑"。[①] 文学数理批评，实质上是文化批评。文学艺术世界里的数字及其数理，也是文化编码之一种，其背后有丰富的文学或文化意义。在其烛照之下，《大唐三藏取经诗话》、元杂剧《唐三藏西天取经》《西游记》、小说《西游记》中的数字及其数理书写就获得了数理文化的意蕴。

　　在《大唐三藏取经诗话》中，唐三藏西天取经的师徒为何是七人？在元杂剧、小说《西游记》中，唐僧师徒为什么成了五众？在《大唐三藏取经诗话》中，唐三藏为什么在西天取经路上两度被吃掉？而在元杂剧《西游记》中，他为什么被吃过九次？唐僧为什么是如来

---

① 杜贵晨：《"文学数理批评"论纲——以"中国古代文学数理批评"为中心的思考》，《山东师范大学学报》2004年第1期。

佛的二弟子？诸如此类的问题，虽然西游故事中的数字神秘性多有所探讨，这些论析固然富有启发意义，但是由于琐罗亚斯德教、摩尼教等西域宗教中的数理文化未进入研究者的视域，上述问题还有深入研究的必要。

一　从数字"七"到"五"

1. 神圣数字"七"

在《大唐三藏取经诗话》中，唐三藏、猴行者、五个小师共七人一同去西天取经。从诗话的文本叙事可知，那五个小师形同虚设，几乎没有起到什么必不可少的作用，似乎纯粹是为了凑数，除了其中一个小师去化斋而被变成了一头驴。

如果说是为了凑一个数字"七"，那么古代中国数字七有什么深层的文化意义吗？数字七的神圣性是古人对北斗七星的崇拜使然？《左传》云：天数以七纪。《周易·复卦》云：反复其道，七日来复。数字七为阳数之一。《史记·律书》云：阳数成于七。《孟子正义·题辞解》云："篇所以七者，盖天以七纪璇玑运度，七政分离，圣以布曜，故法之也。"[①] 汉代赋有"七"这一文体，如"七发"。唐诗有七言律绝。……然而，上引数字七的中国文化意义，却无法解释《大唐三藏取经诗话》中师徒为何是七人西天取经。

琐罗亚斯德教认为："阿胡拉·马兹达预见到安格拉·曼纽将破坏他所创造的宇宙，就通过他的权能（Spenta Mainyu'圣灵'）事先创造了六位天神（Amesa Spenta'圣神'），充当他创造并保护宇宙的助手。……阿胡拉·马兹达或他的'圣灵'，遂与六位天神一起，联为七柱神（The Heptad）。阿胡拉·马兹达是六天神的'统治者'和'创造者'，而把他们与自己融为'一体'。"[②]

阿胡拉·马兹达创造的这六大天神为：赫沙斯拉·伐利雅，天空

---

① （清）焦循注：《孟子正义》，上海书店1986年版，第2页。
② 龚方震、晏可佳：《祆教史》，上海社会科学院出版社1998年版，第58页。

之神；女神斯潘达·阿尔麦提，大地保护神；胡尔伐达特，水保护神；阿梅尔拉达特，植物保护神；乌胡·玛纳赫，动物尤其是牛的保护神；阿莎·瓦希斯塔，火——宇宙和人类秩序的保护神。① 一说，神主阿胡拉·马兹达的六大助神依次为巴赫曼（在天国代表马兹达的智慧和善良，在尘世为动物神）、奥尔迪贝赫什特（在天国代表马兹达的至诚和纯洁，在尘世为火神）、沙赫里瓦尔（在天国代表马兹达的威严和统治，在尘世为金属神）、斯潘达尔马兹（在天国代表马兹达的谦虚和仁爱，在尘世为土地神）、霍尔达德（在天国代表马兹达的完美和长寿，在尘世为水神）、相莫尔达德（在天国代表阿胡拉·马兹达的永恒与不朽，在尘世为植物神）。这六大天神被统称为阿姆沙斯潘丹。六大天神是阿胡拉·马兹达的助手，他们七位一体。② 在《大唐三藏取经诗话》中，五个小师与猴行者也是唐三藏法师的助手，虽然五位小师没有起到护法的作用。

琐罗亚斯德教、摩尼教都崇拜数字七，如七大神、七重天、七大创造物等。琐罗亚斯德教的教主去世后，大祭司创作了祈祷书，这本书分为七个部分，又称《七章书》。摩尼教教主摩尼，在生前创作了七部弘法的著作，是摩尼教的经典。无论是一部书的七部分，还是七部经典，其中的数字"七"绝不是巧合，而是有意为之，因为七是一个圣数。琐罗亚斯德教有七大节日。古代伊朗人认为，天下共分为七国，伊朗居其中，其他还有西方国、东方国、东南国、西南国、西北国、东北国。欧亚草原上游牧民族的民间故事中，勇士出征，一般需要勇闯七关。格乌在土兰寻找夏肥沃什之子霍斯鲁的时候，找了七年终于找到了。如此等等的叙事，数字七并非实指，而是他们民族性的一种叙述惯习。西域宗教传入中土，依然保留了对数字七的崇拜，如祆教中的七圣刀、七圣法、七圣祆队等。

希罗多德说："游牧的马萨盖特人（塞人）在诸神中间只崇拜太阳。正是在天体崇拜与宗教意识的叠加作用下，哈萨克先民才更加重

---

① 龚方震、晏可佳：《祆教史》，上海社会科学院出版社1998年版，第58页。
② 龚方震、晏可佳：《祆教史》，上海社会科学院出版社1998年版，第59页。

视'七'。"① 列维-布留尔在《原始思维》中认为:"七这个数首先是在中国人或亚述、巴比伦人的信仰发生影响的地方带上了特别神秘的性质。"② 蔡鸿生认为:"在唐代九姓胡的礼俗体系中,包含一种崇'七'之俗,即是粟特人的神秘数字。"③ 数字七在多个民族中都具有特别的文化尤其是宗教意义。

由于唐三藏所取之经乃佛经,故一般想来往往以为是佛教的文化使然。毋庸置疑,佛教是崇尚数字七的,如七重天、七级浮屠、七宝、七佛、七大洲、七重金山、七曜等。密教经典《北斗七星护摩秘要仪轨》云:"谓北斗七星者,日、月、五星之精也。囊括七曜,照临八方,上曜于天神,下直于人间,以司善恶,而分祸福。群星所朝宗,万灵所俯仰。若有人能礼拜供养,长寿福贵;不信敬者,运命不久。"④ 而《大唐三藏取经诗话》受到佛教之影响也是情理之中的事情。但是,北传佛教沿着丝绸之路传入中土的时候路经中亚,因而中土汉传佛教带有无可否认的中亚宗教文化的印痕。

敦煌出土的古藏文文献(编号为India Office Library Ms. Stein Ch. Vol. 55 fol. 6)中云:"啊!在星光微弱的昴宿星上,有小星星与七星聚集,是星群中最美丽的,七星向天顶升去,昴宿在一旁逃逸而去。"⑤ 有人认为,数字七的神秘性来自天宇中的七星;有人则认为它来自生殖崇拜意义中的七叶草。

《大唐三藏取经诗话》首回缺,第二回出现了猴行者,从此唐僧一行七人西天取经。为什么是七个人呢?或曰历史上玄奘和尚七人爬雪山,因此西游故事中就出现了七人。其实,如前所述,《大唐三藏取经诗话》讲述的主要是唐僧、猴行者的故事。这就说明,诗话中的

---

① 邢莉、易华:《草原文化》,辽宁教育出版社1998年版,第40页。
② [法]列维-布留尔:《原始思维》,丁由译,商务印书馆1981年版,第213页。
③ 蔡鸿生:《唐代九姓胡崇"七"礼俗及其源流考辨》,《中外交流史事考述》,大象出版社2007年版,第51页。
④ 见《大正新修大藏经》第21册,台北:新文丰出版有限公司1983年版,第424—425页。
⑤ [英]托玛斯:《东北藏古代民间文学》,李有义、王青山译,四川民族出版社1986年版,第128—129页。

七人纯粹是出于对这个数字的偏爱，或者说七这个数字具有别一种宗教意义。而在元杂剧和小说《西游记》中，唐僧师徒从七个人变成了五众（白龙马是西海龙王的公子，当然也是其中之一）。在琐罗亚斯德教、佛教、摩尼教等诸多宗教中，数字七、五都是圣数。而从唐僧徒弟之金公、木母、土圭等称谓来看，从七到五的变化也是数理文化本土化的结果，即中土的五行思想及其数理文化，重构了唐三藏西天取经的僧众数。

在小说《西游记》中，有七只蜘蛛精、七位仙女、七仙姑、七样虫、七样鹰、七个狮子精、梅山七圣、七个大圣等的叙述。数字及其数理的文化意义，在不同的民族文学中一方面分别在传统中充分表现，另一方面则存在类同性的相通性；而民族文化的赋义则展现了影响研究的事实性证据。

2. 圣数"五"

数字"五"在古代波斯神话中也是一个圣数。琐罗亚斯德教教徒，每天虔诚地祈祷五次。他们把一天分为五个时辰，每一个时辰都有一个神灵，因此每天需要做五次祈祷，这是教徒的基本义务。3世纪中叶，摩尼教创立于西亚。它吸收、继承了琐罗亚斯德教、基督教、佛教等诸多教义和神祇，并有所发展。在摩尼教中，三、五、七、十二等皆被视作神圣数字，其中"五"的意义尤其神秘。摩尼教科普特文典籍《赞美诗》曾阐述了数字五的意义：

> 他们将我内心的诸种"五"词念出声来……念诵千万遍。因为"五"是天堂里的树……在夏天和冬天。"五"是灯中有油的众多少女，她们与新郎一起施政。"五"是戒律，是上帝安排在五……他将其委派在他的教会中。到达五……的圣灵……灵魂将会获得它，为数是五。五 voεp 是先意的儿子们；五 Omophori 是净风的儿子们。太阳和月亮被安置在五重墙内："五"是伟大，它从初始时期就已存在。因此，一切事物都以"五"数安置……我们将会发现，他们已经变成了单个神灵。一位是隐藏着的上帝，

显现……沉默……他也说话了。①

具体说到摩尼教中的神祇，数字"五"主要指的是"五种光明子、五明欢喜子、五明身、五明清净体、五分法身、五明子、五分明身、五明性、五等骁健子、净风五子、五收明、五收明使、五种大、五大、五等光明佛、五大光明佛、欢喜五明佛等"。② 在摩尼教经典中，如五妙身、五明力、五种智慧、五种觉意、五种光明宝台、自性五地、五金刚地、五真、五净戒、五位、五级明群、五类魔、五坑、五欲、五暗地、五种禽兽，等等，不胜枚举。据摩尼教教义，黑暗王国有五重无明暗坑，光明王国有五重光明宝地；五类魔与五明身相对；五毒死树、五明活树是摩尼教弘法的媒介。黑暗五体，被比喻为五种死树，表征着五种邪恶的心智行为，即怨、嗔、淫、忿、痴。而五种善良的心智行为则为怜悯、诚信、具足、忍辱、智慧。

在摩尼教中，五体为一。沙畹、伯希和将"五大"比定为大明尊的五体，是有其道理的，因为原文说："于是明性五种净体，渐得申畅。其五体者，则相、心、念、思、意。"③ 我们如果对读元杂剧《西游记》与小说《西游记》，就会发现元杂剧中孙行者的好色淫乱等色情叙事在小说叙事中都被净化了，何以会出现这一现象？其实，《西游记》小说中的取经人五众实质上为一个，他们的功能一分为五。他们是如何分工的？是按照"五大"与"五体"分工的，具体来说，就是唐僧为相，孙悟空为心，猪八戒为念，沙僧为思，白龙马为意。

一般读者认为小说《西游记》中唐僧师徒西天取经是四人，即唐僧、孙悟空、猪八戒、沙僧；然而实为五众，因为白龙马也是其一。《西游记》第十五回写道，在蛇盘山鹰愁涧唐僧的坐骑白马被涧里的龙吞吃了。这条龙为西海敖闰龙王玉龙三太子，南海观音菩萨说：

---

① C. R. C. Allberry, *A Manichaean Psalm-Book* (Part II), Stuttgart, 1938, p. 161.
② 芮传明：《摩尼教"五大"考》，《史林》2007 年第 5 期。
③ Peter Bryder, *The Chinese Transformation of Manichaeism: A Study of Chinese Manichaean Terminology*, Sweden, 1985, p. 83.

"他为纵火烧了殿上明珠，他父告他忤逆，天庭上犯了死罪，是我亲见玉帝，讨他下来，教他与唐僧做个脚力。"① 也就是说，此马非凡马，乃是西海龙王玉龙三太子。西天取经后，他也成了正果，为八部天龙。因此，他也是西天取经的五众之一。

令人感到奇怪的是，西海龙王玉龙三太子仅仅烧了一颗明珠，这对于豪富家族龙王来说能算什么呢？乃父敖闰就上天庭状告他亲生的儿子忤逆？这岂不是罪轻罚重？烧了家中殿上明珠可能只是一个由头，不是问题的要害关键，关键是违逆父命，犯了不孝之罪。不孝忤逆，此乃罪之大也。可是，问题在于，对于富有四海的龙王而言，儿子烧了那么一颗明珠难道就是不孝忤逆吗？其间的逻辑何在？俗谚云："最富莫过于龙王。"龙宫里明珠何止成千上万，区区一颗明珠被烧就成了忤逆不孝？琐罗亚斯德教有一个鲜明的特征，那就是惩罚的严酷性令人不可思议。《小阿维斯陀》记载，如果教徒犯有小过错，被鞭打三下，须连续被鞭打五至七年。"以邪恶目光注视陌生女人，并引诱她"或"不尊敬父母师长，不听从他们的教诲；相反，却给他们以伤害"就必须被处死。② 由是观之，《西游记》所描述的天宫中卷帘大将仅仅是由于在宴会上打碎了一个琉璃盏就被贬下人间，每七日被乱剑穿胸的惩罚就好理解了。这种惩罚的残酷性反过来正好证明了祆教对西游故事的影响。

《西游记》小说第一百回，回目为"径回东土，五圣成真"。这里写的是"五圣"，并没有写"四圣"，显而易见是将白龙马即玉龙三太子也包括其中。而在元杂剧《西游记》中，南海龙王三太子火龙侧身西天取经之中，也使得师徒一行为五众。数字七在北非、西亚、南亚、中亚等地都是圣数，数字五亦然，特别是在琐罗亚斯德教和摩尼教中，数字五的神圣性更为显然。

《伽泰》是《阿维斯陀》最古老的章节，它提到伊朗—雅利安人

---

① （明）吴承恩著，曹松校点：《西游记》，上海古籍出版社2009年第2版，第116页。
② Dhabhar, *Zandi Khurtak Avistak*, 1963, pp. 132–134.

— 262 —

的职业分工为三类：祭司，即"召神者""施灌仪者"；武士（包括国王）；牧民。① 这是当时伊朗的社会分层。印度的种姓制度，将人们分为四个阶层：婆罗门（祭司）、刹帝利（国王与战士）、吠舍（农工商阶层）、首陀罗（侍从服务阶层）。如果我们从职业分类来看，唐僧师徒五人也可分为祭司（唐僧）、战士或护法（孙悟空、猪八戒）、牧民（沙僧）、首陀罗（白马）。这种社团组织结构上的内在一致性，是不是也可以表明西游故事与西域文化的相通？

3. "七"的倍数"十四"

小说《西游记》写道："上帝祖师，乃净乐国王与善胜皇后梦吞日光，觉而有孕，怀胎一十四个月，于开皇元年甲辰之岁三月初一日午时降诞于王宫。"② 众所周知，十月怀胎的说法已经约定俗成。上帝祖师为何在乃母腹中怀胎十四个月？

据小说《西游记》的叙事，唐僧师徒西天取经，往返一共用了十四年。然而，历史上的玄奘和尚，到印度去求法，来回实际上花了十九年。北京大学校图书馆所藏《真经宝卷》钞本，叙述唐僧师徒历时六年，途经番邦十八国，到灵山拜佛求经。那么，章回小说为什么不采用历史上的实际时间十九年或宣卷中的六年呢？或曰，十四年正好为一藏之数即5048，然而，如果我们计算一下，无论如何也是得不出5048这个数的。因此，这个说法恐怕是想当然。笔者之前曾考证西游故事最早出自俗讲变文，而俗讲变文的讲述者为僧侣，后影响至民间说唱艺人。从而可推知，西游故事中的叙事时间，实乃民间宗教时间或宗教借以言说的神话时间。

数字七在中亚、西亚神话中既然是一个神圣的数字，而数字十四是七的倍数，是不是因此也是一个神圣的数字？欧亚大陆草原上的民族，他们的神话、史诗、民间故事和谚语中，多见有数字十四。印度两大史诗之一《罗摩衍那》中，罗摩被流放了十四年。在琐罗亚斯德教中，数

---

① 龚方震、晏可佳：《祆教史》，上海社会科学院出版社1998年版，第33页。
② （明）吴承恩著，曹松校点：《西游记》，上海古籍出版社2009年第2版，第553页。

字十四是一个神圣数字。而在埃及神话中,也有数字十四的神祇叙事。因为人类是从非洲走出来的,那么埃及神话是不是最为古老?

在古埃及神话中,塞特是奥西里斯的亲弟弟,他阴谋陷害了乃兄。伊西丝是奥西里斯的妻子,她和妹妹找到了丈夫奥西里斯的尸体,带了回去。塞特认出了乃兄的尸体,"就把尸体撕成十四块,扔在了埃及境内的不同地方"。① 奥西里斯是古埃及神话中的冥王。笔者认为,这或许就是数字十四最早的神圣叙事。埃及神话与希腊神话、印度神话有千丝万缕的联系。它们都是上古时代的宗教信仰之真实叙述,也各有特色,但是它们之间的影响研究中的源流关系却值得深究。

古代波斯人相信冥神,并且他们的信仰深受古埃及神话的影响。希罗多德写道,克洛伊索斯被居鲁士俘虏时,他"已经统治了十四年并且被围攻了十四天"。② 套语、套话的类似叙述是令人怀疑的,难道那么巧都是数字"十四"?居鲁士在打算烧死克洛伊索斯的时候,"还有十四名吕底亚的少年",这是居鲁士献给冥神的礼物。希罗多德记载:"我听说薛西斯的妻子阿美司妥利斯到了老年的时候,曾活埋波斯名门弟子十四人。她这样做是为了向传说中的冥神表示谢意。"③ 为什么要活埋十四个名门弟子?笔者怀疑这是受到古埃及奥西里斯死亡神话的影响使然。《列王纪》叙述其中的悲剧之一,即苏赫拉布被他的亲生父亲鲁斯塔姆杀死在战场上。史诗写道,苏赫拉布长到十四岁,得知父亲是伊朗的英雄鲁斯塔姆,于是前去寻父。苏赫拉布寻父为什么恰好是在十四岁的时候?恰巧又死在他十四岁的时候?

在古印度两大史诗之一的《罗摩衍那》中,父王的小妻要求自己的亲生儿子婆罗多为王位继承人,长子罗摩为了避免父王为难,将自己流放到森林里十四年,以此他的同父异母弟就可以顺利登基继承王

---

① [英]加里·J.肖:《埃及神话》,袁指挥译,民主与建设出版社2018年版,第56—57页。
② [古希腊]希罗多德:《希罗多德历史:希腊波斯战争史》(上),王以铸译,商务印书馆1959年版,第44页。
③ [古希腊]希罗多德:《希罗多德历史:希腊波斯战争史》(下),王以铸译,商务印书馆1959年版,第508页。

位。古埃及神话、古波斯神话、古印度神话中，数字十四指向的都是一个死亡、灾难或受难的时段，具有宗教救赎的意蕴。在中外文化交流的过程中，这种意识是不是影响到了古代的中国人？在中国民间故事中，尧的母亲怀孕十四个月才生产。西游故事中的善胜皇后怀胎十四个月。为什么是十四个月而不是十个月？唐僧西天取经，往返历时十四年。诸如此类的叙事，在中外文化比较视野中，可能是受到了西域宗教文化的影响。

在汉语言文化语境中，数字十四似乎没有西游故事中的那种宗教文化意义。在古代中国，谐音文化颇为流行。数字十四谐音"要死"非吉祥语，故不为古代中国人所喜爱。四川袍哥排座次中，没有"四""七"，原因就在于它们的谐音听上去不吉利。如果我们联系到中亚、南亚、西亚数字及其数理文化，对西游故事中的数字十四就会别有会心，它原来具有西亚宗教文化的因子。

二　从数字"二"到"九"

1. "二"的文化内涵

"二"这个数字在中国文化中也是多义。《黄帝内经》中的"二"有阴阳之义。"作为詈词词头的'二'具有'傻气、鲁莽'和'二等、次等'的语义特点。"[①] 汉语言文化中的"二"与"三"构成了神圣性数字演绎的基础，如"天三地二"。数字二亦与女性生殖崇拜相关。然而，这些文化意义似乎与西游故事中关于"二"的叙事不甚相符。小说《西游记》第五十八回"二心搅乱大乾坤，一体难修真寂灭"中，真假美猴王就是二心为难。心生种种魔生；心灭种种魔灭。这一回的叙事，就是形象化地表述和演绎"人有二心生祸灾"。[②] 善恶二元论是琐罗亚斯德教的一个鲜明特征。善恶的斗争充斥于"混杂之世"整个宇宙阶段史。西游故事之九九归真，即"不二"。

[①] 昌雅洁：《从"二"字头詈词看数字"二"的文化内涵》，《现代语文》2017年第6期。
[②] （明）吴承恩著，曹松校点：《西游记》，上海古籍出版社2009年第2版，第491页。

摩尼教教义简要言之，即"二宗三际"说。二宗指的是明、暗二宗。三际，指的是初际、中际、后际。它的基础就是琐罗亚斯德教的二元论。阿胡拉·马兹达是智慧之主，创造了天地间的一切善。与他同时并存的，是安格拉·曼纽，他是一切恶的创造者。琐罗亚斯德教的创世神话说："起初确有两个孪生的神灵，以相互冲突而闻名。在思想、语言和行为上，他们是两个，一个是善，一个是恶。其中，那智慧的选择正义，而愚妄的则没有。当这两个神灵最初相遇时，他们同时创造了生命和非生命。最后，那邪恶（drug）的追随者得到了最坏的存在，而那正义（asa）的追随者得到了最好的居所。"①

列维布留尔在《原始思维》中指出，在原始人的意识中，数字二是恶、混乱、缺陷的本源。在《西游记》小说中，如来对唐僧说："圣僧，汝前世原是我之二徒，名唤金蝉子。"② 此处的"二"虽然为第二之义，但是仍然与数字二的原始意义相关。摩尼教中的教义行文亦然，如"三明使"即第三明使。唐僧的前世为什么是释迦佛的第二徒弟不是第一或第三徒弟呢？金蝉子"不听说法"，轻慢佛教，实乃与"二"之恶、缺陷等义关联。

以此来观，猪八戒为唐僧的二徒弟，与大徒弟孙悟空行者、三徒弟沙悟净和尚相比，在西游故事叙事中多被揶揄嘲笑、贪吃好色，相较而言是一个被否定的角色。这一排行似乎很难说是出自偶然，而是富有数理文化之深意。

2. 为什么从"二"至"九"

如前所述，在《大唐三藏取经诗话》中，唐三藏两度在西天取经路上被深沙神吃掉。在"入大梵天王宫第三"中，罗汉曰："师曾两廻往西天取经，为佛法未全，常被深沙神作孽，损害性命。今日幸赴此宫，可近前告知天王，乞示佛法前去，免得多难。"③ 在诗话第八中：

---

① 龚方震、晏可佳：《祆教史》，上海社会科学院出版社1998年版，第57页。
② （明）吴承恩著，曹松校点：《西游记》，上海古籍出版社2009年第2版，第846页。
③ 李时人、蔡镜浩校注：《大唐三藏取经诗话校注》，中华书局1997年版，第6页。

深沙云："项下是和尚两度被我吃你，袋得枯骨在此。"和尚曰："你最无知。此回若不改过，教你一门灭绝！"深沙合掌谢恩，伏蒙慈照。深沙当时哮吼，教和尚莫敬（似当作"惊"）。只见红尘隐隐，白雪纷纷。良久，一时三五道火裂，深沙衮衮，雷声喊喊，遥望一道金桥，两边银线，尽是深沙神，身长三丈，将两手托定；师行七人，便从金桥上过。①

在西游故事诗话中，唐三藏被深沙神吃过两次。为什么是两次呢？汉文化中的数理理论可作解释。俗语云："在一在二不在三。"董仲舒《春秋繁露》云，天以三成之。"成于三"是中国古人的一种数理意识。三复叙事是古代叙事文学中常见的一种叙事模式。

元杂剧《西游记》第十一出"行者除妖"中，沙和尚自我介绍说："有一僧人，发愿要去西天取经。你怎么能勾过得我这沙河去！那厮九世为僧，被我吃他九遭，九个骷髅尚在我的脖项上。"② 此处的"僧人"，就是唐僧的前世。而在《西游记》小说中，一说深沙神为沙僧的原型。可是，沙僧项下结有九个骷髅头骨，并没有说那是唐三藏的前身头骨。之所以没有提及唐僧的前世，可能是因为作者或编者出于真实性的考虑。试想，九世为僧，九次西天取经，沙和尚吃他九遭，何以可能？小说叙事中沙僧项下的这九个骷髅，"穿在一起，按九宫布列，却把这葫芦安在当中，就是法船一只，能渡唐僧过流沙河界"。③ 从而可知，杂剧、小说文本中的西游故事与诗话中的西游叙事存在差异和变异。

在汉语言文化语境中，数字九是一个吉祥数。九为"三三"。何休注《公羊传》云：九者，极阳数也。姜亮夫在《楚辞学论文集》中认为："九乃夏数者，谓夏族之尚九也。盖夏族中心之人曰禹，禹字从虫从九，即后虬字之本。九者象龙属之纠绕，夏人以龙虬为宗神，

---

① 李时人、蔡镜浩校注：《大唐三藏取经诗话校注》，中华书局1997年版，第23页。
② 陈均评注：《〈西游记杂剧〉评注本》，贵州教育出版社2018年版，第66页。
③ （明）吴承恩著，曹松校点：《西游记》，上海古籍出版社2009年第2版，第177页。

置之以为主,故禹一生之绩,莫不与龙与九有关。"[1] 汪中在《述学》中说:"凡一二之所不能尽者,则约之以三,以见其多;三之所不能尽者,则约之以九,以见其多,此言语之虚数也。"[2]《词源》云:九,虚指多数。如九天、九泉、九死一生等。九之于古人,意味着穷尽、极致、登峰造极、无以复加。它是一个圣数、极数。

数字九,它之于游牧民族,蕴含着神圣、最、多、全、极等意义。在伊朗神话中,阿利雅曼是人类的朋友,能够治愈 99999 种疾病。琐罗亚斯德教最为繁复的洁净礼是"九夜之濯"。成吉思汗建立的军旗,便是九斿白纛。九这个数字对蒙古族人来说是一个吉祥数字。而元杂剧《西游记》中,唐僧的前世被沙和尚吃过九次,在实践理性的汉民族眼里失却真实性,然而蒙古族出于对数字九的酷爱以及蒙古族文化是掌握有话语权的文化,因而勾栏瓦舍中的西游故事就出现了唐僧九世为僧而九次被沙和尚吃掉的叙事。

小　结

人文学领域中的数字,其文化意义是给定的:或是宗教弘法中的底蕴传统,或是欲望祈盼的迷信心理,或是民俗惯习的地域性意义。数字及其数理文化意义的演变,言说着时代性、地域性、民族性的杂合与渗透,从这个维度所进行的文化透视,庶几昭显西游故事所具有的真正的宗教色彩。

对西游故事的宗教文化探讨,人们动辄仅仅局限于中国文化传统的儒、释、道,遮蔽了西游故事在说唱艺术、文字文本与图像世界中的过程性证据。西游故事绝非只是儒、释、道大传统的文化影响,它作为民间艺术,自然首先且主要是民间宗教熏染而成的结果。民间宗教的生成,又不完全是中原土生土长的宗教的融合,而是带有异域尤其是西域宗教文化的隐性影响。

---

[1] 姜亮夫:《楚辞学论文集》,云南人民出版社 2002 年版,第 279 页。
[2] (清)汪中:《述学》,辽宁教育出版社 2000 年版,第 4 页。

孤证不立。就以唐僧的坐骑而言,在元杂剧《西游记》中,是"南海沙劫驼老龙第三子"南海火龙;在小说《西游记》中,被改写成了西海龙王的三太子白龙。琐罗亚斯德教、摩尼教皆崇尚火、光明。南海火龙、西海玉龙他们都是三太子,在摩尼教中数字三为圣数。"太子""天王"等称谓也是摩尼教尤其是明教的宗教专用术语。在《大唐三藏取经诗话》中,唐三藏西天取经路上救苦救难的不是观世音菩萨,而是大梵天王。火龙马为何改写为白龙马?显而易见,这是中国古代五行思想的意识使然:西方,在色彩上为白;南方,在色彩上为赤,在物质上为火。这也是祆教、明教思想意识渐渐被淡化甚至被遗忘,而五行意识越来越增强的结果。坐骑的演变,足以旁证我们所论西游故事数理文化的演变,并非牵强附会,而是有其内在逻辑。

西游故事中的数字及其数理演变,其间的文化意蕴并非本节短文所能总括的,本节不过是以点带面、抛砖引玉,因为所见乃豹之一斑。西游故事的多文本、跨媒介世界中的数字,如四、八万四千、三、十三、三十三、一万三千五百、八十一、一千一百一十一等皆蕴有宗教叙事的文化意义。西游说唱故事在时间流中的源流正变,数字及其数理是其中的重镇,对其隐含的宗教意义的揭示,有助于深度解读《西游记》间在的系列文本。

结　语

　　世界神话的比较研究，目的是从文化角度更好地建设人类命运共同体。文明互鉴、文明交流、文化会通，从根源本性上了解和把握不同民族文化的个性，增强不同民族之间的理解和交流，共同促进人类命运共同体的健康发展。相互理解、彼此尊重，首先是"认识你自己"。如何从根本上进行自我认知？回到民族神话的源头，在其源流正变的过程中进行文化认知。笔者对中国神话叙事的研究，初衷在于此，目的也在于此。回应时代性的重要问题，从文化根源入手进行文明探源，神话学是切实有效的研究路径之一。完整地、体系化地在自我与他者间性关系中把握中国神话叙事，世界性比较视域是必要的，也是可行的。

　　中国神话叙事，具有鲜明的中国特色、中国风格和中国性格。然而，在比较文学的视域中，我们所见到的中国神话，与仅仅局限于本民族文学、文化文献中所看见的中国神话又大为不同。20世纪初，在西方知识体系框架中重构的中国古代神话，是世界神话的一部分，与世界神话同为一体。这是中国神话研究的学术背景，背景非常重要，因为它参与意义的生成和生产，它是间性关系存在和发展的空间。当我们在中外文学与文化关系中透视中国神话的叙事，可以发现一个更为错综复杂的神奇世界。

　　关于西方文明，其源头人们动辄说是两希传统：古希腊文明与古希伯来文明。似乎谈及西方文明或文化，言必称希腊。殊不知，古希腊人竟然崇拜和向往古埃及文化、古埃及文明。他们主动到埃及去，学习古埃及文化。古希腊的神话，用历史学家希罗多德的话来说，都能在古埃及神话中找到源头。他说："几乎所有的神祇的名字都是从埃及传入希腊的。"① 古希腊酒神狄奥尼索斯的原型，是古埃及神话中的奥西里斯，遑论古埃及本来也有狄奥尼索斯的祭祀。古希腊的酒神祭仪，是麦兰普斯把它"从推罗人卡德摩斯以及从卡德摩斯自腓尼基带到现在称为波奥提亚的地方来的那些人们那里"。② 古希腊雅典娜的身上，带有古埃及神话中女神伊西丝的血统。亚历山大大帝东征，西亚、中亚、南亚西北部等地开始了"希腊化"时期。古希腊神话中酒神的祭仪，与古代波斯神话中的水神节相融合，丰富和发展了波斯神话。粟特人得悉神的酒神性质，既有古印度神话中因陀罗的因素，又有古希腊狄奥尼索斯的文化因素。而中国古代的二郎神，在中国古代神话的世界里伦理身份颇多，其中他作为酒神的文化底蕴，可能与得悉神有关联。

在比较文学的视域中，与中国神话密切相关的宋代文化，隐隐约约露出它真实面相的冰山一角。宋人的商贸习性，天水一朝的金鸡放赦、七圣刀、摩睺罗、祆教、勾栏瓦舍的说唱等，无一不与大西域神话存在藕断丝连的内在关联。开封城内外，祆教、摩尼教、犹太教、道教、佛教等总有教徒信奉。汴京是一座世界性文化荟萃的大都市。③ 西亚、中亚、南亚等地的神话，通过丝绸之路传入中原。不唯朝廷或大城都邑，市民习俗、文人风尚也深受大西域文化尤其是神话文化的影响。据刘宗迪的考证，摩睺罗的根源，就是西亚的塔穆兹神话④；宋代中国东南地区的乞巧节，同时又是"魁星生日"，七夕魁星崇拜是"西亚风俗与中土七夕节俗相互融合的结果"，"源于西亚的天狼星崇拜"⑤。中

---

① ［古希腊］希罗多德：《历史》（详注修订本）（上），徐松岩译注，上海人民出版社 2018 年版，第 215 页。
② ［古希腊］希罗多德：《历史》（详注修订本）（上），徐松岩译注，上海人民出版社 2018 年版，第 215 页。
③ 张同胜：《北宋汴京的世界性文化性格》，《国际比较文学》2023 年第 4 期。
④ 刘宗迪：《摩睺罗与宋代七夕风俗的西域渊源》，《风俗研究》2012 年第 1 期。
⑤ 刘宗迪：《七夕拜魁星习俗的异域渊源》，《文化遗产》2013 年第 6 期。

国古代的祈雨、星回节等民间习俗，也与大西域的苏幕遮神话有同源和变异的渊源关系……中国神话叙事，书写着中外文学与文化之间的同源关系、类同关系、变异关系或跨学科关系。

　　本书堪称拙著《〈西游记〉与"大西域"文化关系研究》的姊妹篇。《西游记》文化本身就是中外文化接触和交流的艺术结晶。《〈西游记〉与"大西域"文化关系研究》着重探讨了西游文化中的古印度神话因素及其内在关系。本书则侧重于中国神话叙事与域外文化，尤其是中亚、西亚、北非等地神话之间关系的探讨。在比较文学的视域中，笔者对古印度神话、古埃及神话、古希腊神话、北欧神话、波斯神话、两河流域神话、中亚神话等有了更全面、更深刻、更辩证的把握，放眼新的神话研究领域，关注青藏高原文化、敦煌文化、东南沿海文化、东北亚文化中的神话叙事，努力去发现和解决新天地里的新问题。研究什么、如何研究并非至关重要，最重要的是我们能否真正解决人类精神世界里的真问题。

主要参考书目

岑仲勉:《隋唐史》,商务印书馆 2015 年版。
丹珠昂奔:《藏族文化发展史》,甘肃教育出版社 2001 年版。
丁山:《中国古代神话与神话考》,上海文艺出版社 1988 年版。
冯国超译注:《山海经》(普及版),商务印书馆 2016 年版。
冯国超译注:《周易》,华夏出版社 2017 年版。
龚方震、晏可佳:《祆教史》,上海社会科学院出版社 1998 年版。
顾颉刚编著:《孟姜女故事研究集》,上海古籍出版社 1984 年版。
姜伯勤:《中国祆教艺术史研究》,生活·读书·新知三联书店 2004 年版。
蒋忠新译:《摩奴法论》,中国社会科学出版社 2007 年版。
林悟殊:《波斯拜火教与古代中国》,台北:新文丰出版公司 1995 年版。
林悟殊:《摩尼教及其东渐》,中华书局 1987 年版。
鲁迅:《中国小说史略》,《鲁迅全集》第 9 卷,人民文学出版社 1981 年版。
茅盾:《茅盾说神话》,上海古籍出版社 1999 年版。
那木吉拉主编:《阿尔泰神话研究回眸》,民族出版社 2011 年版。
饶宗颐:《梵学集》,上海古籍出版社 1993 年版。
王媛媛:《从波斯到中国——摩尼教在中亚和中国的传播》,中华书局 2012 年版。
魏庆征编:《古代伊朗神话》,北岳文艺出版社、山西人民出版社 1999 年版。
薛克翘:《印度民间文学》,宁夏人民出版社 2008 年版。

杨富学：《回鹘摩尼教研究》，中国社会科学出版社2016年版。

姚薇元：《北朝胡姓考》（修订本），中华书局2007年第2版。

叶舒宪：《中国神话哲学》，中国社会科学出版社1992年版。

元文琪：《二元神论：古波斯宗教神话研究》，商务印书馆2018年版。

袁珂校注：《山海经校注》，上海古籍出版社1980年版。

张鸿年：《列王纪研究》，北京大学出版社2009年版。

（清）马骕撰，王利器整理：《绎史》，中华书局2002年版。

《吉尔伽美什：巴比伦史诗与神话》，赵乐甡译，译林出版社1999年版。

[德]克林凯特：《古代摩尼教艺术》，林悟殊译，中山大学出版社1989年版。

[法]列维-布留尔：《原始思维》，丁由译，商务印书馆1981年版。

[古希腊]普鲁塔克：《论埃及神学与哲学——伊希斯与俄赛里斯》，段映虹译，华夏出版社2009年版。

[古希腊]希罗多德：《希罗多德历史：希腊波斯战争史》，王以铸译，商务印书馆1959年版。

[古印度]蚁垤：《罗摩衍那（森林篇）》，季羡林译，译林出版社2002年版。

[美]邓迪斯编：《西方神话学读本》，朝戈金等译，广西师范大学出版社2006年版。

[伊朗]贾利尔·杜斯特哈赫选编：《阿维斯塔——琐罗亚斯德教圣书》，元文琪译，商务印书馆2005年版。

[意]维柯：《新科学》，朱光潜译，商务印书馆1989年版。

[英]艾恩斯：《印度神话》，孙士海、王镛译，经济日报出版社2001年版。

[英]加里·J.肖：《埃及神话》，袁指挥译，民主与建设出版社2018年版。

[英]詹·乔·弗雷泽著，刘魁立编：《金枝精要——巫术与宗教之研究》，上海文艺出版社2001年版。

后　记

　　青丝白发，时光流年。知天命，不是听天由命，这不是我的个性；也不是怨天尤人，这更是我所鄙夷的；而是鲁迅先生所说的横站时依然有射向前方的箭镞，诬陷谣诼中仍然有智者明辨是非，排挤碾压的虚伪笑容里或许能有那么一丝善意，葛朗台生意的背后还有教父的法庭，马克思最喜欢的格言光穿黑暗之夜……

　　如果上述所言知天命，指向的是瞬间把握本质的能力，那么，神话研究则是追根溯源，从本源认知我们生存的世界、共同体族群性、文明文化间性、神性边缘的人性。从中国古代文学、比较文学进入世界神话，你不能不惊异于它的比较文化关系：言必称希腊，不料古代希腊人崇拜、学习古埃及文化，古希腊神话里杂合有古埃及神话、两河流域神话、马兹达神话等；冰与雪之歌，其音景留有北欧神话，电子数字影像展现的是神文、鬼文和人文的辉光和阴影；中国古代文化尘封、固化、遮蔽了丝绸之路上的驼铃声、驴叫声、马嘶声、嘈杂声，盘古南望印度洋上的金卵，伏羲女娲笑眯眯地瞅着那伽那伽尼，得悉神在地化之后的二郎神竟然说不清其水神、雨神、战神、酒神、老郎神、戏神等伦理身份群的由来……这是一个什么样的令人不可思议的神祇鬼怪世界，令人忘却了芸芸众生里恶毒的眼锋，摆在桌面上的围追堵截，以及赤裸裸的明夺暗抢？

　　弗莱认为，文学是移位的神话。当前，文学固然已经实现文化转向，但是，精神学总是与人类相始终，文学即使不自成一国，也无所不在，神一样的存在。太阳神拉的眼泪，石头泥土桦树榆树上的汗珠，意义之网上的蜘蛛，华兹华斯的金黄色水仙，语言的局限，思考的魅力，创新的价值，文学性与神性……都是不死的死亡、向死而生的在世之在。间在的德勒兹幽灵，事件性地建构着茎块式的褶皱，向过去、现在、未来敞开无穷无尽的时空。

梵天的落寞，湿婆的舞蹈，毗湿奴的飞轮，塞特肢解奥西里斯，克洛诺斯吞食子女，普罗米修斯窃火，夸父逐日，恺撒扑向好友时的绝望，大流士晨曦里的马鸣，殷交的斧钺和大白旗，居鲁士与俄狄浦斯王，摩醯首罗天与湿婆、得悉神，青藏高原上的天葬与西亚、中亚的骨葬，三山海边的送王船，龙凤飞舞中的金鸡放赦，幻术光影里的血社火，酣歌醉舞的赛袄……构成了中国神话叙事的背景、前景和副文本。比较文学间性关系中的普遍性和特殊性，以及它们内蕴的深层文化结构，解构着、建构着中国古代的神话叙事，莎士比亚笔下的痴人说梦言说着另一种真实性。神话，是一种真实的叙事，这种真实是相信的真实。

神话是人类童年时期的化石痕迹，神祇的时代是不是一个天真时代？大麦、小麦、葡萄、葡萄酒、啤酒、面包、木乃伊、金字塔、打猎、种植、抢劫、攻城略地、空中的女战神、太阳神拉和天照大神的笑声、原人肢解为四大种姓……从源头看人类的历史，从当下回望人类的过去，发现大神的意志随着拉的船只日复一日地航行。尼罗河的水随着天狼星而涨落，小荷鲁斯在芦苇地里啼哭。恒河女神为何淹死你的儿女？奥丁的长矛在诸神的黄昏中是否依然锋利？

天真、童心，单纯幼稚也罢，良善纯粹也罢，对一个独特而深邃的神话世界充满好奇，感念着人世间的遇见和不见，耕种着梵高的麦田，仰望着苍穹中的鹰隼，倾听着石头在山巅大声歌唱。窗外，阴沉忧郁的山顶，与弥天盖地的沙尘暴云天融合，此时此际北望京都，向至今未曾谋面的刘志兵编辑致以深深的敬意，感谢他一贯的专业和认真，感谢他真诚的合作和辛劳。同时，也感谢兰州大学社科处！

神话研究领域，迄今尚未达成共识的学术问题颇多，而人才济济，识见不一，百家争鸣是学术研究的常态。拙著难免出现讹误或偏至，恭请专家学者不吝指正。切磋问难，愈辩愈明，揭蔽求真，考古求实，理论疏明，解决问题，这是笔者一直以来努力的方向。

张同胜
甲辰年小暑